W0015840

Judith Rossner

Auf der Suche nach Mr. Goodbar

Judith Rossner

Auf der Suche nach Mr. Goodbar

Roman

R. Piper & Co. Verlag
München Zürich

Aus dem Amerikanischen von Irene Ohlendorf
Die Originalausgabe erschien unter dem Titel »Looking for Mr. Goodbar«
bei Simon and Schuster, New York 1975

ISBN 3-492-02208-1

Gesetzt aus Linotype-Garamond
Gesamtherstellung: Hieronymus Mühlberger, Augsburg
Printed in Germany

Für Joseph Perelman

Betr.: Das Geständnis

Gary Cooper White wurde in Jersey City, New Jersey, geboren. Er ging in Georgia zur Schule, wo der Mann seiner Mutter – der dritte von fünfen – in einer Textilfabrik Arbeit gefunden hatte. White spricht daher eine sonderbare Mischung von Dialekten, wovon die Tonbänder der Untersuchungsbehörde einen Eindruck vermitteln, den die Niederschrift des Protokolls allerdings nicht wiedergeben kann. Ich habe mich bemüht, Einwürfe, Unterbrechungen, auch Stimmungsumschwünge, die auf dem Tonband hörbar werden, im Protokoll anzudeuten.
White sagte bereitwillig aus. Bei der Festnahme in Ohio leistete er keinen Widerstand, auf dem Flug nach New York war er anfangs störrisch und redete wirr. Es lag ihm zu Beginn der Untersuchung aber augenscheinlich sehr daran, sich alles von der Seele zu reden. In New York bestritt er keinen Moment, den Mord begangen zu haben, legte aber großen Wert darauf, die Begleitumstände der Tat deutlich zu machen, denn er glaubte offenbar, jeder andere hätte unter den gleichen Umständen ebenso gehandelt.
An seinem Geständnis war für mich am bemerkenswertesten, daß Gary White sich unverkennbar als das Opfer von Theresa Dunn betrachtete, jener Frau also, die er tötete, wenige Stunden nachdem er sie in einem Lokal namens »Mr. Goodbar« zum erstenmal gesehen hatte.

White war gerade aus Florida gekommen, wo er seine sehr junge (sechzehnjährige) schwangere Frau zurückgelassen hatte. Er konnte dort nirgendwo Arbeit suchen, weil wegen bewaffneten Raubüberfalles nach ihm gefahndet wurde. In South Carolina nahm ihn ein unvorsichtiger Autofahrer im Wagen mit. White entwendete aus dessen Jacke die Brieftasche. Sie enthielt etwas mehr als 30 Dollar und Ausweispapiere, die es ihm ermöglichten, in North Carolina und Virginia Arbeit anzunehmen. Jeweils nach dem ersten Zahltag verließ er seinen Arbeitsplatz wieder.

Die vorhandenen Fotos zeigen einen gutaussehenden jungen Mann, blond, mit energischer Mundpartie. Mit seinen ausgebleichten Jeans hätte er als Statist in einem Western auftreten können. Arbeit und Frauen zu finden, fiel ihm nicht schwer.

Er kam nach New York, weil er glaubte, bei einem seiner ehemaligen Kriegskameraden aus Vietnam unterkriechen zu können, bis er einen Job gefunden hätte. Aber sein Freund wohnte nicht mehr unter der angegebenen Adresse in Greenwich Village. White geriet nach längerem Umherirren in ein Lokal, wo, wie er später bemerkte, Homosexuelle verkehrten. Hier wurde er mit George Prince bekannt (auch Prince George genannt), dessen Aussage später zur Verhaftung von White in Cleveland führte. Ihm erzählte White, er sei auf Arbeitssuche nach New York gekommen und habe damit gerechnet, zunächst Quartier bei seinem ehemaligen Kriegskameraden zu finden. Leider sei der verzogen. George bot ihm für die Nacht ein Bett an. Einer der wenigen Widersprüche in den Aussagen von White betrifft seine anfängliche Behauptung, nicht gewußt zu haben, daß George homosexuell war und ihm gegenüber Absichten hatte, während er später behauptet, sehr wohl gewußt zu haben, daß George schwul war. Doch habe er geglaubt, damit schon fertig werden zu können.

Fertig wurde White damit, indem er etwa eine Woche lang mit George sexuellen Kontakt hatte, ohne diesem klarzumachen, daß er nichts weiter wollte als einen Schlafplatz, bis er Arbeit gefunden hatte. Er begehrte erst auf, als George einen weiteren Mann in die Wohnung brachte. Es scheint ihn dabei der Gedanke an einen Augenzeugen mehr gestört zu haben als der an einen dritten Sexualpartner. Bis dahin hatte White getan, was am nächsten lag und am bequemsten war, jetzt aber bemühte er sich intensiv, Arbeit zu finden. Doch standen bereits die Feiertage vor der Tür, die üblichen winterlichen Aushilfsarbeiten waren vergeben, und seine Hautfarbe, die im Süden der USA jedem weißen Herumtreiber automatisch Vorteile einträgt, nützte ihm hier nichts.

Er verhielt sich George gegenüber mehr und mehr abweisend, und George rächte sich, indem er ihn wegen seines hübschen Gesichtes verspottete. Schließlich nötigte er ihn, auf einem Silvesterball in Frauenkleidern zu erscheinen. Während White bereitwillig von den Vorgängen bei Theresa Dunn erzählte, würgte es ihn buchstäblich, als er bei der Vernehmung die Perücke, den Schmuck, das weiße Seidenkleid und die silbernen Sandalen beschreiben mußte, die George für ihn beschafft hatte.

Wie in seinem Verhalten gegenüber Theresa Dunn ließ Gary auch hier jedes Gefühl dafür vermissen, daß er Unrecht getan hatte. Auf George war er wütend, weil der ihn zu sexuellen Handlungen gzwungen hatte, doch gab er gleichzeitig zu, daß Gewalt nicht angewendet worden war. Daß er George ausgebeutet haben könnte, kam ihm nicht in den Sinn. (Als er später vom psychiatrischen Gutachter gefragt wurde, ob er es nicht komisch finde, von Menschen, die er nicht leiden möge, Geld, Lebensmittel und Obdach anzunehmen, erwiderte er: »Das war doch bloß so'n blöder Schwuler!«)

White scheint stets das Gefühl gehabt zu haben, mit dem Rücken gegen die Wand um sein Leben kämpfen zu müssen. Von daher gesehen können normalerweise unverständliche Handlungen durchaus logisch erscheinen.

Die absurde Pointe der Geschichte aber ist folgende: Die Polizei fand im Mantelfutter von White nach seiner Festnahme über

hundert Dollar. Als man ihn fragte, woher das Geld stamme, war er völlig verblüfft.
Er hatte diese Summe von seinem Lohn erspart, um sie seiner schwangeren Frau zukommen zu lassen. Weil er im Süden nicht wagte, ein Postamt zu betreten und das Geld anzuweisen, verbarg er es im Mantelfutter in der Absicht, es von seinem Freund in New York überweisen zu lassen. Bei seiner Ankunft dort hatte er sechs Dollar in der Tasche. An das Geld im Mantelfutter dachte er überhaupt nicht mehr, bis es die Polizisten am 13. Januar entdeckten, knapp zwei Wochen nach dem Mord an Theresa Dunn.

Das Geständnis

...als ob er mir einen Gefallen täte, weil er mich dahin mitnahm. Es war nämlich kein Treffpunkt für Schwule. Wie das Lokal hieß, weiß ich nicht mehr, aber es war da ganz nett ... Im Fernsehen lief ein alter Film ... Der Ton war abgestellt. George unterhielt sich mit Bekannten. Ich sah mir den Film an. Wenn ich nicht bald einen Job fand, würde ich abhauen, von hier und von George.
Sie saß auf dem letzten Hocker, ganz an der Wand. Sie wäre mir nicht aufgefallen, wenn sie nicht ein Buch gelesen hätte. Ausgerechnet in einer Bar! Das Fernsehen interessierte sie nicht. Ab und zu redete sie mit dem Barkeeper. Sie lachten, redeten, was weiß ich. Ich war völlig fertig, es war mir egal.
George sagte: »Die ist scharf auf dich, Süßer.«
Ich sagte: »Ach, Scheiße.«
»Du kannst sie haben, wenn du willst«, sagte George wieder.
»So?« sagte ich, nur um irgendwas zu sagen.
»Die kommt oft her. Die treibt es mit allem, was Hosen anhat.«
Ich sagte, sie reizt mich nicht besonders. Übel sah sie nicht aus, ich bin aber mehr für Blondinen. Kurz vorher war da 'ne andere gewesen, 'ne richtig kesse Blonde. Die hatte mit ihr geredet. Eine

von der Sorte, die man nicht so ohne weiteres anquatscht, weil sie einen meistens abfahren lassen.
»Die ist anders als die Puppen von gestern abend«, sagte George und meinte damit die Tunten vom Silvesterball. »Die haben dich richtig scharf gemacht, stimmt's oder nicht, Gary?«
Ich sage mir, Scheiße, verdammte, da fängt der doch schon wieder an, und bestimmt redet er auch noch blöde über meine schwangere Frau. Das stand mir schon bis zum Hals. Der Barkellner sagte irgendwas, wollte das Mädchen und mich wohl bekanntmachen. Wir kamen gleich ins Reden. Stören tat mich bloß, daß sie nach meinem Dialekt fragte. »Wo haben Sie denn diesen Dialekt gelernt?« wollte sie wissen. Wo kann ich den schon gelernt haben! Von meiner Mama und den anderen, woher wohl sonst! Die ganze Woche hatten mich George und seine Freunde schon damit angeödet. Na schön. Wir reden so, und nach einer Weile tut sie, als könnte sie nicht verstehen, was ich sage, und rückt näher. Angeblich ist sie Lehrerin. Junge, Junge, Lehrer gibt's! Meine Kinder schicke ich mal nicht zur Schule, schon gar nicht, wenn es Mädchen sind. Dann fängt sie an zu gähnen und sagt, sie ist müde. Ob ich noch ein Glas Wein bei ihr trinken will? Ich denke, warum nicht, ich war schließlich völlig fertig. Scharf war ich nicht auf sie, aber übel war sie auch nicht, und da hätte ich wenigstens für die Nacht ein Bett gehabt. Ich dachte, geh mit dieser irren Ziege und leg sie aufs Kreuz, damit wirst du endlich diesen George los.
Wir gehen also in ihre Wohnung. Ein Zimmer, Küche, Bad. Sie gießt was zu trinken ein.
»Wieso hast du vorhin in der Bar gelesen?« frage ich sie.
»Warum nicht?« sagt sie. »Ich lese gern, und ich sitze gern in Kneipen. In der Wohnung würde ich durchdrehen. Immer bloß die Wände anstarren.«
Das leuchtet mir ein. »Probier's mal mit Knast«, sage ich. »Das würde dich erst richtig öden.«
»Warst du schon drin?« fragt sie, nicht etwa ängstlich, eher das

Gegenteil. Als ob es sie aufheizen würde. Eine völlig bekloppte Schnalle war das. Sie wollte wissen, wofür ich gesessen habe, und ich sagte Diebstahl, Rauschgift, Körperverletzung, und da grinst sie doch richtig. Genau wie George. Der konnte auch nie genug davon hören. Das war mir richtig widerlich. Bei uns zu Hause sind Vorstrafen nichts zum Bewundern. Als Marilyn herausbekam, daß ich gesessen habe, hätte sie mich fast nicht geheiratet.
Ich hockte bloß so da mit meinem Glas. Sah mir die Kuh an. Überlegte, ob ich Lust hatte, sie zu bumsen. Lieber wäre ich zu Hause gewesen. Daß ich ausgerechnet in Florida gesucht werde ... das ist die größte Scheiße. Dabei hätte mich ein gerissener Anwalt freigekriegt. Ich wußte ja überhaupt nicht, was los war ... die Kerle hatten mich einfach mitgeschleppt. Bis ganz zuletzt wußte ich nicht, was die vorhatten. Ich bin bloß so mitgefahren.
»Körperverletzung?« fragte sie.
»Widerstand bei der Festnahme. Ich wollte abhauen.«
»Ich habe mal einen Bullen gehauen. In Washington, bei einer Demonstration.«
»Haben sie dich festgenommen?«
»Festgenommen haben sie uns alle, aber es wurden nur ein paar dabehalten.«
»Wieso das?«
Sie zuckte die Schultern.
»Hast du da schon gehinkt?« Ich dachte nämlich, vielleicht hat man sie deshalb laufen lassen, weil sie so komisch ging, so, als wäre ihr eines Bein kürzer als das andere.
»Nein, ich habe einen eingewachsenen Zehnagel«, sagte sie.
Ich sagte nichts mehr darauf. Ich dachte, vielleicht geht George heute gar nicht nach Hause, laß die bekloppte Kuh hier allein und schlaf dich in Ruhe aus. Seit Vietnam schlafe ich nicht mehr richtig, höchstens zwei, drei Stunden hintereinander ... ich will Ihnen mal was sagen: Ich bin immer nur wegen der anderen in die Klemme gekommen, nie weil ich selber was machen wollte. Ich sitze immer bloß da, und dann kommt wer und sagt: Geh mit. Er

ist sehr erregt. *Wirklich, ich schwöre, das ist die Wahrheit, ich wollte nicht mal* ... lange Pause ... *dann sagt sie: »Bist du auch so schwul wie dein Bekannter?«*
Und ich: »Nein, Fotze, ich bin nicht schwul wie mein Bekannter.«
Gott soll mich strafen, wenn ich je im Leben vorher so zu einer Frau gesprochen habe! Aber die ... die gähnt bloß. Räkelt sich und sagt: »Vielleicht doch. Ich glaube, wenn ich heute noch 'ne Nummer machen will, muß ich noch mal los und mir einen andern suchen. Keinen Schwulen.«
Da war ich natürlich sauer. Es fehlte gerade noch, daß diese taube Nuß da draußen rumerzählte, ich wäre schwul. Wenn mich was ärgert, dann werde ich ... also, das macht mich scharf. Ich sage zu ihr: »Du bleibst, wo du bist.«
Und sie sagt »Mmmm. Vielleicht hast du recht.« Und sie zieht sich aus. »Ich bin müde, ich gehe schlafen.« Zieht sich aus, als wäre ich nicht da. Dann sagt sie, ich soll die Tür zumachen, wenn ich gehe, und da habe ich sie natürlich gleich umgelegt, verstehen Sie? Lange Pause. *Es ging ziemlich lange ... na, es war so ... also, hinterher fühlte ich mich richtig gut. Erleichtert. Und ich wollte bloß noch schlafen. Schwul konnte sie mich ja nicht mehr gut schimpfen. Ich mache also die Augen zu, und da ...* Seine Stimme bebt, er kann nicht weitersprechen. Er wird aufgefordert fortzufahren. Er zwingt sich dazu, doch seine Stimme ist sehr unsicher, bricht immer wieder. *Ich ... ich schlafe schon fast ... da sagt sie: »Du kannst jetzt gehen.«*
Ich kapierte zuerst gar nicht, was sie meinte, ich verstand nicht, was sie wollte. Ich hatte schließlich getan, was sie erwartet hatte, verstehen Sie? Dann packt sie mich am Arm, und wie ich nichts sage, sagt sie: »He, schlaf nicht ein!«
Ich denke, irgendwas stimmt doch nicht, aber ich begreife immer noch nicht. Ich sage irgendwas, warum soll ich nicht, oder so, ich weiß nicht mehr. Ich dachte, ich nehme vielleicht zuviel Platz weg im Bett, mir fiel gar nicht ein ... Seine Stimme wird wieder hei-

ser. *Da sagt sie ganz kühl: »Sie können nicht hierbleiben.«*
Das hat mich richtig gepackt. Es war wie ... wie ... ich war plötzlich wach, ganz wild im Kopf, aber sonst war ich wie ... wie gelähmt. Ich war so müde, zu müde, um mich zu rühren. Ich mußte an Ralph denken, der hat eine in die Wirbelsäule verpaßt gekriegt, und ich hab' zugesehen, wie er abgeholt wurde, auf der Trage, der konnte sich auch nicht rühren, aber er wußte Bescheid.
»Warum nicht?« frage ich.
»Weil ich's nicht will.«
»Und warum willst du nicht?« Ich wollte Zeit schinden. Ich konnte nicht aus dem Bett ... mein Kopf ... es war mir richtig schwindlig.
»Weil ich Sie kaum kenne«, sagt sie. Er lacht und schluchzt gleichzeitig. Danach eine lange Pause.
»War's nicht gut?«
»Es geht«, sagt sie. »Nicht schlecht.«
Das haute mich ... also ... ich sagte bloß: »Leck mich am Arsch, ich bleibe hier.«
Da schnappte sie richtig über. »Was? Was glauben Sie überhaupt, wo Sie sind?« schreit sie mich an.
Es klang, als wenn sie Angst hätte, und das fand ich komisch. Schließlich sollte ja ich auf die Straße geschmissen werden, nicht sie.
»Hier bin ich, Fotze«, sage ich also, »und ich bleibe, bis ich mich ausgeschlafen habe.« Warum ich das gesagt habe, weiß ich nicht. Ich war ja wach. Ich hätte bloß ... aber daß diese miese Schnalle mich einfach ... seine Stimme bricht wieder ... *daß die mich abschiebt wie ein Stück Scheiße! Mich vor die Tür setzt wie ein Stück Scheiße!*
Und dann sagt sie: »Wenn Sie nicht in einer Minute aus der Wohnung sind, rufe ich die Polizei.« Dabei langt sie nach dem Telefon am Bett, und ich nehme es ihr weg und reiße gleich die Schnur aus der Wand und schmeiße es durchs Zimmer. Dann wurde mir ganz schwarz vor den Augen ... eine Minute viel-

leicht . . . ich erinnere mich nicht mehr . . . oder war alles rot? . . . dann sehe ich, daß sie schon bei der Tür ist, ich hinterher, sie fängt an zu schreien, ich halte ihr den Mund zu, daß die Nachbarn nichts hören, dabei will ich jetzt bloß noch raus, ich schwöre Ihnen, weiter wollte ich nichts, ich wollte bloß noch weg, aber sie ließ mich ja nicht, wenn sie bloß aufgehört hätte zu strampeln, aber sie ging auf mich los, biß mir in die Hand. Lange Pause. Eine Frage wird gestellt. *Mmmm . . . jaaaa . . . da dachte ich, besser, du fesselst sie. Und knebelst sie. Gerade so fest, daß du hier abhauen kannst. Darum drängte ich sie zum Bett.* Lange Pause. Als er fortfährt, klingt seine Stimme tonlos, als berichte er von Ereignissen, die er aus der Ferne und ohne jede Teilnahme angesehen hat. *Ich hielt ihr den Mund zu, warf sie aufs Bett. Soll ich sie erst fesseln, denn knebeln? Erst knebeln. Die Hände wollte ich mit dem Telefonkabel fesseln . . . aber dann . . . wie es gekommen ist, weiß ich nicht . . .* Die andere Stimme sagt etwas, und zum erstenmal zeigt White Ärger wegen der Unterbrechung. *Ich sage doch, ich hab' sie umgebracht, ich habe sie umgebracht! Ist doch egal, wie. Ich weiß doch nicht . . . ich . . .* Er gibt auf . . . *Also ja . . . ich weiß. Ich weiß. Wenn Sie unbedingt wollen . . . Ich habe ihr das Kissen aufs Gesicht gedrückt, damit sie still ist. Erst versuchte ich's mit der Hand, aber sie hat immerzu gebissen. Also drückte ich ihr das Kissen aufs Gesicht . . . den Mund wollte ich ihr zuhalten. Wir waren beide nackt, und das hat mich scharf gemacht.* Fremde Stimme. *Stimmt. Das meine ich ja . . . mmm . . . also,* Stimme, *nein. Ich wollte, aber wie ich es versuchte . . .* er erstickt fast an den Worten . . . *plötzlich bäumt sie sich so richtig auf . . . ich dachte nicht mehr an das Kissen, sie fängt fürchterlich an zu schreien, ich krieg's mit der Angst zu tun wegen der Nachbarn und haue ihr die Lampe auf den Kopf, ohne nachzudenken. Wirklich, ich habe mir das nicht vorher überlegt. So, als wäre das gar nicht ich selber gewesen. Als wäre das wer anders. Ich weiß nicht, ich hab' sie angesehen, ehe ich zuschlug, ihr Gesicht . . . Angst hat sie gehabt . . . ich hatte eigentlich nichts damit zu tun. Als wenn ich ganz weit weg wäre. Dann sah ich Blut ... sie rührte sich nicht mehr ... ich kriegte es mit der Angst zu tun. Es klingelte, an der Tür oder das Telefon, ich weiß nicht, es klingelte jedenfalls immerzu und hörte nicht auf. Das machte mich verrückt. Ich hatte Angst wegzugehen, ich ... ich lief hin und her ... ich wollte,* er bricht zusammen, *ich wollte ganz sicher gehen ... ich wußte, daß es schlimm war, und da wollte ich ganz sicher ... ich habe sie mit dem Messer gestochen.* Er weint beim Sprechen. *Überall. Ich weiß nicht warum. In die ... überall. Ich weiß einfach nicht wieso. Ich weiß nicht mal, ob mir klar war, daß sie tot war. Leben tat sie nicht mehr. Ich bin dann wohl eingeschlafen.*

Es folgt eine lange Pause. Dann sagt die andere Stimme etwas. *Als ich aufwachte ...* Wieder bricht er ab, wieder fragt die andere Stimme. *Weshalb wollen Sie ... meinetwegen.* Er fährt mit großer Mühe fort und unterbricht sich mehrfach. *Mir war kalt. Als ich aufwachte, war mir kalt ... ich war ...* Stimme ... *ich war drin ... es kam mir ... ich weiß auch nicht wie ...* Stimme *... Ja, weiß ich. Ich weinte ... ich wollte ... ich wollte sie wärmen. Es war ganz verrückt, weil ... ich dachte, sie ist meine Freundin. Dann wurde mir klar, daß ich in der Klemme saß. Ich mußte weg. Ich zog mich an und ging runter. Niemand sah mich. Ich hatte ein paar Dollar von George, aber ich wollte keinen Bus riskieren, wegen der Leute. Es konnte doch sein, daß mir was anzusehen war ... Ich ging also, und das war schlimm, weil mein Bein so weh tat, ich weiß auch nicht wieso, ich muß mir wohl einen Muskel gezerrt haben. Ich konnte nicht richtig gehen, ich hinkte, ich hinke immer noch. Ich weiß nicht, was sie mit mir angestellt hat. George ließ mich rein. Er war allein. Ich erzählte, und er gab mir alles Geld, was er bei sich hatte. Der Polizei wollte er sagen, ich wäre eine flüchtige Bekanntschaft, falls er gefragt wurde.*

Wie ich nach Cleveland gekommen bin, weiß ich selber nicht. Ich wollte eigentlich nach Miami.

Theresa

Fast zwei Jahre lang hatten sie sich nicht um sie gekümmert, und dann war es zu spät. Als sie endlich begriffen hatten, was geschehen war, blickten sie so schuldbewußt drein, daß Theresa sich verwirrt und beschämt abwendete, wenn sie diesen Blicken begegnete. Wenn nicht der Tod des Bruders gewesen wäre, hätten sie wohl früher bemerkt, daß Theresa Hilfe brauchte. Theresa war bereit, ihnen zu vergeben, sie selbst konnten es sich aber nicht verzeihen.

Als sie vier Jahre alt war, war sie vorübergehend durch Polio vollständig gelähmt. Sie konnte sich nicht mehr daran erinnern, nicht an das Krankenhaus, nicht an die Nonnen, die sie gepflegt hatten, nicht an das Beatmungsgerät, ohne das sie erstickt wäre. Angeblich hatte die Krankheit eine Veränderung ihrer Persönlichkeit bewirkt, und vielleicht konnte sie sich deshalb an nichts erinnern; sie war jemand anderes geworden: ein stilles kleines Mädchen mit rotem Kraushaar, blaßgrünen Augen und einer sehr bleichen, sommersprossigen Haut, ein kleines Mädchen, das gern für sich allein war; nicht mehr das kleine Mädchen, das monatelang unermüdlich in einer Beinahe-Sprache dahergeplappert hatte, ehe es sich so weit zu zügeln vermochte, daß es sich die Muttersprache aneignen konnte; nicht mehr das kleine Mädchen, das Wasser über den Rand der Badewanne laufen ließ, weil es in der Diele »einen Ozean machen« wollte; das eines Abends splitternackt und von oben bis unten mit Mehl bepudert im Wohnzimmer erschien und verkündete »Ich bin ein Plätzchen. Bitte, eßt mich!«

Theresa wurde zwei Monate später als die anderen Kinder eingeschult, holte aber rasch auf. Sie lernte als eine der ersten lesen, und lieber als mit anderen Kindern spielte sie für sich allein oder verkroch sich mit irgendeinem Buch. (Die früheste Erinnerung überhaupt – abgesehen von einem überscharfen Bild: sie selber als kleines Kind am Strand – bezog sich auf ihre erste Beichte, als sie dem Priester gestand, sie habe mit der Taschenlampe ihres Vaters unter der Bettdecke gelesen, obwohl sie hätte

schlafen sollen. Diese Szene im Beichtstuhl war ihr noch in Erinnerung, als ihr das Bild des lesenden kleinen Mädchens schon längst entschwunden war.)
Weil sie nicht herumtollte, wurde sie zu dick, und die Eltern ermunterten sie, mit den anderen Kindern zu spielen. (Sie als einzige wurde ermuntert; den anderen Kindern wurde einfach befohlen.) Ihr machten die Spiele, die da gespielt wurden, jedoch keinen Spaß, nur durfte sie das den Eltern nicht sagen. Beim Versteckspiel hatte sie Angst – jedenfalls wenn sie diejenige war, die die anderen suchen mußte. Spiele, bei denen es auf Schnelligkeit ankam, waren ihr zuwider, einmal weil sie so dick war, dann aber auch, weil sie schnell außer Atem geriet. Dann wurde sie wütend und lief ins Haus, um nicht zu hören, wie die anderen sie als Spielverderberin auslachten.
Brigid, nur ein Jahr jünger als Theresa, war genau das Gegenteil. Sie las nur, soweit es unbedingt notwendig war, damit die Nonnen in der Schule sie nicht bestraften. Ruhelos und sportlich war sie im Winter fast ebenso viel draußen wie im Sommer. Kein Kind in der Nachbarschaft, mit dem sie nicht befreundet war, kein Erwachsener, der Brigid nicht als eine Art Patenkind betrachtete; denn seit Theresa zum erstenmal erkrankt war – Brigid zählte damals drei Jahre –, schien die Jüngere ständig auf dem Sprung, das Elternhaus zu verlassen und sich eine gesündere Familie zu suchen.
Theresa mochte Brigid nicht besonders. Nicht etwa weil Brigid etwas getan hätte, was Theresa mißfiel, sondern weil sie Brigids Dasein als einen einzigen gegen sich gerichteten Vorwurf empfand. Zwar fragten die Eltern nie: Warum bist du nicht wie Brigid? Aber diese Frage hing jedesmal in der Luft, wenn Brigid einen sportlichen Triumph errungen hatte oder wieder irgendwohin eingeladen worden war. Nicht daß Theresa ihrer Schwester diese Beliebtheit geneidet hätte. Im Gegenteil: Was sie schwer ertrug, war die Zeit, die Brigid daheim verbrachte.
Mit Thomas und Katherine war das anders. Die beiden waren ei-

gentlich wie Eltern für sie, und Theresa hing sehr an ihnen, besonders an dem Bruder, der sie nie herumkommandierte. Als Theresa geboren wurde, war Thomas elf und Katherine fünf Jahre alt. (Mr. Dunn hatte Brigid und Theresa einmal »späte Einfälle« genannt und damit die Mutter sehr gekränkt. Als die Gäste gegangen waren, warf sie ihm vor, er habe es so dargestellt, als sei es Berechnung gewesen, worauf ihr Mr. Dunn erwiderte: »Eben«, was nun wiederum niemand begriff als die Mutter, für deren Ohren es ja auch einzig bestimmt war.)

Thomas war der Liebling der Mutter. Als er mit achtzehn Jahren als Rekrut beim Hantieren mit einem Gewehr tödlich verunglückte, war das für sie der furchtbarste Schlag ihres Lebens. Ihre Haare wurden beinahe über Nacht grau, dabei war sie erst siebenunddreißig. Ihr berüchtigter Jähzorn war dahin, dahin war aber auch ihre Lebhaftigkeit. Anfangs weinte sie ununterbrochen. Dann hörte sie auf zu weinen, saß statt dessen reglos auf einem ungepolsterten Stuhl im Wohnzimmer und starrte auf den Teppich.

Auch Theresas Vater trauerte, aber seine Trauer reichte in ihrer Dauer und Intensität nicht an die der Mutter heran. Eine Zeitlang geisterte er durchs Haus wie ein Gespenst, ein grauer Schatten gegen das Schwarz der mütterlichen Trauer.

Katherine bügelt vor dem laufenden Fernsehgerät.
Die Mutter starrt auf den Teppich.
Theresa liegt zusammengerollt in der Zimmerecke, vertieft in »Nancy Drew«, sie blickt gelegentlich auf, um zu sehen, was auf der Mattscheibe vorgeht.
Brigid treibt sich in der Nachbarschaft herum.
Vater kommt von der Arbeit.
Katherine setzt das Bügeleisen ab, läuft ihm entgegen und wirft die Arme um ihn. Er umarmt Katherine, streicht ihr liebevoll durch das lange, seidige, kastanienbraune Haar. Dieses Haar ist, wie rotes Haar sein soll, nicht so wie Theresas, das sich kraust

und das die Farbe von Apfelsinen hat. In diesen Wochen wagt es Katherine als einzige, vom Vater Zärtlichkeit zu fordern. Und sie bekommt sie. Sie ist ohnedies sein Liebling. Das weiß sie, und Theresa weiß es auch. Falls Brigid es auch weiß, so macht sie sich nichts draus. Katherine geht wieder ans Bügelbrett. Der Vater verharrt einen Moment unentschlossen; muß er hereinkommen? Die Hülle durchstoßen, in der der Schmerz gefangen ist? »Sieh dir Theresa an«, sagt Mrs. Dunn. »Sie liest schon wieder. Weißt du noch, wie Thomas ihr immer vorgelesen hat, als sie krank war?«
Thomas besuchte Theresa öfter im Krankenhaus als die anderen, abgesehen von der Mutter. Thomas las stundenlang vor, er hielt ihr dabei das Buch hin, so daß sie die Bilder sehen konnte. Thomas brachte Blumen mit, die er auf dem Eckgrundstück gepflückt hatte. Thomas war ein Heiliger. Thomas hatte erwogen, nach der Dienstzeit beim Militär aufs Priesterseminar zu gehen, verschwieg das aber der Wehrbehörde. Theresa hatte Thomas sehr liebgehabt, wenn aber die Mutter die Thomaslitanei herunterbetete, wünschte sie sich, Thomas hätte nie gelebt; denn dann hätte dies nie geschehen können.

Als das Trauerjahr vorbei war, kam ihr Vater gelegentlich später von der Arbeit nach Hause. Manchmal hörte sie, wie ihre Mutter ihm Vorwürfe machte, er komme deshalb später heim, weil er trinke, nicht weil er mehr arbeiten müsse. Aber ihre Anschuldigungen klangen matt und gleichgültig; vor dem Tod von Thomas war das anders gewesen. Machte sie dem Vater in Gegenwart von Katherine Vorwürfe, so nahm die des Vaters Partei oder suchte zu vermitteln.

Manchmal hatte Theresa Schmerzen im Rücken, besonders wenn sie versucht hatte, längere Zeit aufrecht und still dazusitzen. Mit solchen Klagen belästigte man die Eltern nicht, auch unter normaleren Umständen hätte man das nicht getan. Dazu waren die

Beschwerden nicht schlimm genug. Außerdem war es möglich, daß man die Schmerzen durch das eigene Verhalten hervorrief; in diesem Fall mußte man mit Zorn und Vorwürfen rechnen, wenn man sich beklagte. Daheim rollte sich Theresa auf der Seite zusammen, um die Schmerzen zu lindern. In der Schule aber ermahnte sie Schwester Vera unermüdlich, gerade zu sitzen. Theresa ging dazu über, sich im Sitzen mit einem Fuß abzustützen oder auch unter die linke Gesäßhälfte ein Buch zu legen, um den Eindruck zu erwecken, sie sitze gerade. Einmal vergaß sie, das Buch wegzunehmen, als Schwester Vera die Hausarbeiten kontrollierte; die Nonne entdeckte das Buch und schickte Theresa zur Oberin. Theresa, so verängstigt, daß sie die Beine umeinanderwand, um nicht in die Hose zu machen, erklärte stotternd der Oberin, die sie, im Gegensatz zu Schwester Vera, schon von klein auf kannte, daß sie ohne das Buch nicht so aufrecht sitzen könne, wie Schwester Vera es wünsche.

Ihr Rückgrat war verkrümmt.
Die Kinderlähmung vor vielen Jahren hatte die linksseitige Rükkenmuskulatur mehr geschwächt als die rechtsseitige, so daß die stärkere rechtsseitige Muskulatur einen unmerklichen, aber stetigen Zug auf die Wirbelsäule ausübte. Der grauhaarige Orthopäde schüttelte den Kopf. Hätte man das doch nur zeitiger festgestellt! Im ersten oder zweiten Jahr nach der Kinderlähmung hätte man durch ein Gipskorsett ausgleichen können, jetzt aber...
Ehe sie für den chirurgischen Eingriff ins Krankenaus kam, wurden zahllose Untersuchungen und Tests gemacht. Schon die erste Untersuchung war so schlimm, daß es von da an nicht mehr darauf ankam – sie fühlte kaum noch etwas. Oder sie fühlte wohl etwas, doch so undeutlich, als ob das alles einer anderen geschehe. *In Anwesenheit des Vaters* fragte sie der Arzt, ob sie schon ihre Periode habe. Den Vater fragte der Arzt, ob es in der Familie Bucklige gäbe. Das war das einzige Mal, daß ihr Vater böse wurde. Der Arzt befahl ihr, sich vorzubeugen und mit den Finger-

spitzen den Fußboden zu berühren, während er hinter ihr saß und sich seine Hände tastend, drückend und bohrend über ihren Rücken bewegten. Seit Jahren glitt sie vor dem Einschlafen in eine Phantasiewelt, tat es auch, wenn sie, ohne zu lesen, in ein Buch blickte. Jetzt hatten diese Phantasien einen Zweck bekommen: Es war viel erträglicher, eine Prinzessin zu sein, die in einem Verlies gefoltert wird, als ein kleines Mädchen, das die Ärzte quälen. Und außerdem konnte eine Prinzessin, die Schurken ausgeliefert ist, jederzeit von strahlenden Helden befreit werden.

Ein Jahr lag sie im Krankenhaus, vor und nach der Operation ganz in Gips. Die Operation fand drei Monate nach ihrer Einlieferung statt. Als man ihr sagte, daß sie nach Hause dürfe, weinte sie – zum erstenmal in dieser ganzen Zeit.

Da Brigid noch zu klein war, um Theresa im Krankenhaus zu besuchen, hatten sie sich ein Jahr lang nicht gesehen. Das spielte jedoch keine Rolle; sie waren sich vorher fremd gewesen und würden es auch weiterhin bleiben.
»Schön, daß du wieder da bist«, begrüßte Brigid die Schwester und ging gleich weg, um Baseball zu spielen. Man neckte sie damit, daß sie mit ihren elf Jahren immer noch so versessen auf Ballspiele war.
Katherine war in den ersten Monaten häufig ins Krankenhaus gekommen. Dann geschah etwas, wovon Theresa anfangs nichts erfuhr. Erst nach Wochen ließ man sie wissen, Katherine sei etwas durcheinander, weil sie ihre Verlobung mit dem jungen John gelöst habe. Der junge John, den man so nannte, weil auch Katherines Vater John hieß, dessen Kollege bei der Feuerwehr er war, hatte sich Mr. Dunn bald nach Thomas' Tod eng angeschlossen. Er besuchte die Dunns häufig, und es stellte sich heraus, daß er rettungslos in Katherine verliebt war. Auf sein Drängen hin versprach Katherine ihn zu heiraten, sobald sie mit der

Schule fertig sei. Das hatte sie sich nun anders überlegt. Mehr wollte die Mutter vorläufig nicht sagen.
Eigentlich interessierte das alles Theresa nicht besonders. Katherine war zwar lieb zu ihr, dennoch war Theresa eher froh, wenn die Schwester wegblieb. Katherine hatte etwas an sich, eine besondere Ausstrahlung; überall war sie sofort der Mittelpunkt. Sie war nicht nur eine Schönheit, der alle Welt unentwegt versicherte, wie schön sie sei, es lag auch an Katherines Art zu sein. Theresa schien es, als erwarte die Schwester, von ihr ebenso bewundernd angestarrt zu werden wie von den albernen Jungen, die unermüdlich das Haus belagerten und Katherine ins Kino abholen wollten. Oder auch vom Vater. Solange sie zu Hause gewesen war, hatte Theresa sich nicht so viel daraus gemacht, sie war daran gewöhnt gewesen. Im Krankenhaus kam ihr dann aber der Gedanke, daß es vielleicht nicht unbedingt wünschenswert sei, sich das wieder aus nächster Nähe anzusehen.
Dann stellte sich heraus, daß Katherine gar nicht mehr im Elternhaus lebte. Es stellte sich heraus, daß Katherines Verlobung mit dem jungen John auseinandergegangen war, weil sie mit einem Vetter von ihm durchgebrannt war. Sie hatte ihn auf einer Hochzeit kennengelernt, zu der sie mit dem jungen John eingeladen worden war. Dieser Ronald, Börsenmakler und nunmehr Gatte von Katherine, war einer jener blendend aussehenden, übermäßig gepflegten jungen Geschäftsleute. Ihm schien fast mehr daran zu liegen, den angeheirateten Verwandten als seiner schönen Frau zu gefallen. Man hatte den Eindruck, Katherine verschwinde sofort in die hinterste Zimmerecke, wenn ihr Mann in die Nähe kam, doch Theresa dachte, das müsse eine Einbildung von ihr sein.
Ein halbes Jahr später erfuhr Theresa von der Mutter, daß Katherines Ehe annulliert worden sei. Eine Annullierung sei etwas anderes als eine Scheidung, sie setze voraus, daß eine Ehe nie bestanden habe. Theresa fragte, wie das möglich sei, und die Mutter erwiderte, so stehe es im Gesetz. Katherine war inzwischen zu

nahen Verwandten nach Brooklyn gezogen und ging wieder zur Schule. Die Mutter sagte, Katherine habe eingesehen, daß es ein ganz großer Fehler gewesen sei, die Schule nicht fertig zu machen; die Mutter hoffte, Theresa werde diesen Fehler nicht machen. Theresa versicherte, sie habe das nicht vor, sie wolle studieren und Lehrerin werden. Sie hatte angefangen, für die junge Nonne zu schwärmen, die ihr dreimal wöchentlich die Schulaufgaben ins Krankenhaus gebracht hatte, damit das Mädchen nicht hinter der übrigen Klasse zurückblieb. Theresa schrieb in einem Aufsatz, sie sei entschlossen, wie Schwester Rosalie zu werden. Schwester Rosalie lachte und küßte Theresa. Jetzt lachte Theresas Mutter, denn die mittlere Reife war eine Sache, der Besuch des Colleges aber eine ganz andere.
Katherine machte die mittlere Reife, mietete mit zwei anderen Mädchen in Manhatten eine Wohnung und ließ sich zur Stewardeß ausbilden.

Theresas Mutter wie auch der Arzt machten sich Sorgen wegen Theresas Übergewicht; sie wog fünfzehn Pfund zuviel. Der Arzt verordnete ihr Diät. Theresa war glücklich darüber. Nun wußte sie doch, was sie beichten sollte, wenn sie, von der Mutter gedrängt, wieder einmal in die Kirche gegangen war.
Vergib mir Vater, denn ich habe gesündigt. Vier Wochen sind seit meiner letzten Beichte vergangen. Drei Wochen lang habe ich gegen meine Diätvorschriften verstoßen; ich habe sieben Schokoladenriegel gegessen und drei Flaschen Coca Cola getrunken. Ich habe meine Mutter angeschrien, und zweimal habe ich geflucht.
Was machte es schon aus, daß sie Übergewicht hatte? Sicher war es schwierig, passende Kleider zu finden, vielmehr es hätte schwierig sein können, wenn sie nicht täglich die Schultracht getragen hätte oder eitel gewesen wäre. Sie war aber nicht eitel. *Was machte es schon aus?* Was machte es schon, wenn ihr rotes Haar, das sie morgens, ehe sie zu Schule ging, mit einem Gummiband zusammengefaßt hatte, abends wild von ihrem Kopf ab-

stand? Was machte es, daß sie schlampig wirkte oder bestenfalls so, als würde sie mit großer Mühe gegen ihre Unordnung ankämpfen? In ihren Träumen war sie wunderschön, vollkommener noch als Katherine. Im wirklichen Leben aber würde sie kein strahlender junger Prinz vor sich auf den Sattel ziehen und mit ihr zu seiner Burg galoppieren, selbst wenn sie die fünfzehn Pfund abnähme und sich in eine Schönheit verwandelte. Ihre beste Freundin, Gail, war klein und mager. Man nannte die beiden Mutt und Jeff, nach den beliebten Komikern, und sie fanden es aufregend, daß man sie als Einheit betrachtete.
Gail war es einerlei, ob Theresa abnahm oder nicht, Gail mochte die Freundin, wie sie war. Wenn Theresa sich vorstellte, wie sie im Anschluß an die Schule aufs College gehen würde, verspürte sie ein leichtes Unbehagen, weil sie wußte, daß Gail nicht mitkommen wollte. Sie versuchte, Gail zu überreden, aber Gail lachte nur. Sie war nun einmal keine so gute Schülerin wie Theresa.

Ganz schlimm war es, wenn Katherine – einmal im Monat – zu Besuch nach Hause kam. Nach einer Stunde bereits drängten sich die früheren Verehrer in der Wohnung, das Telefon klingelte ununterbrochen, und wenn nicht Katherine verlangt wurde, dann bestimmt Brigid. Brigid starrte Katherine während der Mahlzeiten an wie einen Filmstar. Die Mutter sprach wenig, aber man konnte ihre Befriedigung, das Kind wieder daheim zu haben, mit Händen greifen. Und der Vater, der gewöhnlich so wortkarg war (nur nachts nicht, da hörte Theresa ihn, wenn sie ins Bad ging, in der Stille seines Schlafzimmers unablässig leise reden), dieser Vater besprach mit Katherine deren Reisen, als sei die Tochter allein deswegen von zu Hause weggegangen. Er erkundigte sich nach allen erdenklichen Orten, so als habe er nie die Meinung geäußert, wenn man schon reisen müsse, fahre man am besten mit der Eisenbahn. Er lächelte Katherine an und sagte, während er mit dem Kopf nickte, ja, vielleicht werde er wirklich einmal die Flugpreisermäßigung für Angehörige des Personals

der Luftfahrtsgesellschaft ausnutzen. Falls John Kennedy nächstes Jahr gewählt werden sollte, wolle er vielleicht doch mal nach Washington fliegen. Oder auch nach Kalifornien. Zwei Kollegen von der Feuerwehr seien in Kalifornien gewesen und hätten gesagt, die Reise lohne wirklich. Vor allem Disneyland. Da gebe es nichts zu lachen, verteidigte er sich, seine Kollegen hätten gesagt, für Erwachsene sei es ebenso interessant wie für Kinder.
»Zu eurem dreißigsten Hochzeitstag schenke ich euch einen Flug nach Kalifornien«, versprach Katherine.
»Sei nicht albern, Katherine«, lehnte er ab, aber jeder konnte sehen, daß ihn ihr Vorschlag freute.
Theresa ging hinauf in ihr Zimmer. Kurz darauf klopfte es, und Katherine kam herein.
»Tessie«, fragte sie. »Ist was nicht in Ordnung?«
Katherine konnte nicht wissen, daß Theresa den Kosenamen Tessie mittlerweile haßte und Terry genannt sein wollte. Tessie war der Name eines kleinen Kindes mit rötlichblonden Locken gewesen.
»Es ist nichts.«
»Bestimmt nicht? Du hast in der letzten Zeit kaum mit mir geredet, wenn ich euch besucht habe.«
»Dafür reden die anderen.«
»Du bist mir also doch böse.«
Theresa sah verwundert, daß Katherine den Tränen nahe war. Solange sie zurückdenken konnte, hatte sie die Schwester nicht weinen gesehen. Was sollte sie jetzt sagen? Vielleicht, daß es ja nicht Katherines Schuld war, wenn man sie für einen Filmstar hielt und das Haus als ihren Fan-Club betrachtete.
»Ich bin dir nicht böse«, begann sie. »Nur manchmal ... da bin ich ... dir wird alles so leicht!«
Katherine starrte sie an. »Was redest du da, Tessie? Komm, setz dich doch auf und sag, was los ist.«
Widerwillig richtete Theresa sich auf.
»Was wird mir leicht?«

»Alles! Du brennst durch und heiratest, dann überlegst du es dir anders und – schwups, schon bist du nicht mehr verheiratet. Du möchtest Stewardeß werden und in der Gegend rumfliegen, und schon bist du eine. Du amüsierst dich nach Herzenslust, dir ist es ja egal, was hier passiert, ob du uns fehlst –« Das alles brach förmlich aus ihr hervor – aber was redete sie da eigentlich? Ihr fehlte Katherine jedenfalls nicht.
»Aber es ist doch gerade andersrum!« rief Katherine. »In Wirklichkeit möchte ich viel lieber hier sein!«
»Und dann, wenn es dir gerade mal einfällt, beehrst du uns«, fuhr Theresa fort, ohne auf den Einwurf zu achten. »Ganz als ob . . .« Als ob was? Als ob sie hier die Herrin sei. Als ob die anderen überhaupt keine Rolle spielten. »Als ob es dir völlig egal ist, was hier vorgeht.«
»Aber das stimmt doch gar nicht!«
»Natürlich ist dir das gleichgültig, und ich weiß ja auch, daß es wirklich nicht so wichtig ist, nur . . .«, Theresa verstummte hilflos.
Katherine sagte »Ich war immer unglücklich, seit ich hier ausgezogen bin.«
Jetzt starrte Theresa Katherine an.
»Meine Ehe war scheußlich. Ein Alptraum. Und die Annullierung war entsetzlich, schlimmer, als du dir vorstellen kannst. Ich mußte lügen und lügen und wußte dabei genau, daß kein Mensch mir glaubte. In Wirklichkeit war alles viel schlimmer, als ich es dort sagen konnte, aber mit der Wahrheit hätte ich die Annullierung nicht bekommen. Ich mußte also behaupten, die Ehe sei, na, eben nie vollzogen worden, obwohl ich fast ein Jahr verheiratet war. Ich mußte so tun, als wäre ich noch . . . du weißt schon.«
Theresa nickte. Ihr Zorn hatte sich etwas gelegt, als Katherine beichtete.
»Noch Jungfrau. Lieber Himmel, ich bin siebzehn, und du darfst wirklich –«
Katherine lächelte. »Natürlich. Du bist für mich eben immer

noch die Kleine. Du kannst dir nicht vorstellen, wie gern ich manchmal mit dir geredet hätte, Tessie. Ich hab' doch sonst niemanden.«

»Und was ist mit den Mädchen, bei denen du wohnst?«

»Ich wohne nicht mit Mädchen zusammen«, gestand Katherine nach kurzem Zögern. »Ich lebe mit einem Mann zusammen. Mit zweien eigentlich. Mit einem in New York und mit einem in Los Angeles. Jedenfalls bis vor vierzehn Tagen war das so.«

»Was ist passiert?«

»Ich wurde schwanger.«

»Ach, du lieber Himmel«, murmelte Theresa, die sofort begriff, was das bedeutete. »Du weißt nicht, wer der Vater ist!«

Katherine brach in Tränen aus.

»Es hat keinen Zweck zu weinen.« Theresa gefiel diese neue, leidende Katherine besser als die alte, aber sie fühlte sich in deren Gegenwart noch unbehaglicher.

»Ich muß einfach weinen, ich kann nicht anders.« Katherine schluchzte unbeherrscht. »Die ganze Zeit über habe ich kein einziges Mal geweint. Selbst bei der Abtreibung nicht.«

»Du hast abgetrieben?« flüsterte Theresa. Bis dahin hatte sie das Wort Abtreibung noch nicht einmal laut ausgesprochen gehört.

Katherine nickte und sah Theresa dabei an, als erwarte sie, angeschrien zu werden.

»Hat es weh getan?«

Katherine schüttelte den Kopf. »Aber seit ich zurück bin, fühle ich mich miserabel. Ich hab's in Portoriko machen lassen. Es war wie ein Wochenendausflug. Es ist fast ... so leicht dürfte es nicht sein. Es ist eine zu große Sünde, sie kann einfach nicht ohne Folgen bleiben.«

Theresa nickte.

»Das verstehst du doch?« Katherine hatte sich beruhigt. »Du bist die einzige, die das verstehen kann. Als ich wieder hier war, war ich entsetzlich deprimiert. Ich habe versucht, es zu erklären ... alle meinten, ich regte mich für nichts und wieder nichts

auf. Die Mädchen, die ich kenne, haben alle schon abgetrieben. Daß ich es auch tun könnte, habe ich nie für möglich gehalten. Sag ehrlich, Tessie: Meinst du, ich bin ein schlechter Mensch?«
Theresa lächelte befangen und schüttelte den Kopf. Dabei hatte sie wirklich den Verdacht, Katherine könnte im tiefsten Inneren ein schlechter Mensch sein. Aber sie wußte nicht genau, warum; mit der Abtreibung hatte es bestimmt nichts zu tun.
Katherine seufzte. »Ich habe immer geglaubt, du hältst mich für schlecht. Oder besser gesagt, ich wußte, daß ich Sachen machte, die unrecht waren, oder die ich zumindest damals für unrecht hielt. Du weißt schon, mit Jungen und so. Mutter und Daddy haben das nie gemerkt, aber ich hatte immer Angst, du wüßtest Bescheid, du wüßtest als einzige, wie schlecht ich wirklich bin.«
Theresa fand es faszinierend, daß Katherine genauso von sich zu denken schien, wie sie selbst von ihr dachte. Das machte ihre Schwester interessanter als je zuvor. Sie gönnte Katherine ein freundschaftliches Lächeln.
»Mir lag so viel daran, daß du mich mochtest«, fuhr Katherine fort. »Ich weiß, daß das albern klingt, weil du doch viel jünger bist als ich, aber ich habe schon ganz früh für dich etwas empfunden ... als du klein warst und aus dem Krankenhaus kamst.«
Theresa war verblüfft. Über diese Zeit hatten sie bisher nie miteinander geredet.
»Ich war damals erst zehn und durfte dich deshalb nicht im Krankenhaus besuchen«, sagte Katherine. »Ich hatte furchtbare Angst – auch dann noch, als man mir sagte, du würdest gesund werden, wenn wir alle dafür beteten. Jeden Tag bin ich zur Kirche gegangen und habe gebetet für dich. Vorher ... nun, vorher habe ich über dich nie nachgedacht, du warst so viel jünger, und eigentlich waren wir zwei Familien. Ich war eher deine Mutter als deine Schwester.«
Theresa hatte das Katherine schon früher sagen hören, und wie üblich ärgerte sie sich darüber, obwohl sie nicht genau wußte, was sie daran so störte.

»Als du krank wurdest, bekam ich furchtbare Angst. Ich wußte, daß man an Kinderlähmung sterben kann. Ich erinnere mich, wenn ich betete, dann bat ich Gott immer, er solle dich am Leben lassen, weil ich dich ja noch gar nicht richtig kannte. Als du dann heimkommen solltest, konnte ich vor Aufregung nicht schlafen. Ich war glücklich, aber ich hatte auch entsetzliche Angst. Ich glaube, ich habe gefürchtet, daß du ganz verändert aussehen könntest, daß du ein anderer Mensch geworden wärst. Und dann war es tatsächlich so ... du warst verändert. Völlig verändert.«

Theresa sah, daß wieder Tränen in die Augen ihrer Schwester traten, noch ehe sie merkte, daß auch ihre eigenen Augen feucht waren.

»Du warst nicht nur mager geworden ... Haut und Knochen warst du, armes Kleines ... sondern es war noch schlimmer. Es war dein Gesicht. Du hast ausgesehen wie eine Hundertjährige. Ganz alt und abgeklärt. Ich weiß noch, daß ich dachte: Heilige Muttergottes, ich habe darum gebetet, daß sie am Leben bleibt, nicht daß sie alt wird.« Zum zweitenmal an diesem Abend fing Katherine zu schluchzen an. Theresa hätte gern gesagt, sie solle aufhören, aber ihr wurde selber die Kehle eng, und sie wußte außerdem nicht genau, ob Katherine aufhören sollte zu reden oder zu schluchzen. »Ich werde das nie vergessen«, stieß Katherine unter Tränen hervor. »Du hast ausgesehen wie gestorben und wiedergekehrt. Wirklich, Tessie, das ist die Wahrheit.«

Jetzt konnte sich auch Theresa nicht mehr länger beherrschen. Aufrecht und reglos im Bett sitzend, weinte sie stumm. Katherine legte den Kopf in Theresas Schoß und schluchzte laut.

»Von da ab hatte ich immer das Gefühl«, fuhr Katherine nach einer Weile mit gepreßter Stimme fort, »daß du Bescheid wüßtest, egal, was ich erzählte. Aber Angst hab' ich trotzdem nie gehabt. Ich wußte, daß du mich nicht verraten würdest. Wir haben zwar fast nie miteinander gesprochen, aber ich war sicher, daß wir uns verstanden.«

Theresa streichelte Katherines Haar. Der Widerstreit der Gefüh-

le in ihr war so stark, daß sie zitterte. Sie verspürte eine fast überwältigende Liebe zu ihrer Schwester, das Verlangen, sie in die Arme zu schließen und sie zu trösten; zugleich war da aber auch ein heftiges Schuldgefühl, weil sie Katherine nicht mochte und ihr mißtraute. Trotz dieses Aufruhrs erkannte sie deutlich, daß ihr Mißtrauen nicht verschwunden war. Ihr Mißtrauen gegenüber der Schwester, gegenüber diesem Gefühlsausbruch. Was wollte Katherine eigentlich von ihr? Es war, als stünde mitten in der Nacht ein Bekannter vor der Tür, von dem man wußte, daß er wegen eines Mordes auf der Flucht war und der nun um Mitleid und Hilfe bettelte. Nur hatte Katherine keinen Mord begangen. Oder doch? Theresa sagte sich immer wieder, daß sie ihrer Schwester nicht traute, zugleich aber konnte sie die Berührung des vom Weinen geschüttelten Körpers nicht vergessen.
»Hör auf«, sagte sie.
Katherine blickte hoch. »Was?«
»Nichts«, sagte Theresa. »Ich weiß nicht. Ich habe Kopfschmerzen.«
»Möchtest du ein Aspirin?« Katherines Gesicht war mit Wimperntusche verschmiert.
»Nein.«
»Ich brauche jetzt eine Zigarette. Rauchst du, Theresa?«
»Hin und wieder.« Warum log sie jetzt? In Wirklichkeit hatte sie sich nur vorgenommen, es bei Gelegenheit zu probieren.
»Warte, ich hole welche. Ich bin gleich wieder da.« Aber dann zögerte Katherine, als fürchte sie, das neue Band zwischen ihnen könne zerreißen, wenn sie das Zimmer verließ.
»Wasch dir das Gesicht«, sagte Theresa. »Es ist ganz verschmiert.«

Zwei Monate später heiratete Katherine einen zweiundvierzigjährigen geschiedenen jüdischen Anwalt aus Boston. Er hieß Brooks Hendell. Die Eltern reagierten ungläubig und mit verkniffenen Lippen, beruhigten sich aber, als sie ihn kennenlernten.

Brooks war reich, er sah gut aus, man mußte ihn einfach gernhaben. Mrs. Dunn konnte gar nicht oft genug versichern, daß man ihn durchaus für einen Norditaliener halten könne. Theresa fand ihn wunderbar, und Brigid ebenfalls.
Brigid hatte einen festen Freund, einen drahtigen, sommersprossigen irischen Jungen, der Patrick Kelly hieß. Als der Vater davon hörte, bemerkte er trocken, zur Zeit hätten die Iren nun einmal Erfolg: Kelly bei seiner Tochter, und Kennedy in Washington. Theresa hielt Patrick für einen Trottel, Brigid hingegen widmete ihm alle jene gebündelte Energie und hingebende Liebe, die vormals dem Baseball und anderen Spielen gegolten hatten; sie hatte nur noch Augen für ihn, buk seine Leib- und Magenplätzchen und strickte ihm Pullover.

Theresa verdankte es Katherine, daß sie das City College besuchen durfte. Katherine hatte die Eltern überredet. Die Kollegen von der Feuerwehr sagten zum alten Dunn, er sei verrückt, wenn er seiner Tochter erlauben würde, täglich mit der U-Bahn nach Harlem zu fahren. Aber Katherine machte ihm klar, daß heutzutage Tausende von jungen Mädchen tagein, tagaus das City College besuchten, ohne vergewaltigt oder ermordet zu werden. Katherine sagte, die Eltern sollten froh sein, daß eine ihrer Töchter den Ehrgeiz hätte, Lehrerin zu werden, und auch gescheit genug sei, um die Aufnahmeprüfung zu bestehen. Katherine behauptete, sie selber habe oft gewünscht, noch einmal den Schwung zu haben, um die Schulbank zu drücken und einen richtigen Abschluß zu machen. Es sei auch noch nicht aller Tage Abend. Brooks sei sehr dafür, daß sie noch was lernte.

Am Vorabend ihres Studienbeginns nahm Theresa ein Bad, schloß sich in ihr Zimmer ein, zog den Bademantel aus und betrachtete sich im Spiegel. Im Lampenlicht wirkte ihre Haut hell, aber nicht stumpf. Die Brüste waren rund und voll; die zehn oder fünfzehn überzähligen Pfunde verteilten sich auf

Hüften und Oberschenkel; wenn sie keine engen Kleider trug, war davon überhaupt nichts zu sehen. Theresa fand ihren nackten Körper im großen und ganzen recht ansehnlich, hätte das aber unter keinen Umständen zugegeben. Angezogen und in Gegenwart Fremder kam sie sich dick und schlampig vor; irgend etwas gab es immer, worüber sie sich schämen konnte, aber eigentlich nur, weil sie sich mit den Augen der anderen zu sehen glaubte.

Theresa nahm einen ovalen Spiegel von der Wand und trat damit vor den langen Spiegel an der Schranktür. Sie stellte sich mit dem Rücken zum großen Spiegel und hielt den kleinen so, daß sie darin ihren Körper von hinten sehen konnte. Eine glänzende, blaßrosa Naht verlief den unteren Teil der Wirbelsäule entlang; knapp über der linken Gesäßhälfte sah sie die halbmondförmige Narbe, ebenso glänzend blaßrosa wie die lange Naht; dort hatte man den Knochen für die Wirbelsäule entnommen. Theresa fröstelte. Seit ihrer Operation vor sechs Jahren hatte sie ihren nackten Rücken nicht mehr betrachtet. Sie hängte den kleinen Spiegel zurück an seinen Platz.

Es schien Theresa, daß man sie für vollkommen in Ordnung halten müßte, wenn man sie nackt nur von vorn sah und von der Narbe auf ihrem Rücken nichts wußte. Die Rechtskrümmung der Hüfte war praktisch unsichtbar; niemand hatte bislang etwas davon bemerkt. Nachdem die Wunde verheilt war und auch die Narbe nicht mehr juckte, hatte Theresa nicht mehr daran gedacht. Jetzt erinnerte sie sich, daß sie die Narbe lange Zeit nicht als eine Naht in der Haut empfunden hatte, sondern als Teil ihres Körpers. Als sei die Naht ihre Wirbelsäule, das Ding, das Theresa zusammenhielt. Damals hatte sie öfters geträumt, sie oder vielmehr ihre Wirbelsäule, ihre Narbe liege am Boden, während die übrigen Körperteile wie Chiffonschleier durch die Luft schwebten. Jedesmal, wenn diese Schleier endgültig davongleiten wollten, zerrte die Narbe sie wieder zurück auf den Boden. In der folgenden Nacht hatte sie einen ähnlichen Traum, nur spielte der vor dem Gebäude des City College, wo sie sich für die ersten Kurse eingeschrieben hatte. Dort stand eine Statue, die auf Theresa herunterschaute. Auch die Passanten, die diesen Blick bemerkt hatten, starrten Theresa an. Sie begriffen nicht, daß es ein Mensch war, den sie vor sich sahen. Plötzlich begann es so heftig zu regnen, daß die Leute schreiend davonrannten, um sich unterzustellen. Theresa erwachte.

Professor Martin Engle war groß und überschlank. Er hatte schwarzes, gelocktes Haar, mit grauen Strähnen, ein sanft-sarkastisches Gehabe und schöne, traurige Augen, die man jedoch erst dann gewahr wurde, wenn er die Brille abnahm und sich mit der Hand erschöpft übers Gesicht strich. Er war ein Dichter, ein Band seiner Gedichte war als Privatdruck erschienen, wie Theresa von Carol und Rhoda erfuhr, zwei Mädchen, die ebenfalls den Kurs von Engles besuchten und auch in ihn verliebt waren. Er begann am ersten Tag damit, daß er ein Gedicht aus dem »Stundenbuch« von Rainer Maria Rilke vorlas.

Was wirst du tun, Gott, wenn ich sterbe?
Ich bin dein Krug (wenn ich zerscherbe?)
Ich bin dein Trank (wenn ich verderbe?)
Bin dein Gewand und dein Gewerbe,
mit mir verlierst du deinen Sinn.

Dann fragte er, ob einer der Anwesenden Schriftsteller werden wolle. Carol und Rhoda meldeten sich. Professor Engle ließ sie wissen, es solle sich niemand der Mühe des Schreibens unterziehen, wenn er nicht hoffen könne, später einmal ebenso vollkommene Verse zu verfassen wie die eben gehörten. Gelingen werde es ohnehin nur wenigen, diejenigen aber, die diesen Ehrgeiz nicht hätten, sollten es lieber gleich aufgeben. Carol und Rhoda machten ernste Gesichter.
»Dies vorausgeschickt«, sagte Professor Engle und fuhr dann in

düsterem Ton fort »möchte ich Ihnen sagen, daß ich die Absicht habe, in diesem Kurs diejenigen zu unterrichten, die klug genug sind zu wissen, daß sie keine Begabung haben –« er machte eine kleine Pause, »die mir aber zu verstehen geben: ›Professor Engle, ich bin kein Schriftsteller und werde auch nie einer werden. Ich komme zu Ihnen aus einer New Yorker Oberschule, praktisch als Analphabet. Bitte bringen Sie mir bei, einen schlichten Aussagesatz so niederzuschreiben, daß ich mich dabei nicht blamiere ...‹ Diejenigen also, die begreifen, daß es das ist, was sie brauchen, denen will ich das beibringen. Irgendwelche Fragen?« Die meisten Hörer saßen da, als habe man sie zurechtgewiesen, ohne daß sie jedoch wußten, was sie falsch gemacht hatten. Carol und Rhoda wirkten vernichtet.

Die erste Aufgabe bestand darin, in Ich-Form kurz ein unerfreuliches Erlebnis zu schildern. Überflüssige Garnierungen, vergleichbar der Papiermanschette an einem Hühnerbein, sollten unterbleiben. Wo der Verständlichkeit wegen Adjektive vonnöten waren, hatten diese schlicht und direkt zu sein: hübsch und häßlich, grün, rosa und so weiter. Türen waren offen oder geschlossen, keinesfalls angelehnt. Sonnenlicht durfte nicht durch die Schlitze von Jalousien fluten; falls etwas flute, dann nur Flüssiges. Ob alle verstanden hätten? Professor Engle stellte sich ans Fenster und blickte in den Hof hinunter. Sonnenlicht flutete durch das geöffnete Fenster und ließ seinen breiten Ehering aufblitzen.

Theresa schilderte die Beichte bei einem ihr unbekannten Priester, der betrunken war. Sie hatte wirklich etwas zu beichten, eine Sache mit einem Jungen, die vor ein paar Tagen passiert war. Doch sie hörte den Priester hinter dem Gitter schnaufen, ja roch beinahe seinen Atem, und als er zu ihr sprach, war seine Zunge vom Alkohol schwer. Der Beichtstuhl stank nach Zigarrenrauch. Sie rief sich ins Gedächtnis, wie er vorige Woche bei seiner ersten Messe ausgesehen hatte: dick und rötlich, mit Äderchen auf der Nase.

»Vergib mir, Vater, denn ich habe gesündigt. Ich habe dreimal meine Mutter angeschrien und Erdnüsse gegessen, die eigentlich für meine Schwester und die anderen bestimmt waren.«
Sie sollte zur Buße zwanzig »Gegrüßet seist du« und dreißig Vaterunser beten. Die Last, die sie in den Beichtstuhl geschleppt hatte, nahm sie wieder mit.

Die Studenten durften sich ihre zensierten Arbeiten ansehen, dann mußten sie sie zurückgeben.
Gut. Die Aufgabe ist richtig gelöst.
»Nicht nur der Inhalt ist vorzüglich, Miß Dunn«, sagte Professor Engle, während sie mit vor Freude geröteten Wangen auf ihre Arbeit starrte. »Ich verleihe Ihnen hiermit auch den Martin-Engle-Preis für Schönschrift des Jahres 1961. Der Preis wird nur an Absolventen von kirchlichen Privatschulen verliehen. Absolventen einer öffentlichen Schule brauchen sich gar nicht erst zu bewerben – es wäre aussichtslos.«
Theresa war geschmeichelt, aber auch verwirrt, ein Zustand, in den er sie noch öfter versetzte: Er lobte sie, machte sich aber zugleich über sie lustig. Das Ganze war einfach nicht so wichtig, mußte sie sich sagen. Er machte ungeheuer viel her von ihrer Schrift, auf die es nun wirklich nicht ankam. Theresa ärgerte sich darüber. Sie war seine Sklavin.
Er forderte sie auf, ihre Arbeit der Klasse vorzulesen. Sie lehnte kopfschüttelnd ab. Er fragte sehr sanft, ob sie etwas dagegen habe, wenn er die Arbeit vorlese, und sie willigte ein. Als alle Studenten ihre Aufsätze wieder zurückgegeben hatten, las er den von Theresa laut vor und forderte zur Stellungnahme auf. Niemand äußerte sich. Daraufhin las er einen anderen Aufsatz vor, nannte aber den Verfasser nicht.
»Wir schreiben das Jahr 1895«, begann der Aufsatz. »Ich mußte mit den Meinen aus Rußland fliehen. Wir hungern. Seit Tagen, aus denen Wochen werden, haben wir kaum etwas gegessen. Wir schlafen im Laderaum dieses schmutzigen Dampfers, und manch-

mal liegen Tote zwischen uns, die nicht weggeschafft werden. Wir drängen uns wärmesuchend aneinander, und es riecht manchmal so schlecht, daß ich mich übergeben möchte.«
Theresa war von der dramatischen Schilderung sehr beeindruckt und erwartete, Professor Engle sagen zu hören, der Unterschied zwischen den beiden Arbeiten sei der Unterschied zwischen handwerklichem Können und Begabung. Bald aber wurde sie gewahr, daß Professor Engle, anfangs unmerklich, dann aber immer deutlicher, diese Arbeit verhöhnte. Indem er die Schilderung eine Spur dramatischer vortrug, als sie gemeint war, gab er der Klasse zu verstehen, was er davon hielt.
Theresa sah sich unauffällig um. Manche Schüler waren belustigt von Engles Vortrag, andere wußten nicht, was sie davon halten sollten, wieder andere merkten überhaupt nichts. Rhoda allerdings saß wie erstarrt an ihrem Platz und kämpfte mit den Tränen.
Gott sei Dank bin ich es nicht.
»Endlich stehen wir auf dem Boden Amerikas. Ich bete darum, daß diese grauenhafte Heimsuchung sich gelohnt haben möge.«
Er legte den Aufsatz fort und schaute die Studenten einen nach dem anderen an – dabei überging er Rhoda, zumindest kam es Theresa so vor.
»Möchte jemand etwas dazu sagen?«
Gott sei Dank bin ich es nicht.
»Es klingt prätentiös«, sagte ein schmallippiger junger Mann, der seinerseits prätentiös wirkte.
»Was genau halten Sie für prätentiös?«
»Ich weiß nicht recht«, sagte der junge Mann befangen, »der Ton ist irgendwie ...«
Das war ungerecht; der Ton war durch die Art des Vortrags entstanden.
»... und der Verfasser tut, als sei er jemand ganz anderes.«
»Wollen Sie damit sagen«, fragte Engle, als habe er nicht recht gehört, »daß ein Schriftsteller, der eine Rolle übernimmt, präten-

tiös ist? Dickens etwa? Oder Tolstoi? Balzac?« Er verschränkte die Arme vor der Brust und setzte eine strenge Miene auf.
»N... nein«, stammelte der Jüngling lahm, »aber –«
»Hat jemand etwas Vernünftiges zu dem Aufsatz zu sagen?«
Aber nun wagte selbstverständlich niemand mehr, sich zu äußern; dem Kritiker war es sogar noch schlimmer ergangen als dem Verfasser.
»Diese Arbeit kann man eigentlich nicht prätentiös nennen, eher schon prätendierend.« Was das nun heißen sollte, wußte niemand. »Das Problem besteht nicht darin, daß der Verfasser nicht sein eigenes Leben ehrlich abbildet, sondern daß er das Leben als solches nicht ehrlich abbildet.« Er zitierte die Stelle, an der es heißt, dem Erzähler werde übel. »Der Verfasser möge sich merken: ein Mensch, der wochenlang kaum gegessen hat, spürt nichts weniger als das Bedürfnis, sich zu erbrechen. Um das zu erkennen, bedarf es keiner Begabung und auch keiner intellektuellen Brillanz. Es bedarf einzig der Bereitschaft, sich unmittelbar mit dem Leben auseinanderzusetzen, statt Zwiesprache mit der Muse zu halten.« Engles Augen behielten nahezu die ganze Zeit ihren sanft verträumten Ausdruck, aber seine Lippen kräuselten sich.
Gott sei Dank bin ich es nicht.
»Die Verfasserin der anderen Arbeit hat sich unmittelbar ans Leben gehalten, an ihr eigenes; das ist die einfachste und nächstliegende Möglichkeit. Sie hat nicht den großartigen Ehrgeiz, als Künstlerin zu gelten – sie hat ganz einfach ein unerfreuliches Erlebnis geschildert.«
Lieber Gott, laß ihn nicht merken, daß alles nicht wahr ist. Daß wir, solange ich zurückdenken kann, den gleichen Priester haben, den bleichen, mageren, verschlafenen Pater Francis, dessen Mutter oder Schwester unfehlbar die Waschmaschine oder das Fernsehgerät gewinnt, wenn Verlosung ist.
Nach dem Unterricht rannte Theresa aus dem Raum, ohne mit jemandem zu sprechen. Sie schämte sich, Rhoda zu begegnen und

sie hatte Angst, sich bei einem Gespräch mit Professor Engle zu verraten und damit für immer gedemütigt zu sein. Es verblüffte sie, Rhoda beim nächstenmal wieder in der Klasse anzutreffen. Diesmal wurde ihnen eine andere Aufgabe gestellt; sie sollten ein angenehmes Erlebnis schildern und dabei wieder die bereits genannten Regeln beachten. Der Umfang sollte eine Seite nicht überschreiten; Kürze sei nicht nur geistreich, sondern auch die Wurzel vieler anderer guter Eigenschaften.

EIN SCHÖNES ERLEBNIS
von
Theresa Dunn

Ich war am Strand. Meine Freunde waren auch da. Wir hatten auf heißen Steinen Muscheln gebraten. Die anderen saßen noch ums Feuer, sie rösteten Marshmallows und sangen. Ich schlenderte allein davon. Im Gehen grub ich die Zehen in den warmen Sand. Ab und zu blieb ich stehen und hob eine hübsche Muschel auf oder einen glatten Stein.
Das Feuer der Sonne schien niedergebrannt, sie stand nur noch als rotglühender Ball am Himmel. Ich ging vor bis ans Wasser. Die Wellen leckten an meinen Zehen. Die Sonne stand jetzt sehr niedrig. Nie hatte ich sie der Erde so nahe gesehen. Der ganze Himmel schien nahegerückt. Unter meinen Sohlen bewegte sich der nasse Sand. Es kam mir nicht so vor, als stünde ich auf der Erde und schaute in den Himmel. Ich hatte das Gefühl, als sei ich in einer Tasche, die aus Himmel und Erde gebildet war.
Plötzlich rieselte der Sand unter meinen Sohlen ganz schnell weg, und ich schreckte aus meinem Traum auf. Ich hörte, wie mein Name gerufen wurde.
Mein Begleiter war auf der Suche nach mir.

Liebe Theresa:
Ich bezweifle, daß Sie eine Künstlerin sind, denn Sie befolgen meine Anweisungen zu brav. Immerhin ist dies eine gelungene

Arbeit – knapp und schön. Die »Schule zu den Gedärmen des Heiligen Xaver« – oder welches andere Bildungsinstitut das Vergnügen hatte, Sie an seinen Brüsten zu säugen – hat an Ihnen, zumindest was Ihr Sprachgefühl angeht, keinen bleibenden Schaden angerichtet.
Wir müssen in der nächsten Zeit einmal über Ihre Pläne sprechen. Ich möchte nicht hören, daß Ihr Hauptfach Pädagogik ist. Denken Sie sich etwas anderes aus, bevor es zu unserem Gespräch kommt. M. E.

Aus irgendeinem Grund hatte er sie auserwählt. Sie beobachtete die anderen unauffällig und versuchte, die Bemerkungen auf deren Arbeiten zu lesen, sie wog jedes Wort, das er sagte – doch es gab niemanden, auch nicht unter den jungen Leuten, die er freundlich behandelte, dem er mit solcher Güte und mit solchem Interesse begegnete wie ihr. Dies versetzte sie in einen spannungsgeladenen Glückszustand; da sie nicht wußte, womit sie sich dieses warme Plätzchen in der Sonne von Martin Engles Wohlwollen verdient hatte, bedrückte sie die Vorstellung, daß sie es eines Tages ungewollt wieder verlieren könnte. Carol und Rhoda (die er durch sein abschätziges Verhalten ihnen gegenüber davon überzeugte, daß er noch weit geistreicher sei, als sie zunächst vermutet hatten), wollten sich mit ihr anfreunden, wohl in der Hoffnung, etwas von der Zauberkraft, die Theresa zu besitzen schien, würde auf sie übergehen. Gerade deshalb ging Theresa den beiden aus dem Weg.
Die Mädchen warteten nach dem Unterricht auf sie; befand sich nämlich Theresa in der kleinen Gruppe, die Engle umringte, wenn er das Gebäude verließ, um zum nördlichen Teil des Universitätsgeländes hinüberzugehen, durften sie damit rechnen, daß er sie nicht verscheuchte. Warteten Rhoda und Carol hingegen allein, so mußten sie darauf gefaßt sein, daß er ihnen vorschlug, heute mal vor einem anderen Altar zu beten, er selber sei es müde, angehimmelt zu werden.

Endlich kam ein Tag, an dem alle aus dem Weg waren: nicht nur Rhoda und Carol, sondern auch Jules Feingold, ein schmächtiger dunkelhaariger Junge, der ebenfalls ein Verehrer von Engle war und auch schlecht behandelt wurde. Theresa legte den ganzen Weg allein mit Martin Engle zurück. Es war für sie wie eine wilde Achterbahnfahrt, rauf und runter, runter und rauf, und wie die Strecke verlief, wußte man immer erst, wenn man sie schon hinter sich gelassen hatte.

»Theresa«, sagte Martin Engle, als sie durch das Portal hinausgingen, »Theresita ... kleine Theresa ... endlich sind wir allein.« Ihr Herz begann zu pochen. »Der lang erwartete Moment.« runter. Demütigung. »Auf den auch ich – ich gestehe es – lange gewartet habe.« rauf, rauf, rauf. »Nun kannst du mir erzählen, wie dieser verängstigte Blick in deine schönen grünen Augen kommt.« rauf, rauf, rauf. Aber verängstigt? »Ist es die Furcht vor Professor Engle? Das kann ich mir nicht vorstellen, denn ich sah diesen Ausdruck schon beim erstenmal, als du noch nicht wissen konntest, was für ein grausames, unberechenbares Wesen ich bin. Dieser Ausdruck hat mich gereizt. Nun, was könnte er bedeuten ... Gottesfurcht? Wahrscheinlich nicht. Eher schon die Furcht vor einem seiner Boten. Strenge Eltern? Versoffener Priester? Schwule Nonne?«

Theresa zog scharf die Luft ein. Noch nie hatte sie jemanden so etwas laut sagen hören, obgleich ihre Mitschülerinnen gelegentlich über schwule Priester kicherten – und in ihren Büchern war sie selbstverständlich allen möglichen Charakteren begegnet.

»Weißt du übrigens, daß du nicht kicherst, wenn du nervös bist?« fragte er. »Und daß dies eine seltene Eigenschaft bei einem jungen Mädchen ist?«

Sie sagte nichts.

»Ah«, tat er bekümmert. »Ich sehe schon, ich werde die Lebensgeschichte der Theresa Dunn bis zum Eintreffen am North Campus nicht gehört haben. Folglich werde ich sie irgendwann zu einer Besprechung in mein Büro bitten müssen, als ob sie zu den

Studenten gehörte, die bei mir ihre Hauptvorlesung belegt haben. Möchtest du das, Theresa?«
»Ich glaube schon.« Ihr Mund war trocken.
»Gut.« Er zog seinen Terminkalender heraus und suchte umständlich einen Tag, an dem er eine ganze Stunde Zeit hatte. Auf den freien Platz schrieb er »Der stumme Gast«, zeigte es ihr und erklärte, daß er jene Studenten, die bei ihm nur Pflichtstunden belegt hätten, normalerweise nicht zu einer Besprechung empfange, und er wolle nicht dabei ertappt werden, daß er es trotzdem tue. Sein übertrieben vorsichtiges Verhalten zeigte ihr wieder einmal, daß er sich über sie lustig machte und daß sie all dem keine Bedeutung zumessen durfte. Ihr schwirrte der Kopf.

Er hatte schlechte Laune. Ein Stoß Hausarbeiten war verlorengegangen oder verlegt worden. Er hätte sich keinen Deut darum geschert, aber die Hälfte war bereits korrigiert gewesen. Sein winziges Büro quoll über von Büchern und Manuskripten. Er bedeutete ihr, sich zu setzen, achtete aber überhaupt nicht weiter auf sie, sondern fuhr mit seiner Suche fort.
»Darf ich Ihnen helfen?« fragte sie schüchtern.
»Wenn Sie wollen.« Das klang sarkastisch.
Sie wünschte sich sehnlichst, die Arbeiten zu finden, doch gelang es ihr nicht. Ihm übrigens auch nicht. Schließlich sagte er: »Schluß jetzt! Ich verschwende keine Minute mehr mit diesem Unfug. Ich werde einfach behaupten, alle Arbeiten seien so jämmerlich gewesen, daß ich sie unkorrigiert in den Papierkorb geworfen habe.« Er lachte, blieb aber gereizt. Theresa hielt den Atem an.
»Nun zu Ihnen«, sagte er abrupt. »Worüber wollten Sie mit mir sprechen?«
Sie starrte ihn an. Sie wollte mit *ihm* – *er* war es doch gewesen, der sie hierhergebeten hatte, denn *er* – mit einer raschen Bewegung stand sie auf, ging zur Tür und floh. Er rief ihren Namen, aber sie blieb nicht stehen. Als sie den halben Weg zur U-Bahn

hinter sich hatte, war sie völlig außer Atem, und alles tat ihr weh.

Erst in der Bahn erinnerte sie sich daran, daß sie ja noch zwei Stunden gehabt hätte – eine davon bei ihm.

Jedesmal wenn das Telefon klingelte, zuckte sie zusammen. Wütend über sich selbst, machte sie sich klar, daß sie nicht mit seinem Anruf rechnen könne. Es war geradezu lächerlich anzunehmen, er werde anrufen. Als sie zwei Tage später wieder Unterricht bei ihm hatte, nahm sie wie gewöhnlich auf ihrem Stuhl Platz, hielt den Blick auf die Hände gesenkt und vermied es, irgend jemanden anzusehen, auch ihn.

»Würden Sie bitte noch einen Moment bleiben, Theresa?« bat er, als die Studenten den Raum verließen. »Ich möchte mit Ihnen sprechen.«

Sie kehrte mit gesenkten Augen an ihren Platz zurück. Als alle gegangen waren, setzte er sich neben sie und rückte seinen Stuhl so, daß er ihr ins Gesicht sah.

»Du spielst doch nicht etwa Theater, Theresa? An der Nase herumführen lasse ich mich nämlich nicht –«

Sie spürte eine Welle von hilflosem Haß in sich aufsteigen, so stark, als habe sie ein elektrischer Schlag getroffen. Er bemerkte es und brach ab.

»Hat es dich wirklich so sehr verstört, daß ich unfreundlich war?« fragte er behutsam. »Es war doch nicht deinetwegen; ich hatte mich über etwas geärgert, und du warst zufällig gerade anwesend.«

Und zufällig hast du so getan, als sei es meine Idee gewesen, dich dort aufzusuchen. Nicht, daß ihr dieser Gedanke mißfallen hätte, aber der Vorschlag war von *ihm* ausgegangen. Aus irgendeinem Grund war das sehr wichtig für sie.

»Du bist viel zu empfindlich, Theresa.« Seine Stimme liebkoste sie. Theresa fühlte sich dahinschmelzen. Sie konnte nicht mehr wütend auf ihn sein. »Wir werden gemeinsam versuchen, deine Schmerzschwelle heraufzusetzen. Sagen wir: Jeden Tag eine

kleine Dosis Bosheit, so wie Injektionen, bis du vollkommen immun bist? Was meinst du dazu?«
Er lächelte sie an, aber sie war sich nicht sicher, ob er es nicht vielleicht doch ernst meinte. Wehrlos wartete sie, aufgewühlt bis ins Innerste. Sie mußte dringend aufs Klo. Sie hoffte, er würde sie berühren, und fürchtete zugleich, daß sie sich dann nicht mehr beherrschen und in die Hose machen würde und dann nie wieder seinen Unterricht besuchen könnte.
»Theresa«, mahnte er leise, fast flüsternd. »Du hast keinerlei Sinn für Humor.« Das hörte sich nicht nach Tadel an, eher wie eine Liebkosung. Und dabei tupfte er mit dem Zeigefinger auf ihr Kinn, als wolle er ein Grübchen hineindrücken. Sie war starr vor Erwartung.
»Es wird Zeit für mich, zum Nordgebäude rüberzugehen«, sagte er unvermittelt, aber immer noch sehr sanft. »Kommen Sie mit?«
Sie schüttelte den Kopf.
»Warum nicht?«
»Ich muß hier noch einiges erledigen.«
»Wirklich?«
Sie nickte.
»Na schön. Bis Freitag also. Erlauben Sie es sich nicht noch einmal, meinen Unterricht zu versäumen. Das hieße, Ihre Vorzugsstellung auszunutzen, und das liebe ich nicht. Verstanden?«
Wieder nickte sie und fuhr mit der Zunge über ihre trockenen Lippen.
»Schön. Dann verstehen wir uns ja. Für Freitag dürfen Sie eine besondere Arbeit anfertigen: ›Wie ich meine Jungfräulichkeit verlor.‹ Falls notwendig, eine erfundene Geschichte.«
Und er verschwand, bevor er sehen konnte, wie ihr das Blut aus dem Gesicht wich.
Das mußte einfach nur ein Scherz gewesen sein.
Aber so verrückt, wie er war, meinte er es vielleicht doch ernst?
Nein, es mußte ein Scherz sein.

Sie konnte so etwas ohnehin unmöglich schreiben. Also war's besser, man betrachtete es als Scherz.
Noch zehn Minuten lang saß sie in dem leeren Hörsaal, ehe sie sich aufraffen konnte, aufs Klo und dann zum Lunch in die Cafeteria zu gehen. Dort traf sie Jules mit zwei anderen Jungen. Jules wollte ein Gespräch mit ihr anfangen, aber sie hatte keine Lust dazu. In Gedanken erlebte sie wieder und wieder den Auftritt in dem leeren Hörsaal; sie fürchtete, etwas davon zu vergessen, wenn sie sich jetzt mit Jules oder sonstwem unterhielt.

In ihren Träumen war Engles Frau erst vor kurzem bei einem Autounfall ums Leben gekommen. Er bat sie, Theresa, zu sich. Er umarmte sie leidenschaftlich, nachdem er erklärt hatte, in seiner Ehe habe es schon seit Jahren an Liebe gefehlt. Manchmal spielten sie ein Spiel, das sie »Schmerzschwelle« nannten und wobei er und zahlreiche Gehilfen ausprobierten, wann bei ihr die Lust endete und der Schmerz begann. Oder umgekehrt. Zuletzt tauchte man sie immer in ein warmes, heilendes Bad.

Er fragte niemals nach der Extra-Arbeit, und nach und nach wurde alles so wie früher. Manchmal schien es, als lege er es darauf an, mit ihr allein zu sein, doch das geschah nie. Sie brachte heraus, wo er Unterricht hatte, ehe er zu ihrer Klasse ging, und richtete es so ein, daß sie gerade dort stand, als der Kurs zu Ende war. Er erschien jedoch in Begleitung eines Mädchens mit stark toupiertem Haar, so wie Katherine es trug. (Im Flugzeug bekam Katherine jetzt oft zu hören, sie habe Ähnlichkeit mit Jackie Kennedy. Katherine tat so, als würde sie sich deswegen ärgern, änderte aber nicht ihre Frisur. Das Ganze war albern; Katherines Haare waren dunkelrot, nicht schwarz. Engles Begleiterin hatte schwarzes Haar.)
Theresa empfand bei ihrem Anblick einen so verzehrenden Haß, daß sie nur eine unverständliche Erwiderung hätte stammeln können, wäre sie in diesem Moment von *ihm* oder sonstwem an-

geredet worden. Jenes Mädchen redete und lächelte und betrachtete ihn, als sei er ihr Eigentum.

Theresa kam zu spät zum Unterricht und vermied es eine Zeitlang, sich der Gruppe anzuschließen, die ihn nach der Vorlesung zum Nordgebäude begleitete. Er beurteilte ihre Arbeiten nach wie vor gut, doch sie geriet allmählich außer sich, weil er offenbar gar nicht bemerkte, daß sie ihm aus dem Weg ging.
Das Ende des Semesters nahte. Wenn sie nun im nächsten Semester den Stilistikkurs nicht mehr bei ihm belegen konnte? Für die letzte Arbeit durften sie sich selbst ein Thema aussuchen. Sie überlegte, ob sie den damals von ihm geforderten Aufsatz schreiben sollte, aber sie hatte Angst, sich dadurch zu verraten. Jetzt kam es darauf an, ihm zu beweisen, daß sie durchaus Humor besaß. Manchmal glaubte sie, daß ihre Humorlosigkeit der Grund dafür sei, daß er den Kontakt zu ihr aufgegeben hatte. *Du hast keinen Sinn für Humor, Theresa. Wir müssen deine Humorschwelle senken.* Dann wieder meinte sie, nur weil sie auf seine Herausforderung nicht eingegangen sei, habe er nicht . . . habe er nicht was? Habe er nicht das getan, was eigentlich fällig gewesen war.
Theresa schrieb eine Arbeit mit dem Titel »Fan Club«. Sie handelte von dem Rocksänger Elvis Angle und den albernen Teenagern, die nach jeder Vorstellung auf ihn warteten: die Möchtegern-Jackie-Kennedy, die beiden Judenmädchen in Sandalen mit einer Vorliebe für Folkloristisches (»Judenmädchen« allerdings schrieb sie nicht, denn sie hielt es für möglich, daß Professor Engle Jude war). Im ersten Entwurf gab es noch einen Rotschopf mit Sommersprossen, den sie später strich, denn Engle sollte nicht glauben, daß auch sie zu diesen gestochenen Mondkälbern gehörte – selbst wenn es stimmte.
»Sie machen mir Freude mit Ihrer Arbeit«, sagte er, als er die Arbeiten zurückgab. »Das kann ich nur von sehr wenigen meiner Studenten sagen.«

Wärme durchflutete sie. Für einen Moment hatte sie das Gefühl, in einem wunderschönen blauen Ballettröckchen auf einer winzigen Bühne vor einem einzigen Zuschauer zu tanzen: Martin Engle, der so begeistert klatschte, daß es klang, als applaudiere ein vollbesetzter Zuschauerraum.
Er sagte, er wolle anschließend in ein kubanisches Café am Broadway gehen, wo es ausgezeichneten Kaffee, aber keine Studenten vom City College gebe, und forderte sie auf mitzukommen. Sie nickte. (Dabei mochte sie Kaffee gar nicht, er war ihr zuwider.)

Sie trank den starken, süßen Milchkaffee und fand ihn herrlich. Er erkundigte sich danach, was für Pläne sie jetzt, am Ende des Semesters habe, und sie sagte, sie wolle den Stilistikkurs II bei ihm belegen. Er fragte lachend, ob sie abgesehen davon auch noch andere Pläne habe. Sie wurde rot, denn sie hatte keine. Früher einmal hatte sie sich gewünscht, Lehrerin zu werden oder ins Friedenskorps einzutreten, nun aber kreiste ihr ganzes Denken um die Möglichkeit, in seiner Nähe bleiben zu können, entweder als seine Schülerin oder als seine – ganz gleich was. Manchmal spielte sie mit dem Gedanken, bei ihm zu arbeiten und vielleicht Hausaufgaben zu korrigieren. Sie war in Grammatik ebensogut wie in Rechtschreibung.
»Eigentlich wollte ich immer Lehrerin werden«, sagte sie. »Aber ich habe keine Lust, Pädagogik als Hauptfach zu nehmen.« Die Pädagogikstudenten, hatte Theresa entdeckt, waren Gegenstand allgemeinen Gespötts, und auch Engles verachtete sie. Sobald ein Lehrer auf interessante Nebendinge zu sprechen kam, die einen aus dem Schlaf rissen, wollte unfehlbar einer von denen wissen, ob das denn auch in der Prüfung gefragt werde. »Dann habe ich auch schon gedacht, ich könnte für ein paar Jahre ins Friedenskorps eintreten und ...«
»Und dann heiraten und sechs Kinder bekommen.«
»Bestimmt nicht!« Sie war aufrichtig entsetzt.

Er betrachtete sie nachdenklich. »Wenn sonst junge Mädchen so etwas sagen, trieft ihre Stimme von Heuchelei!«
Sie blieb stumm.
»Also, Sie haben nicht vor, Kinder zu kriegen und sie später mit einem Fertiggericht vors Fernsehgerät zu setzen, damit Sie Zeit haben, den Vorsitz im Elternbeirat zu führen?«
Sie schüttelte den Kopf.
»Bestanden«, sagte er. »Die übliche Erwiderung darauf lautet: ›Sollte ich tatsächlich gegen meinen Willen Kinder bekommen, würde ich ihnen keine Fertiggerichte vorsetzen.‹«
Theresa lächelte. »Sie führen diese Unterhaltung wohl oft?«
»Ja. Immer wieder.«
Theresa sagte nichts. Es verstimmte sie, daß er es zugab und daß er es so lässig zugab.
Schließlich sagte er: »Sie wollen Lehrerin werden, weil Sie Kinder lieben, aber selber keine bekommen wollen.«
Sie nickte betreten, denn es hörte sich banal an, auch wenn es der Wahrheit entsprach. Zur Zeit verdiente sie sich ein schönes Taschengeld als Babysitter. Die Kinder liebten sie heiß, weil es ihr völlig einerlei war, wann die Kerlchen zu Bett gingen.
»Und ins Friedenskorps möchten Sie eintreten, weil Sie kleinen Afrikanern eine Sprache beibringen wollen, die die kleinen Afrikaner gar nicht lernen möchten. Oder weil Sie ihnen zeigen wollen, wie man einen Kral baut.«
Wie meist in seiner Gegenwart kam sie sich dumm vor. Er behauptete zwar stets, daß sie klug sei, doch ein Gespräch mit ihm glich einem Minenfeld, wo ein falsches Wort jeden Augenblick wie eine Bewegung wirken konnte, die eine Explosion auslöst – die Explosion ihrer Unwissenheit.
»Oder weil Sie sich aus bestimmten Gründen zu Negern hingezogen fühlen.«
Sie sah ihn verstohlen an, weil sie herausbekommen wollte, ob er es noch ernst meinte oder ob er sich über sie lustig machte. Er hatte einen Punkt berührt, über den sie gern mit jemandem gere-

det hätte. Genauer gesagt: Farbige flößten ihr Angst ein. Besonders Männer, aber auch Frauen. Wurde sie in der U-Bahn von Farbigen gemustert, fürchtete sie, vergewaltigt oder ermordet zu werden, und wenn sie alleine mit einem Farbigen auf einer Station warten mußte, geriet sie beinahe in Panik. Bei den Frauen war es anders – Vergewaltigung kam da nicht in Frage, aber Theresa glaubte zu spüren, daß diese Frauen gern gewalttätig gegen sie sein würden, daß sie sie haßten, weil sie weiß war. Sie könnte von ihnen ausgeraubt werden. Schwatzten und lachten farbige Frauen miteinander, fühlte sich Theresa von ihnen verhöhnt. Am schlimmsten war es, wenn sie beim Lachen ihre großen weißen Zähne in den dunklen Gesichtern aufblitzen ließen (Theresas Angst nahm zu, je dunkler diese Farbigen waren; die, deren Haut noch einigermaßen hell war, fürchtete sie lange nicht so) und damit in *Theresas Körper* die Erinnerung an einen Traum weckten, in dem sie von einem riesenhaften Ungeheuer verschlungen werden sollte. Dann durchlief sie ein Zittern; war es vorüber, waren die Farbigen wieder Menschen, allerdings solche, vor denen man sich in acht nehmen mußte.
Was würde er von ihr halten, wenn sie ihm dies alles gestand?
»Nein«, sagte sie. »Eigentlich nicht ... meine Eltern haben eine Menge Vorurteile. Sie sind typische römisch-katholische Kleinbürger.« Sie fand, daß sie das sehr gut formuliert hatte. »Ich bin mit all diesen Schlagworten aufgewachsen: ›Die Neger kommen‹ und so. Sie wissen schon. Nicht mal Martin Luther King können sie leiden.«
Sie lachten beide.
»Ich weiß, sie sind ... unwissend.« Sie wählte ihre Worte sorgfältig. »Sie sind Kleinstädter – ein bißchen beschränkt. Der Teil der Bronx, aus dem ich komme, könnte auch mitten in Kansas liegen. Ich bin für die Gleichberechtigung der Neger ... ich weiß, daß sie gleichwertig sind ... und doch habe ich das Gefühl, als wären sie ganz anders als ich.« Jetzt war es heraus. Sie machte sich darauf gefaßt, daß er mit Widerwillen reagierte.

»Und deshalb also wollen Sie mit dem Friedenskorps nach Afrika oder Südamerika.«
Sie errötete. Erst jetzt wurde ihr bewußt, daß ringsum zierliche Männer spanischer Abstammung von unterschiedlicher Hautfarbe saßen. Sie sagte leise: »Ich möchte lernen.«
»Und wie wollen Sie lernen, warum die amerikanischen Neger die Weißen hassen, wenn Sie in afrikanischen Dörfern, wo kein Mensch je von Amerika gehört hat, Hütten bauen?«
Sie antwortete nicht. Falls er sie nicht schon vorher für dumm gehalten hatte, dann tat er es jetzt bestimmt.
»Ich weiß, es klingt blöd«, sagte sie. »Ich habe es wohl nicht gründlich genug durchdacht, ich meinte bloß . . .«
Er entgegnete, sie sei nicht blöd, sondern unschuldig. Sie war erstaunt. Die einzige Eigenschaft, die sie schätzte – und von der sie wußte, daß sie sie nicht mehr besaß –, war Unschuld. Wann sie ihre Unschuld verloren hatte, wußte sie nicht genau, es mußte jedenfalls früher passiert sein, als die Kirche behauptete. Es hatte etwas damit zu tun, daß man Dinge sah, die für die eigenen Augen nicht bestimmt waren.
»Sie haben mal gesagt, ich sähe verängstigt aus.«
»Mmmm.«
»Kann man denn gleichzeitig verängstigt und unschuldig aussehen?«
»Das müssen eigentlich Sie mir erklären, denn schließlich bringen Sie das ja fertig.«
»Ohhhh.«
Er lachte.
Sie gewöhnten sich an, jeden Mittwoch in dieses Café zu gehen, anfangs nur um Kaffee zu trinken, später aßen sie dort zusammen Mittag.
Im Januar sagte er ihr, welchen seiner Kurse über Vergleichende Literaturwissenschaft sie belegen solle. Der Unterricht begann nachmittags um vier. Theresa war unglücklich darüber, denn es bedeutete nicht nur, daß sie im Dunkeln nach Hause gehen

mußte, sondern auch, und das war viel schlimmer, daß damit ihre gemeinsamen Mahlzeiten ein Ende hatten. Dann stellte sich heraus, daß es ihm am liebsten gewesen wäre, wenn sie ihre Unterrichtsstunden möglichst spät gelegt hätte, denn er hielt fast alle seine Kurse nachmittags ab. Vielleicht konnte sie gelegentlich vormittags für ihn etwas arbeiten? Konnte sie mit einer Schreibmaschine umgehen? Nein? Eine Schande. Sie sollte es während des Sommers lernen, in der Zeit, in der er Urlaub machte. Sie wäre dann im kommenden Jahr für ihn eine wirkliche Hilfe, wenn das Manuskript für ein Buch, an dem er derzeit arbeitete, ins reine geschrieben werden mußte. Vorläufig konnte sie ihm aber bei anderen Dingen helfen, vor allem sollte sie Hausarbeiten seiner Pflichthörer auf Grammatik und Rechtschreibfehler durchsehen, schließlich wußte sie so gut wie er, daß die Mehrzahl der Collegebesucher auf beiden Gebieten schwach war.

Sie mußte die Luft anhalten, sonst hätte sie geschrien, so heftig – und zwiespältig – waren die Gefühle, die seine Worte hervorriefen: Freude darüber, daß er gerade sie ausgesucht hatte, und Angst bei der Vorstellung, daß er irgendwann wegfahren könnte. Sie wollte einfach nicht wahrhaben, daß sie ihn zwei ganze Monate lang nicht sehen sollte.

Seine Wohnung lag gegenüber dem Museum für Naturgeschichte, sie würde also mühelos hinfinden. Sie sagte nicht, daß sie die Gegend nicht kannte. Daß sie noch nie westlich vom Central Park gewesen war. Daß sie vor ihrem Studium am City College so gut wie nie aus der Bronx herausgekommen war, abgesehen von ihren Besuchen bei irgendwelchen Ärzten, zu denen sie damals der Vater mit dem Auto hingefahren hatte. Erst als Engle ihr die Apartmentnummer nannte – 12 B – ließ sie es sein, sich diese Wohnung, Schauplatz ihrer üppigen Phantasien, wie das obere Stockwerk des Herrenhauses in *Vom Winde verweht* vorzustellen.

Wo würde sich seine Frau aufhalten, während sie und er miteinander arbeiteten?

Sie hätte nicht sagen können, wie alt er war, doch stellte sie sich vor, seine Kinder, wenn er welche hätte, müßten noch klein sein.
Eines stand fest: Wenn sie vernünftige Arbeit leisten sollten, mußten sie ungestört sein – sie beide ganz allein.

An dem Tag, an dem sie zum erstenmal zu ihm gehen sollte, erwachte sie gegen vier Uhr morgens; sie hatte geträumt, sie sei mit ihm in einen engen Schrank eingeschlossen und draußen tobte ein Gewitter. Kinder trommelten gegen die Schranktür und wollten eingelassen werden. Sie sagte, es sei wohl besser aufzumachen, aber er meinte, in dem winzigen Raum habe niemand mehr Platz; sie lagen eng aneinandergeschmiegt unter einer Decke.
Der Traum war so köstlich, daß sie versuchte, ihn weiterzuträumen, doch sie war so nervös und aufgeregt, daß sie überhaupt nicht wieder einschlafen konnte.

Als sie dem Fahrstuhlführer das Apartment 12 B nannte, nickte er nur und sagte »Zu Dr. Engle.« Sie dachte sich nichts dabei, bis er sie aussteigen ließ, und sie vor einer Wohnungstür mit dem Schild »Dr. med. Helen Engle« stand. Sie drehte sich zu dem Mann um und stotterte »Ich ... ich ...«
»Ach, Sie wollen zu Professor Engle?«
Sie nickte. Ihr Mund war trocken.
Er fuhr mit ihr wieder hinunter, zeigte ihr den Weg zu einem Fahrstuhl im hinteren Teil des Gebäudes und erklärte, daß Professor Engles Besucher während der Praxisstunden seiner Frau diesen Eingang benutzten.
Professor Engles Besucher.
Sie fuhr in einem etwas größeren, aber weniger eleganten Fahrstuhl nach oben. Die Aufregung nahm ihr den Atem. Engle öffnete die Tür gähnend und noch völlig verschlafen. Was sich wohl der Fahrstuhlführer dabei dachte! Sie murmelte ein Dankeschön,

ohne den Mann dabei anzusehen. Martin Engle trug einen Bademantel.
»Kommen Sie rein«, sagte er, »aber sprechen Sie mich erst an, wenn ich Kaffee getrunken habe.«
Sie betrat die geräumige Diele. Von dort aus sah man in ein Wohnzimmer, das nicht gerade elegant, aber gemütlich wirkte, mit Bücherregalen und schweren Polstersesseln. Engle verschwand in einem Korridor; sie blieb unentschlossen stehen, bis sie ihn rufen hörte: »Kommen Sie doch, kommen Sie.« Sie folgte ihm in die unaufgeräumte Küche. Er füllte eine sonderbare gläserne Apparatur mit Wasser und stellte sie auf den Herd.
»Meine Frau ist ein in jeder Beziehung perfektes Wesen, nur Kaffee kann sie nicht kochen.«
Theresa lachte nervös. Das Wasser, das er oben in den Glasbehälter gefüllt hatte, tropfte unten als Kaffee heraus.
Seine Frau ist Ärztin. Und ein in jeder Beziehung perfektes Wesen.
»Sie dürfen sich setzen. Sie dürfen sogar den Mantel ausziehen und Ihre Bücher auf den Tisch legen.«
Sie wandte keinen Moment die Augen von ihm, während er den Kaffee zubereitete, umständlich Sahne und Zucker, Tassen und Kaffeelöffel holte, irgendwas mit dem gläsernen Behälter unternahm und ihn schließlich auf den Tisch stellte.
Sie tranken die erste Tasse schweigend. (Kaffee war mittlerweile ihr Lieblingsgetränk. Wenn sie Kaffee trank, bedeutete das, daß sie mit ihm zusammen war.) Langsam entspannte sie sich, sie fühlte sich sogar ein bißchen zu Hause, doch als sie dieses Wort *zu Hause* dachte, wurde ihr wieder beklommen zumute, denn es war ja nicht ihr eigenes Zuhause, auch wenn es ihr einen Augenblick lang so vorgekommen war. Irgendwo in der Nähe, nur durch ein paar Wände getrennt, befand sich eine Dame namens Engle, ein perfektes Wesen, dessen einziger Fehler war, nicht Kaffee kochen zu können. Was sollte man sich darunter vorstellen? Wirklich perfekt konnte sie unmöglich sein, und wenn man

es genau bedachte, konnte man sehr wohl jemand perfekt nennen, den man eigentlich nicht mochte. Jemand, der perfekt war, wirkte leicht bedrohlich. Noch dazu war sie Ärztin. Es war viel leichter, an Doktor Engle zu denken als an *Mrs.* Engle.

»Was für eine Ärztin ist denn Ihre Frau?« fragte Theresa gedankenlos.

Er schaute auf und lächelte. »Pädiater.« Zuerst konnte sie sich nichts darunter vorstellen, dann fiel ihr ein, daß das »Kinderarzt« bedeutete.

»Gefällt Ihnen das?« fragte er.

»Ich mag keine Ärzte«, sagte sie achselzuckend, wurde aber gleich rot. Die Antwort war ihr ebenso herausgefahren wie zuvor die Frage. Außerdem war sie falsch. Sie dachte überhaupt nicht an Ärzte, ausgenommen die ein-, zweimal im Jahr, wenn sie zur Untersuchung mußte; darauf freute man sich natürlich nicht. Und da gab sie nun ausgerechnet solch eine Antwort ... Manchmal glaubte sie, es sei unmöglich, unbefangen mit ihm zu reden. Bei anderen Leuten brachte sie es übrigens auch nicht fertig, aber da war es ihr einerlei. Die Aufsätze für ihn schrieb sie immer fünf- bis zehnmal um, ehe sie damit zufrieden war. Wenn er sie las, glaubte er, sie seien spontan niedergeschrieben, diese Einfachheit sei ihr angeboren. Sie war eine Schwindlerin. Und nicht einmal eine besonders gute. Sicher hätte sie nie Ärztin werden können. Sie wäre schon bei der Aufnahmeprüfung durchgefallen.

»Warum nicht?« fragte er. »Ohne Ärzte würden viele Menschen sterben.«

»Es sterben auch trotz der Ärzte viele Leute.«

»Haben Sie schlechte Erfahrungen mit Ärzten gemacht?«

»Nein, eigentlich nicht.«

»Wie kommt es, daß Sie hinken?«

Sie schnappte nach Luft und machte eine fahrige Bewegung, so daß der Kaffee überschwappte. Dabei wurde ihre Hand naß; doch sie bemerkte es kaum. Ein Gefühl, daß alles nicht wirklich

sei, hatte sie überwältigt: er war unwirklich; sie war unwirklich; keiner von beiden war in Wirklichkeit hier; er hatte diese Frage nicht wirklich gestellt. Das war ausgeschlossen. Sie hinkte nicht.
»Ich hinke nicht«, sagte sie schließlich, das heißt, sie hauchte es nur.
»Oh, entschuldigen Sie«, sagte er nach einer Weile. »Dies war natürlich übertrieben ausgedrückt. Ihr Gang ist leicht schwingend, unausgeglichen oder wie immer Sie das nennen wollen. Das wirkt sogar recht reizvoll. Hätte ich nicht ein Auge für solche Dinge, es wäre mir vermutlich nicht aufgefallen.«
Niemand, weder die Eltern noch die Verwandten, noch irgendeiner ihrer Bekannten hatte je etwas von Hinken verlauten lassen. Lange Zeit hatte sie einen Schuh mit Einlage getragen, dann zog sie wieder ganz normale Schuhe an und ging mit ihnen, als hätte sie nie andere getragen. Kein Mensch hatte jemals eine Bemerkung über ihren Gang fallen lassen!
Sie hatte den ungestümen Wunsch zu flüchten und stand auf. Weg von ihm, weg aus dieser Wohnung! Doch da fiel ihr ein, daß er sie hinken sehen würde, wenn sie es täte. Sie setzte sich wieder. Starrte ihn an. Wie gelähmt, unfähig, die Lähmung zu überwinden.
»Theresa.« Er legte seine Hände über die ihren. »Es tut mir wirklich leid, daß ich Sie so verstört habe.«
»Sie haben mich nicht verstört.«
»Doch, das habe ich.«
Stille.
»Kommen Sie, wir wollen uns miteinander unterhalten. Hier ist es zu ungemütlich.« Er wartete. Sie schwieg. »Wir gehen in mein Arbeitszimmer und nehmen unseren Kaffee mit. Da ist es wirklich viel hübscher.« Er stellte alles auf ein Tablett und reichte ihr seine freie Hand. Sie stand auf, ergriff seine Hand aber nicht. Der Augenblick der Erstarrung ging allmählich vorüber. Nun kämpfte sie mit den Tränen. Er legte den Arm um sie, und sie gingen aus der Küche, den Korridor hinunter, öffneten eine

Tür und betraten ein Zimmer. Sein Arbeitszimmer. Es wirkte fremdartig! Ungewohnt. Völlig anders als die übrige Wohnung, alles genau an seinem Platz, vielleicht war es sogar schön, das konnte sie noch nicht beurteilen, denn solch einen Raum hatte sie noch nie gesehen. Vor einem Fenster stand ein sehr großer Tisch mit vielen Topfpflanzen und zwei Stößen Aufsätzen. Im rechten Winkel dazu auf einem Tischchen die Schreibmaschine. Vor dem zweiten Fenster ein tiefer weicher Sessel. Dann war da eine Bettcouch mit einer handbestickten, sehr eleganten Decke und wohl einem Dutzend Kissen. Auf dem Boden ein Perserteppich. Die Wände waren dicht behängt mit chinesischen Drucken und mit Holzschnitten, die ihr ebenfalls ostasiatisch vorkamen.
Er stellte das Tablett auf dem großen Tisch ab.
»Setzen Sie sich hin, wo Sie es am bequemsten haben, Theresa.«
Sie setzte sich auf die Kante der Couch, denn die war ihr am nächsten, und der Gedanke, Engle könnte sie beim Gehen beobachten, machte sie befangen. Er setzte sich neben sie und legte den Arm um sie. Sie wurde zu Eis.
»Ich will Sie nicht verführen, sondern möchte Sie trösten, weil ich sehe, daß ich Sie verletzt habe.«
Aber gerade deshalb war sie ja zu Eis erstarrt. Mit einer ungeheueren Willensanstrengung wandte sie sich ihm zu. Ihre Stimme schwankte kaum, als sie sagte: »Ich möchte aber lieber verführt werden als getröstet.«
Er lachte und stand auf. »Großartig. Das müßte man gestickt als Motto an die Wand hängen – nein, besser noch wäre es als Kissenbezug.«
Sie sah ihn unverwandt an und spürte, daß sie aufgeholt hatte. Er schenkte ihr Kaffee ein und ließ sich mit seiner Tasse auf dem Drehstuhl vor dem Tisch nieder, ihr gegenüber. Sie liebte ihn vor allem auch darum, weil sie eines wußte, seit sie ihn zum erstenmal hatte sprechen hören: Vor ihm könnte sie ohne Scheu alle jene heimlichen oder bösartigen oder ungeheuerlichen Gedanken

ausbreiten, die ihr seit Jahren kamen und stets ungesagt blieben, weil sie ihre Bekannten damit schockieren oder verscheuchen würde. Falls sie überhaupt je soviel Mut aufbrächte, den Mund aufzutun. Er schenkte sich Kaffee nach, ohne ihr nochmal anzubieten. Sie hätte gern eine zweite Tasse getrunken, wußte aber nicht, ob sich das gehörte.
»Hier also werden wir arbeiten«, sagte er. »Sie können sich ganz nach Belieben einen Platz suchen, am Tisch oder wo Sie wollen. Sie bekommen die Arbeiten, bevor ich sie mir vornehme, sehen sie genau durch und streichen jeden Grammatik- und Rechtschreibfehler mit roter Tinte an. Auf diese Weise, so hoffe ich, werde ich dem Analphabetentum meiner Schüler nicht allzuviel Aufmerksamkeit widmen müssen, die Arbeiten rasch durchlesen und treffende Beurteilungen geben können. Sehr rasch sogar.« Er lächelte. »Beim Überfliegen. Ich habe in diesem Jahr mit meinen eigenen Angelegenheiten so viel zu tun, daß ich an solchen Unfug keine Zeit verschwenden kann.«
»Gedichte?« fragte sie, nun wieder schüchtern.
»Und ein Fachbuch. Nicht weil das Thema mich interessiert, sondern weil ich endlich eine ordentliche Professur haben will.«
Sie lächelte.
»Das amüsiert Sie?«
»Es klingt so komisch. Als ob man von der fünften in die sechste Klasse versetzt werden will.«
»So ist es auch.«
Er sprach liebenswürdig, aber sachlich. Pro Woche waren vier Stapel Arbeiten zu korrigieren, denn er hielt vier Pflichtkurse ab. Später, sagte er, wenn er recht hemmungslos geworden sei, wolle er ihr auch die Arbeiten jener Studenten geben, die seinen Kurs als Wahlfach belegt hatten und eigentlich solch elementarer Belehrungen nicht bedürftig sein sollten, sie aber eben doch brauchten. Es würde sich empfehlen, niemand in ihrer Klasse wissen zu lassen, daß die Korrekturen in roter Tinte von ihr stammten; Gottes Wort habe stets mehr Gewicht als das seiner Apostel, auch

wenn es dieselben Worte seien. Sie nickte. Es wäre ihr nie eingefallen, zu jemandem davon zu sprechen.
»Welche Bezahlung halten Sie für angemessen?« fragte er.
Sie starrte ihn an. Es wäre ihr nie in den Sinn gekommen, daß er sie bezahlen könnte. Sie war bereit zu arbeiten, weil sie das als Auszeichnung empfand.
Sie zuckte die Achseln.
»Sie müssen sich doch was gedacht haben!«
Sie schüttelte den Kopf. Sie wollte nicht bezahlt werden, die Arbeit war dann kein persönlicher Dienst mehr, den sie ihm erwies.
»Haben Sie schon mal für Geld gearbeitet?«
»Nur Kinder gehütet.«
»Und wieviel bezahlt man Ihnen da?«
»Einen Dollar die Stunde.«
»Also gut. Sie beginnen mit einem Stundenlohn von einem Dollar. Das ist ein Sklavenlohn. Sollten Sie sich als zuverlässig und fix erweisen. gibt es eine Aufbesserung. Es sei denn, Sie ziehen vor, Sklavin zu bleiben.«
Ich ziehe vor, deine Sklavin zu bleiben. Falls du es vorziehst, mich zu lieben, nicht, mich zu bezahlen.
Lautes Kinderweinen kam von irgendwo her.
Er lächelte. »Die Praxis meiner Frau befindet sich gleich nebenan.«
Hinter der Wand mit der Schlafcouch. Seine Frau.
Sie stand auf.
»Soll ich heute anfangen?«
»Ich sehe kein Hindernis. Sie sind an Ort und Stelle, und es gibt Arbeit genug.«

Solange das Semester noch dauerte, kam sie zweimal in der Woche am Vormittag und korrigierte jeweils die Arbeiten von zwei Kursen. Nach etwa einem Monat vertraute er ihr schwierigere Aufgaben an. Sie sollte dünn mit Bleistift oben über die Arbeit ihre eigene Beurteilung schreiben. Bald schon radierte er ihre Worte nur noch aus und schrieb eine Kurzfassung ihrer eigenen Beurteilung hin. »Hat mir gefallen«, oder »Langweilig«, oder »Die geäußerte Meinung wirkt nicht aufrichtig, obwohl ich nicht weiß, warum«. Es freute ihn, daß sie genauso reagierte wie er, wenn jemand den Versuch machte zu gefallen, statt etwas auszudrücken, fremde Meinungen für eigene ausgab oder wesentliche Teile eines Erlebnisses ausließ, um nichts preiszugeben. Immer, wenn sie dort war, arbeitete auch er im gleichen Zimmer, manchmal an seinen Gedichten (handschriftlich auf Kanzleipapier), manchmal an seinem gelehrten Werk (mit der Maschine), dann wieder blätterte er in den von ihr schon durchgesehenen Arbeiten, oder er kramte herum. Sie setzte sich zum Korrigieren in den tiefen Sessel und beobachtete ihn verstohlen, wenn er annahm, daß sie auf ihre Arbeit konzentriert war. Manchmal zupfte er trockene Blätter von seinen Pflanzen oder schaute untätig aus dem Fenster. Er sagte, daß er sich gar nicht mehr vorstellen könne, wie er bislang ohne sie ausgekommen sei. Dann und wann richtete sie im Zusammenhang mit ihrer Arbeit eine Frage an ihn, und dabei ergab es sich manchmal, daß er sich über sie lehnte, um zu sehen, wovon die Rede war. Einmal, im Frühjahr, schaute sie auf, als er dies tat, und er küßte sie auf den Mund. Dann ging er weg. Als sie ihn das nächstemal etwas fragte, blieb er auf seinem Stuhl sitzen und forderte sie auf, ihm die Stelle vorzulesen.

»Du weißt, daß ich dich liebe, Theresa?«
»Pst, sie wird uns hören.«
»Ach was, mag sie uns ruhig hören. Soll sie sich doch scheiden lassen.«
»Sie ist die Mutter deiner Kinder, Martin.«
»Die Kinder sind nicht von mir. Sie stammen aus ihrer ersten Ehe.«

Sie fürchtete sich vor dem Sommer, den die Engles in ihrem Landhaus in Connecticut verbringen wollten. (Seine Frau sollte im Juli nur übers Wochenende hinausfahren, den August aber ganz draußen verbringen.)
Theresa plante, in den von der Columbia High School veranstalteten Abendkursen Stenografie und Maschineschreiben zu lernen und tagsüber Kinder zu hüten. Sie erwähnte das Kinderhüten mehrfach, weil sie hoffte, er würde sagen, sie solle das Maschineschreiben lassen und im Sommer lieber seine eigenen Kinder hüten; doch als sie ihm ihre Pläne vortrug, war er ganz damit einverstanden.
Ab Mitte Mai litt sie öfters an Kopfschmerzen. Wenn sie in dem tiefen Sessel saß und Hausarbeiten korrigierte, verschwamm ihr die Schrift vor den Augen. Zwang sie sich, scharf hinzusehen, setzten die Kopfschmerzen ein. Sie sagte ihm nichts davon, doch stellten sich bald darauf Rückenschmerzen ein. Genaugenommen waren es keine Rückenschmerzen: Wenn sie über der Arbeit saß, begann im Nacken ein krampfiges, unbehagliches Gefühl der Beengung. Änderte sie ihre Haltung, peinigte sie ein scharfer Schmerz, so, als hätte sie einen Krampf gewaltsam gelöst. Sie mußte dann aufstehen und sich recken. Oder aufs Klo gehen. Über ihren Gang verlor er nie mehr ein Wort. Sie hatte die Ereignisse jenes ersten Vormittags in einen Winkel ihres Bewußtseins abgeschoben. Jetzt aber drangen sie jedesmal mit Macht hervor, wenn sie aufstehen mußte. Sie fürchtete, er werde bemerken, wie schwer es ihr fiel, sich gerade zu halten. Es wurde eine Art Spiel für sie, den Augenblick abwarten, bis sie sicher wußte, daß er sie nicht beobachten konnte. Als sie das zwei Wochen so getrieben hatte, wartete sie eines Vormittags so lange, bis der Krampf sich nicht mehr lösen wollte, als sie aufstand; sie taumelte, fiel beinahe hin, erreichte gerade noch die Couch und setzte sich.
Er drehte sich mit seinem Stuhl zu ihr herum.
»Ich wage nicht zu fragen, was Ihnen seit Wochen so zu schaffen

macht«, bemerkte er kühl, »weil ich fürchten muß, Sie springen dann aus dem Fenster. Oder verwandeln sich wiederum in einen Eisblock und schmelzen am Ende, bis keine Theresa mehr da ist, die nächstes Jahr Arbeiten für mich korrigiert.«

Tränen stiegen ihr in die Augen. Ihr ganzer Körper drängte danach zu weinen. Sie war eine dumme Gans! Es war ihm wirklich nicht zu verdenken, wenn er sich ärgerte oder genug von ihr hatte. Sie mochte sich ja selber nicht leiden. Der Rücken schmerzte. Wie gern hätte sie sich hingelegt!

»Ich hoffe allerdings, daß Sie wenigstens in ärztlicher Behandlung sind, wenn Sie schon zu mir kein Vertrauen haben.«

»Mein Rücken«, sagte sie matt. »Darf ich mich legen?«

»Selbstverständlich dürfen Sie. Wofür halten Sie mich eigentlich?«

Beschämt, doch erleichtert, streckte sie sich auf der Couch aus und schaute zur Decke. Sie hätte immer noch gern geweint. Nach diesem Vorfall würde er sie wohl nicht mehr kommen lassen. Er fand sicher jemand anderen, der die Arbeit genauso gut erledigte und dabei nicht den eingebildeten Kranken spielte.

Er trat zu ihr und setzte sich auf die Kante der Couch.

»Was ist mit dem Rücken?« fragte er sanfter.

»Eigentlich ist alles in Ordnung«, begann sie, doch als sie sah, daß er Anstalten machte aufzustehen, fügte sie hastig hinzu: »Ich lüge Sie nicht an ... als Kind hatte ich dort etwas, aber ich merke seit Jahren nichts mehr.«

Er war jetzt milder gestimmt. »Was hatten Sie dort, als Sie klein waren?«

»Skoliose heißt es. Wissen Sie, was das ist?«

»Nein.«

»Etwas an der Wirbelsäule. Ich wurde deshalb operiert, und alles ging gut. Zweimal im Jahr gehe ich zu unserem Arzt, nur zur Sicherheit, und es ist alles o.k.«

»Und doch haben Sie jetzt seit zwei Wochen Schmerzen.«

»Nur, wenn ich hier bin.« Das kam heraus, ohne daß sie es wollte.

»Ich meine«, korrigierte sie sich schnell, »nur wenn ich längere Zeit in der gleichen Haltung sitze. Wahrscheinlich habe ich mir neulich was gezerrt.« Sie suchte verzweifelt nach einer Begründung. »Ich habe Möbelstücke gerückt. In meinem Zimer. Da habe ich mir ganz sicher was gezerrt.«
»Sie sollten zu Ihrem Arzt gehen.«
»Ich war erst vor zwei Monaten bei ihm.« Engle war jetzt liebenswürdig, und ihre Angst verging allmählich. »Sie können sich nicht vorstellen, wie meine Eltern auf solche Sachen reagieren ... ich brauche bloß anzudeuten, es täte mir was weh, schon ...«
»Dann sollte meine Frau Sie vielleicht mal ansehen«, bemerkte er nach einigem Nachdenken.
»Auf keinen Fall!« Sie setzte sich mit einem Ruck auf. »Ich verspreche, daß ich zu unserem Hausarzt gehe.« Er drückte sie sanft zurück auf die Couch.
»Wie alt waren Sie, als Sie krank wurden?«
»Elf oder zwölf.«
»Wie alt genau?«
»Mit elf Jahren wurde ich operiert.«
»Und wie lange waren Sie im Krankenhaus?«
Sie schaute ihn mit Tränen in den Augen an. Sie wollte ihn belügen, wagte es aber nicht. War seine Frau nicht Ärztin? Er würde sich also informieren können. Es hatte keinen Sinn zu lügen.
»Ein Jahr.«
Er starrte sie an, offensichtlich entsetzt. Sein Entsetzen wühlte etwas auf, das tief in ihr verschüttet gelegen hatte, das Gefühl, sich der Krankheit schämen zu müssen. Sie hatte ihm verraten, daß sie ein Jahr im Krankenhaus verbracht hatte – nun wußte er etwas über sie, dem sie nichts entgegensetzen konnte. Sie schloß die Augen. Gleich darauf spürte sie seine kühle Hand auf der Stirn, sein sanftes Streicheln, ein Zurückstreichen des Wuschelhaars. Sie hätte gern die Augen aufgemacht und ihn angeschaut, fürchtete aber, er werde dann die Hand fortnehmen. Also ließ

sie die Augen geschlossen. Als er sich über sie beugte, sie auf Stirn, Augen, Nase und Mund küßte, hielt sie den Atem an. Wie zärtlich er mit ihr war! Gar nicht, als fühlte er sich von ihrer Beichte abgestoßen – eher im Gegenteil.

»Rutsch ein bißchen«, flüsterte er.

Mit immer noch geschlossenen Augen machte sie ihm Platz auf der Couch, und er streckte sich neben ihr aus, strich ihr durchs Haar, küßte ihre Wange.

»Armes, kleines Fischchen«, murmelte er.

Sie machte die Augen auf, drehte sich auf die Seite und sah ihn an.

»Warum nennen Sie mich so?«

»Ich weiß nicht. Kränkt es dich?«

»Nein.« Denn als er es sagte, klang es, als liebe er sie.

»Nun, dann macht es nichts.«

Sie lächelte.

»Wie traurig du lächelst, Theresa.«

Sie hörte auf zu lächeln.

»Und was für schöne grüne Augen du hast. Oder sind es vielleicht schöne graue Augen?«

Sie zuckte die Achseln. Ihre Gesichter waren so nahe beieinander – wenn er sie doch nur endlich küssen würde! Sie rückte eine Spur näher an ihn heran. Im Raum war es sehr still; von jenseits der Wand hörte man Geräusche, aber kein Weinen. Vielleicht lief das Radio.

»Hat es sehr weh getan?«

Sie verstand nicht gleich, daß er nach der Operation fragte.

»Ich weiß nicht mehr«, antwortete sie. »Ich erinnere mich nur noch daran, daß die Narbe hinterher scheußlich juckte. Alles juckte.« Der Gipsverband. Sie hatte darunter einen Hautausschlag bekommen.

»Sieht man die Narbe noch?«

»Ich glaube schon.«

»Zeig sie mir.«

Sie war perplex. Zunächst nahm sie an, er scherze, sah dann aber, daß es ihm ernst war. Was sollte sie nur tun?
»Sie ist auf dem Rücken.«
Er nickte. Und wartete.
Theresa trug ein baumwollenes dunkelblaues Hemdblusenkleid. (Katherine redete ihr zu, hellere Farben zu tragen; Katherine sagte, Theresa kleide sich immer noch so, als gehe sie bei den Nonnen zur Schule.) Sie hätte sich also umdrehen und das Kleid nur hochziehen können, aber dieses Bild ... sie sah sich, ihm den Rücken zukehrend, das Kleid über das Baumwollhöschen ziehen ... nein, so ging das einfach nicht. Sie mußte das Kleid ganz ausziehen. Oder mindestens aufknöpfen und teilweise abstreifen. Sie machte die Knöpfe an der Vorderseite auf. Ihre Wangen glühten. Sie war erregt. Sie schämte sich. Sie schaute auf die Knöpfe herunter, während sie sie nacheinander aufmachte, sie klammerte sich daran fest, um das Zittern ihrer Hände zu verbergen. So machte sie schließlich auch den letzten Knopf auf, einfach, weil sie nicht wußte, was geschehen sollte, wenn sie damit fertig war. Endlich setzte sie sich auf, zog die Arme aus den Ärmeln, ließ das Kleid hinter sich fallen und sah an sich hinunter. Bleiche Haut mit Sommersprossen. Ein schlichter weißer Nylon-BH. Katherine trug geblümte Bikinis unter den Kleidern. In diesem Moment wünschte sie sich geradezu schmerzhaft, Wäsche zu tragen wie Katherine. Zufällig blickte sie hoch – und sah ihm gerade in die Augen; denn er betrachtete ihr Gesicht, nicht ihren Körper. Sie drehte sich rasch herum, lag nun bäuchlings, den Kopf in den gekreuzten Armen vergraben. In dieser Haltung spürte sie zum erstenmal, seit sie sich hingelegt hatte, wieder ihren Rücken, doch war der Schmerz nicht unerträglich, sondern dumpf. Sie hielt den Atem an, zwang sich, langsam auszuatmen.
Er löste den Verschluß des BH, obschon das nicht notwendig war, denn die Narbe begann mehrere Zentimeter unterhalb. Er folgte dem Lauf der Narbe mit einem Finger von oben nach unten;

langsam streifte er ihr das Höschen ab. Dann setzte er neuerlich oben an und zog die Naht mit der Fingerspitze behutsam nach. Endlich berührte er die halbmondförmige Narbe.
»Was ist das?«
»Da wurde damals auch operiert.«
Er beugte sich vor und küßte den Halbmond, dann die lange Narbe von unten nach oben. Er liebkoste ihr Gesäß, ihren Rükken, ihre Schultern. Sie wünschte verzweifelt, sich umzudrehen und ihn zu umarmen, wußte aber, daß er dies nicht wollte. Jetzt tat er irgendwas – zog er sich aus? Sie wagte nicht hinzuschauen, um ihm nicht zu mißfallen. Er kniete über ihr, rittlings, saß fast auf ihr, aber ohne sie zu beschweren. Die Hose hatte er nicht mehr an. Er beugte sich zu ihr herab, küßte sie – oh, Martin, bitte, ich möchte mich umdrehen, es tut so weh! Er umfaßte ihr Gesäß, hob es leicht an; machte sie einen Buckel, wurde der Schmerz geringer, doch das war nicht so einfach. Nun rieb er seinen Penis zwischen ihren Schenkeln, suchte den Zugang, dann drang er ein. Es schmerzte, denn sie war trocken und eng, er drang gleichwohl immer tiefer ein, bis er ganz drinnen war. Das tat weh. Sie hatte das Gefühl, als durchstoße er eine feste Mauer in ihrem Inneren – vielleicht kam er am anderen Ende wieder heraus? Gerade als sie meinte, nun schreien zu müssen, weil der Schmerz unerträglich geworden war, ließ die Pein nach, vermischte sich mit Lust, dann war der Schmerz ganz fort, und als die Lust größer wurde, vergaß sie ihren Rücken, und schließlich tat es so wohl, daß sie kaum ein Stöhnen unterdrücken konnte, doch zwang sie sich, keinen Laut von sich zu geben, denn sie fürchtete, jenseits der Wand gehört zu werden.
Er bäumte sich auf und lag dann still. Gleich darauf löste er sich von ihr und streckte sich neben ihr aus. Einen Moment lag sie unbeweglich – als habe er sie in eine Form gegossen wie eine Statue, und sie sei dazu verurteilt, so zu bleiben –, dann zwang sie sich, ihren Körper auf die Seite zu rollen, und gleich darauf brachte sie es fertig, die verkrampften Rückenmuskeln zu lok-

kern und sich zu strecken. Ihr BH baumelte um Hals und Schultern; sie streifte ihn ab. Dann zog sie das Höschen hoch. Sie wandte sich ihm zu. Er sah auf die Uhr.
»Theresita«, murmelte er dabei, »du wirst es nicht glauben, wenn du hörst, wie spät es ist.«
Es war ihr auch einerlei. Für ihn aber war es natürlich eine andere Sache. Beide hatten um eins Unterricht, aber er konnte den seinen nicht einfach ausfallen lassen, auch wenn sie es sehr gewünscht hätte – nur dieses eine Mal.
Es war schon halb eins.
»Rasch, rasch«, drängte er, »sputen wir uns, die Gelehrtenschule wartet.«
Gehorsam stand sie auf und zog sich an. Sie fühlte sich schweißverklebt und verwuschelt und wollte ihn schon fragen, ob sie vielleicht ins Badezimmer gehen dürfe, als ihr bewußt wurde, daß es hier keiner Frage mehr bedurfte. Sie nahm den Kamm mit und kämmte sich, nachdem sie ihr Gesicht gewaschen hatte, ohne richtig in den Spiegel zu schauen. Als sie wieder ins Arbeitszimmer kam, hatte er schon das Bett abgezogen, und erst da kam ihr der Gedanke, es könnte Blut auf dem Leintuch gewesen sein.

Als sie das nächstemal kam, fragte er sie, ob ihr klar sei, daß das Semester in der folgenden Woche zu Ende gehe, daß sie mithin die letzten Arbeiten dieses Semesters korrigiere? Sie antwortete, es sei ihr klar. Er sagte, sie möge in der nächsten Woche gleichwohl kommen, denn er bereite seine Abreise aufs Land vor, und sie können ihm dabei helfen. Überdies habe er ihr noch einiges zu sagen und dazu bleibe sonst keine Zeit. Es war, als sei zwischen ihnen nichts vorgefallen. Sie glaubte, er bezwinge sich, um der Arbeit willen, die noch zu erledigen war. Doch als sie am folgenden Mittwoch kam, staubte er nur Karteikästen ab. Er fragte, wie es ihrem Rücken gehe, und sie antwortete, seit jenem Tage spüre sie keine Schmerzen mehr. Er ließ sich versprechen, daß sie sofort zum Arzt ging, falls der Rücken im Laufe des Som-

mers wehtat. Es schmerzte sie, dieses Versprechen zu geben; denn damit war besiegelt, daß sie ihn vor dem Herbst nicht sehen würde, und sie hatte doch so auf einen Aufschub gehofft. Vielleicht wollte er mit ihr besprechen, wie eine Begegnung während der Ferien möglich war?
Er saß auf dem Fußboden vor dem Aktenschrank und reichte ihr Papiere, entweder zum Wegwerfen oder für die Ablage.
»Sagen Sie mir doch, warum Sie Ihre Krankheit Skoliose genannt haben und nicht Krümmung der Wirbelsäule«, fragte er unvermittelt.
An diesen Aspekt ihres Liebesabenteuers hatte sie seitdem nicht mehr gedacht. Damit hatte es aber angefangen. Mit seinem Interesse an ihrer Krankheit.
»Es klingt so wissenschaftlicher«, sagte sie zögernd.
Er hat seine Frau gefragt.
»Mit anderen Worten: Sie haben vernebelt.«
Sie schwieg.
»Warum haben Sie kein Vertrauen zu mir?«
»Es handelt sich nicht um Mangel an Vertrauen.«
»Worum dann?«
»Ich mag über all das nicht sprechen«, sagte sie.
»Gut, in Ordnung.« Damit schien er sagen zu wollen: Du brauchst nicht darüber zu reden, doch von was anderem mag *ich* nicht reden. Sie arbeiteten schweigend etwa eine Stunde, dann konnte sie es nicht mehr ertragen.
»Warum möchten Sie denn das alles wissen?«
»Weil ich über Sie Bescheid wissen will. Weil ich Sie gern mag. Weil ich einen Akt des Vertrauens darin sehe, daß Sie es mir sagen.«
»Also gut. Was wollen Sie wissen?«
»War das Leiden angeboren oder hat es sich aus einer anderen Krankheit entwickelt?«
Er hatte die Fragen also schon parat. Er hatte gewußt, sie würde nachgeben. Wäre es ihr überhaupt möglich gewesen, Zorn gegen

ihn zu empfinden, sie wäre in diesem Moment wütend geworden: So aber befiel sie nur Hoffnungslosigkeit; das beste war, ihm zu gehorchen und es hinter sich zu bringen.
»Nach einer anderen Krankheit«, sagte sie tonlos. »Als kleines Kind hatte ich Kinderlähmung.«
»Wirklich?«
»Mit vier Jahren. Ein leichter Fall. Ich erholte mich davon, nur blieb etwas zurück ... eine einseitige Muskelschwäche. Die fiel anfangs niemandem auf ... alles ging sehr allmählich vor sich«
»Haben Ihre Eltern sich denn überhaupt nicht um Sie gekümmert?«
Sie nickte. »Doch. Aber gerade damals, als sich die ersten Symptome zeigten, da ... da starb mein Bruder, und alle waren furchtbar deprimiert.«
»Gütiger Himmel«, sagte er. »Komm her zu mir, Theresa.«
Sie rutschte auf dem Fußboden zu ihm hin, und er legte den Arm um sie. Sie lehnte den Kopf an seine Schulter und redete weiter, denn sie wußte, er wollte es.
»Als wir dann zum Arzt gingen, war es für eine Korrektur durch einen Gipsverband zu spät; ich bekam zwar noch einen, aber dann wurde ich operiert, und hinterher kam ich wieder in den Gipsverband.«
Er küßte sie auf die Stirn und wiegte sie sanft.
»Meist hatte ich keine Schmerzen«, fuhr sie fort. »Wirklich nicht. Oder jedenfalls weiß ich nichts mehr davon. Ich dachte, Gott straft mich für meine Sünden. Später stellte ich dann fest, daß andere Leute viel schlimmer sündigten, ohne daß ihnen etwas Ähnliches passierte. Und da habe ich wohl aufgehört, an Gott zu glauben. Vielleicht auch schon vorher. Ich weiß nicht mehr.« Sie wußte nur, daß sie noch an Gott geglaubt hatte, als sie bei einsetzender Ebbe am Strand stand, den nassen Sand unter den Füßen wegrieseln fühlte und ihr Vater sie holte. »Es ist nicht gelogen, wenn ich sage, ich erinnere mich nicht mehr an die Krankheit, die ich als Kind hatte. Ich weiß es wirklich nicht

mehr.« *Nur daß die Großmutter mich plötzlich nicht mehr besuchen kam.*
Nein! Sie richtete sich ruckartig auf. Unmöglich, daß sie sich daran erinnerte, alle wußten, daß sie sich an diese Zeit nicht mehr erinnern konnte. Sie schaute Martin erschrocken an.
»Was ist denn, Theresa?«
»Meine Großmutter.« Es hatte mal jemand gegeben, den sie richtig liebhatte, der sie täglich besuchte, ihr italienische Lieder vorsang, ihr mit kühlen, pergamentenen Händen das Haar aus der Stirn strich. Das war die Mutter ihrer Mutter, Großmutter Theresa Maria, die sehr alt und mager war, lange Röcke trug, eines Tages nicht mehr ins Krankenhaus kam und für alle Zeit verschwand. Und als Theresa nach ihr fragte, hieß es, Großmutter Maria lebe jetzt in Kalifornien. »Ich kann einfach nicht glauben, daß ich mich daran wirklich erinnere«, sagte sie. *Weil du mich verlassen willst, Martin.* »Meine Großmutter starb, als ich vier Jahre alt war und im Krankenhaus lag. Noch Jahre später habe ich nach ihr Ausschau gehalten, wenn es im Fernsehen hieß, jetzt kommt eine Direktübertragung aus Kalifornien.«
Martin lächelte und umschlang sie wieder mit den Armen. Ein Summer ertönte, und sie zuckte zusammen. Die Praxis seiner Frau und die Räume der Wohnung waren miteinander durch eine Leitung verbunden, doch war der Summer im Arbeitszimmer nie ertönt, wenn Theresa anwesend war. Er langte auf den Tisch, ohne Theresa loszulassen, und erreichte gerade den Knopf.
»Ja«, sagte er.
Eine gelassene Frauenstimme sagte, es gäbe unversehens Schwierigkeiten, eben sei ein Kind gebracht worden, das sofort versorgt werden müsse, Lulu sei unauffindbar, und Jed müsse um zwölf von der Schule abgeholt werden. Ob Martin das vor seinem Unterricht erledigen könne? Ja, sagte er, er könne.
»Danke, Schatz.« Und die Frauenstimme verstummte.
»Jetzt also kennst du die Wahrheit, Theresa«, sagte er feierlich.

»Ich bin ein verheirateter Mann.«
Sie kicherte. »Das habe ich die ganze Zeit gewußt.«
»Ach. Und ich dachte, ich hätte dich getäuscht?«
»Verheiratete Männer sind viel interessanter«, sagte sie und versuchte sich zu erinnern, in welchem der vielen Taschenbücher, die sie zu verschlingen pflegte, sie auf diese Zeile gestoßen war. »Die sind anderswo angelernt worden.« Sie küßte ihn auf den Nakken.
»Hmm«, machte er. »Eine Frau von Welt! Warum hast du in deinen schriftlichen Arbeiten dein wirkliches Leben verschwiegen?«
»Ich dachte, damit würde ich Sie schockieren.« Wieder kicherte sie.
»Warum kicherst du denn plötzlich dauernd?«
»Ich weiß nicht. Vielleicht haben Sie mir Lachgas gegeben?«
»Was sagst du dazu: es ist zwanzig nach elf, und ich muß meinen Sohn abholen.«
»Ich sage dazu: Schlaf erst mit mir.« Konfus wie sie war, entschlüpfte ihr das ohne vorherige Warnung und machte sie nur noch konfuser. Sie stand ganz plötzlich auf und setzte sich auf seinen Schoß, warf die Arme um ihn und küßte ihn. Er verlor das Gleichgewicht und fiel der Länge nach auf den Rücken. Sie ließ nicht los, schmiegte sich an ihn, küßte ihn, rieb sich an ihm, bis er schließlich nachgab und ebenso erregt wurde wie sie. Sie kam sich wild und hemmungslos vor, sie balancierte auf einem Seil, doch er war ja bei ihr, und fiel sie, so fiel er auch. Noch auf ihm liegend, öffnete sie seinen Reißverschluß. Er fragte, was sie sich um Himmels willen denke, doch lachte er dabei und genoß es genauso wie sie. Sie küßte ihn, sein Gesicht, seinen Hals. Sich ein wenig zur Seite beugend, nahm sie seinen Penis heraus und liebkoste ihn. Er verschränkte die Hände hinter dem Kopf, lag reglos und sah ihr zu. Sie streifte das Höschen ab und kniete sich rittlings über ihn, so wie er sich das letztemal über sie gekniet hatte, nur saß sie jetzt auf seinem Penis, der sich wundervoll an-

fühlte, sie umschloß ihn mit ihrem Schoß, glitt auf und ab an ihm, überließ sich fast ganz der Lust, und nur ein winziger Teil ihres Bewußtseins sagte ihr, sie sei wahnsinnig, sie habe sich viel zu weit vorgewagt, und wenn man so viel Lust empfinde, wie sie in diesem Augenblick, sei Schlimmes zu gewärtigen – warte nur, Theresa, es wird Furchtbares passieren, aber ist das nicht ganz herrlich jetzt – oh, oh, oh –

Es kam ihm, als sie noch endlos hätte weitermachen können.

Er machte die Augen auf. Sie lächelte. Er sah sie an, ohne zu lächeln. Plötzlich wurde sie befangen. Sie fürchtete sich ein wenig. Löste sich von ihm. Er sah auf die Uhr, stand auf, ordnete die Kleidung. Seine Stimme klang gleichmütig, doch sie war überzeugt, er hasse sie, als er sagte:

»Ich muß Jed abholen. Laß die Tür einfach zufallen, wenn du gehst. Abschließen ist unnötig.«

Am Freitag, ihrem letzten Tag bei ihm vor den Ferien, einer Zeitspanne, die zu überleben ihr unmöglich schien, reichte er ihr einen Umschlag und sagte, hier sei der Lohn für die Arbeit der vergangenen Monate.

Sie antwortete, daß sie geglaubt habe, er hätte es vergessen, und sie wolle keine Bezahlung von ihm. Er entgegnete, das sei albern. Ihre Arbeit sei für ihn unbezahlbar gewesen, sie habe ihm viele Stunden anstrengenden, langweiligen Korrigierens erspart, und abgesehen von allem Übrigen könne er das Geld nicht nur von der Steuer absetzen, es bedeute ihm auch nichts. Und gerade deswegen wollte sie es ja auch nicht haben.

Er küßte sie auf die Wange, sagte, sie sei ein reizendes Mädchen, und er werde sie sehr vermissen. Er sagte ferner, im September erwarte er eine Meisterin im Maschinenschreiben vorzufinden, und dann solle die Arbeit an seinem großen Werk beginnen.

Im Umschlag lag ein Scheck über 216 Dollar; links unten, wo Platz für Bemerkungen freigelassen war, stand: Schr. Krft. 18 Wchn. à 6 Stdn. à 2 $

Es deprimierte sie unbeschreiblich.
Den Scheck versteckte sie in einer Schublade (den Eltern hatte sie nie etwas von Martin erzählt). Nie, nie würde sie ihn einlösen! Dann fiel ihr ein, daß Martin sich darüber ärgern könnte. So verbrachte sie den ersten Ferientag damit, die seiner Wohnung am nächsten gelegene Sparkassenfiliale ausfindig zu machen und eröffnete dort mit dem Scheck ein Konto.

Brigid heiratete Patrick Kelly und begann mit der Produktion von Kindern.
Katherine wäre gern schwanger geworden, wurde es aber nicht. Bestärkt von Brooks, plante sie, im Herbst aufs College zu gehen. Was sie eigentlich mit den Kenntnissen anfangen wollte, die sie zu erwerben gedachte, stand nicht fest, aber es konnte nichts schaden, an der Universität von New York auf ein Bakkalaureat hinzuarbeiten.
»Außer, du bekommst statt einem B. A. ein B-A-B-Y.« Theresa wollte einen Scherz machen, Katherine jedoch brach in Tränen aus und rannte aus dem Zimmer.
»Theresa«, sagte die Mutter.
»Ich weiß, daß du es nicht schlimm gemeint hast, Terry«, sagte Brooks, bevor er Katherine nachging, um sie zu trösten. »Aber in dieser Hinsicht ist sie überempfindlich.«
Das wäre ich auch, wenn ich eine Abtreibung gehabt hätte.
»Was ist denn nur seit neuestem in dich gefahren, Theresa«, sagte die Mutter, als glaube sie Brooks nicht, der gesagt hatte, Theresa habe es nicht schlimm gemeint. Theresa war selber ganz überrascht. Scherze zu machen lag so gar nicht in ihrer Art, sie hatte sich immer nur dazu gezwungen, um Martin zu gefallen, und sie vermochte sich nicht vorzustellen, jemand könne sich dadurch verletzt fühlen. Obschon Martin sie mit seinen Scherzen sehr verletzen konnte. Aber das war was anderes. Sein Humor war immer eher beißender Spott.
Sie blickte den Vater an, ob der ebenfalls ärgerlich sei, doch der

war ganz in seine Sportübertragung vertieft. Oder tat zumindest so. Manchmal kam ihr der Gedanke, das Fernsehgerät bedeute für ihn nicht so sehr Unterhaltung, es wirke vielmehr als Filter, der ihm zwar erlaubte zu reden und zu hören, stärkere Gemütserregungen aber nicht durchließ. Dieselbe Wirkung tat das Bier, das er dabei konsumierte. Sie wäre gern zu ihm gelaufen, hätte ihn gefragt, ob er böse auf sie sei, doch unterließ sie es selbstverständlich; statt dessen warf sie der Mutter böse Blicke zu und bemerkte, Katherine verstehe einen Scherz besser als *sie*. Meistens wenigstens.

Katherine und Brooks kamen übrigens nicht oft zu Besuch. Sie hatten ein Haus auf Fire Island gemietet und verbrachten den Sommer hauptsächlich dort, nur Brooks hatte an drei, vier Tagen in der Stadt zu tun. Beide luden Theresa immer wieder ein, sie draußen zu besuchen. Doch Theresa verabscheute nicht nur den Strand, ihr Schreibmaschinenkurs und das Kinderhüten ließen ihr an fünf Tagen in der Woche keine Zeit dazu. Der Schreibmaschinenkurs fand abends von sechs bis halb acht statt, und ab acht hütete sie die Kinder von zwei Familien, die sie bereits kannte – es waren Leute, die eine Schreibmaschine besaßen. Sie war entschlossen, den zurückkehrenden Martin als eine atemberaubend schnelle und genaue Maschinenschreiberin zu empfangen.

In ihrem Kurs war sie mit Abstand die Beste.

Während der vier Jahre, die ihre Beziehung dauerte, würde er sich ändern und würde sie sich ändern, nur die Art ihrer Beziehung würde immer die gleiche bleiben.

Es würde ihn freuen, daß sie so gut Maschineschreiben gelernt hatte.

Er würde ihren Fleiß und ihre Intelligenz preisen. Er würde drauf bestehen, falls sie unbedingt lehren wolle, daß sie dies an der Universität tun müsse. (Nur hierin sollte sie ihm Widerstand leisten. Ihre Pädagogikvorlesungen beschränkte sie auf ein Mini-

mum, blieb aber entschlossen, kleine Kinder zu unterrichten, einerlei, was sie nebenher noch tun mochte.)
War sie krank oder unglücklich, wurde er zärtlich und mitfühlend.
Schliefen sie miteinander, so wurde er ihr Feind.

Nach der Ermordung Kennedys empfand sie noch größeres Verlangen nach seiner Nähe, sie sah ihn aber statt dessen weniger oft als früher, denn die Familie brauchte ihn ebenfalls mehr als sonst.
Ganz unerwartet fand sie sich in einen Kreis gezogen, zu dem auch Carol und Rhoda sowie Jules gehörten. Sie begegnete den beiden zwar in den Vorlesungen nicht mehr, traf sie aber zufällig am Tage des Attentates in der Cafeteria. (Theresa war dorthin gegangen, weil sie sich fürchtete, in der U-Bahn heimzufahren.) Schließlich fuhr sie in Gesellschaft von Jules, denn er als einziger wohnte auch in der Bronx. (Carol und Rhoda wohnten in der Westend Avenue; Theresa neidete ihnen die Nähe zu Martin.)
Jules war ein heller Kopf, kein bißchen aufgeblasen, dafür witzig, und man konnte mit ihm lustig sein. Sie war überrascht und verärgert, daß er nach ein paar Wochen fragte, ob sie nicht mit ihm ausgehen wolle. Es kam ihr vor, als habe er etwas Hübsches verdorben. Sie lehnte ab. Nun wollte er wissen, ob sie ein Verhältnis mit Martin Engle habe. Darauf sagte sie, er solle gefälligst abhauen. Er schnaufte wütend und erwiderte: »Das nenne ich eine kluge Antwort.«

In jenem Jahr hatten die Engles ihr Haus in Connecticut das ganze Jahr über vermietet und nahmen sich deshalb für den Sommer ein Haus auf Fire Island. Ganz recht, von Fire Island habe sie schon gehört, ihre Schwester sei den Sommer über dort. Kaum war das heraus, bereute sie es auch schon.
»Ihre Schwester?«
Sie nickte.

»Ich kenne Sie jetzt seit zwei Jahren, Theresa, und von einer Schwester war bislang nie die Rede.«
»Ich habe sogar zwei.«
Er lachte. »Sind das schon alle?«
»Sie wohnen nicht mehr zu Hause. Beide sind verheiratet, und ich sehe sie kaum.« Im April hatte Brigid ihr erstes Kind bekommen. Theresa sah Brigid öfter als früher, denn das Baby, Kimberley mit Namen, war anbetungswürdig, und sie liebte es.
Er fragte nach dem Alter der Schwestern, und sie sagte es. Er fragte nach den Namen, doch die verschwieg sie ihm. Er fragte, warum sie die Namen nicht nennen wolle, und sie antwortete wahrheitsgemäß, sie wisse es nicht. Er fragte, wo auf Fire Island ihre Schwester wohne, und sie sagte, sie habe es vergessen, was gelogen war. Die Engles wollten in Seaview wohnen; kannte sie den Ort? Nein. (Katherine und Brooks waren vergangenes Jahr in Ocean Beach gewesen und wollten dieses Jahr wieder hin.)

Als er Anfang September zurückkam, war er verändert; sie begriff anfangs nicht, in welcher Weise. Die Arbeit an dem Manuskript, mit dem sie sich monatelang geplagt hatten, interessierte ihn nicht mehr; er meinte, seinethalben solle das College sich den Lehrstuhl an den Hut stecken. Es gebe Wichtigeres im Leben als eine Berufung; er habe sich vielleicht wirklich mal für den jüdisch-kanadisch-sozialistischen Zirkel in Montreal zu Beginn des Jahrhunderts interessiert, doch das sei nun vorbei. Statt dessen erwäge er, ein Libretto für ein Musical zu verfassen. In den Ferien sei er mit einem interessanten Menschen bekannt geworden, einem Komponisten, der behauptete, am Broadway würden dringend gute Texter gesucht, und schon sei ihm auch der Einfall zu einem Musical gekommen. Früher rauchte er Pfeife, jetzt rauchte er »Selbstgedrehte«, wie er sie nannte, und dank dieser Anhaltspunkte und mit Hilfe einiger Artikel aus der *Village Voice*, die Rhoda stets mit sich herumschleppte, kam Theresa schließlich dahinter, daß Martin Engle Marihuana rauchte.

»Sie müssen mich doch für sehr dumm halten«, sagte sie zu ihm, als sie begriffen hatte. »Sie glauben wohl, ich hätte nicht gleich gewußt, was Sie da rauchen?«
Er lächelte. Er war ihr gegenüber von einem fast konstanten Wohlwollen. Es reizte ihn weniger, wenn nicht alles genauso war, wie er es gern gehabt hätte. Er bot ihr einen Zug an, sie lehnte ab. Rhoda hatte beschrieben, was die Folgen waren: Man sah Farben, träumte Bilder, wurde gleichgültig. Ihre Beschreibung vermittelte Theresa den Eindruck, Marihuanarauchen sei wie eine Äthernarkose, in der man gegen seinen Willen das Bewußtsein verliert, eine Vorstellung, die sie schreckte.
»Warum willst du nicht teilhaben, Theresa?« fragte er. Sie saß im Sessel, er an seinem Tisch, aber er saß bloß so da, starrte vor sich hin.
»Es ist nicht so, daß ich es nicht mit dir probieren möchte«, sagte sie. »Ich möchte es mit überhaupt niemand zusammen probieren.«
»Es stimuliert sexuell ungeheuer«, sagte er. »Du könntest durchaus einen Orgasmus haben.«
Sie schaute ihn ratlos an. Das Wort war ihr ein-, zweimal begegnet, aber was es bedeutete, wußte sie nicht; ihr war auch nicht bewußt, daß ihr etwas mangelte. Sie hatte geglaubt, ihr Sexualleben leide nur darunter, daß er so selten mit ihr schlief. Seit neuestem allerdings ließ er sich eher von ihr zu sexueller Betätigung verleiten. Schlang sie die Arme um ihn, streichelte sie ihn oder setzte sich ihm auf den Schoß, wenn er so am Tisch hockte, rauchte und vor sich hin starrte, dann ließ er sich von ihr auch ins Bett lotsen. Seit kurzem spürte sie aber, daß daran etwas falsch war. Sie *bettelte.* Das machte sie befangen; es gelang ihr nicht mehr, ihn im Überschwang zu verführen wie früher. Im Sessel und manchmal auch auf der Couch nahm sie eine, wie sie zuversichtlich hoffte, aufreizende Stellung ein, doch pflegte er das zu übersehen. Vielleicht lag es daran, daß sie keine Orgasmen hatte, was immer ein Orgasmus auch sein mochte.

Org'asmus (griech.) *der,* Höhepunkt der Wollust beim Geschlechtsakt.

Beim nächsten Besuch machte sie zwei Züge an seiner Zigarette, hustete, würgte. Lachend holte er ein Glas Wasser. Sie zog noch zweimal, legte sich auf die Couch und schlief ein. Als sie erwachte, stand er schmunzelnd über ihr und sagte, es sei Zeit für den Unterricht. Danach bot er ihr keine »Selbstgedrehten« mehr an.

Als Theresa danach fragte, gab Katherine zu, daß sie und Brooks fortgesetzt Marihuana rauchten und daß sie es zum erstenmal als Stewardeß getan hatte. Sogar LSD habe sie einige Male genommen – Theresa würde sie doch nicht verraten? Nein, das würde Theresa selbstverständlich nicht. Wem auch?

Wer im Jahr darauf nicht völlig von den mit Kennedys Ermordung zusammenhängenden Verschwörungstheorien in Anspruch genommen war (Jules beispielsweise gehörte einer Gruppe an, die sich zweimal in der Woche zu Diskussionen darüber traf), der redete von LSD und Hasch. Theresa und Martin schliefen nicht mehr miteinander. Dauernd kamen Anrufe für ihn, aber von außerhalb. Katherine und Brooks renovierten ein altes Reihenhaus am St. Marks Place, und Brigid war zum zweitenmal schwanger.

Noch vier Wochen, und sie würde ihr Examen machen. Was Martin nach dem Examen mit ihr vorhatte, wußte sie nicht; bei einer Unterhaltung über dieses Thema im vergangenen Herbst hatte er ihr vorgeworfen, als Lehrerin würde sie ihre Fähigkeiten nur sinnlos vergeuden. Seither war davon nicht mehr die Rede gewesen. Sie wußte, daß er den Sommer wieder auf Fire Island verbringen würde, und zwar mit den Kindern, und daß seine Frau diesmal nicht so oft hinausfahren wollte wie im Vorjahr. Er beabsichtigte, eine Haushaltshilfe zu engagieren. Seit Wochen versuchte sie, ihn dazu zu bringen, daß er ihr den Vorschlag machte, sie solle diese Stelle übernehmen. Sie würde dann nicht wieder einen ganzen Sommer von ihm getrennt sein. Daß ihn eine Trennung stören würde, das allerdings redete sie sich nicht mehr ein. Es würde nach dem Examen schwieriger werden, ihn zu treffen; womöglich müßte sie die Arbeiten für ihn abends erledigen. Ob ihm das recht war? Sie wußte doch sehr wenig von seinem Leben. Daß Mädchen ihm nachstellten, war ihr bekannt, doch war sie nach vier Jahren immer noch da. Seine Frau war ebenfalls noch da. Von der hatte er nie etwas anderes gesagt, als daß sie perfekt sei. Einmal, nachdem sie zusammen im Bett gewesen waren, hatte Theresa ihn gefragt, warum er hinterher immer so gereizt sei. Er hatte geantwortet, nach dem Vögeln könne er Frauen nicht ausstehen. Sie wurde blaß, denn in Gedanken bezeichnete sie das, was sie beide da taten, nie als Vögeln. Jetzt fragte sie sich, ob er auch seine Frau vögelte und falls ja, ob er hinterher auch gegen sie etwas habe.

Sie hatte gelernt, schwierige Fragen in einem ironischen Ton zu stellen – oder wenigstens diesen Ton zu imitieren. Durchhalten konnte sie ihn nicht, wenn Martin sie darauf festnagelte; anderen Leuten gegenüber gelang ihr das jedoch. In einigen Seminaren, besonders im pädagogischen Seminar, galt sie inzwischen als ein intellektuelles und schrecklich ironisches Frauenzimmer.

Nun ließ sie die Beine über die Sessellehne baumeln, rollte eine Locke um den Zeigefinger, schaute ihn mit einem schiefen, ganz und gar erkünstelten Lächeln an und sagte lässig: »Ich habe eine Idee: Wie wäre es, wenn du dir für den Sommer eine Haushaltshilfe nähmst, die nicht nur gescheit und belesen ist, sondern auch maschineschreiben kann?«

»Eine grauenhafte Idee«, erwiderte er ebenso lässig. »Wie kommst du darauf?«

Weil ihr die Tränen kamen, konnte sie ihm nicht antworten; sie hätte sonst angefangen zu weinen.

Sie stand auf, um ins Badezimmer zu gehen, dort zu weinen und dann so lange zu warten, bis die Spuren ihrer Tränen nicht mehr

sichtbar waren. Als sie an ihm vorbeiging, packte er sie jedoch am Handgelenk und zog sie zu sich her, auf seinen Schoß. Er legte die Pfeife weg. (Am Vormittag rauchte er jetzt nicht mehr Marihuana; angeblich hinderte es ihn bei der Arbeit.)
»Nun, Theresita«, fragte er sanft. »Hast du dich schon als Helferin der Hausfrau gesehen, oder sagen wir besser, des Hausherrn?«
Sie nickte, den Blick auf seine Hemdknöpfe gesenkt.
»Fußböden scheuernd, Asche ausleerend?«
»Sehr komisch.«
»Mahlzeiten bereitend, Stunden mit den Kindern am Strand verbringend, den du doch verabscheust?«
»Ich weiß nicht, ob ich ihn so verabscheue. Ich gehe ja nie hin, woher also soll ich es wissen?«
»Die zweite Julihälfte wäre nicht der richtige Augenblick, das ausfindig zu machen. Abgesehen einmal von allem anderen: die Sonne ist mörderisch da draußen.«
»Mit dir würde es mir gefallen«, entgegenete sie, immer noch ohne ihn anzublicken.
»Du bist sehr lieb, Theresa«, sagte er. »Ich täte dir aber keinen Gefallen, wenn ich darauf einginge.«
Sie stand auf; er ließ sie aber nicht frei, hielt sie mit einem Arm umfaßt, schob sie sanft vor sich her zum Bett und drückte sie darauf nieder. Dann umarmte er sie, zärtlich, sanft, das erstemal nach langer Zeit. Sie wußte wirklich nicht mehr, wann es das letztemal passiert war.
»Ich liebe dich so sehr, Martin«, sagte sie.
»Ach ja«, seufzte er, »Liebe.«
Es klang so, daß ihr unbehaglich wurde. Von nun an verbrachten sie die Vormittage des Mai im Bett statt bei der Arbeit und kicherten wie ungezogene Kinder darüber, daß Theresa die Hausarbeiten daheim korrigieren mußte, damit sie rechtzeitig fertig wurden. Einige Male sagte er, sie solle sich doch nicht soviel Mühe damit machen, sie entgegnete jedoch, es sei keine Mühe,

sondern mache ihr einfach Spaß. Noch nie hatte zwischen ihnen alles so gestimmt wie jetzt, und sie begriff gar nicht, weshalb sie so unruhig war. Vielleicht kam es daher, daß er nie davon sprach, was er im nächsten Studienjahr vorhatte. Und sie wagte dieses liebevolle Intermezzo nicht durch Fragen zu stören.
Als sie am Freitag der vorletzten Woche vor den Ferien die Wohnung verließen, begegnete ihnen an der Haustür ein Mädchen mit langem blonden Haar, das Martin mit gespreizten Fingern ein Zeichen machte. Als Theresa fragte, wer das sei, sagte er, ein Teenager, der hier im Hause wohne. Als sie nach der Bedeutung des Zeichens fragte, erklärte er, es bedeute, noch zwei Wochen bis Fire Island. Sie sei seine Haushaltshilfe für den Sommer.
»Teenager!« sagte Theresa. »Sie sieht keinen Tag jünger aus als ich.«
»Das mag sein, Tatsache ist jedoch, daß sie knapp siebzehn ist.«
»Ich bin zu jung, um schon veraltet zu sein«, bemerkte sie ernst.
Er lachte. »Das einzige, wofür du mir immer wirst dankbar sein müssen ist, daß ich hinter diesen traurigen grünen Augen einen Sinn für Humor geweckt habe.«
Sie erwiderte nichts darauf, doch hatte ihre Unruhe sich in Angst verwandelt. Langsam, langsam näherte sie sich der Erkenntnis, daß in ihrem zukünftigen Leben Martin nicht mehr vorhanden sein würde.
Am Mittwoch, dem ersten Tag ihrer letzten gemeinsamen Woche in diesem Semester fragte sie, was für Pläne er für das kommende Studienjahr habe. Er antwortete, für das kommende Jahr habe er überhaupt keine Pläne; er werde weiterhin am City College lehren (was sie selbstverständlich nicht bezweifelt hatte), obwohl er eine starke Neigung dazu verspürte, zwei junge Freunde zu begleiten, die sich in Katmandu niederlassen wollten; auch wäre denkbar, daß er ein zweites Musical schreibe (aus dem ersten war nichts geworden, obschon es für Provinzaufführungen so gut wie finanziert gewesen war); ferner wolle er seinen Kopf nach neuen Farben durchforschen; schließlich denke er dar-

an, sich scheiden zu lassen, denn alle seine Bekannten täten es, und auch er wolle gern wissen, welche Gefühle mit dieser Gipfelerfahrung verbunden seien. Allerdings würde er dann aus finanziellen Gründen gezwungen sein, das Manuskript abzuschließen und sich um einen Lehrstuhl zu bemühen.

Er bringt es fertig, sich scheiden zu lassen, bloß um zu sehen, wie das ist.

»Warum schaust du mich so an?«

»Liegen die Dinge wirklich so einfach?«

»Nein, selbstverständlich nicht. Die halbe Fakultät kann mich nicht leiden; deshalb bekomme ich keinen Lehrstuhl.«

Er verstand sie absichtlich falsch, davon war sie überzeugt.

»Das Manuskript reizt mich im Moment übrigens auch nicht. Vielleicht weil es von Individuen handelt, deren einziges Medium das Wort war, und weil ich selber im Moment für Wörter nichts übrig habe. Falls dir das schon aufgefallen sein sollte.«

Es war ihr aufgefallen, daß er den Vorlesungen, den Hausarbeiten der Studenten und Theresas Beurteilung dieser Arbeiten immer weniger Aufmerksamkeit widmete. Oder vielmehr, sie hatte es wahrgenommen, ohne daß es ihr aufgefallen war. Er machte sich jetzt nicht einmal mehr die Mühe, ihre Beurteilungen umzuformulieren.

»Du hast wohl nicht . . .« Das mußte bedachtsam formuliert werden, auch wenn er für Wörter derzeit nichts übrig zu haben behauptete. Sie stieg in ein Gewässer mit spiegelglatter Oberfläche, von dem es aber hieß, es gebe dort gefährliche Strömungen.

»Welche Pläne hast du für mich im kommenden Studienjahr?«

»Welche Pläne ich für dich im nächsten Studienjahr habe? Nun, geplant ist, daß du zu unterrichten beginnst, daß du aus dem behüteten Kreis des City College in die Welt hinaustrittst, daß du ein wenig lebst, ein wenig lernst und eine Persönlichkeit wirst.«

Ihr Körper hatte die Bedeutung dieses Satzes rascher erkannt als ihr Bewußtsein. Sie zitterte.

»Und meine Arbeit hier?«
»Die brauchst du nicht mehr.«
»Doch.«
»Dann bist du ein törichtes Mädchen, und ich habe dich nicht so viel gelehrt, wie ich glaubte.«
»Wie sollen wir uns denn treffen, wenn ich nicht mehr diese Arbeiten für dich erledige?«
»Ach, Theresa, du machst es mir schwer.«
Es stimmte also. Sie konnte sich nicht mehr taub stellen gegen das, was er sagte. Sie sank im Sessel zusammen und starrte ihn an. Er schaute sie ebenfalls an. Sein Blick brannte ein Loch in sie, und dieses Loch war sie selbst. Sie war eine Null, nichts weiter. Eine Weile war sie mit jemand verbunden gewesen, und eine Null, vor der eine Eins steht, ist keine Null mehr, verliert zumindest das Gefühl für die eigene Nichtigkeit. Doch nun glitt dieser Jemand weg von ihr, und sie fühlte von neuem ihre tiefe Bedeutungslosigkeit.
»Was habe ich denn verbrochen?« brachte sie mühsam heraus.
»Du lieber Himmel, Kind, nichts hast du verbrochen. Es ist einfach Zeit.«
»Ich verstehe überhaupt nichts.«
»Was gibt es da zu verstehen?«
»Warum wir uns nicht mehr treffen sollen.«
»Theresa«, sagte er, sehr sanft und geduldig. Sie wollte ihn küssen. »Du kennst die Bibel ... Ein jegliches zu seiner Zeit ...«, intonierte er leise. »Hörst du, was ich sage, Theresa?« Nie war er so freundlich zu ihr gewesen wie jetzt, da er sie fortschickte. »Du bist ein ganz reizendes Mädchen; unsere Beziehung hat lange gedauert, und sie war schön. Und jetzt ist es für uns beide Zeit aufzubrechen.«
»Suchst du dir eine andere?« Sie fuhr sich mit der Zunge über die Lippen, denn die waren so trocken, daß sie kaum ein Wort herausbrachte.
»Selbstverständlich suche ich mir eine andere!« fauchte er gereizt.

Dann faßte er sich und wurde wieder freundlich. »Ich habe immer jemand, Theresa. Ich suche keinen Ersatz für dich. Ich verlasse dich nicht einmal. Du verläßt mich. Denn es ist Zeit.«
Nun mußte sie also gehen. Sie stand auf, nahm ihre Bücher, zwei oder drei, und ging aus der Wohnung. Sie verabschiedete sich von dem Fahrstuhlführer und ging Richtung Central Park West. Die Sonne schien grell, fast blendend. *Die Sonne flutete auf das Pflaster.* Verbrannte Theresa. Es war elf Uhr.
Sie ging hinauf bis zur 110. Straße, wo der Park endet. Da war es fast halb zwölf. Sie ging quer durch Harlem zur 145. Straße. Es war viertel nach zwölf. Sie bemerkte wohl, daß Männer sie ansprachen, doch trat das nicht bis in ihr Bewußtsein. Sie überquerte die 145. Straße und ging die 155. hinauf. Es war kurz nach zwei. Sie überquerte die Brücke, hörte Hupen und Pfeifen, ohne darauf zu achten, wies ganz mechanisch Leute ab, die sich erboten, sie im Wagen mitzunehmen. Die Bücher ließ sie von der Brücke ins Wasser fallen. In der Bronx angekommen, setzte sie ihre Wanderung den Concourse entlang in nördlicher Richtung fort, völlig gedankenleer. Sie war hier noch nie gewesen, wußte aber, wohin sie sich wenden mußte. Um halb fünf langte sie bei der Fordham Road an und bog ab, Richtung Pelham Parkway. Unterwegs hatte sie einmal gerastet, sie wußte aber nicht mehr wo und wie lange.
Gegen elf Uhr schritt sie durchs Wohnzimmer, wo die Eltern das Spätprogramm sahen, ließ die Frage der Mutter, wo sie gewesen sei, unbeantwortet, legte sich angekleidet ins Bett und fiel sofort in Schlaf – so tief, daß die Eltern sie am folgenden Nachmittag um vier Uhr immer noch nicht wecken konnten und in ihrer Ratlosigkeit einen Arzt riefen.
Theresa erwachte davon, daß der Arzt sie untersuchte; sie blickte ihn teilnahmslos an. Er fragte, wie sie sich fühle. Sie antwortete, sie sei nur müde, doch sagte sie es mit so erloschener Stimme, daß der Arzt sie erschrocken nach irgendwelchen Krankheitssymptomen befragte. Ihre Füße waren sehr geschwollen.

»Ich bin von der Schule zu Fuß nach Hause gegangen«, log sie ganz mechanisch. Sie sagte stets, sie sei in der Schule, wenn sie bei ihm war.
Die Mutter war starr. »Wozu das, Theresa?«
»Mir war so«, antwortete Theresa und machte die Augen zu. Als sie die Augen wieder öffnete, war es Montag. Beide Eltern standen im Zimmer. Der Vater betrachtete sie voller Sorge, die Mutter hatte geweint. Weshalb? Theresa rührte sich und empfand dabei Schmerzen, als habe sie zu lange in der gleichen Haltung gelegen. Im Mund hatte sie einen schlechten Geschmack, und im Zimmer roch es schal und säuerlich. Nach einer Weile merkte sie, daß es ihr eigener Körper war, der so roch. Hätte sie überhaupt etwas empfinden können, dann höchstens Verlegenheit über ihren Geruch.
Martin. Auf keinen Fall sollte Martin es sich anders überlegen und sie suchen. Käme er jetzt, sie würde vor Beschämung sterben.
Der Vater sagte: »Es ist schon Montag, Theresa.«
Sie begriff, daß bedeutsam war, was er sagte, doch beeindruckte es sie nicht. Die beiden letzten Vorlesungen des Semesters hatte sie verpaßt.
»Wie fühlst du dich?«
»Ich weiß nicht recht.«
»Soll ich den Arzt kommen lassen?«
»Nein. Ich bin nicht krank.«
»Was ist passiert?«
Alle.
»Nichts.«
Die Eltern standen unentschlossen am Fuß des Bettes. Sie begriffen, daß Theresa nicht krank war, auch daß etwas geschehen müsse, doch wußten sie nicht, was.
»Ich ziehe mich an.«
»Wird dir das nicht zuviel?« fragte der Vater.
»Bestimmt nicht.«

»Also gut. Zieh dich an, dann sehen wir weiter.«
»Erst will ich baden.«
Sie wartete, bis beide draußen waren, obschon sie angezogen war. Sie trug noch das Kleid, in dem sie sich am Freitag hingelegt hatte. Ein dunkelgrünes Hemdblusenkleid. (Theresa von den Dunklen Farben hatte Martin sie einmal genannt, aber nicht gesagt, sie solle andere Kleider kaufen, sonst hätte sie es getan.) Nun stand sie auf, aber obwohl sie sich vorsichtig bewegte, wurde ihr doch so schwindlig, daß sie in die Knie sank.
»Theresa?« Das war die besorgte Stimme der Mutter, draußen vor der Tür.
»Mir fehlt nichts. Geh runter. Ich will duschen.«
Sie richtete sich mit Mühe auf, stützte sich auf die Kommode, bis der Schwindel vorüber war. Immer noch sehr behutsam langte sie den Bademantel aus dem Schrank, ging ins Bad, zog sich aus und trat unter die Dusche, die die Eltern schon für sie angedreht hatten. Unter der Dusche überlegte sie, was sie unternehmen, wohin sie sich wenden könnte, doch war das völlig überflüssig, denn als sie, in Jeans und einem Herrenhemd, mühsam die Treppe hinabstieg, wurde es nur allzu klar, daß sie kaum sprechen, geschweige denn verreisen konnte.
Der Anblick von Speisen verursachte ihr Übelkeit.
Als sie am Dienstag immer noch nicht essen wollte, gingen die Eltern mit ihr zum Arzt. Der fand wiederum nichts Krankhaftes, versprach aber, sie zu einer eingehenden Untersuchung ins Krankenhaus einzuweisen, falls dies noch tagelang so weitergehe. Da wußte sie, daß sie bald würde essen müssen, denn ins Krankenhaus wollte sie nie wieder. Sie hatte schon gut zehn Pfund verloren und nahm täglich fast ein weiteres Kilo ab. Zum erstenmal in ihrem Leben war sie schlank. Aber das war ihr jetzt vollkommen gleichgültig. Es war ihr alles gleichgültig. Wenn jemand mit ihr sprach, so war das, als befinde er sich hinter einem geschlossenen Fenster.
Am Donnerstag telefonierte die Mutter mit Katherine, und am

Freitag fuhr Katherine in dem kleinen roten MG vor, den Brooks nach dem Umzug von der Dritten Avenue nach St. Marks Place für sie angeschafft hatte. (Kamen Brooks' Kinder mit zu Besuch, mieteten sie einen Wagen, der allen Platz bot.) Katherine trug eine weiße, weite Hose, ein schwarzes, exotisch anmutendes Oberteil – ein paar Jahre später hätte es jedermann »indisch« genannt –, hatte die Haare zu Zöpfen gedreht und sah aus wie ein Kind. Die meisten Frauen ihres Alters – Katherine war schließlich und endlich achtundzwanzig! – hätten in diesem Aufzug lächerlich gewirkt; Katherine konnte es sich leisten.

Kurz ehe Katherine mit Brooks bekannt geworden war, hatte für eine kurze Zeit Initimität zwischen den Schwestern bestanden. Dann war jede ihrer Wege gegangen, nur bei Anlässen wie diesen kamen sie miteinander in Kontakt: intime Fremde. Jetzt wollten sie sich wieder nahe sein, wollten sich Geheimnisse anvertrauen – so wie Tiere sich auf den Rücken legen, um durch ihre völlige Hilflosigkeit zu demonstrieren: Schau her, ich bin ungefährlich! Danach würde Katherine ihr eigenes Leben weiterführen, und Theresa würde... Theresa würde daheim bleiben. Selbstverständlich. Das tat sie doch immer. Theresa blieb zu Hause.

Sie hatte sich eine Schule nahe der elterlichen Wohnung gesucht, nicht nahe bei Martin – das war schon gewesen, ehe sie die Wahrheit erfahren hatte, oder, wie sie es nannte, wußte, daß sie wußte. Es geschah damals in der Absicht, Martin zu zeigen, daß sie keine Forderungen an ihn stellte. Das heißt: sie hatte gedacht, sie könne nach der Schule direkt zu ihm fahren. Ob er sich das auch so vorgestellt hatte, war eine andere Frage. Die U-Bahn würde sie schnell zu seiner Wohnung oder an einen von ihm genannten Treffpunkt bringen.

Von ihrem Platz aus beobachtete Theresa, wie Katherine den Weg entlangglitt, als sei es der Gang eines Flugzeugs, und dann graziös die Stufen hinauflief. Ihr Vater arbeitete, die Mutter hatte sich taktvoll unsichtbar gemacht.

»Tessie!« rief Katherine, und Theresa bekam einen kleinen Schreck, denn sie hatte diesen Namen lange nicht gehört. »Du siehst ja blendend aus! Mama hat mich auf alles Mögliche vorbereitet, aber darauf nicht.«
Theresa lächelte höflich. Hätte sie Martin doch diesen alten Namen anvertraut! Wenn Martin sie jetzt sehen könnte, würde sie sich vielleicht sogar darüber freuen, daß sie fast fünfzehn Pfund abgenommen hatte. (Wasser *mußte* sie trinken. Tat die Mutter heimlich Nahrhaftes ins Wasser, würgte es Theresa. Falls sie bis Montag nicht aß, kam sie ins Krankenhaus.)
»Und nicht nur, daß du dünner bist.« Seit Jahren hatte sie Theresa bedrängt, endlich abzunehmen. »Es ist dein Gesicht. Du siehst so friedvoll aus.«
Auf seltsame Weise war das durchaus zutreffend. Die kurze Unterhaltung mit Martin Engle hatte ihr nicht nur jede Zukunft geraubt, sondern auch das Hochseil, auf dem sie sich dieser Zukunft genähert hatte.
»Was ist denn nur los, Tessie?« fragte Katherine. »Alle machen sich furchtbare Sorgen deinetwegen.«
»Weil alle Angst haben, ich wäre krank«, entgegnete Theresa ruhig. »Dabei habe ich erklärt, daß ich nicht krank bin. Ich mag nur nicht essen.«
»Und wann, meinst du, bekommst du wieder Appetit?«
»Spätestens wenn ich ins Krankenhaus muß, weil ich nicht esse.«
Katherine lächelte. »Wenn man dich hört, ist das alles ganz einfach.«
Sind die Dinge wirklich so einfach?
Theresa zuckte die Achseln. »Bist du mit der Schule fertig?« fragte sie höflich.
»Ja«, antwortete Katherine.
»Alles glatt gegangen?«
»Sehr gut. Ich glaube, ich nehme Soziologie als Hauptfach und Psychologie als Nebenfach, aber genau weiß ich es noch nicht.«
Theresa nickte.

»Deine eigene Examensfeier hast du verpaßt«, sagte Katherine.
»Nicht so wichtig.«
»Aber du hast es geschafft? Es ist dir nicht noch was dazwischengekommen?«
»Nichts ist dazwischengekommen.«
»Warum meinst du, die Eltern sorgen sich nur um dich, wenn du richtig krank bist?« fragte Katherine. »Wenn du niedergedrückt bist, machen sie sich doch bestimmt auch Gedanken.«
»Nun ja«, meinte Theresa, »niedergedrückt bin ich jetzt, also dürfen sie sich Gedanken machen.«
»Gibt dir der Arzt was dagegen?«
»Nein.«
»Warum nicht?«
»Er hält nichts von Tabletten, ich will auch keine, und er hat Angst, mir was zu verschreiben, solange ich nicht esse.«
»Falls du dir's anders überlegst – ich habe mindestens zwanzig Sorten Tabletten in der Handtasche«, bot Katherine zögernd an.
Theresa blieb stumm.
»Weißt du«, sagte Katherine, »eigentlich bin ich etwas gekränkt. Ich möchte dir gern helfen, nur weiß ich nicht, was dir fehlt, und du vertraust dich mir nicht an.«
»Ich sage dir doch alles.«
»Nur nicht, was dir fehlt.«
»Noch hast du nicht gefragt.« Jedenfalls nicht rundheraus. Katherine hatte auf den Busch geklopft. Der Gedanke, es könnte mit einem Mann zu tun haben, war ihr nicht gekommen. Daran würde wohl überhaupt keiner denken.
»Also, was ist es, Theresa?«
»Ein Mann.«
Katherine seufzte. »Das hätte ich mir denken können! So schlimm können uns nur Männer zurichten.«
Er wirkte abstoßend und verführerisch zugleich, dieser Satz. Katherine bot Theresa einen Hafen. Aufnahme in einen Verein.

Einen Verein, wo verletzte Frauen gemeinsam ihre Wunden leckten. Als ob Katherine gewußt hätte, was es heißt, verletzt zu werden; sie war es doch, die Verletzungen zufügte.
»Seit wann kennst du ihn?«
»Seit vier Jahren.«
»O je«, stöhnte Katherine, aber Theresa entging nicht, daß in diesem überraschten Ausruf eine Spur Genugtuung mitschwang. »Und da heißt es immer, ich wäre die Lügnerin in der Familie.«
»Ich habe nie gelogen«, wehrte Theresa sich prompt. »Ich habe gesagt, ich gehe zu Freunden aus der Schule. Und das stimmte.«
»Er ging auch ins College?«
»Er ist dort Professor.« Plötzlich fürchtete sie wider alle Vernunft, Katherine könnte herausbekommen, wer er war. »Ich selber habe keine Vorlesungen bei ihm gehabt, er hat anderswo unterrichtet.«
»Und warum ist es aus?«
»Er lebt wieder bei seiner Frau.«
»Hmmm«, summte Katherine. »Schlimm. Schlimm« Katherine, Stewardeß des Lebens, im Flugplan blätternd.
Das sei nicht unerwartet gekommen, hörte Theresa sich hinzufügen. Sie selber habe ihn schließlich beschworen, sie zu vergesen und zu seiner Frau zurückzukehren. Schließlich sei er der Vater dreier Kinder, die ihn anbeteten.
»Ah, Kinder«, machte Katherine, als sei damit alles erklärt und unabwendbar.
»Du wirst es nun wohl den Eltern erzählen?« fragte Theresa.
»Keine Spur. Aber du solltest ihnen irgendeine Begründung geben. Sie sind nämlich schon halb verrückt vor Angst.«
»Wenn ich wieder esse, denken sie nicht mehr dran.«
»Und bis dahin?«
»Sag ihnen, ich sei krank, weil ich so lange nicht mehr in der Messe war«, sagte Theresa lachend. Falls wirklich Spuren von Leben in sie zurückkehrten, dann nicht in ihren Körper, auch

nicht in ihre Seele, sondern es belebte sich nur der spöttische Kobold, den Martin Engle in ihr freigesetzt hatte. »Sagen wir: Am Sonntag gehe ich mit den beiden zur Messe und werde geheilt. Ich werde gemessenen Schrittes das Gotteshaus betreten –«

»Theresa!« protestierte Katherine lachend.

»Warum nicht? Also, ich komme ganz langsam herein, ich bin ja auch wirklich recht schwach. Vielleicht nehme ich den Stock, den Dad damals anschaffte, als er den Fuß verstaucht hatte. Nach der Messe werfe ich den Stock dann weg und rufe laut: ›Ich kann wieder gehen!‹«

Katherine kicherte. »Kein schlechter Einfall«, gab sie zu. »Nicht das ganze Drum und Dran, aber du könntest wirklich zur Messe gehen und hinterher sagen, du fühlst dich besser, und dann, ganz allmählich –«

»Und warum?« wollte Theresa wissen. »Warum sollte ich?«

»Weil du ihnen irgendwas sagen mußt, wenn es schon nicht die Wahrheit ist.«

»Warum aber?«

»Weil sie sich deinetwegen ängstigen«, erklärte Katherine, die Theresa anscheinend nicht begriff. »Weil sie dich liebhaben.«

Das glaubte Theresa nicht, glaubte es seit Jahren nicht mehr. Wie ging denn das an? Wie konnten die Eltern nicht einsehen, daß es besser für sie gewesen wäre, gleich zu sterben, als sie das erstemal krank wurde, und nicht die zu werden, die sie geworden war? Theresa wurde wütend, wenn sie sah, wie die Alten sich darüber freuten, daß Katherine zu Besuch kam, aber sie wurde wütend, weil die Eltern *recht* hatten damit, nicht unrecht. Katherine war wohl in Wahrheit eine Heuchlerin, die ihr wirkliches Leben verborgen hielt, aber hatten die Eltern denn nicht recht, wenn sie das vorzogen? Was war eigentlich so großartig an der wahren Persönlichkeit? Was war denn an den Menschen noch bewundernswert, wenn man ihnen die hübsche Visage und die heuchlerischen Manieren nahm? Als vor Jahren im Fernsehen über einen Skandal in der Stadtverwaltung berichtet wurde, hörte sie den Vater sagen: »Es wird denen noch leid tun, daß sie diese Wurmkonserve aufgemacht haben«; dieses Bild hatte sich ihr eingeprägt: eine äußerlich blitzblanke Blechdose, drinnen aber wimmelte es von rosigen, schleimigen Würmern, die Gedärm ähnelten oder sonstigen Innereien, die man in sich entdecken würde, falls man sich umkrempelte, jedenfalls nicht den trockenen grauen Würmern, die am Boden krochen. Jetzt erinnerte sie sich daran, daß sie ein einziges Mal nach der Operation, ein ganzes Jahr später etwa, im Spiegel die rötliche Narbe betrachtet hatte; danach schaute sie jahrelang nicht mehr hin, bis zu jenem Abend, ehe sie mit ihrem Studium am City College begann, wo sie Martin Engle begegnete. Da war die Narbe schon sehr verwachsen. Jetzt war sie eigentlich nur eine saubere Naht an der Stelle, wo man sie aufgemacht hatte, um sie geradezurichten.

»Von Liebe kann doch wohl zwischen uns nicht die Rede sein«, sagte sie zu Katherine. »Wir nehmen einander eben hin, wie wir sind. Sobald ich genug Geld verdiene, ziehe ich aus.«

Die drei Jahre bei Martin hatten ihr über siebenhundert Dollar Lohn eingetragen. Dieses Jahr hatte er sie monatlich bezahlt.

Katherine seufzte. »Du bist unmöglich. Seit Jahren beklagt Mutter sich darüber, daß du wegläufst, wenn sie mit dir reden will. Und du weigerst dich, im Zimmer zu bleiben, wenn Daddy kommt, außer das Fernsehen läuft oder es wird gegessen.«

»Na und?« Dies geschah mindestens so sehr, weil es den Wünschen der Eltern entsprach wie aus anderen Gründen.

»Du läßt sie nicht –«

»Hör zu«, sagte Theresa mit so dick aufgetragener Unaufrichtigkeit, daß sie nicht glauben konnte, Katherine durchschaue sie nicht. »Ich fühle mich schon besser. Es war wirklich gut, daß wir mal miteinander geredet haben.«

Katherine wußte nicht, woran sie war.

»Wirklich, ich esse jetzt wieder. Ich werde damit schon fertig. Und du wirst sehen: sobald es mir besser geht, höre ich auch auf zu grübeln.«

Tags darauf aß sie Zwieback, dann Haferflocken. Dann Thunfisch und später Erdnußbutter. Fleisch allerdings konnte sie erst nach etwa vierzehn Tagen essen.
Katherine und Brooks übersiedelten unterdessen für den Sommer nach Fire Island. Katherine wollte, daß Theresa mitkomme. Theresa lehnte anfangs entschlossen ab. Katherine sagte, sie könne es sich jederzeit anders überlegen. Schließlich sagte sie, im August kämen Brooks' Kinder, und Theresa könne sich draußen nützlich machen. Sie könne doch jederzeit mit Brooks in die Stadt zurückfahren. Theresa malte sich nun aus, wie sie Martin begegnete, sie selber ungewohnt schlank und völlig ausgeglichen. Wenn sie auch nicht glaubte, daß dies Wirklichkeit werden könnte, stellte sie doch in Aussicht, im Juli einmal oder zweimal das Wochenende draußen zu verbringen.

Die Fahrt und das Übersetzen auf die Insel waren das Beste an diesen Wochenendausflügen. Brooks redete viel und gern. Martin sprach gescheit; was er sagte, war voller Finten und Haken. Brooks hingegen sprach vollmundig und friedfertig, er unterbrach seinen Redestrom nur, um über sich selber oder die Menschheit zu lachen.
Er gehörte zu den Männern in den Vierzigern, die eines Tages beim Erwachen im gepflegten Eigenheim, neben sich die Gattin und Mutter, deren größte Sorge der Beschaffung eines tüchtigen Dienstmädchens gilt, beim Gedanken an die Termine des Tages von der Einsicht befallen werden: »Was soll das eigentlich alles? Ich lebe ja nicht mein eigenes Leben!« Ein Jahr später, nach erbittertem Streit um die Kinder, hatte er sich von seiner Frau getrennt, und schließlich wurde er auch geschieden. Er war fest entschlossen, nie wieder zu heiraten. Bis er eines Tages im Flugzeug dieser wunderschönen kleinen Person begegnete, die ebenso wenig heiraten wollte wie er. Die ihn nicht einmal fragte, womit er eigentlich sein Geld verdiente! Die nichts von ihm wollte, als ausgehen und anschließend ins Bett, und der es völlig egal war, daß

sein Vater eine der bedeutendsten jüdischen Anwaltpraxen in Boston hatte, daß er selber Sozius in einer berühmten New Yorker Anwaltspraxis war und ein Lehrbuch geschrieben hatte, das an den meisten juristischen Fakultäten benutzt wurde. Und die es nicht kümmerte, ob er sich die Wohnung leisten konnte, die er bewohnte.

Das hatte sie doch gar nicht nötig, Brooks. Wenn sie dich in einem Flugzeug kennengelernt hat, als du auf dem Weg zu einer geschäftlichen Besprechung warst, konnte sie sich doch dieses und jenes denken.

Zugegeben, das alles gefiel ihm ungeheuer, doch zum Heiraten entschloß er sich erst, als er gesehen hatte, wie Kitty hauste.

Kitty. Kein Mensch hatte Katherine je zuvor Kitty genannt. Theresa hätte selber gern einen richtigen Kosenamen gehabt. Nicht Tessie. Nicht einen Babynamen.

Eine richtige Bruchbude war das. Noch in der Erinnerung daran mußte er lachen. Den Kerl, mit dem sie vorher zusammenlebte, hatte Kitty rausgeschmissen und statt dessen zwei Kolleginnen aufgenommen, doch das Ganze sah immer noch übel genug aus. Vor allem Kittys Zimmer war unvorstellbar. Selbst in seiner Junggesellenzeit war ihm derartiges nicht vor Augen gekommen (er selber war, zugegeben, ziemlich penibel). Seine geschiedene Frau hätte auf der Stelle der Schlag gerührt. Aber nicht nur seine Frau – sogar einem Hunnen hätte es dort gegraust! In den Schubladen monatealte Essensreste. Daß es nicht noch mehr stank, war nur dem Umstand zu verdanken, daß Schränke und Schubladen allesamt offen standen und die Heizungsluft das Zeug austrocknete, bevor die Bakterien es zersetzten. Wie er sich erinnerte, hatte er sie gefragt, wo sie die tausendjährigen Eier aufbewahre!

Theresa war fasziniert von diesem Blick auf eine ihr völlig unbekannte Katherine, und doch war es ihr zuwider, daß Brooks in seiner Verliebtheit Katherine behandelte wie einen Lotteriegewinn – so, als ob es gerade ihre Schwächen seien, die ihren größten Reiz ausmachten. Als er dann erzählte, im ersten Semester habe Katherine achtzehn Prüfungsarbeiten geschrieben, denn sie hätte sich so sehr davor gefürchtet, wieder zur Schule zu gehen, daß sie gleichsam nur mit einem Kopfsprung hatte eintauchen können, war Theresa nahe daran zu sagen, daß sie das idiotisch finde. Und was war das eigentlich für ein Quatsch, immer zu behaupten, Katherine fürchte sich so vor dem Studium, wenn sie immer entweder die Beste oder die Zweitbeste ihrer Klasse gewesen war? Brooks sagte, Katherine sei zwar ein cleveres Mädchen, zugegeben, doch eine katholische Privatschule in der Bronx sei eben nicht die Universität von New York. Nicht etwa, daß die Universität von New York das Äußerste an Gelehrsamkeit darstelle. Tatsächlich aber gebe es überhaupt kein College weit und breit, das Kitty nicht glänzend hätte absolvieren können, wenn sie es sich nur in den Kopf setzte, sich konzentrierte, arbeitete.

Am Strand redete man von Politik – hauptsächlich über den Krieg in Vietnam – und betrachtete die zur Schau gestellten Körper. Theresa trug als einzige in der Gruppe keinen Bikini, aber sie gehörte ja auch nicht so richtig dazu. Sie kam sich vor wie ein Tourist in einem fremden Land, wo alle Bewohner dunkelhäutig, ölglänzend und sexy sind, wo eine Sprache gesprochen wird, deren Wörter wohl bekannt sind, die aber, zu Sätzen zusammengefaßt, keinen Sinn ergeben. Seit sie Martin verloren hatte, kannte sie auch keine sexuellen Empfindungen mehr. Abends blieb man im Hause, rauchte Hasch, hörte Beatles-Platten oder die Rolling Stones, tanzte (oder ging in Tanzbars). Manchmal fand etwas statt, das Party genannt wurde, doch solche Abende waren von anderen kaum zu unterscheiden. Theresa saß dann auch im Wohnzimmer, doch meist hockte sie mit einem Buch in einer Ecke und redete sich ein, Martin habe herausbekommen, daß sie hier auf Fire Island war und suche bereits nach ihr. Rafe und Marvella teilten das Haus mit Brooks und Katherine, und die vier waren der eigentliche Motor – einerlei, worum es ging: Tanz, sexuelle Betätigung oder sonstwas. Anfangs war sich Theresa nicht sicher. Marvella und Rafe sahen glänzend aus, braungebrannt, dunkelhaarig, fast wie Geschwister. Sie war Fotografin, er Maler. So hieß es jedenfalls. Nach dem, was hier draußen vorging, hätte man nicht darauf schließen können. Sie rauchten unentwegt Hasch und nahmen als einzige der Gruppe ziemlich regelmäßig LSD. Theresa fühlte sich in ihrer Gegenwart unfrei, sie fand einfach keinen Zugang zu diesen unwirklichen Superwesen. Katherine war ihr manchmal erschienen wie eine Fassade mit kaum etwas dahinter; doch sie wußte, daß das nicht stimmte, daß unter der glänzenden, anpassungsfähigen Oberfläche der älteren Schwester ein Geschöpf mit einiger Substanz verborgen war, auch wenn diese Substanz größtenteils aus dem Bewußtsein der eigenen Sündhaftigkeit bestand. Rafe und Marvella hingegen schienen in voller Lebensgröße dem Kopf eines Wesens entsprungen, das die Aufgabe hatte, die zweite Hälfte des zwanzigsten Jahrhunderts zu planen. Nie waren sie verkrampft oder überdreht. Nie hingen sie herum und sagten, eigentlich müßten sie ja arbeiten. Sie grollten niemandem, nicht mal sich selber. Ihre beiden Kinder, Eamon und Tara, waren die Lieblinge der Gruppe. Mit fünf und sieben Jahren waren sie beinahe ebenso cool wie ihre Eltern und fielen niemandem lästig. Tagsüber, wenn die anderen Kinder sich am Strand aufhielten, saßen sie vor dem Fernsehgerät. Als die Kinder von Brooks schließlich im August eintrafen, galt es für ausgemacht, daß sie sich mit Eamon und Tara anfreunden würden. Doch die Brooks-Kinder wollten lieber an den Strand, wollten eine Hütte bauen, Pilze sammeln, um sie an der Straße zu verkaufen. Eamon und Tara sollten mitmachen. Eamon und Tara sahen ihnen eine Weile zu, dann aber verzogen sie sich ins Haus zum Fernsehen.

Brooks' Kinder waren ebenfalls entzückend, wenn sie sich auch den Erwachsenen nicht so leicht anpaßten wie Eamon und Tara. Immerhin waren sie selbständig, sie fanden Spielkameraden am

Strand und bedurften keiner besonderen Fürsorge. Theresa hatte sie nur ein oder zwei Mal gesehen, als sie den Vater in New York besuchten, und da war natürlich alles anders gewesen. Daß die Kinder sie nicht brauchten, enttäuschte Theresa.

Wenn sie auf einer Party, nachdem sie Wein getrunken hatte, zum Tanz aufgefordert wurde, tanzte sie manchmal. Meist las sie aber oder beobachtete die Gäste. Hasch rauchen wollte sie nicht. Angst davor hatte sie nicht mehr, denn es war nichts passiert, als sie bei Martin geraucht hatte, doch wurde viel davon hergemacht, daß man vom Hasch angeheizt würde, und genau das wollte sie auf keinen Fall. Katherine lachte, als Theresa sagte, sie wolle nicht noch mehr Lust auf Sex bekommen als sie ohnehin habe. Ihr war dabei nicht zum Lachen zumute. Die Boulevardpresse beschäftigte sich damals noch nicht eingehend mit weiblicher Sexualität, und eine Frau, die ihr Bedürfnis eingestand, ohne einen Mann vorzeigen zu können, schien auszuposaunen, daß sie verbotene Dinge trieb, um sich Befriedigung zu verschaffen.

Katherine und Brooks drängten Theresa, sich jüngeren Leuten anzuschließen, unverheirateten Leuten, doch danach hatte sie kein Verlangen. Sie fühlte sich bei ihnen wohl, wenn sie auch nicht glücklich war. Wie das war, wenn man glücklich ist, daran konnte sie sich nicht einmal mehr erinnern.

Als sie eines Morgens sehr früh auf dem Fußboden des Wohnzimmers hinter dem Sofa aufwachte, wo sie nachts bei einer Party über ihrem Buch eingeschlafen war, erblickte sie auf dem Teppich vor dem Sofa vier locker ineinander verschlungene nackte Leiber. Ihr erster Gedanke war: So also sehen glückliche Menschen aus! Erst später wurden ihre Reaktionen differenzierter.

Alle vier schliefen fest. Katherine lag in Rafes Arm, dessen Kopf auf einem der riesigen bestickten Kissen ruhte, die überall auf dem Fußboden herumlagen. Keinen halben Meter davon entfernt lag Brooks, jedoch abgewandt von Rafe. Zwischen den beiden hatte sich Marvella zusammengerollt, den Kopf auf Brooks'

Bauch. Oder eigentlich nicht auf seinem Bauch. Ihr Gesicht berührte sein Schamhaar. Ihre Füße lagen unter Rafes Beinen.
Theresa ging auf Zehenspitzen hinaus; sie empfand Schuld, weil sie die vier gesehen hatte. Oben legte sie sich in ihr Bett. Es war schon hell, und weil sie nicht noch einmal aufstehen und den Vorhang zuziehen wollte, zog sie die Decke über den Kopf. Vor ihren geschlossenen Augen erschien Marvellas Gesicht nahe Brooks' Penis, und dieses Bild vertrieb ihr den Schlaf. Es zog sie zugleich an und stieß sie ab, so daß sie, von diesen Empfindungen hin und her gerissen, erst am Vormittag einschlief, als die anderen längst auf waren und im Haus umhergingen.
Nachmittags am Strand traf sie Brooks und Marvella im Gespräch; es handelte sich um eine Ausstellung, die ein ihnen allen bekannter Maler in einer Galerie in Cherry Grove veranstaltete. Beide waren völlig unbefangen. Man hätte sie für Fremde halten können, die einander eben erst kennengelernt hatten.

In der Schulklasse fühlte Theresa sich so glücklich, wie nie zuvor in ihrem Leben. Sie gab und empfing so reichlich, daß sie am Ende des Arbeitstages erschöpft nach Hause kam; doch legte sie sich dann nicht nieder, denn wenn sie um diese Tageszeit schlief, konnte sie abends nicht einschlafen, und es war so deprimierend, stundenlang wach zu liegen, wenn alle in ihren Betten lagen. Immer noch dachte sie viel an Martin, doch mit größerer Distanz. Sie malte sich nach wie vor aus, sie könnte ihm begegnen, wenn sie in Manhattan zu tun hatte, doch begriff sie immerhin, wenn auch nur mit dem Kopf, daß dieses Verhältnis hatte beendet werden müssen. Sie sah jetzt auch ein, daß sie Martin idealisiert hatte. Als erster von allen Menschen, mit denen sie je zu tun gehabt hatte, war er für sie eine überragende Persönlichkeit gewesen. Der vergangene Sommer hatte ihr immerhin gezeigt – sie merkte es allerdings erst hinterher –, daß einige von Martins Stärken, wie zum Beispiel seine gescheite Ausdrucksweise oder seine gelangweilte Weltläufigkeit, nicht einzigartig waren. Nicht daß sie sich je wieder einen Mann wie ihn wünschte. Einer im Leben war genug. Einen zweiten würde sie wohl nicht verkraften.

Mit den Kolleginnen verkehrte sie in einem freundlichen, wenn auch etwas distanzierten Ton. Hin und wieder ging sie mit einer zum Essen. Es kam vor, daß sie aufgefordert wurde, ins Kino oder in ein Konzert mitzukommen, doch hatte sie nie Lust. (Alle ein bis zwei Monate traf sie sich samstags zum Essen mit Carol; Rhoda arbeitete in einem Verlag und hatte entsetzlich viel zu tun. Theresa sah schließlich ein, daß sie Carol nur traf, um ihre Erinnerungen an Martin aufzufrischen, und da gab sie diese Verabredungen auf.) Sie ließ sich zwar von Katherine und Brooks nicht in deren drogenbuntes, rockmusikdurchdröhntes Leben hineinziehen, doch hatte ihr diese Lebensform eine lässige Verachtung jenes Daseins eingeimpft, welches fast alle ihre Bekannten führten. Mindestens einmal in der Woche hütete sie Brigids Baby.

Das einzige, was ihr das Dasein als Lehrerin schwer machte, war die Gewißheit, am Ende des Schuljahres von den Kindern Abschied nehmen zu müssen. Sie liebte diese Kinder wie ihre eigenen – banaler geht's nicht, wie sie einmal zu Carol sagte –, und zwar auch die schwierigen Kinder. Sie hatte sich für die Schulanfänger entschieden. Das aufregendste Erlebnis in ihrer eigenen Schulzeit war der Augenblick gewesen, als sie ganz plötzlich begriffen hatte, was auf einer Buchseite stand; und eben diese freudige Erregung erlebte sie jetzt bei den Schülern, wenn die zu lesen anfingen. In manchen Dingen war sie autoritär, in anderen nachgiebig. Zufällige Bemerkungen oder Fragen boten Anlaß zu ausführlichen Erörterungen unter ihrer Leitung. Einmal wollte ein Junge wissen, ob er irgendwas tun könnte, was sein Schatten nicht könnte; die nächste halbe Stunde bewegten sie sich im sonnendurchfluteten Klassenzimmer, und eine weitere halbe Stunde verging mit der Auswertung der Ergebnisse. (Konnte man wirklich etwas tun, was der Schatten nicht erkennbar nachahmte?) Ein andermal, als die Kinder an einem Wintertag, an dem draußen Schneematsch lag, durchnäßt zum Unterricht kamen und Theresa mit trockenen Kleidern im Klassenzimmer antrafen, fragte einer ganz ernsthaft, ob sie wasserdicht sei. Daraus ergab sich nicht nur eine ausführliche Untersuchung der Frage, wer oder was wasserdicht sein könne, sondern auch eine lange Erörterung der Beschaffenheit des Wassers und der Feuchtigkeit im allgemeinen.

Katherine drängte sie, sich in Manhattan eine Wohnung zu nehmen. Doch erst als sie bereits das zweite Jahr unterrichtete, fühlte Theresa sich zu Hause so beengt, daß sie eine eigene Wohnung in Erwägung zog. Sie bewarb sich auf gut Glück bei mehreren Schulen in Manhattan um eine Stelle und bekam auch einige Antworten, darunter von einer Schule an der Lower East Side, unweit des Hauses, in dem Katherine und Brooks wohnten. Katherine drängte die Schwester, die neue Stelle anzunehmen; doch erst als der Mieter des Ein-Zimmer-Apartments im Untergeschoß kündigte, befaßte sich Theresa ernsthaft mit der Sache. Der Mieter hatte monatlich 150 Dollar gezahlt. Theresa sollte 100 zahlen. Im Mai nahm sie die neue Stellung an, und am Ende des Schuljahres zog sie in ihre erste eigene Wohnung.
Im hinteren Teil des Untergeschosses wohnten zwei Homosexuelle, die sehr häuslich waren, einen wunderschönen Garten angelegt hatten und vorzüglich kochten. Im Hauptgeschoß wohnten Katherine und Brooks, und im Stockwerk darüber hausten drei Wesen – zwei Männchen und ein Weibchen, wie sich später herausstellte. Das war nicht ohne weiteres zu erkennen gewesen, denn die äußeren Kennzeichen des Geschlechts waren weit weniger differenziert als bei den Homosexuellen im Untergeschoß. Alle drei trugen schulterlanges, glattes blondes Haar, über einem nur andeutungsweise vorhandenen Gesäß strammsitzende Blue Jeans, und dabei hatten sie jenen Gesichtsausdruck, der gerade damals in der Stadt Mode zu werden begann – als seien sie

irgendwo gewesen, mit dem verglichen unsere Erde sich ausnahm wie ein Hühnerhof.
Katherine bot Theresa einen Haufen Möbel an, doch außer einem Doppelbett wollte Theresa nichts nehmen. Sie zog nicht ohne Bedenken in dasselbe Haus wie ihre Schwester und war entschlossen, auf gar keinen Fall zuzulassen, daß jemand sich in ihr Leben einmischte. (Theresa betrachtete diesen Einzug als eine vorläufige Sache; ganz auf eigenen Füßen zu stehen wagte sie noch nicht.)
Den Sommer verwandte sie auf das Herrichten ihrer Wohnung. Es machte ihr ungeheuren Spaß, angefangen vom Gipsen und Streichen bis zur Auswahl eines jeden Gegenstandes, den sie hineinstellte.
Die ganze Wohnung bestand eigentlich nur aus einem großen Raum mit zwei Fenstern, die auf die Straße gingen. Dann gab es noch eine Kochnische und ein kleines Bad. Die Wände strich sie gelb, die Decke himmelblau, und darauf klebte sie mit goldener Leuchtfarbe die Sternbilder Orion, Steinbock und Zwillinge sowie die Milchstraße. Wenn das Licht eine Weile gebrannt hatte, leuchteten die Sterne im dunkeln weiter, und Theresa schaute vom Bett aus ganz verzaubert nach oben, als liege sie auf einer Wiese. Sie träumte sich einen Liebhaber zurecht, der neben ihr ausgestreckt lag, nur wenige Worte wurden gewechselt, sie umarmten sich und waren einander nahe.
Auf der Second Avenue fand sie ein großes blaues Samtkissen. Gleich nebenan entdeckte sie unter einem Haufen alter Möbel ein Bücherregal aus Holz, das sie abschmirgelte und auf »antik« zurechtmachte, so geschickt, daß sie selbst darüber erstaunt war.
Nun hatte sie Mut bekommen. Bei einem Totalausverkauf in der Third Avenue erwarb sie einen Rollsekretär für nur zweihundert Dollar, der noch aufgearbeitet werden mußte. Bei Sloane sah sie im Vorübergehen einen geblümten Sessel im Fenster, verliebte sich in das Stück und kaufte es. Auf der Grand Street, die sie an einem heißen Sommertag bei einem ausgedehnten Spaziergang

zufällig entdeckte, als dort weit und breit kein Mensch war, fand sie einen leichten Bettüberwurf aus bedruckter blauer Baumwolle zum halben Preis, weil der zugehörige zweite Überwurf schon verkauft war. Er erinnerte sie an einen, den sie bei Martin gesehen hatte. Das nächste war dann ein runder weißer Tisch mit Mittelfuß und zwei dazu passende Stühle.
Jeder einzelne Gegenstand erfüllte sie mit Entzücken, angefangen bei den blauen Vorhängen, die sie selber säumte (bislang hatte sie nie genäht), weil ihr das Material so gefiel, bis zu den winzigen skandinavischen Tieren, die sie im Village fand, und dem altmodischen Druck im verzierten Rahmen, auf dem ein Clownfisch zu sehen war mit der Erklärung:

Ein schlimmer Feind der kleinen Fische ist die
Seeanemone, die einer Blume gleicht, deren
lange Nesselfäden aber voller Gift sind.
Dem Clownfisch tut die Seeanemone aus unbekannten
Gründen nichts zuleide. Gerät dieser in Gefahr,
verbirgt er sich in den Fäden der Seeanemone,
wohin seine Feinde ihn nicht verfolgen.

»Phantastisch«, sagte Katherine, als sie die Wohnung besichtigte. »Ich finde es herrlich hier. Nicht zu glauben, was du aus dem Zimmer gemacht hast.«

Theresa sah die beiden selten, obwohl Katherine, wenn sie einander zufällig begegneten, die Schwester unfehlbar nach oben einlud, auf eine Tasse Kaffee, eine Pizza. Nicht nur daß Theresa wirklich sehr beschäftigt war und ihre Unabhängigkeit gegenüber der Schwester zu wahren wünschte; sie fühlte sich in Gesellschaft der beiden auch nicht mehr so wohl wie ehedem. Eben jene Eigenschaften Katherines, die Brooks früher so anbetungswürdig erschienen waren, daß es Theresa schon ärgerte – ihre Schlampigkeit, ihre Weigerung, für ihn zu kochen –, irritierten ihn jetzt. Er beklagte sich nicht etwa, doch war er still geworden, blieb für sich. Nur gelegentlich bekam er einen Wutanfall; dann ängstigte Theresa sich. Katherine behandelte ihn nicht mehr so achtlos und lässig, sie zeigte sich fügsamer, aber gerade hinter dieser Fügsamkeit lauerte etwas, was zu Theresas Beklommenheit beitrug. Sie dachte nicht viel darüber nach, doch ging sie den beiden aus dem Weg.

In der neuen Schule traf sie ebenfalls eine veränderte Situation an. Nicht was die Schüler anging (sie stellte erleichtert fest, daß die kleinen Schwarzen und Portorikaner ihr ebenso lieb waren wie die anderen, und unterrichtete wie gewohnt voller Selbstvertrauen), sondern das Kollegium. In der Bronx waren die Kollegen überwiegend ältliche jüdische und irische Lehrerinnen gewesen, die diesen Beruf ergriffen, als es keine andere anständige Arbeit gab und sich seither nicht gefragt hatten, ob sie dabei glücklich waren. An der neuen Schule bestand das Kollegium bestenfalls zur Hälfte aus solchen Frauen. Die übrigen waren jung, voller Schwung, die meisten weiß, aber auch manche Schwarze, fast lauter Frauen; es gab aber auch zwei Männer, einer schwarz, einer weiß, beide mit verträumten Augen und mit Bärten. Ihre Haltung glich der Theresas in einem ihr bis dahin unbekannten Ausmaß – Idealismus, was die Kinder und deren Möglichkeiten betraf, gekoppelt mit einem distanzierten, durch Hasch gedämpften Zynismus gegenüber der Schule selbst, der Verwaltung und dem Staat überhaupt.
Theresa war in ihrem Denken radikal geworden, ohne sich einer Gruppe angeschlossen zu haben. Ihre Angst vor Schwarzen schwand nach und nach – vielleicht deshalb, weil sie selber es sich so sehr wünschte, vielleicht auch weil sie mehr Schwarze aus der Nähe sah als früher. Ihre neue Haltung erleichterte es ihr, mit Leuten wie diesen jungen Lehrern umzugehen, und milderte die sozialen Schuldgefühle, die sie während der Jahre am City College bedrückt hatten, weil sie sich insgeheim als Rassistin

empfand. Sie glaubte damals, den gleichen jämmerlichen Ideen anzuhängen wie ihre Eltern.

Eines Abends im November sagte Katherine, sie hätte Lust, wieder einmal mit Theresa zu reden, und lud sie zum Abendessen ein. Theresa kam, denn sie war lange nicht oben gewesen. Katherine schenkte für beide Wein ein, ohne zu fragen, ob Theresa welchen wolle. Im Wohnzimmer brannte nur eine Lampe, doch war das gedämpfte Licht wohltuend; die Wohnung wirkte weniger schrecklich als bei Tage.
»Wie geht's in der Schule?« fragte Katherine bedrückt.
»Ausgezeichnet«, erwiderte Terry, ohne aber Einzelheiten beizusteuern. Sie wollte verhindern, daß Katherine an ihrem Leben in der Schule teilnahm.
Katherine schwieg. Sie brütete vor sich hin. Als sie einen Schluck Wein trank, schüttete sie sich etwas aufs Kleid.
»Lieber Himmel«, seufzte sie und brach in Tränen aus.
»Was fehlt dir denn?« fragte Theresa.
»Ich bin schwanger.« Und dabei sah sie Theresa durch ihre Tränen hindurch an, als wüßte sie genau, daß Theresa eine Peitsche bei sich habe, die sie jetzt gebrauchen werde.
Theresa sah blitzartig ein Bild vor sich: Katherine und Brooks schlafend auf dem Teppich mit Rafe und Marvella. Auch dieses Jahr waren Rafe und Marvella draußen gewesen, und weiß Gott, wer noch.
»Heilige Muttergottes«, sagte Theresa. »Genau das hast du doch schon mal gemacht.«
Katherine blickte verständnislos hoch. Sie hörte auf zu weinen.
»Wie meinst du das?«
»Daß du nicht weißt, wer der Vater ist. Oder warst du –«
»Ich sehe, daß du Bescheid weißt«, sagte Katherine sachlich. »Es ist übrigens nicht das gleiche. Diesmal ist es anders.«
»Wie kommt es, daß du so dünn wirkst, wenn du schwanger bist?«

»Ich kann nichts essen. Ich muß mich andauernd übergeben.«
»Weiß Rafe davon?« fragte Theresa nach einer Weile.
»Rafe? Warum Rafe? Oh, du glaubst ... ach was. Es kommt nicht darauf an.« Sie wich Theresas Blick aus. »Er ist nicht ... die beiden waren nicht die einzigen.«
Natürlich – wie sollten sie auch.
Brooks rief an; er habe noch mit einem Kollegen an einem Schriftsatz zu arbeiten. Katherine sagte, er möge diesen Kollegen doch mitbringen, Theresa sei da, und man könne gemeinsam essen.
»Das Ganze ist für dich nicht so leicht zu verstehen«, fuhr Katherine fort. »Ich weiß ja selber nicht, wie ich es erklären soll. Es passiert eben einfach so. Als ich noch bei PanAm war, wußte ich wohl, daß da unerhört herumgeschlafen wurde, aber ich beteiligte mich nicht daran. Ich führte ... du findest das vielleicht ulkig, aber als ich diese beiden Freunde hatte, einen in Los Angeles, den anderen in New York, da führte ich ein richtig tugendhaftes Leben, eigentlich das anständigste Leben von allen Mädchen, die ich kannte. Man hat mich damit geneckt, daß ich so eine treue Ehefrau war – jeweils an der Endstation.«
Theresa äußerte sich dazu nicht.
»Nachdem ich geheiratet hatte, ging alles eine Weile gut. Auch jetzt geht es noch gut – aber ich meine, damals war alles so normal, so wie bei anderen Leuten. Wir schliefen miteinander, waren einander treu ... Wie das dann alles ... also ich weiß nicht. Das heißt, ich weiß es doch. Plötzlich rauchten so gut wie alle Leute Hasch, plötzlich redete man ganz offen darüber, wartete nicht ab, bis nach der Party noch zwei, drei Paare übrigblieben, und es war wirklich sehr nett. Man hatte das Gefühl, an einem wunderschönen Geheimnis beteiligt zu sein. Man tat nichts hinter dem Rücken des Ehepartners, im Gegenteil, man mochte ihn besonders gern, man hatte sein Extravergnügen, du weißt schon, diesen besonderen Reiz, der sich verliert, wenn man eine Weile verheiratet ist. Und ich kam überhaupt nicht auf den Gedanken ...« Sie verstummte.

»Auf welchen Gedanken kamst du nicht?« fragte Theresa. Sie hörte sich diese Frage stellen und verabscheute sich dafür. Der Großinquisitor. Ihr war klar, daß sie Sympathien aufgebracht hätte, wäre eine ihrer befreundeten Kolleginnen betroffen gewesen, Evelyn zum Beispiel. Für Katherine Mitgefühl aufzubringen, fiel ihr viel schwerer, zum Teil deshalb, weil sie schon wußte, daß Katherine sich wieder aus der Klemme ziehen würde.
»Ach was. Ist ja auch gar nicht wahr. Ich wollte sagen, ich wäre nicht auf den Gedanken gekommen, ich könnte schwanger werden, weil das doch die ganze Zeit nicht passiert ist ... Wenn ich überhaupt etwas dachte, dann das: Wenn ich schon von Brooks nicht schwanger werde, dann vielleicht von jemand anderem.« Und sie brach erneut in Tränen aus.
Sie ist deine Freundin, Theresa. Tu so, als sei sie eine Freundin. Sie legte einen Arm um die Schwester.
»Ich habe doch nicht geahnt, daß mir so zumute sein würde, wenn es passiert!« klagte Katherine.
Und nun weinte sie, als sollte das Herz ihr brechen. Sie weinte so lange, daß ihr Gesicht, als sie schließlich aufhörte, rot und häßlich geschwollen war.
Gleich darauf standen Brooks und Carter Story an der Tür.

»Sie sehen deutlich«, sagte Brooks und machte eine das ganze Apartment einbeziehende Gebärde, »daß meine Frau sich wie ein Dämon geplagt hat, um die Wohnung zu unserem Empfang herzurichten.« Ähnliches hatte er auch auf den Fahrten nach Long Island gesagt, doch jetzt klang es scharf und böse.
Carter Story war ein gutaussehender, beinahe schöner Mann, augenscheinlich angelsächsischer Abkunft, mit glatter Haut und feinem braunen Haar, das ihm in die Stirn fiel. Man trank Wein, Carter bewunderte Brooks' Wasserpfeife und sagte, er habe gar nicht gewußt, daß es auch unter den älteren Herren in der Firma Haschraucher gäbe, und als Brooks »ältere Herren« hörte, stöhnte er.

Katherine kicherte.
Brooks sagte, er habe zufällig besonders guten Stoff im Haus und wolle gern ein paar Zigaretten drehen, denn seine Frau habe bestimmt keine Mahlzeit vorbereitet.
Katherine kauerte in ihrem Sessel, rot und verschwollen und niedergeschlagen.
»Ich sehe mal nach, ob ich was finde«, sagte Terry.
In der Küche waren Salzkekse, Käse und Obst. Sie brachte alles ins Wohnzimmer, wo die drei anderen rauchten. Vom Plattenspieler kam indische Musik. Theresa baute alles auf einem niedrigen Tisch auf. Carter zog an einem Joint und reichte ihn Theresa; sie tat ebenfalls einen langen Zug, weil sie sich nicht ausschließen wollte. Dann ging sie wieder in die Küche und suchte Servietten und was sich sonst noch irgendwie verwenden ließ. Im Wohnzimmer hatte unterdessen niemand ans Essen gedacht, vielmehr wurde immer noch geraucht. Theresa setzte sich dazu und nahm wieder einen Zug. Es tat ihr gut. Sie fühlte sich zufrieden. Sie hoffte, man werde weiterhin so herumsitzen und sich wohlfühlen, und die Männer würden vergessen, daß sie eigentlich hatten arbeiten wollen.
»Mmm«, murmelte Katherine. »Phantastisches Zeug ist das.«
Brooks schnitt den Käse an und reichte ihn samt den Keksen herum.
»Mmm«, sagte Brooks. »Phantastischer Käse ist das.«
»Vorzüglich«, bestätigte Carter. »Ein Hoch auf den Koch.«
Es wurde weiter getrunken und geraucht. Theresa war sich durchaus bewußt, daß sie mehr und mehr high wurde, doch war es ihr recht. Carter lächelte. Seine Züge hätten im milden Licht für die einer Frau gelten können, nur war sein Haar nicht dicht genug. Katherine hielt die Augen geschlossen; ihr Kopf lag auf der Sessellehne, dort, wo zuvor Theresa gesessen hatte.
»Was diesen Schriftsatz betrifft«, sagte Brooks, »so habe ich da ein ganz komisches Gefühl.«
Carter sagte, er stelle den Wecker seiner Armbanduhr auf vier

Stunden später; sollten sie dann allesamt hinüber sein, würden sie davon aufwachen und zu neuen Taten schreiten. Theresa kicherte. Sie rauchten ein bißchen und knabberten ein bißchen.

»Etwas Süßes wäre jetzt schön«, sagte Katherine. »Hat jemand was?«

Als sei sie bei Fremden zu Besuch, und ihre Gastgeber sollten sich gefälligst bemühen. Theresa fand, es sei ganz reizend von Katherine, so zu tun, als sei es Theresa, der die Wohnung gehörte.

»Ich seh mal nach.« Theresa entschwebte selig in die Küche und fand dort zwei Sorten Schokoladengebäck, Mallomars und Oreos, dazu »Ladyfinger« genannte Löffelbisquit. Sie trug ihre Last wie einen Säugling auf den Armen ins Wohnzimmer. Dort ließ sie sich vor dem Tisch nieder und ordnete alles systematisch auf der Glasplatte an wie Bauklötze. Zuerst eine Lage Oreos, darüber als Brücke die Ladyfingers, und obendrauf eine Schicht Mallomars.

»Mmm, Mallomars«, sagte Katherine verträumt und nahm eines.

»Mallomars und Ladyfinger«, bestätigte Theresa ihrer Freundin Katherine beglückt. »Manomars und Orleos und Ladyfinger.« Sie kicherte, weil sie nicht wußte, wo das alles herkam.

»Vor Jahren war ich mal mit einer Oreo bekannt«, sagte Brooks. »In Baltimore war das. Sie gehörte zu den Baltimore-Oreos.«

Carter gluckste. »Singen konnte sie nicht, aber dafür hatte sie einen gewissen Pfiff.«

»Grauenhafte Zähne hatte sie«, grinste Brooks breit. Sie lächelten alle. »Aber mit prächtigen Füllungen.«

»Die leuchteten im Dunkeln«, bemerkte Carter feierlich.

»Mmm«, machte Katherine und leckte den Schokoladenüberzug von einem Mallomar. »Deshalb mußte sie den Deckel immer drauflassen.«

Brooks platzte laut heraus. »Bravo, Kitty!« Die ungute Stimmung zwischen den beiden war verflogen, es war wie ehedem. »Das war wirklich gut.«

»Brave Kitty«, sagte Theresa, »brave kleine Miezekatze. Miau. Mi . . . au.«
»Mmm«, sagte Brooks. »Phantastische Mieze.«
»Phantastische Mieze«, wiederholte Theresa. »Miezefinger und Baltimore Oreos.«
Alle fühlten sich himmlisch. Es war himmlisch, sich nicht nur selber himmlisch zu fühlen, sondern in Gesellschaft von Menschen zu sein, die sich ebenfalls himmlisch fühlten. Sich gemeinsam mit anderen himmlisch zu fühlen. Theresa strahlte Carter an, und der lächelte zurück.
»Achtung, eine Bekanntmachung«, sagte Carter. »Ich habe mir dies alles ausgedacht, weil ich heute keine Lust hatte, nach Hause zu gehen.«
Sein Lächeln schloß alle ein, doch kam es Theresa vor, als richte er seine Worte besonders an sie. Seit er sich so gelockert gab, sah er noch hübscher aus. Alles an ihm war zierlich und fein, das Haar wie Seide, die Augen sehr, sehr, sehr . . . nun eben sehr so, wie sie waren . . . und die Hände sahen aus, als habe Michelangelo fünf Jahre daran gemeißelt, um sie in seiner Kapelle zu verwenden. Er hatte jetzt Jacke und Schlips abgelegt, saß ihr an dem runden Tisch gegenüber und strahlte sie an. Eine seiner schönen Hände ruhte auf der Tischplatte, und Theresa wollte sie anfassen.
»Sie haben wunderschöne Hände«, hörte sie sich sagen, selbst überrascht, aber nicht unangenehm.
»Hört, hört«, sagte Brooks. »Zum erstenmal sagt sie was Nettes zu einem Mann.«
»Bitte«, sagte Carter. »Bedienen Sie sich. Ich gönne sie Ihnen von Herzen.«
Er streckte ihr die Hände hin, Theresa ergriff sie und betrachtete sie prüfend. Befangen, aber nicht verlegen. Alles war sonderbar, aber nicht verkehrt. Brooks drehte Zigaretten an seiner Tischhälfte – Theresa entging das nicht, obwohl sie in den Anblick von Carters Händen vertieft war. Brooks gab ihr einen Joint.

Sie zog daran und reichte ihn an Carter weiter, indem sie ihn zwischen zwei seiner Finger schob. Carter tippte Katherine an, damit sie aufwachte. Katherine nahm einen Zug, aß gleich hinterher ein Mallomar und schlief wieder ein. Theresa blies den Rauch genüßlich auf Carters Hand und folgte mit den Fingerspitzen den Sehnen und Adern.
»Moment mal«, sagte Carter. »Ich werde direkt eifersüchtig auf meine Hand.« Und damit rutschte er näher zu ihr.
»Du nahmst dir das Beste«, sang Brooks jetzt gegen den Plattenspieler an, »und läßt uns die Reste.«
»Psssst«, mahnte Theresa. »Die Musik ist sooooo schön.«
Zur Sitar gesellte sich jetzt ein anderes Instrument. Theresa hörte beide zusammen oder jedes für sich. Nach Belieben. Und die Musik klang in jeder Form schön.
»Deine Augen sind schöner als meine Hände«, bemerkte Carter.
Theresa lächelte. »Wäre ich eine Handleserin, ich läse dir die Zukunft vom Handrücken. Nicht aus der Handfläche.«
»Nur zu.«
»Hmmm. Wenn du groß bist, wirst du ein Jurist.«
Alle lachten, als hätten sie nie einen so guten Scherz gehört. Sogar Katherine lächelte im Schlaf. Oder vielmehr im Halbschlaf, wie sich herausstellte.
»Mir auch, Tessie«, sagte sie. »Meinst du, ich mache mein Studium fertig und kriege einen Haufen Kinder?«
Kinder. Katherine fragte doch wirklich nach Kindern. »Was Kinder angeht, kann ich aus der Hand nichts lesen. Da muß ich die Füße sehen.« Wieder lachten alle.
Sie nahm ein paar Oreos und Ladyfinger und steckte sie aufrecht zwischen die gespreizten Finger von Carters rechter Hand. Dann wechselte sie sie gegen Mallomars aus; das hatte sie nämlich von Anfang an vorgehabt.
»Jetzt wollen wir zusehen, wie die Mallomars zwischen Carters Fingern schmelzen«, sagte sie feierlich.
»Wenn er heimkommt, hat er schmutzige Hände«, sagte Brooks.

»Nein«, widersprach Theresa, »ich lecke sie ihm ab.«
Brooks stieß einen Pfiff aus.
»Wie eine Katzenmutter«, sagte Theresa.
»Ich gehe sowieso nicht nach Hause«, sagte Carter. »Also wird auch niemand merken, daß ich schmutzige Hände habe.«
Katherine schien jetzt tatsächlich eingeschlafen.
Carter beobachtete Theresa aufmerksam. Er war wirklich ein schöner Mann. Sie hätte gern Mallomars auf seine Augen gelegt und von dort weggegessen. Sie stellte sich vor, daß die Mallomars Schokoladenringe um Carters Augen hinterlassen hatten und mußte lachen. Carter lag jetzt reglos auf dem Rücken, die Arme auf der Brust. Wie ein Leichnam. Nur blieben die unangenehmen Assoziationen aus, die einem üblicherweise bei diesem Gedanken kamen. Er bot ein schönes Bild. Ringsumher sah Theresa Blumen. Zunächst waren es Blumenbeete, Beete mit Rosen und Gladiolen, dann wurden daraus Wege und Alleen von Blumen, Hunderttausende Blumen verschiedener Art, ein englischer Garten, üppig, aber noch geometrisch angelegt. Die Blumen glitten auf sie zu, bis es Zeit wurde für die nächste Szene. Nun waren sie nicht mehr auf den Garten beschränkt, sondern überall. Theresas Körper fühlte sich sonderbar an, aber ganz herrlich. Sie hätte die Blumen gern allesamt an sich gedrückt. Öffnete sie die Augen, verschwanden die Blumen, machte sie die Augen zu, kamen sie wieder. Sie konnte die Blumen nach Belieben verwandeln, in Farbkleckse, in Chiffonschleier, in Hochzeitssträuße. Oder in ein Trauerbukett. Der Leichenwagen war durchaus nicht schwarz und häßlich, vielmehr weiß und anmutig, mehr einem Vogel ähnlich als einem Automobil. Er stand nahe einem See, jenem See, an dem die Beisetzung stattfinden sollte. Der See war wunderschön, sein Wasser glich dem Wasser auf Reiseprospekten vom Karibischen Meer, kristallklar, grün und blau, je tiefer, desto dunkler. Ohne die Augen aufzumachen, verkroch sie sich in dem Spalt zwischen Sofa und Kaffeetisch und rollte sich auf der Seite liegend zusammen.

»He«, flüsterte Carter ihr ins Ohr, und das ging ihr durch und durch wie ein elektrischer Schlag, »ich habe noch die Mallomars in den Fingern.«
Theresa rollte sich auf den Rücken und klappte die Lider auf. Die Hand mit den Mallomars war über ihrem Kopf. Sie langte nach dem ersten und aß es auf, die anderen ließ sie eines nach dem anderen auf die Platte fallen. Brooks begleitete den Fall eines jeden aus der Ferne mit einem Kommentar: »Bautz!« »Bumms!« »Peng!«
»Meine arme Hand«, sagte Carter, als es vorbei war. »Sieh nur.«
»Arme, alte Hand«, sagte Theresa. »Ich hab dich noch gekannt, als du jung und schön warst.« Zärtlich nahm sie die Hand zwischen ihre Hände und leckte die Stelle zwischen Fingern und Handfläche, danach jeden einzelnen Finger von unten nach oben sauber. Erst als das erledigt war, erlaubte sie sich, Carters Blick zu begegnen. Er beugte sich über sie und küßte sie. »Wohnst du weit von hier?« fragte er.
Sie lächelte. »Nicht sehr weit.«
Er sagte: »Ich bringe dich nach Hause und wasche mir dort die Hände.«
Sie stand mit Mühe auf. Katherine schlief, Brooks hatte die Augen offen, war aber weit weg. Er achtete nicht auf die beiden. Carter nahm seine Jacke, und sie gingen.
»Wo hast du deinen Mantel?« fragte Carter vor der Haustür.
»Ich hatte keinen.«
»Du frierst also nicht. Bist du vielleicht eine Nixe?«
»Stimmt. Ich schwimme jetzt nach Hause. Gluck, gluck.« Sie führte ihn vor ihre Wohnungstür. Nicht einmal abgeschlossen hatte sie gehabt.
»Nicht zu glauben«, sagte Carter. »Das ist einfach zu schön!«
»Willkommen in meiner wäßrigen Grotte.« Sie zündete eine Kerze an, weil sie fürchtete, das Deckenlicht könnte die Stimmung zerstören.

»Einfach unglaublich, wie lange das Zeug wirkt«, bemerkte Carter.
Sie gähnte und setzte sich aufs Bett. »Das Waschbecken ist hinten.«
»So schmutzig sind meine Hände nun auch wieder nicht. Du hast nicht schlecht geleckt.« Er zog die Schuhe aus. »Wie bist du an diese Wohnung gekommen?«
»Die Wohnung ist an mich gekommen.«
»Ach so«, meinte Carter, »du hast die Leute da oben schon gekannt.«
»In meinem anderen Leben«, sagte Theresa. »Ich kenne sie in einem anderen Leben.«
Carter streckte sich auf dem Bett aus und bedeutete ihr, das gleiche zu tun.
»Erzähl mir von deinem anderen Leben.«
»Nein.«
»Weshalb nicht?«
»Wenn ich es täte, wäre es nicht mehr mein anderes Leben, sondern mein dieses Leben.«
»Donnerwetter.«
Ihr Mund, ihre Lippen waren ganz trocken, sie fuhr mit der Zunge darüber. Carter beugte sich über sie und leckte ihr die Lippen. Sie küßten sich. Ließen sich in die Kissen zurückfallen, die Arme umeinander geschlungen. Sie begannen mit dem Liebesspiel, hielten ein, um sich auszuziehen, umarmten sich, und es war ganz köstlich. Es kam ihr. Sie begriff, was ihr da geschah, verstand allerdings nicht, warum es so wichtig war. Dann kam es auch ihm. Er ließ sich auf sie sinken und ruhte aus, in ihr. Sie sah die Seite aus dem Lexikon vor sich, das Stichwort *Or'gasmus* in Leuchtschrift. Sie lächelte. Sie lösten sich voneinander. Ihr wurde kalt, und sie deckte sich zu. Auch er schlüpfte unter die Decke, sie vögelten wieder, und wieder kam es ihr. Sie fiel in einen friedvollen Schlaf und erwachte nach einiger Zeit, ganz verwirrt, weil sie nicht wußte, weshalb sie aufgewacht war. Sie ver-

nahm ein hartnäckig zirpendes Geräusch ganz in der Nähe. Die Kerze auf dem Tisch war herabgebrannt. Carter rührte sich und hob den Arm. Seine Uhr hatte geläutet. Sie starrte hin. Er beugte sich über sie, küßte ihre Wange. »Schlaf weiter, Liebste.«
Gehorsam machte sie die Augen zu. Als sie erwachte, war es Tag. Sie sah ihn nie wieder.

»Wie geht's Carter?« fragte sie Brooks ein paar Tage später, ganz beiläufig, wie sie hoffte.
Brooks fuhr ihr durchs Haar. »Investiere bloß nichts in den, Liebste«, sagte er. Liebste. Jeder nannte sie seit neuestem Liebste. »Der ist ein ganz biederer Familienvater.«
»Das weiß ich doch. Aber deshalb könnte man ihn ja trotzdem wieder mal sehen, oder?«
»Glaub mir, Theresa, du kannst nichts Besseres tun, als ihn ganz schnell vergessen. Oder vielleicht nicht vergessen. Aber du mußt dir sagen: Es war eine hübsche Nacht, ich war hinüber, ich war eine Weile mit diesem ganz reizenden Mann zusammen, wie hieß er doch gleich, diesem typisch angelsächsischen Vorortbewohner. Ein wirklich reizender Mensch, aber nur auf der Durchreise. Wir waren übrigens beide auf der Durchreise.«
»Offenbar begreifst du schwer, Brooks«, widersprach sie. »Es ist mir ganz einerlei, ob er verheiratet ist, ich möchte nur –«
»Umgekehrt ist es richtig, Schatz. Du bist schwer von Begriff«, sagte Brooks. »Aber lassen wir das.«

Bald darauf kam Katherine zu Theresa und sagte, sie wolle eine Abtreibung machen lassen.
»Um Himmels willen«, sagte Theresa.
»Mach keine große Sache daraus, das nützt nichts«, sagte Katherine.
»Entschuldige.«
»Das Schlimmste weißt du noch gar nicht«, sagte Katherine ganz elend. Theresa sah zum erstenmal richtig, wie gräßlich sie aus-

sah. Abgezehrt und bleich. Ganz in Schwarz. »Ich bin schon im vierten Monat. Und da ist es viel gefährlicher als früher.«
»Und was sagt Brooks dazu?« fragte Theresa, die nicht wußte, wie sie sich zu dieser angsteinflößenden Neuigkeit stellen sollte.
»Dem ist es egal. Er sagt, mach, was du willst, ich bin einverstand en.«
Der arme Brooks. Theresa hatte großes Mitleid mit ihm in dieser Lage, sie fand, er betrage sich fast wie ein Heiliger, indem er Katherine freistellte, das Kind zu gebären, das vielleicht nicht sein eigenes war. Dann aber schämte sie sich ihres Mitgefühls. Objektiv gesehen traf doch den Mann ebenso viel Verantwortung, hatte keiner das Recht, eine Frau zur Abtreibung zu zwingen. Sowohl Brooks wie Katherine hatten ein Leben geführt, das ... und doch, ihre Sympathien ... manchmal war sie überzeugt, Katherine habe Brooks zu alledem verleitet, er selber wäre bestimmt zufrieden gewesen, eine ganz normale Ehe mit Katherine zu führen, er ... Wenn sie an Brooks und Katherine dachte, empfand sie für Katherine bestenfalls Mitleid, für Brooks hingegen Liebe und Zuneigung.
Katherine fuhr in der Woche, in die der Thanksgiving Day fiel, nach Portoriko. Brooks und Theresa machten am Feiertag Theresas Eltern einen Besuch. Sie behaupteten, Katherine liege mit einer Erkältung zu Bett. Der Tag verlief recht angenehm, obschon hin und wieder der Gedanke an Katherine in Portoriko wie ein Schatten darüberfiel. Brigid und Patrick waren samt den Kindern John und Kimberley anwesend. Kimberley war bereits vierzehn Monate alt und lief schon. Das Gespräch wurde meist von den Männern geführt und drehte sich hauptsächlich um Fußball, bis Patrick plötzlich halb verlegen und halb stolz bekanntgab, seine Brigid sei wieder schwanger. Brigid erglühte vor Stolz, so als habe sie in der zweiten Hälfte des zwanzigsten Jahrhunderts nicht nur das Recht, sondern auch einen besonderen Anlaß, eine katholische Gebärmaschine zu sein. Theresa dachte an Katherine, und zum erstenmal fühlte sie echt mit der Schwester.

Als Katherine am Sonntag darauf heimkam, sah sie blendend aus. Sie war braungebrannt, hatte etwas zugenommen und glich nicht im mindesten einer streng erzogenen Katholikin, die soeben ihre zweite Abtreibung hinter sich hat.
In den folgenden Wochen sagte sie wiederholt, sie fühle sich glänzend und wolle endlich mit Schwung an ihr Studium gehen. In den vergangenen Monaten habe sie sich dazu nicht aufraffen können. Besonders der Kurs in Psychologie hatte es ihr angetan, nicht weil, wie sie sagte, der Stoff so großartig sei, es ging da nur um Grundbegriffe und konnte recht langweilig sein, doch der Dozent sei ganz unglaublich. Er nehme, so erklärte es Katherine, von allen Lehrmeinungen das Beste und füge noch eigenes hinzu. Sie sei so gut wie entschlossen, in Psychologie ihr Diplom zu machen. Dr. Chapman habe versprochen, sie kommendes Jahr in sein Seminar aufzunehmen. Er habe gesagt, jemand mit ihrer Intelligenz solle nicht noch ein, zwei Jahre an allen möglichen Quatsch verschwenden, ohne je einen Blick auf die wirklich bedeutenden Dinge werfen zu können. Wie schön, so schloß Katherine, endlich mal als denkender Mensch geschätzt zu werden.

Als Weihnachten vorbei war, eröffnete Katherine ihr, sie wolle sich von Brooks trennen.
»Bitte nicht!« ächzte Theresa, die gemeint hatte, die beiden seien in letzter Zeit besonders lieb zueinander gewesen. Auf der Silvesterparty wollte Brooks seine Frau von niemand anderem küssen lassen, als es zwölf schlug. »Warum denn nur ...« Und nach einem Moment, als Katherine stumm blieb: »Das bist bloß du. Brooks würde es bestimmt nicht tun.«
»Ach, Terry«, seufzte Katherine. »Kommt es denn darauf an?«
»Und wie!« Wut auf Katherine und Mitleid mit Brooks trieben ihr fast die Tränen in die Augen. »Er liebt dich doch.«
»Liebt mich?« sagte Katherine wegwerfend. »Er kennt mich nicht mal.«
»Was soll das heißen?«

»Es heißt, wir haben kaum was gemein miteinander, Terry. Er ist ein lieber Kerl, und ich werde immer freundlich an ihn denken, aber jeder von uns geht seine eigenen Wege. Nicht daß sich das alles widerspricht, wir mögen beide Musik und Hasch und so ... aber das ist gerade modern, und das mögen alle. Abgesehen davon ... Brooks hat sich kein bißchen verändert, seit ich ihn kenne, verstehst du? Zwar wohnt er nicht mehr in Scarsdale, er hat auch seine toupierte Blondine aufgegeben, aber im Herzen ist er nach wie vor ein Spießer. Law and Order und so'n Mist. Verstehst du, was ich meine?«
»Nein«, sagte Terry erbittert. Katherine hatte den besten Menschen von der Welt bekommen, und nun warf sie ihn einfach weg. Ein schlechter Witz, daß ausschließlich Frauen, die so was fertigbrachten, Männer wie Brooks bekamen. Sie war mehr denn je davon überzeugt, daß es verkehrt sei zu heiraten, aber wenn es sein müßte, sollte es jemand wie Brooks sein.
»Dieses psychologische Zeug ist nicht bloß irgendwelches Zeug«, fuhr Katherine fort.
»Das Zeug ist nicht bloß Zeug«, bestätigte Terry höhnisch.
Katherine machte ein gekränktes Gesicht. Geschah ihr recht! Sie hatte es reichlich verdient.
»Ich will sagen, ich habe mich da richtig 'reingeschmissen.« Sie meinte es ernst. Sie sah sehr jung und gesammelt aus. Zwar war sie bereits dreißig, aber die Studenten in ihrem Jahrgang hielten sie vermutlich für eine Altersgenossin. »Ich bleibe dabei. Das Gebiet ist toll, und die Leute, mit denen ich da arbeite, die liebe ich in gewisser Weise.«
»Was heißt, du liebst sie?«
Als sie das fragte, dachte sie, daß man sich einem Arbeitsgebiet nicht darum zuwendet, weil man die Leute liebt, die darin tätig sind, sondern weil man die Arbeit liebt. Einzig das bot Sicherheit, denn die Leute können sich ändern, gehen vielleicht anderswohin. Katherine jedoch errötete bei dieser Frage, und Terry merkte, daß sie einen empfindlichen Punkt berührt hatte.

»Es ist eben ... die Leute, die ich da kenne, die denken wie ich.« Sie zitterte jetzt. »Es handelt sich um die Art, wie man die Menschen sieht. Wie man lebt. Wie man Erlebnisse verarbeitet, würde Nick sagen.«
»Und wer ist Nick?«
»Nick Chapman. Mein Psychologiedozent.« Und Katherine beschrieb ausführlich Nick Chapmans Qualitäten als Lehrer, als Mann und als Mensch, und Theresa dachte dabei an Brooks, der allein da oben saß. Sie sehnte sich so stark nach ihm, daß es schmerzte. Ihr lag sehr daran, Brooks möge erfahren, daß sie nicht Katherines Partei ergriff, bloß weil sie die Schwester war. Er sollte wissen, daß ihre Sympathien ungeteilt ihm galten.
»Ist Brooks oben?« unterbrach sie Katherines Lobgesang auf Dr. Chapman.
Katherine nickte.
»Es geht ihm doch gut?«
Katherine lachte auf. »Ich glaube fast, sein Wohl liegt dir mehr am Herzen als meines.«
Terry antwortete nicht darauf.
»Wahrscheinlich habe ich das verdient«, gab Katherine zu. »Aber, lieber Himmel, Theresa, wenn man dich ansieht, könnte man denken, ich hätte ihn gerade umgebracht.«
Genauso kommt es mir vor.
»Unsere Ehe war ganz anders, als du dir vorstellst, Terry. Nicht daß wir nicht gut gestanden hätten miteinander. Das tun wir in gewisser Weise immer noch. Ich habe Brooks sehr gern. Nur, ein tiefes Gefühl hat uns nie verbunden. Unsere Ehe könntest du nicht mal mit der von Mutter und Dad vergleichen, so elend die auch ist.«
Das war Theresa neu. Über die Ehe ihrer Eltern hatte sie nie nachgedacht, sondern angenommen, sie sei so, wie die Eltern sich das wünschten, sie funktioniere schlecht und recht, auch wenn sie, Theresa, sich unter einer Ehe etwas anderes vorstellte.
»Warum ist denn die Ehe der Eltern so schlecht?« fragte sie, ob-

wohl sie sich gerade eben noch vorgenommen hatte zu schweigen. »Weil sie ... ja, also ... so richtig gut ausdrücken tut es Nick, er sagt, Lieblosigkeit kann auch eine Bindung zwischen Menschen sein. Ist das nicht toll?«

Theresa zuckte die Schultern. War es wirklich so toll? Sie hatte da ihre Zweifel, zumal es ein kaltschnäuziger Unidozent war, der sich da über die Ehe ihrer Eltern geäußert hatte, obwohl er weder ihre Eltern noch deren Ehe kannte. Wenn es für sie in dieser Hinsicht überhaupt eine Gewißheit gab, so die, daß ihr Vater es mit ihrer Mutter aushielt, weil er sie liebte. Katherine faselte inzwischen unentwegt von negativen Bindungen und Freundschaft, und wie sie mit Brooks nie so richtig alle Tiefen ausgelotet hätte, und dazu fiel Theresa bloß ein, daß es bei Katherine wahrscheinlich keine Tiefen auszuloten gab.

»Ziehst du aus?« fragte sie.

»Ja«, seufzte Katherine.

»Und wohin?«

»Wenn ich dir nun sage, ich ziehe zu Nick, dann glaubst du, ich verließe Brooks um Nicks willen. Und das stimmt nicht. Ich hätte ihn auch ohne Nick verlassen. Ich muß hier 'raus.«

»Aber du ziehst zu Nick.«

Katherine nickte.

Theresa konnte sich selbst nicht leiden, wenn sie mit Katherine zusammen war. Katherine brachte in ihr die »Zeugin« zum Vorschein. Die »Verkünderin von Wahrheiten«. Die selbstgerechte kleine Spießerin, die Theresa irgendwo zwischen dem Ende ihrer Schulzeit und dem City College glaubte abgelegt zu haben. Nun hatte Katherine sie unversehens wieder dabei ertappt, daß sie sich sich ganz und gar nicht im Einklang mit den Modeströmungen der Zeit befand. Sie vergoß Tränen wegen Brooks, der ja keineswegs gekommen war, um bei ihr Trost zu suchen.

»Ich kann mir nicht vorstellen, daß ich nicht mehr mit Brooks befreundet sein soll«, sagte sie. »Er war wie ... nicht wie ein Vater, eher wie ein großer Bruder für mich.«

»Aber wer redet denn davon«, widersprach Katherine. Schon war sie völlig verwandelt und redete Theresa eindringlich ins Gewissen. Die Hohepriesterin. »Ich möchte ja gerade, daß ihr befreundet bleibt, er braucht jetzt Freunde. Daß du im Haus bist, erleichtert die Lage für ihn bestimmt wesentlich. Es hat ihn doch sehr mitgenommen. Ich gebe das nicht gern zu, denn es läßt mich besonders sündhaft erscheinen, aber es stimmt leider, daß der Bruch auch für ihn das Bessere ist, auf die Dauer gesehen. Es ist übrigens nicht so sehr der Bruch, der ihn so mitnimmt, sondern mehr, daß ich ihn verlasse. Eine Ehe kann noch so schlecht sein, und beide Partner mögen noch so sehr davon überzeugt sein, daß sie auseinandergehen sollten, wer als erster aufbricht, ist besser dran.«
»Das könnte sein«, stimmte Theresa zu.
»Wie dem auch sei, ich möchte wirklich, daß du dich um ihn kümmerst«, sagte Katherine.
Sonderbar. Als hätte sie selber sich je um Brooks gekümmert. Keinen Finger hatte sie in ihrer Wohnung gerührt. Brauchte er jetzt wirklich mehr Betreuung als zuvor? Was schlug Katherine ihr da eigentlich vor? Und wie kam es, daß die Positionen plötzlich vertauscht waren? Vor ein paar Minuten noch war Katherine eifersüchtig, weil Terry sich um Brooks sorgte, jetzt legte sie ihr sein Wohl dringend ans Herz. Theresa war verwirrt, wußte selbst nicht mehr, was sie eigentlich wollte. Sie hatte Kopfschmerzen. Katherine sollte gehen. Sie wollte schreien. Sie wollte weglaufen. Was sollte sie nur tun? Sie mußte unbedingt hier 'raus, aber Katherine durfte davon nichts merken. *Was hatte Katherine ihr nur angetan, verflucht noch mal!* Sie kam sich vor, als habe sie zugelassen, daß man sie fesselte, in eine Seekiste packte und auf den Grund des Ozeans hinabließ, einzig auf die vage Zusage hin, irgendwer werde schon kommen und sie wieder heraufholen.
»Ich muß jetzt hier raus«, sagte sie.
Katherine war verblüfft.

»Den ganzen Abend schon habe ich keine Ruhe. Mit ... mit alledem hat das nichts zu tun.« Falls Katherine dahinterkam, was wirklich los war, könnte es ihr gelingen, Theresa ihr Vorhaben auszureden. Katherine war eine Hexe. »Meine Schüler sind gerade jetzt nicht zu bändigen, angeblich liegt es an der Jahreszeit, sie gehen die Wände hoch.« Sie lachte. »Sie machen mich fix und fertig. Wenn ich nach Hause komme, schlafe ich sofort ein, und später wache ich dann auf, platze vor Energie und könnte selber die Wände hochgehen.«

Auch Katherine lachte. »Warum gehen wir nicht miteinander aus? Was trinken? Ich lade dich ein.«

»Ich denke, du trinkst nicht mehr?«

»Wein schon.«

Auf diese Weise würde sie Katherine loswerden. Nach einem Glas Wein konnte sie ihre Rastlosigkeit vorschützen oder ihre Müdigkeit und sich verdrücken.

»Wir könnten auch tanzen gehen«, schlug Katherine vor.

»Dann schon lieber ein Glas Wein.«

Corners, eine Old-Fashioned-Bar, erinnerte an gefrorenen Orangensaft – aber sie wirkte sehr echt. Eigentlich mehr als echt: der Fußboden war gefliest, Bar und Nischen aus dunklem Holz, vielleicht sogar Mahagoni, die Lampen, grüne Kugeln, hingen an starren Rohren von der Decke, und ihr mattes Licht störte nicht, ließ allerdings auch nichts genau erkennen. Als sie sich an die Bar setzte, stellte Theresa fest, daß fast ausschließlich Männer hier verkehrten, die wenigen Paare saßen in Nischen. An der Bar hockte etwa ein halbes Dutzend Männer.

»Manchmal kriegt man keinen Platz«, sagte Katherine.

Theresa fühlte sich fremd in dieser Umgebung. Zwar hatte sie in den letzten Jahren von Frauen gelesen, die in Bars verkehrten, doch in ihrer Vorstellung war eine Bar nach wie vor ein Reservat der Männer, ein geradezu magischer Ort, an den sie vor den Frauen flüchteten. Sie erinnerte sich der Bar in der Morris Park

Avenue, aus der Katherine vor Jahren den Vater holen sollte, als er dringend gebraucht wurde und das Telefon dort dauernd besetzt war. Im Vorbeigehen hatte sie später den Namen der Bar erkannt und einem Impuls nachgebend von außen ins Fenster geschaut. Es war am späten Nachmittag, an der Bar saßen nur zwei Männer, der Barkeeper trocknete Gläser ab, schaute auf die Mattscheibe und pfiff vor sich hin. Noch drang Tageslicht herein, doch die Lampen brannten schon, so als sei es unmöglich, am hellen Tag mit dem Trinken anzufangen. Der Schmutz auf den trüben Scheiben und den Fliesen, den man beim matten Lampenlicht übersah, fiel jetzt deutlich ins Auge. Als der Barkeeper sie erblickte, rannte sie weg.
Katherine plauderte mit zwei Männern zu ihrer Rechten und stellte Theresa als ihre Schwester vor.
»Sag doch nicht immer, ich wäre deine Schwester«, zischte Theresa ihr zu. »Das klingt so, als wäre ich sonst gar nichts.«
»Oh, entschuldige! Warum hast du mir das nicht schon früher gesagt?«
Terry zuckte die Achseln. »Es kam mir albern vor.«
»Aber wenn du es so empfindest«, sagte Katherine besänftigend, »ist es alles andere als albern.« Und wieder schwenkten Theresas Gefühle in die andere Richtung. Sie meinte in Katherines Schuld zu stehen, weil die doch so *lieb* war, obwohl sie selbst eben noch so wütend auf ihre Schwester gewesen war.
Katherine wandte sich wieder den Männern zu. Theresa sah vor sich hin auf die Theke und nippte an ihrem Glas. Links von ihr, zwei Hocker entfernt, saß ein Mann, offensichtlich allein. Sie spürte, daß er zu ihr hersah, warf ihm einen raschen Blick zu und schaute wieder weg. Er war groß und breit, hatte einen mächtigen Schädel voll dunkler Locken und einen langen, dicht wuchernden Bart. Der Musikautomat war verstummt, und der Mann stand auf, steckte eine Münze 'rein, kam zurück und setzte sich direkt neben Theresa.
»Tag«, sagte er.

»Tag«, sagte sie.
»Mein Name ist Ali«, sagte er, und das klang ulkig. Außer Cassius Clay kannte sie keinen Ali.
»Terry«, sagte sie ihrerseits. Sie vergewisserte sich, ob er nicht in Wirklichkeit ein Auge auf Katherine geworfen hatte, doch schien dies nicht der Fall zu sein. Er wußte vielleicht gar nicht, daß sie zusammengehörten.
»Ich habe Sie hier noch nie gesehen«, sagte er.
»Ich war auch noch nie hier.«
»Wohnen Sie in der Nähe?«
»Ziemlich nah.«
»Ich kann Ihnen nachfühlen, daß Sie's mir nicht sagen wollen. Man weiß nie, an wen man in so 'ner Bar gerät.«
Sie lächelte und hob eine Schulter, um darzutun, daß sie das wenig kümmerte. »Ich wohne am St. Marks Place. Ich bin Lehrerin.«
»Im Ernst? Was unterrichten Sie denn?«
»Die Kleinsten.«
»So ist's richtig. Wenn ich Lehrer wäre, würde ich die auch unterrichten wollen. Die sind noch so rein.«
Sie suchte in seiner Miene nach Spuren von Ironie, fand aber keine. Nicht daß es unrichtig oder abwegig war, was er sagte, aber irgendwie ...
»Und wann, glauben Sie, geht die Reinheit verloren? Denn verloren geht sie doch?« fragte sie.
»Ich weiß nicht. Meine Tochter ... Moment mal ... Elana ist jetzt vierzehn, ein ganz reizendes Ding, aber unschuldig kann man die längst nicht mehr nennen.«
Seine Tochter. Er sah gar nicht nach Tochter aus. Nun, einerlei. Nach Carter konnte nichts Bedeutendes mehr passieren, das wußte sie.
»Wie viele Kinder haben Sie?« fragte sie.
»Vier.«
»Im Ernst?« rief sie und verstummte gleich darauf verlegen. Sie

hatte es so gesagt, als sei es wichtig, und das war's doch gar nicht. Immerhin, die Umgebung, die Bar, das Halbdunkel verliehen dem Gespräch eine Intimität, die es anderswo nicht gehabt hätte.
Er schüttelte den Kopf. »Sechzehn Jahre lang war ich verheiratet.«
Mit seinen Jeans, dem Bart und dem scheuen Gehabe wirkte er ganz jung.
»Das sieht man Ihnen nicht an.«
»Ich weiß.«
Katherine wandte sich zu ihr und sagte etwas Unverständliches. Theresa zuckte die Schultern.
»Störe ich?« fragte er.
»Nein«, sagte Theresa. »Übrigens muß ich jetzt an die Luft, ich halte es hier nicht mehr aus.«
Er schaute gekränkt drein. »Warum denn nur?«
»Nichts Besonderes. Ich bin nur so unruhig heute. Eigentlich wollte ich gar nicht herkommen, ich wollte spazierengehen.«
»Falls es Ihnen recht ist, komme ich mit«, sagte er zögernd. »Die Luft täte auch mir gut.«
»Einverstanden.« Sie stand auf und sagte zu Katherine, sie wolle einen Spaziergang machen. Katherine warf Ali einen Blick zu, lächelte und sagte: »Also dann.« Theresa beobachtete scharf, ob Ali Interesse an Katherine zeigte, bemerkte aber nichts dergleichen.

Sie gingen die Second Avenue stadtwärts. Neben ihm zu gehen hatte etwas Beruhigendes. Das lag zum Teil an seiner Größe. Sie mußte daran denken, wie sie als Kind mit dem Vater spazierengegangen war. Als sie in die erste oder zweite Schulklasse ging und von der Kinderlähmung genesen war, hatte er lange Spaziergänge mit ihr gemacht am Pelham Parkway oder jenseits der Eastchester Road. Bewegung war gut für sie. Dann hielt sie ihn bei der Hand. Wenn sie zu ihm aufblickte, sah sie ein

Stück blauen Ärmel, eine Schulter und vielleicht noch etwas vom Haar oder vom Kinn. Nur bei diesen Spaziergängen war sie ganz allein mit ihm, ohne die anderen, und wenn sie den vertrauten Häuserblock hinter sich ließen, wenn ihnen fremde Leute begegneten, dachte sie oft, ob diese Fremden nicht glaubten, daß sie und der Vater eine vollkommene Einheit bildeten. Daß es niemand gab, der zu ihnen gehörte. Daß sie keine Geschwister habe und nach diesem Spaziergang dem Vater das Essen bereite.

»Wieso heißen Sie Ali?« fragte sie.

»Eigentlich heiße ich Eli«, sagte er und lächelte wieder scheu und verlegen. »Aber für mein neues Leben wollte ich mir auch einen neuen Namen zulegen.«

Wie freimütig er war! Sie würde so etwas nie eingestehen.

»Heißt das, als Sie sich von Ihrer Familie getrennt haben?«

»Ich nenne es nicht gern so«, sagte er. »Ich sage lieber: Trennung von meiner Frau.«

»Besuchen Sie Ihre Kinder?«

»Nein. Meine Frau erlaubt es nicht.«

»Das ist ja grauenhaft.«

»Finden Sie?« Das klang beinahe gleichgültig. »Sie finden es gemein von ihr? Schließlich habe ich sie verlassen.«

»Aber hören Sie mal!« Ihr fiel ein, wie Brooks sich freute, wenn seine Kinder ihn besuchten. Was sollte eigentlich jetzt aus diesen Besuchen werden? »Ein Freund von mir hat sich scheiden lassen. Seine Frau war ganz schön sauer auf ihn, aber deshalb hat sie sich doch nie zwischen ihn und die Kinder gestellt.«

»Ich muß hin und wieder jemand so was sagen hören«, sagte Ali-Eli. »Wenn ich ganz fertig bin, wie jetzt zum Beispiel, dann denke ich manchmal, ich habe verdient, was sie mir antut. Obschon ich weiß, daß sie verrückt ist.«

Es war, als habe sie auf einen Knopf gedrückt. Er begann zu erzählen, anfangs mit ziemlich ausdrucksloser Stimme, doch mit gesammeltem Gesichtsausdruck, und er ließ nichts aus.

Aufgewachsen war er in einer strenggläubigen jüdischen Familie;

sie seien Chassidim, sagte er, ein Wort, das Theresa nie gehört hatte. Sein Vater war ein chassidischer Rabbiner, seine ältere Schwester gab Unterricht in Hebräisch. Als Kind besuchte er ausschließlich jüdische Schulen. Er wohnte zwar in Washington Heights, doch was eine Pizza ist, erfuhr er erst mit vierzehn Jahren.

Mit neunzehn Jahren wandte er sich an den Rabbiner, weil er so scharf war und unentwegt an Mädchen denken mußte, daß er nicht mehr genug Zeit fand, seine Schularbeiten zu machen (er besuchte im dritten Jahr ein Yeschiwa-College). Vier Wochen später war er mit der Tochter des Rabbiners verheiratet, und zehn Monate darauf war er Vater.

In den folgenden Jahren war sein Leben ein einziges Elend. Er war überkorrekt, hatte übergroßes Verantwortungsgefühl, war übermäßig ernst. Er lachte nie, außer mit den Kindern. 1966 ging er immer noch brav zur Synagoge. Hätte er das nicht getan, so hätte er nicht mehr zur jüdischen Gemeinde gehört.

Der größte Witz jedoch, den das Leben sich erlaubt hatte, ein geradezu fürchterlicher Witz war, daß die Frau, mit der er verheiratet worden war, weil er nicht mehr wußte, wohin mit seiner jugendlichen Sexualität, für die es außerhalb der Ehe kein Ventil gab, daß diese Frau also die kälteste, trockenste Fotze auf Gottes weitem Erdenrund war.

Terry fühlte, wie sie rot wurde, doch er merkte es nicht. Sie waren schon fast an der 23. Straße, aber Ali schien es einerlei, wie weit er ging. Sie war fasziniert, und zwar von der Geschichte selbst, und davon, daß er es fertigbrachte, sie ihr zu erzählen. *Ihr, einem völlig fremden Menschen.*

Rachel haßte alles Sexuelle. Ihr und Alis Geschlechtsleben bestand aus einer Kette peinlicher Mißgeschicke, denen sie sich trotz unverkennbaren Widerwillens und trotz der damit verbundenen Unbequemlichkeiten unterwarf, um ihre Gattenpflichten zu erfüllen, deren oberste darin bestand, schwanger zu werden. Sie entzog sich ihm manchmal so eilig, daß er die Laken besu-

delte; dann mußte er aufstehen und zusehen, wie sie die Bettwäsche wechselte.
So wurde denn »Je schneller vorbei, desto besser« beider Wahlspruch, und er redete sich nach einer Weile ein, daß er nichts versäume. Als Anfang der sechziger Jahre die große Sexdebatte begann – und auch früher schon, etwa wenn von Marilyn Monroe oder von einer der anderen Sexköniginnen die Rede gewesen war –, dachte er bei sich: Lauter Schwindel, ich weiß Bescheid. Des Kaisers neue Kleider. Alle Welt pries die schönen Stoffe, und jeder wußte insgeheim, daß überhaupt nichts dran war. Wie das gewesen war, als er vor lauter Geilheit nicht aus noch ein wußte, hatte er vergessen. Seine sexuellen Wünsche waren so gründlich verdrängt, daß er vermutete, sie seien tot. Dann jedoch . . .
An der 34. Straße dirigierte er sie über die Second Avenue, und sie gingen weiter.
Wann hatte die Verwandlung begonnen? Als die Kleinen den Kinderschuhen entwuchsen. An seinen Kindern hatte er die wundersame Vitalität bemerkt, das Interesse für den eigenen Körper. Wie verführersich waren seine Töchter, wenn sie ihn anschauten, auf ihm herumkrabbelten, darum bettelten, zu ihm unter die Dusche kommen zu dürfen, wenn die Mutter nicht im Hause war.
Rachel unterdrückte bei den Kindern gewaltsam jede Regung von Sexualität, bei den Söhnen noch mehr als bei den Töchtern.
Es kam deshalb häufig zu Szenen, und besonders einer entsann er sich, weil sie eine lange verdrängt gewesene Erinnerung in ihm weckte, nur daß es in seinem Fall der Vater gewesen war und nicht die Mutter. Der Vater entdeckte den kleinen Eli, wie er rücklings auf einem alten Teppich in der Kammer lag, ein Liedchen summte und mit seinem Glied spielte. Dafür wurde er fast totgeschlagen. Gerson hatte vorm Fernseher gesessen, als Rachel ihn dabei erwischte. Sie schickte ihn ohne Essen aufs Zimmer. Die Dinge änderten sich und bleiben dennoch dieselben. Daß die Strafe anders ausfiel, machte keinen

Unterschied; die Lektion blieb die gleiche. Dein Leib ist unrein, berühr ihn nicht, freu dich nicht daran, nichts an deinem Körper soll dir Lust bereiten.
Er wußte, daß das falsch war, er wußte es einfach. Und doch dauerte es bis in die sechziger Jahre, bevor er auch überzeugt davon war, daß er recht hatte. Er war so isoliert, so ohne alle Verbindung zu seiner Umwelt, daß er nicht ahnte, was um ihn her vorging, außerhalb seines Büros, außerhalb von New City. Als Elana sich bei ihm erkundigte, was Marihuana sei, wußte er nicht einmal genau, wonach sie fragte. Nachforschungen in seinem Büro erbrachten dies und das. Er wurde neugierig. Er fing an, insgeheim die *Village Voice* zu lesen. Hätte Rachel je ein Exemplar daheim gefunden, der Schlag hätte sie getroffen.
Vor dem Warenhaus von Macy bog er links ab, und nun marschierten sie Richtung Village.
Dann ging er hin und wieder mit Elana in die Stadt, unter irgendwelchen Vorwänden. Ins Jüdische Museum. Oder woanders hin. Er ließ sich treiben, redete mit den Leuten. Schließlich wurde er zu einer Party eingeladen und rauchte zum erstenmal Hasch. Von da an geschah alles wie im Lehrbuch. Diesmal war Elana nicht dabei. So brachte er ein Mädchen nach Hause, rauchte Hasch mit ihr, legte sie aufs Kreuz, und das war eine Offenbarung für ihn. Alle Gefühle, auf denen er sozusagen gesessen hatte, wurden lebendig und diesmal auch befriedigt. Dabei hatte er schon geglaubt, masturbieren im Badezimmer sei die einzige Möglichkeit, zu einer Spur von Genuß zu kommen.
Terry fühlte sich schwach werden, als er das sagte. Nie im Leben hatte sie jemand sich zum Masturbieren bekennen hören, nicht während des endlosen Geredes in der Schule über Sex und auch nicht in den intimen Beichten, die Katherine und ihre Freunde einander ablegten. Nicht einmal Martin Engle hatte das erwähnt. Keiner! Nie!
Und auch dem Mädchen hatte es Spaß gemacht, sagte Ali. Nicht zu glauben! Sie gab Laute von sich, denen er entnehmen konnte,

daß es ihr gefiel. Sie war innen feucht. Unglaublich! Rachel fühlte sich drinnen an, als sei sie mit Watte gefüttert. Ob Terry sich vorstellen könne, wie ihm in jener Nacht zumute gewesen sei?

Sie antwortete mit nicht sehr fester Stimme, sie glaube schon. Wieder gelangte man an die 23. Straße. Theresa war erschöpft, wollte ihm das aber nicht sagen.

Als er heimkam, empfand er sich mehr als Überbringer guter Neuigkeiten, denn als schuldbeladener Gatte. Jawohl, Rachel, es gibt so etwas wie Lust, auch wir können sie empfinden. Über ihre hysterische Reaktion auf seinen vorangegangenen Anruf aus dem Büro hatte er gestaunt. Er sei in der Stadt aufgehalten worden, hatte er gesagt. Und erst nachdem er aufgelegt hatte, wurde ihm klar, daß er nie zuvor über Nacht von zu Hause weggeblieben war. Ehe er das Büro verließ, sprach er mit Mary Ann über seine Frau. Mary Ann machte gerade eine Gruppentherapie und meinte, wenn seine Beschreibung zutreffe, dann brauchte seine Frau dringend auch eine. Er sagte, seine Frau würde kaum Geschmack an diesem Vorschlag finden, er wolle aber alles versuchen. Zuerst solle sie mal ein bißchen haschen. Er kaufte Mary Ann eine kleine Menge Stoff ab, und sie drehte einige Joints für ihn, um ihm zu zeigen, wie man's macht.

Theresa werde es vielleicht nicht glauben, doch auf das, was ihn zu Hause erwartete, sei er nicht vorbereitet gewesen. Rachel trat ihm verzweifelt entgegen, hysterisch, mit zerrauftem Haar, verzerrter Miene, heulend. Sowohl seine als auch ihre Eltern waren anwesend, die Kinder bereits weggeschafft, Gerson und die kleinere Tochter zu Nachbarn, wo sie vor Beschmutzung sicher waren. Anfangs lachte er darüber – er war so high und glücklich, daß er sich von dieser Versammlung nicht niederdrücken lassen wollte.

»Tag, Frauchen«, sagte er heiter und küßte sie auf die Wange (sie wich zurück). »Wer sind denn all die lieben Gäste?«

Sie kamen ihm wie Fremde vor. Oder nicht eigentlich wie Frem-

de, sondern wie Personen, deren man sich aus der Kindheit entsinnt. Sie betrachteten ihn allesamt wie einen Irren, was ja nun wieder lustig war. Er schlug vor, wer nicht hier wohne, möge heimgehen, er wolle mit seiner Frau reden.
»Jetzt«, sagte Rachels Vater, der Rabbiner, »jetzt will er reden.« Als sei unterdessen ein Schritt getan worden, so entscheidend und unwiderruflich, daß alles Gerede überflüssig war. In gewisser Weise stimmte das, doch das wußte er noch nicht.
»Ganz recht«, sagte er also. »Ich will mit meiner Frau reden.« Denn auch in seinen üppigsten Phantasien war er nicht auf den Gedanken verfallen, er könnte über sein neues Leben zuerst mit den eigenen oder mit Rachels Eltern diskutieren.
Nun ließ sich Elis Vater vernehmen, als Verteidiger oder zumindest als Vermittler, denn Rachels Vater war hier offenbar als Ankläger: »Nun, Eli – wo bist du gewesen?«
»Warum willst du das wissen?« fragte Eli. »Kannst du mir bitte sagen, warum dies die ganze Familie was angeht und nicht ausschließlich meine Frau und mich?«
»Gott der Gerechte!« heulte Rachel. »Weil ich mich zu Tode geängstigt habe! Darum! Weil du wahnsinnig geworden bist! *Weil du verschwunden warst!«*
Sie waren nun am Sheridan Square angelangt, und Theresa ließ sich wortlos auf eine der Bänke nieder. Er setzte sich neben sie und redete ohne Unterbrechung weiter.
»Na schön«, hatte er zu Rachel gesagt, »das tut mir leid. Ehrlich. Es tut mir leid, daß du dich geängstigt hast. Ich hätte angerufen, nur ...« Nur war es ihm nicht eingefallen. Er hatte bis zum Morgen buchstäblich nicht daran gedacht. »Und als ich dir heute früh telefonisch alles erklären wollte, da hast du dich hysterisch benommen.«
»Hysterisch! Ich dachte, du bist tot, Gott behüte, ich dachte –«
»Ich war auf einer Party.«
Alle glotzten, als habe er so nebenher verkündet, daß er an einer Orgie teilgenommen habe.

»Ich habe ein paar Leute getroffen. Im Jüdischen Museum.« Er war ein wenig enttäuscht von sich, weil er seinem Unternehmen ein Mäntelchen falscher Respektabilität umhängen wollte. »Sehr nette jüdische Menschen. Wir kamen ins Reden. Es waren dort herrliche alte Aufnahmen von der Lower East Side ausgestellt. Wir kamen also ins Gespräch, sie luden mich zu sich nach Hause ein, und –«

»Und ... du ... gingst ... einfach ... mit.« Rachels Vater. Total perplex. *Da haben Sie also einfach die Axt genommen und Ihre Frau zerstückelt.*

»Ich habe mehrmals versucht, dich von dort anzurufen, es war aber immer besetzt«, sagte er zu Rachel.

»Lassen wir das für den Moment beiseite«, sagte Rachels Vater. »Was genau hast du dort zu suchen gehabt – ohne deine Frau? Warum bist du geblieben?«

»Ich bin geblieben, weil ich zuviel Wein getrunken hatte. Ich schlief auf dem Sofa ein.«

»Gott der Gerechte!« ächzte Rachel.

»Kennen diese Leute deinen Namen?« fragte sein Vater, als könnte man erpreßt werden, weil man bei fremden Leuten auf dem Sofa einschläft. Eli mußte lachen, doch angesichts ihrer Mienen verging ihm das Lachen bald.

»Das spielt jetzt keine Rolle«, donnerte Rachels Vater. »Die entscheidende Frage ist noch unbeantwortet: Was hattest du dort überhaupt zu suchen? Wie kommt ein ehrbarer Mensch, ein Familienvater dazu, plötzlich ohne seine Angehörigen in die Stadt zu fahren? Und das nicht zum erstenmal? Deine Frau war leider zu verwirrt, um das ihren Eltern früher zu offenbaren!«

»Ich fühlte mich rastlos«, sagte Eli.

Rastlos, das war ja noch schlimmer! Tausende von Jahren waren die Juden auf der Suche nach einer Heimat von Land zu Land gezogen, dann hatten sie nicht bloß Israel gefunden, sondern auch noch New York! Und das alles, um sich rastlos zu fühlen? Rastlosigkeit ist antisemitisch!

»Liebe Leute«, sagte Eli. »Ich glaube, es ist gescheiter, ihr geht jetzt heim, dann kann ich mit Rachel allein reden.«
Er wollte sie wahrhaftig nicht zornig machen, war aber bereit, ihren Zorn in Kauf zu nehmen. Das war wichtig. Es hatte damit zu tun, daß er den Gedanken ins Auge faßte, sein Heim zu verlassen. Immer hatte er sich davor gefürchtet, irgendwen so zu erzürnen, daß er von zu Hause würde weggehen müssen. Nie hatte er die Gewißheit gehabt, daß es außer dem Zuhause überhaupt etwas gibt. Zuhause, im Sinne von Dasein. Es gab nur seine Firma Yorktown Computer, New City, und so weiter. Was außerhalb davon lag, besaß keine Realität für ihn. Jetzt fühlte er neue Kraft. Er wußte, wovon sie nichts wußten, daß es nämlich da draußen richtige Menschen gab. Wenn es denn sein mußte, so konnte er hier fortgehen, ohne ins Nichts zu fallen. Nicht daß er an etwas Derartiges denke.
Die Art, wie er den letzten Satz sagte, mußte den Eltern wohl eine Ahnung von seiner neuen Kraft vermittelt haben, denn sie zogen ab, nicht ohne Rachel zu versprechen, in einer halben Stunde anzurufen.
»Haben Sie Lust, mit zu mir zu gehen?« fragte er Theresa plötzlich. »Auf einen Joint. Reden können wir dort auch.«
Er wohne derzeit bei Bekannten auf einem Speicher, weil er noch keine eigene Bleibe gefunden habe. In der Greene Street. Ganz ulkig. Er töpfere dort. »Ich zeige Ihnen meine Sachen.«
Sie hatte Lust, wußte aber, es war besser, wenn sie nicht hinging. »Lieber nicht.«
»Ich vergewaltige Sie bestimmt nicht.« Er lächelte dabei ein schüchternes, liebenswürdiges Lächeln – als habe er kurz vorher gestanden, ein Sexualverbrecher zu sein, und verspreche nun ausdrücklich, Theresa nichts zu tun.
»Das habe ich auch nicht angenommen. Es ist bloß ...«
»Es sind auch noch andere Leute dort, falls Sie das beruhigt. Sehen müssen Sie sie nicht, wenn Sie nicht wollen, sie wohnen im vorderen Teil. Aber sie sind jedenfalls anwesend.«

»Meinetwegen. Auf eine Stunde.«
Er legte den Arm um sie, und sie marschierten Richtung Greene Street.
Trotz allem, was er Theresa bereits erzählt hatte, könne sie sich doch nicht vorstellen, von welchem Entsetzen Rachel gepackt wurde, als er hinter den Abgehenden die Tür zumachte. Das blanke Grauen stand in ihrem Gesicht. Alleingelassen mit diesem steckbrieflich gesuchten Bauchaufschlitzer! Er stand nur da und wartete darauf, daß sie sich faßte.
»Rachel«, sagte er schließlich. »Bedenke, du bist die Mutter meiner Kinder, und ich liebe dich.«
Sie sollte wissen, daß er, auch wenn er jetzt ein anderer Mensch wurde, weil er ein neues Leben begann, sie nicht daraus verdrängen wolle. Sie solle ihn begleiten, solle sich ebenfalls ändern. *Sie solle Hasch rauchen.*
Rachel starrte ihn an, als rede er Sanskrit, das doch, wie beide wußten, nur eine Literatursprache ist.
»Hör mir doch zu, Rachel. Ich bin nicht dein Feind. Du sollst teilhaben an allem, was ich ... was in mir vorgeht. Schon seit langer Zeit vorgeht.«
Schweigen.
»Du weißt genau, daß wir nicht glücklich gewesen sind. Das wirst du gewiß nicht bestreiten?«
Sie ging darauf gar nicht ein, denn es war unerheblich. Glück? Glück ist was für die dummen Gojim, die es nicht besser verstehen. Es war ein Vorrecht zu leiden.
»Also gut. Ich setze voraus, daß wir uns hierüber einig sind. Unsere Beziehung kann gebessert werden. Von beiden Seiten. Daß wir so unglücklich sind, ist weder meine Schuld noch deine. Aber es ist die Wahrheit.«
Schweigen.
»Das bedrückt mich mehr und mehr, je länger es dauert. Wofür lebe ich denn? Bloß um zu tun, was sich schickt? Um Kinder zu haben, die ebenso unglücklich sein werden wie ich und ebenso

wenig eine Vorstellung von dem haben, was Leben wirklich ist? Irgendwo muß es etwas Erstrebenswertes geben, das Leben hat auch eine gute Seite. Habe ich nicht recht, Rachel? ... Gut, du brauchst mir nicht zu antworten. Aber wenn du widersprechen willst, dann tu es bitte. Unterbrich mich, wenn ich was sage, was dir nicht paßt.«

Es war nämlich so, daß sie bei allem Jammer, allem Zorn und Kummer, den sie vielleicht empfand, ihn nie angeschrien hatte, auch nie laut klagte. Nie hätte sie etwa gesagt: »Wage es ja nicht, dies oder das zu tun«, oder »Nein, das will ich nicht«, oder was dergleichen Redensarten sind. Sie wartete, bis er getan hatte, was er wollte, und bedachte ihn dann höchstens mit einem jener Blicke, die sagen: Siehst du? Jeder Trottel hätte dir sagen können, wie das ausgehen mußte.

Er setzte Rachel nun auseinander, sie müsse doch bestimmt ebenso wie er von Anfang an gespürt haben, daß irgendwas in ihrem gemeinsamen Leben völlig verkehrt war. Insbesondere in ihrem Sexualleben. Als sie das erste sexuelle Verlangen spürten – zwei erregte, praktisch unwissende Kinder –, habe man sie alle beide vorzeitig zu einer dauernden Bindung an einen Menschen gezwungen, der für sie ein Fremder war. Nicht daß ihre Ehe ein völliger Reinfall geworden sei, fügte er hastig hinzu, schließlich seien sie beide im Grunde gute Menschen und müßten einfach manches gemein haben, die wunderbaren Kinder zum Beispiel, jedoch ... und da war ihm plötzlich, wie er sich jetzt erinnerte, ein Scherz eingefallen, den er immer noch recht gut fand: Sie müsse doch zugeben, hatte er gesagt, daß man in der zweiten Hälfte des 20. Jahrhunderts niemanden mehr mit vorgehaltener Flinte zum Altar treiben dürfe, noch dazu wenn die Braut nicht schwanger sei!

Theresa lachte, sowohl über den Scherz wie über das Vergnügen, das Ali immer noch daran empfand.

»Den finden Sie auch komisch, was?« fragte er, lachte aber nicht mehr. »Können Sie sich vorstellen«, fragte er, die Situation von

damals nochmals auskostend, »daß nach diesem Witz eine erwachsene Frau totenbleich wird, am ganzen Leibe zu zittern anfängt und schreit – nur kam das Schreien als Flüstern heraus, weil sie fast daran erstickte. ›Raus mit dir! Du Verrückter! Hinaus, bevor die Kinder heimkommen!‹«
Das hätte ihm eigentlich reichen müssen. Seit seinem Weggang von zu Hause hatte er diese Geschichte mehreren Leuten erzählt, und keiner hatte begriffen, warum er damals nicht aufgestanden und gegangen war. Aber von denen wußte natürlich niemand, wie das ist, wenn das ganze Leben in ein handliches Paket verschnürt ist und man selber mit hineingepackt worden war. Wenn er aus dem Paket 'raus wollte, verlor er alles. Er würde nicht nur aus dem Leben seiner Kinder verschwinden, sondern auch sein eigenes Leben wäre unwiderruflich dahin.
Es verging beinahe ein Jahr, bis er den Mut dazu aufbrachte. An dem Morgen, an dem sie ihn damals hinausgeworfen hatte, fragte er, wohin er denn gehen solle. Sie antwortete prompt, zu seiner Mutter. Und das wäre selbstverständlich überhaupt keine Trennung gewesen. Im Laufe dieses letzten Jahres holten sie sich Rat. Zuerst bei ihrem Vater, dem Rabbiner. Darüber wolle er lieber schweigen. Eli versuchte es mit allen möglichen Therapien und wollte seine Frau ebenfalls dazu bringen. In New York ging er zu einem Psychiater, in Nyack zu einem Psychologen, er gesellte sich einer Gruppe zu, die Berührungstherapie machte, wobei man sich bis auf die Unterwäsche entkleidete, um seine Gefühle zu entdecken. Er verwandte viel Zeit und Energie darauf, sich auszudenken, wie er Rachel high machen könnte, denn er glaubte, wenn sie nur einmal die erste große Sperre überwunden habe, müsse es doch Fortschritte geben. Er erwog, ihr LSD in den Orangensaft zu tun, denn das war einfacher, als sie zum Haschrauchen zu bringen, aber dann kamen ihm Bedenken moralischer Art. Überdies war das Zeug gefährlich, und er ahnte nicht, wie sie darauf reagieren würde. Vielleicht geriet sie völlig außer sich und blieb verrückt? Er erkannte ganz allmählich dank

seiner Lektüre und seiner Gespräche, wie gestört die Persönlichkeit war, die sich hinter dem farblosen, aber scheinbar ausgeglichenen Wesen seiner Frau verbarg. Er fürchtete, sie um den Verstand zu bringen. Als er schon nicht mehr hoffte, die Situation könnte sich irgendwie bessern, blieb er doch, weil er meinte, sie könnte durchdrehen oder sich gar umbringen, wenn er sie verließ. Bis ihm eines Tages, als das schon monatelang so dahinging, der Einfall kam: Es kann ja sein, daß sie überschnappt oder sich umbringt, wenn ich sie verlasse. Aber vielleicht geht's mir ebenso, wenn ich bleibe?

Theresa und Ali hatten jetzt die Greene Street erreicht. Dunkel und häßlich und mit Abfällen übersät lag sie vor ihnen. Theresa hatte immer gefunden, daß sich am St. Marks Place zu viele irre Typen 'rumtrieben und daß dort allmählich alles verdreckte. Dies hier aber wirkte viel, viel schlimmer, vielleicht weil alles so still war. Um in das Haus zu gelangen, in dem Ali wohnte, mußten sie eine Laderampe erklettern. Innen roch es sonderbar modrig. Ali schloß ein Gitter auf, hinter dem sich die Fahrstuhltür befand; seltsamerweise schob er sie hoch, so daß man an eine Guillotine und ähnlich unerfreuliche Erscheinungen erinnert wurde. Der Aufzug glich weniger einem Fahrstuhl als einem Lagerschuppen, der sich langsam aufwärts bewegte. Nach einer wahren Ewigkeit kamen sie im zweiten Stockwerk an, und wieder schob Ali die Türen nach oben.

Aus dem Aufzug traten sie in einen sehr großen, beinahe leeren Raum. Es brannte kein Licht, doch die Trennwand reichte nicht bis zur Decke, so daß von nebenan etwas Helligkeit hereinfallen konnte, übrigens auch von der Straße. In einer Ecke lag eine Matratze mit einem baumwollenen Überwurf und einigen alten Kissen; in einer anderen Ecke standen Regale mit Tongefäßen. Die paar Zeitungen und Illustrierte auf dem Boden sahen aus, als habe man sie dort hingeworfen.

»Willkommen im Palast«, sagte er. »Warten Sie hier. Ich koche uns Tee.« Und er ging durch eine Tür in der Trennwand.

Sie zog den Mantel aus und ließ sich behutsam auf dem Matratzenrand nieder, fror aber bald und zog den Mantel wieder an. Gleich darauf brachte er den Tee und setzte sich neben sie. Ein Weilchen tranken sie schweigend in kleinen Schlucken. Er wirkte plötzlich schüchtern, vielleicht weil er seine Lebensgeschichte vor ihr ausgebreitet hatte.
Sie fragte, ob er denn Aussichten habe, jemals seine Kinder zu sehen, und er sagte, nein, das glaube er nicht. Er wolle darüber auch nicht sprechen, es schmerze allzusehr. Sie entschuldigte sich, sagte, sie wisse eigentlich gar nicht, warum sie gefragt habe. Er brachte eine Plastiktüte mit Hasch zum Vorschein, dazu Zigarettenpapier und drehte auf dem Oberschenkel ein paar Joints. Als er zwei fertig hatte, brannte er den ersten an und reichte ihn Theresa. Sie sog den Rauch tief ein. Er fragte, wie sie sich fühle, und sie sagte, gut, sie fühle sich gut. Das stimmte auch. Sie hätte den Joint nicht einmal gebraucht. Der Wein und die Tatsache, daß sie Katherine entwischt war, stimmten sie schon zufrieden. Wieder inhalierte sie tief. Sie wurde sehr rasch high.
Ob er wohl versuchen würde, mit ihr zu schlafen? Und würde sie das zulassen? Es war schwer, zu widerstehen, wenn einen jemand sehr bedrängte. Sie wollte sich daran erinnern, wie das früher einmal gewesen war, wenn sie jemanden abgewiesen hatte. Dann wurde ihr klar, daß es solche Erinnerungen nicht gab. Das war beunruhigend; sie betrachtete Ali mißtrauisch, weil er, wenn auch nur vorübergehend, ihr Schicksal in der Hand zu halten schien.
»Was ist denn?« fragte er.
»Nichts. Bloß ... wer ist da hinten?« und sie deutete auf die Wand.
»Die Freunde, bei denen ich wohne.«
»Wie viele sind es?«
»Drei. Eine Frau mit ihren beiden Kindern. Der Mann ist abgehauen, und sie läßt mich hier wohnen.«
»Läßt Sie hier wohnen?«

Er nickte. »Sie ist wirklich eine gute Freundin.«
Theresa nahm wieder einen Zug. »Und es macht ihr nichts aus, daß ich hier bin?« Warum fragte sie das? Ihr war es eigentlich egal, ob die Frau sich was draus machte.
Er schüttelte den Kopf. »Sie ist nicht so. Sie stellt überhaupt keine Besitzansprüche.« Er reichte ihr den Joint. »Warum lehnen Sie sich nicht in die Kissen zurück? Das ist viel bequemer.«
Sie schaute hinter sich, dann lächelte sie ihn an. »Ich kann nicht. Es ist viel zu weit weg. Soooo weit weg.«
»Ich helfe Ihnen.« Er schob sie nach hinten, streckte sich neben ihr aus, und sie rauchten den Joint zu Ende und lächelten sich an.
Er fragte, ob ihr nicht zu warm sei in ihrem Mantel. Sie fragte, ob ihm nicht zu kalt sei ohne Mantel? Er meinte, das könne schon sein, und sie breiteten Theresas Mantel über sich.
»Jetzt wirst du nicht frieren, Ali-Eli«, sagte sie.
»Das klingt hübsch«, sagte er.
»Was findest du hübsch, Ali-Eli?«
Sie kam sich vor wie die unartige Prinzessin in einer ihrer alten, erdachten Geschichten. Wenn sie die Augen schloß, erblickte sie ein wunderhübsches Mädchen auf Schlittschuhen, das Pirouetten drehte und vor zwölf ansehnlichen Herren in Smoking und Pudelmütze graziös über das Eis floh. Sie hielt die Augen geschlossen, um besser zu sehen. Ali küßte sie.
»Mmm«, machte sie. »Jetzt laufen sie Achten, aber es sind zwölf, und sie passen nicht alle rein.«
»Mmmm?« Er knetete ihre Brüste und streifte ihren Pullover hoch. Er war so groß und weich und knuddelig. Wie ein Teddybär. Einmal hatte sie einen Teddy bei einer Eis-Show gesehen, jetzt sah sie hundert, die hundert Mädchen im Arm hielten, und alle waren sie selber und wurden über das Eis geschwenkt. Sie ließ sich von Ali ausziehen, so schlaff und entspannt und in ihre Bilder vertieft, daß sie nur wenig mithelfen konnte. Er streifte ächzend die Kleider ab. Er war massig und weiß. Ein weißer Wal.

»Moby-Ali-Eli.«
Er spreizte ihre Schenkel und war in ihr, ehe sie es recht merkte, aber das war ganz richtig so, sie war bereit. Es war ein angenehmes Gefühl. Es kam ihm sehr schnell, und auch das wäre ihr recht gewesen, nur blieb er nicht in ihr, sondern rollte sich weg und lag auf dem Rücken. Ihr wurde kalt, und sie kroch unter die Decke. Bequem war es hier nicht, das Laken war verdrückt und voller Krümel, und man spürte die Knöpfe der Matratze. Gar nicht hübsch. Aber unwichtig. Sie hätte ihn gern länger in sich gefühlt, aber auch das war nicht wichtig. Er war wirklich nett. Liebenswert. Ein Teddybär. Moby-Ali-Eli Teddybär. Sie versank in einen Schlaf voller Teddybären, und dann küßte er sie. Im Schlaf drehte sie sich zu ihm.
»Wach auf, Terry.«
»Hmmm?«
»Ich will dich heimbringen.«
Sie schlug ungläubig die Augen auf. Die Schwere, die bei der Umarmung so angenehm war, störte sehr beim Aufwachen.
»Was?«
»Du sollst nicht allein nach Hause gehen. Ich bringe dich.«
Er wollte ihr einen Gefallen tun – aber warum hatte sie dann nicht das Gefühl, ihr werde ein Gefallen erwiesen?
»Ich bin so schläfrig«, murmelte sie.
»Mmmm«, machte er. »Im Schlaf siehst du wunderhübsch aus. Eine perfekte kleine Schickse. Im tiefsten Schlaf.«
Das gefiel ihr. Martin hatte dies Wort manchmal gebraucht, aber dann hatte es einen ironischen Beigeschmack gehabt.
»Ich soll also wirklich aufstehen?«
»Es ist besser so. Morgen früh wäre es etwas peinlich.«
»Deiner Freundin wegen?«
»Mmm.«
»Ich denke, sie stellt keine Besitzansprüche?«
»Tut sie auch nicht. Aber du weißt schon ... mir wäre unbehaglich zumute.«

»Wie spät ist es denn?« Hinhaltetaktik.
»Kurz nach halb fünf.«
»Wieso hast du jetzt eine Brille auf?«
»Ich habe die Haftschalen rausgenommen.«
Sie zwang sich, aufzustehen und sich anzuziehen. Er war bereits angekleidet. Sie fror. Zurück durch den großen Raum, in den gräßlichen Aufzug. Es kam ihr vor, als durchlebe sie einen Alptraum rückwärts – zu schnell und zu obenhin, als daß er wirklich Furcht einflößen konnte, aber gleichwohl recht unangenehm. Nur weil sie immer noch etwas high war, wurde es nicht wirklich schlimm. runter und raus. Er hob sie von der Laderampe. Erst an der Second Avenue stießen sie auf Menschen, ein paar junge Ausgeflippte, die fast reglos an der Straßenecke standen. Zwei kauerten in einem Hauseingang. Obdachlos. Sie fröstelte. Wie es wohl war, wenn man überall weggejagt wurde? Von einem Hauseingang zum nächsten. Aus . . . ein Gedanke wollte sich bilden, entglitt ihr aber. Welches Glück, daß sie ihre hübsche, behagliche Wohnung hatte. Es war jetzt richtig kalt draußen. Genau betrachtet war sie froh darüber, daß er sie geweckt hatte. Sie wäre sehr ungern im kalten Morgenlicht in jenem Speicher aufgewacht und hätte mit Ali und seiner Freundin Konversation gemacht.
Er kam mit in die Wohnung. Es schien, daß er das Weggehen hinauszögerte. Wartete er darauf, daß sie ihn aufforderte zu bleiben? Es wäre schön, jemand im kalten Bett zu haben, der einem die Füße wärmte. Sie sagte, er dürfe gern bleiben, und er antwortete, er habe große Lust, doch lägen seine Haftschalen unterm Aschenbecher und wenn er die da nicht wegnehme, bevor die Kinder aufstanden, gebe es Ärger. Sie akzeptierte das. Er schrieb ihre Telefonnummer auf, und sie wartete einige Wochen auf seinen Anruf. Dann kam sie zu der Einsicht, daß er sie nicht anrufen würde. Dies machte ihr zu schaffen, wenn auch anders als das Verschwinden von Carter – damals war sie eines wunderschönen Erlebnisses beraubt worden –, denn Ali-Eli machte ihr

nicht besonders heiß. Immerhin war er ein netter, knuddeliger, lustiger Mann, und sie hätten sich doch wohl hin und wieder sehen können. Nur so, aus Spaß. Obwohl sie sich darüber klarwar, daß sie sich nicht wirklich was aus ihm machte, benagte sie in Gedanken dieses Erlebnis wie der Hund einen Knochen – auf der Suche nach neuen Erkenntnissen. Damit sie endlich einmal wußte, was sie falsch machte, und wie es kam, daß Ali-Eli und Carter und Martin oder überhaupt jemand sie so leichten Herzens verlassen konnte.

Wenn sie nicht an Ali dachte, dachte sie an Brooks und Katherine. Katherine war ausgezogen. Theresa legte es darauf an, Brooks zufällig zu begegnen, doch der war nie zu Hause. Sie wollte ihm sagen, wie sie zu ihm stand, daß sie seine gute Freundin sei, einerlei was geschehen war, doch kam sie nie dazu, weil sie ihn nicht erwischte. Versuchte sie, zu einer vernünftigen Zeit einzuschlafen, irrten ihre Gedanken ruhelos zwischen Ali und Brooks hin und her. Klingelte das Telefon, hob sie eifrig ab, in der Hoffnung, einer von beiden sei am Apparat, und dann war es doch immer nur eine befreundete Kollegin. Im nächsten Semester sollte angeblich gestreikt werden. Schon bildeten sich Parteien, und man sah die älteren Lehrer, mit einer Ausnahme eingeschworene Gewerkschaftler, flüsternd zusammenstehen.

Als sie eines Nachts wieder so lag und an Brooks dachte, hörte sie über sich eine Tür gehen und Schritte. Sogleich stand sie auf, zog Jeans und Pullover an, rannte aus der Wohnung und vergaß den Schlüssel, kehrte wieder um, kämmte sich die Haare, nahm den Schlüssel und lief hinauf.

Ihr Herz klopfte stürmisch, sie war außer Atem und wartete einen Moment vor der Tür, ehe sie klopfte. Er machte auf, ohne zu fragen, wer da sei. Immer noch pochte ihr Herz wild. Er sah fürchterlich aus – gute zehn Jahre gealtert, seit sie ihn zuletzt gesehen hatte.

»Tag, Brooks«, sagte sie.

»Tag, Theresa«, grüßte er lässig. »Was gibt's?«
Beide waren verlegen.
»Ich wollte ... Brooks, also ich ...« Er war abgemagert, und sein Gesicht wies tiefe Furchen auf. Der sandfarbene Pullover schlotterte um seinen Körper. Sie brachte kein Wort heraus. Schließlich fragte er, ob sie einen Moment hereinkommen wolle. Sie nickte.
Die einzige Beleuchtung im Wohnzimmer kam von der Apparatur gegenüber dem Sofa auf einem Regal. Der rastlos umherwandernde Lichtkegel ließ erkennen, daß hier besser aufgeräumt war als zu Katherines Zeiten, doch gerade das machte selbstsamerweise alles nur noch schlimmer. Bei dem Durcheinander von ehedem hatte man immer gedacht: Wenn nur jemand mal aufräumt, sieht es bestimmt recht hübsch aus hier. Nun aber war nicht zu verkennen, daß sich von Anfang an niemand Mühe gemacht hatte mit dem Zimmer.
»Ich bin deinetwegen in Sorge«, sagte Theresa. Dabei hatte sie gar nicht ahnen können, wie er aussah. Insgeheim erwartete sie möglicherweise sogar, er werde besser aussehen, weil er ohne Katherine vielleicht doch besser dran war. »Ich finde, du sollst wissen ...« Was sollte er wissen? »... daß ... daß ich dich immer noch so liebhabe, als gehörtest du zur Familie.« Endlich war es heraus.
»Das ist nett«, sagte er. Er lächelte, aber so, als führe sie ein Ferngespräch aus Kalifornien mit ihm. »Es tut mir wohl. Du bist ein liebes Kind.«
Kind? Wie konnte er sie Kind nennen! Es war, als habe sie einen Dämpfer bekommen, als deute er damit an, daß sie ihm nicht das geboten habe, was man von einem Erwachsenen erwarten konnte.
»Ich bin kein liebes Kind«, widersprach sie, »ich wollte bloß –«
»Sei mir nicht böse«, unterbrach Brooks.
»Auch böse bin ich dir nicht, bloß ... ich bin fast fünfundzwanzig, also gewiß kein Kind mehr.«
»Wer lieb ist, ist auch ein Kind«, behauptete Brooks. »Was ande-

res war nicht gemeint. Ich nenne jeden so, der anderen nicht wehtun kann.«
Befriedigend war diese Auskunft nicht, immerhin fühlte Theresa sich erleichtert.
»Falls dir mal danach sein sollte, kannst du jederzeit zu mir zum Essen kommen«, sagte sie noch.
»Bestimmt tue ich das, bestimmt, Terry.«
Sie trat den Rückzug an, und im Umdrehen gewahrte sie hinten im Korridor eine Bewegung. An dem Rundbogen dort lehnte, nur mit einem viel zu großen T-Shirt bekleidet, ein sehr zierliches, sehr schönes Mädchen mit glänzendschwarzem Haar, das ihr auf die Brust fiel. Sie mochte achtzehn sein, eher aber wohl vierzehn. Terry starrte das Mädchen an, dem das nicht das mindeste auszumachen schien, dann sah sie Brooks an, dessen Miene unverändert blieb – müde, gleichgültig.
»Entschuldige«, sagte Theresa. »Ich wußte nicht, daß du Besuch hast.« Ihr kam dies alles ganz unwirklich vor.
»Aber bitte, aber bitte.« Brooks hob dabei die Hände zu einer Gebärde, die besagte: Denk dir nichts dabei, aber geh bitte. Wem hatte sie eigentlich vormachen wollen, er gehöre zur Familie?
Sie verabschiedete sich mit einem »Bis bald« und verließ die Wohnung. Kaum hatte sich die Tür hinter ihr geschlossen, rannte sie die Treppe hinunter, stolperte auf einer der unteren Stufen, wo sie sonst immer aufpaßte und stürzte, spürte aber so gut wie keinen Schmerz. Ihr Kopf, in dem sich sonst unablässig die Gedanken jagten, war jetzt vollkommen leer. Sie begann sich auszuziehen, sah dann aber ein, daß mit den beiden da oben an Schlaf überhaupt nicht zu denken war. Vielleicht nie mehr? Ob sie wegziehen sollte? Kein schlechter Gedanke. St. Marks Place verlor ohnehin an Reiz, seit sich die Rauschgiftsüchtigen hier immer mehr ausbreiteten. Sie hatte schon zusammen mit Evelyn erwogen, ob sie nicht in den westlichen Teil vom Village ziehen sollte, wo man noch wohnen konnte. Sie nahm die Schlüssel, verließ die Wohnung und ging die Second Avenue entlang.

Sie sehnte sich sehr danach, mit jemandem zu reden, doch war es fast halb zwölf, also wohl zu spät, um Evelyn anzurufen. Es gab an der Schule auch eine ältere Kollegin, mit der sie jetzt gern zusammengewesen wäre. Rose war Jüdin, wie die Mehrzahl der Kollegen, in mittlerem Alter, recht hübsch, mit langen grauen, lockigen Haaren, die im Nacken zu einem Knoten geschlungen waren. Sie benutzte einen blaßrosa Lippenstift. Rose war gütig – die meisten Kolleginnen waren das nicht. Die Älteren, wenn sie nicht gerade von Gewerkschaftsangelegenheiten und Sozialleistungen sprachen, prahlten mit ihren Kindern und Enkeln in einer Art und Weise, daß man meinen konnte, sie seien Teilnehmer an einem Wettstreit und den Gewinner erwarte am Ende ein wahrer Wolkenbruch aller nur erdenklichen Vergünstigungen. Rose war kinderlos. Sie und ihr Mann, ein Rechtsanwalt, führten eine sehr gute Ehe. Wenn die anderen Frauen sich nicht gegenseitig mit Geschichten über Kinder und Enkel überboten, taten sie es mit Schilderungen ihres eigenen häuslichen Jammers und machten voreinander ihre Männer herunter. Rose beklagte sich nie über ihren Mann. Gelegentlich erzählte sie von ihren französischen Pudeln. Und wenn sie fragte: Wie geht es Ihnen? tat sie das nicht, um einen Vorwand zu haben, ausgiebig von ihrem eigenen Befinden zu reden, nein, sie schien ehrlich interessiert, wenn auch nicht so, daß es aufdringlich wirkte. Theresa hätte jetzt wirklich gern mit Rose gesprochen. Doch wenn sie aus heiterem Himmel anrief und sagte, sie müsse unbedingt mit Rose sprechen, würde die sie für verrückt halten.
Sie war jetzt in der Nähe von Corners. Dort wollte sie hineingehen, ein Glas Wein trinken ... nur hatte sie ihr Geld vergessen. Ohne Geld konnte sie aber schlecht hineingehen.
Im selben Augenblick sah sie sich auch schon allein im Bett liegen und hörte über sich Sprungfedern quietschen.
Diese Vorstellung war zwar völlig abwegig, denn Brook's Schlafzimmer lag nicht über ihrer Wohnung, doch von solcher Eindringlichkeit, daß Theresa nicht umkehrte, sondern reglos vor der

Bar stehenblieb. Sie wagte nicht, hineinzugehen, war aber unfähig, sich wegzurühren.
Ein Mann steckte den Kopf aus der Tür und rief: »He, Schätzchen!«
Sie erwiderte seinen Blick, ohne sich zu rühren.
»Was ist denn los? Haben Sie Ihre Zunge verschluckt?«
»'n Abend«, sagte sie.
»Schon besser. Und nun erzählen Sie mir noch, was los ist mit Ihnen?«
»Nichts. Ich habe bloß ...«
»Warum kommen Sie nicht rein? Trinken was mit mir und erzählen mir alles?«
»Das ist es ja gerade. Ich wollte eigentlich 'reingehen, nur merke ich eben, daß ich kein Geld bei mir habe.«
»Hübsche Mädchen brauchen für ihre Getränke nicht selbst zu zahlen«, sagte er. »Immer herein mit Ihnen.«
Sie ließ sich von ihm hineinführen. Die Bar war voll, doch ganz am Ende, beim Fenster, machte jemand einen Hocker frei, auf dem der Mann wohl bislang gesessen hatte. Er bedeutete ihr, sie solle sich dort hinsetzen, und stellte sich dicht neben sie. Er winkte den Barkeeper heran, der freundlich lächelte, als kenne er sie alle beide.
»Was soll's denn sein, Kleine?«
Sie bestellte einen Daiquiri, ohne zu wissen, warum. Doch: sie wollte etwas Süßes.
Besonders anziehend war der Mann nicht gerade. Nicht daß er abstoßend ausgesehen hätte, aber irgendwie wirkte er befremdlich, zugleich grob und aalglatt. Als sei er ursprünglich aus Granit gehauen gewesen und dann poliert worden. Sein Haar war braun, das Gesicht kantig wie das eines Bauern, die Haut aber auffallend glatt. Er trug einen guten Anzug und sprach wie ein gebildeter Mensch, wirkte aber wie ein Maurerpolier, nicht wie ein Geschäftsmann. Jung war er nicht mehr, wohl schon in den Vierzigern.

»Sie sind also so rasch von zu Hause weggelaufen, daß Sie Ihr Geld vergessen haben?«
Sie lächelte.
»Was ist denn passiert?«
Ihr war nicht nach Erzählen zumute, sie konnte ihm aber auch nicht einfach sagen, daß ihn das nichts anging – jedenfalls nicht, wenn sie sich von ihm einladen ließ. Sie zuckte also die Schultern.
»Krach mit dem Freund?«
»So was Ähnliches.«
»Sie hatten wohl keine Lust, was?«
Widerwille gegen ihn stieg in ihr auf. Sie nippte an ihrem Glas und schwieg.
»Auch gut. Sie wollen also nicht davon reden.«
»Stimmt.«
»Dann reden wir von was anderem.«
Das klang wie ein Befehl. Ihm war offensichtlich ebenso bewußt wie ihr, daß er für sie bezahlte.
»Ich bin Lehrerin«, sagte sie.
»Was Sie nicht sagen. Und was machen Sie dann hier?«
»Ich wollte was trinken. Ich hab doch gesagt, daß ich einen kleinen Spaziergang gemacht habe und dann –«
»Schon gut, schon gut.« Er gebot ihr mit einer Handbewegung Einhalt. »Sie sind also Lehrerin.«
»Und was machen Sie?« fragte sie, um zu verhindern, daß er fragte, wo sie unterrichtete.
»Ich verkaufe Leerstellen.«
Sie lachte.
»Sie finden das wohl komisch.« Seine Stimme klang gereizt, und doch wußte sie genau, daß er es gesagt hatte, um sie zum Lachen zu bringen. »Das kommt, weil Sie so ein kleines Provinzküken sind.« Sein Gehabe war streitsüchtig und zugleich verführerisch. Ein paar Minuten vorher hätte sie das aus der Fassung gebracht, doch hatte der Barkeeper ihr soeben auf Wink ihres Gastgebers ein neues Glas hingestellt, und sie fing an, sich wohl zu fühlen.

»Ich weiß, daß Sie Anzeigenraum verkaufen«, sagte sie, »aber so, wie Sie das ausgedrückt haben, klang es ulkig.«
»So komisch ist das nicht«, sagte er. »Wer leere Stellen im Anzeigenteil verkauft, verkauft im Grund überhaupt nichts.«
Darauf ging sie nicht ein. Sie nippte wieder an ihrem Glas. Der Mann gefiel ihr ganz und gar nicht, doch er beunruhigte sie auch nicht. Der Daiquiri rann durch ihre Kehle wie Wasser.
»Finden Sie das nicht traurig?« beharrte er.
»Wenn es Sie traurig macht.«
»Mich?« Er prüfte, ob sie ihr Glas schon leergetrunken hatte. Noch nicht. Das Ganze war recht sonderbar. Da stand nun dieser ekelhafte fremde Mann neben ihr und zahlte für ihre Getränke.
»Ist das etwa eine Antwort? Haben Sie keine eigenen Ansichten? Wie können Sie Kinder unterrichten, wenn Sie keine eigene Meinung haben?«
Noch ein Glas.
Am sonderbarsten war, daß sie sich dabei sexy fühlte. Daran konnte aber dieser Kerl nicht schuld sein, wahrscheinlich war es der Alkohol. Sie hatte Lust, mit irgendwem ins Bett zu kriechen. Sie sah sich den Barkeeper an. Mit dem wäre sie gern ins Bett gegangen. Mit dem Barkeeper. Oder mit Carter. Oder ...
Der Mann überschüttete sie ganz unvermittelt mit Fragen – wo sie unterrichte, wieviel Wochenstunden, was sie verdiene, wie die Kinder in ihrer Klasse hießen –, und ihr wurde klar, daß er sie prüfte. Sie kicherte, und er wollte wissen, weshalb.
»Weil Sie mir nicht glauben.«
»Ist das so komisch?« fragte er, ging aber auf ihre Koketterie ein. Er verlor etwas von seiner Aggressivität, und man merkte, er kam in Stimmung.
»Sie wissen doch – man kann nicht erklären, warum etwas komisch ist. Entweder man versteht's, oder man versteht's nicht.«
»Was Sie verstehen«, sagte er, »ist, sich vollaufen lassen. Ich bringe Sie lieber nach Hause, bevor Sie mir hier eine Bruchlandung machen.«

Das war nun auch wieder komisch. Nämlich, daß er so tat, als diene es ihrer Sicherheit, wenn er sie nach Hause brachte.
Es geschieht zu deinem eigenen Besten, Kleine.
Sie trank ihr Glas aus und vertilgte mit Genuß die Kirsche.
»Sie sind wirklich nett«, sagte sie und riß dabei die Augen weit auf. »Sie tun alles nur zu meinem Besten.«
»Stimmt«, bestätigte er. »Ich will nur Ihr Bestes.«
Sie verließen die Bar und zogen los. Er wollte eine Taxe bestellen, sie mochte aber nicht so lange warten. Sie hatte Lust zu gehen. Er willigte ein, sie wußte aber, er tat es nur, weil er wußte, daß sie bereits eingewilligt hatte. Sie sang Beatles-Songs: »Day Tripper« und »I Want to hold your Hand« und »Norwegian Wood« und fing immer wieder von vorne an. Weil sie fröstelte, legte er den Arm um sie.
Vor der Tür fummelte sie mit dem Schlüssel herum, bis er ihn ihr wegnahm und aufschloß. Das Licht brannte noch, alles war, wie sie es gelassen hatte ... hundert Jahre war das her.
Sie lächelte kokett. »Ich danke Ihnen dafür, daß Sie mich zu meinem eigenen Besten heimgebracht haben.«
Er machte die Tür zu, schloß ab und nahm sie in die Arme. Er roch nach Bier. Er küßte sie lange. Sie wich vor ihm zurück, gegen das Bett. Er lächelte, glich dabei aber einem Raubtier. Sie setzte sich auf die Bettkante, streifte die Schuhe ab und machte das Licht aus. Im Dunkeln konnte sie gerade noch erkennen, wie er die Jacke auszog, den Schlips löste, die Schuhe auszog.
»Nun, lieber Onkel Doktor, was verschreiben Sie mir jetzt für meine Gesundheit?« kicherte sie.
»Du bekommst jetzt, was dir bekömmlich ist.«
Er legte sich auf sie. Er war schwer, doch das machte ihr nichts. Es machte ihr nicht einmal etwas aus, daß sie ihn eigentlich nicht mochte. Sein Körper war da und fühlte sich gut an. Sie schliefen miteinander. Zärtlich war er nicht, dafür aber sachverständig, und als es vorüber war, schlief sie ein.
Sie wachte auf und sah auf dem Leuchtzifferblatt der Uhr, daß

es kurz vor vier war. In ihrem Kopf hämmerte es. Als sie den Mann da liegen sah, wußte sie gleich, daß sie ihn loswerden mußte. Schnell. Ehe es tagte. Sie ertrug den Gedanken nicht, ihn bei Tage zu sehen; sie haßte ihn. Sie packte seinen Arm, doch er rührte sich nicht. Angst übermannte sie, und sie rüttelte ihn, bis er erwachte.

»Was denn, zum –«

»Los, schnell, Sie müssen gehen.«

»Wieso denn das?«

»Es wird gleich hell.«

»Na und?«

Sie suchte verzweifelt nach einem Vorwand. »Mein Freund kommt von der Nachtschicht.«

Das machte ihn wach. »Warum hast du das nicht gleich gesagt?«

»Weiß ich auch nicht. Ich war blau.«

Er fluchte und ächzte, aber er stand auf, machte Licht und zog sich an. Sie lag zusammengekauert unter der Decke, hielt die Augen geschlossen und tat, als schlafe sie. Endlich war er weg. Gott sei Dank. Als sie die Haustür gehen hörte, sprang sie aus dem Bett und verschloß die Wohnungstür. Es schoß ihr durch den Kopf, daß sie die Stalltür zusperrte, nachdem das Pferd gestohlen war; doch war ihr so jämmerlich zumute, daß sie über ihren eigenen Scherz nicht lachen konnte. Sie war furchtbar durstig, trank ein ganzes Glas Wasser und schluckte Aspirin dazu. Wieder im Bett, konnte sie es dort nicht aushalten; sie fühlte sich zu erbärmlich. Der Durst war unstillbar, die Kopfschmerzen ließen nicht nach. Wieder 'raus, noch ein Glas Wasser, noch zwei Aspirintabletten. Sie kam sich vor, als habe sie in ihre eigene Vergewaltigung eingewilligt, ein Gedanke, der sie so schmerzhaft traf, daß sie nochmals mit einem Satz aus dem Bett sprang und das Fernsehgerät einschaltete. Der Film, der da lief, war so alt, daß sie keinen der Darsteller kannte, ausgenommen Claudette Colbert. Er lenkte sie ab, und nach einer Weile nickte sie ein. Vor dem Einschlafen, als die Bilder des Films hinter ihren Lidern ver-

blaßten, leuchtete kurz sein Gesicht auf; sie wollte schreien, doch dann fiel ihr ein, daß sie ja nicht einmal seinen Namen kannte, so wenig wie er den ihren. Das war in gewisser Weise beruhigend. Kurz darauf schlief sie ein.
Als sie am Morgen erwachte, wußte sie, daß sie ausziehen würde; es war, als hätte sie das lange durchdacht und geplant.

Evelyn hatte eine entzückende kleine Wohnung in der Morton Street in einem alten fünfstöckigen Haus. Sie teilte das Apartment mit ihrem Freund, einem Gitarristen, der oft mit seiner Gruppe auf Tournee war. Sie sah sich für Theresa nach etwas Passendem um, andere Kollegen übrigens auch; insbesondere suchten sie im westlichen Teil vom Village, wo Theresa, wie sie glaubte, gern hingezogen wäre, doch blieb die Suche monatelang erfolglos. Theresa nahm schließlich in einem Wohnblock auf der Sixth Avenue ein Apartment, das sich Dreizimmerwohnung nannte, weil es neben dem großen Wohnzimmer eine Küche mit Eßplatz gab.
Mit Evelyn freundete sie sich richtig an, sie war viel mit ihr zusammen, wenn Evelyns Freund Larry auf Tournee war. Evelyn sprach kaum von Larry, und Theresa fragte sich, ob die Kollegin annehme, auch Theresa habe richtige Freunde, nur spreche eben auch sie nicht von ihnen. Theresa erwähnte manchmal den Namen von irgend jemand, den sie aufgegabelt und mit ins Bett genommen hatte, als handle es sich um einen wirklichen Freund – »Wie neulich ein guter Bekannter zu mir sagte« –, doch fürchtete sie sich, den gleichen Namen öfters zu gebrauchen, weil sie glaubte, Evelyn könnte dann vorschlagen, man möge sich doch mal zu viert treffen, sie und Larry, Theresa und ihr Freund, und was sollte sie dann machen?
Sie hüllte sich ein in das Geheimnis, ihrer Art zu leben, doch dieses Geheimnis, das notwendig war, sogar tröstlich, beengte sie auch, war eine Sperre, denn es verbot ihr, über bestimmte Bereiche ihres Lebens mit Evelyn oder sonstwem zu sprechen.

Wenn sie gelegentlich einmal darüber nachdachte, hatte sie nicht das Gefühl, wirklich ein Leben zu besitzen, ein Leben, das nur ihr gehörte, nämlich Theresa Dunn. Es gab eine Miss Dunn, die Kinder unterrichtete, von denen sie vergöttert wurde (einmal hörte sie eines dieser Kinder zu den Eltern sagen: »Ach, das da ist Miss Dunn. Sie ist auch ein Kind. Nur ein großes.«), und es gab eine gewisse Terry, die Kneipen besuchte und herumhurte, wenn sie nicht schlafen konnte. Diese beiden hatten aber nichts gemein als den Körper, den sie bewohnten. Sollte eine von beiden sterben, würde sie der anderen nicht fehlen – wenn auch Theresa, jene Person, die dachte und empfand, ohne aber ein Leben zu besitzen, die eine wie die andere vermissen würde.

Im Herbst rief die Lehrergewerkschaft zum Streik auf. Der Anlaß war die Community Control. Die Fronten waren eindeutig (wenige Jahre später war das anders; da hatte sich bereits gezeigt, daß die Dinge viel komplexer waren als zunächst vermutet): Streikposten waren die älteren Lehrer, die ihre Tätigkeit als Broterwerb betrachteten; denen endlich der Einbruch in den Mittelstand gelungen war; die nichts von dem hergeben wollten, was sie sich erkämpft hatten; die zwar hin und wieder einen Gedanken an die Kinder und deren Erziehung wandten, aber keinen Moment bezweifelten, daß ihre eigenen Interessen dem Recht auf Selbstbestimmung der schwarzen und portorikanischen Bevölkerungsteile vorgingen. (Von den Älteren bezog einzig Rose eine andere Position, und dafür erntete sie ungeheuerliche Beschimpfungen von Frauen, mit denen sie seit Jahren in freundschaftlicher Verbindung gestanden hatte.) Wer Tag für Tag an den Streikposten vorbei in die Schule ging, sich immer enger aneinanderschloß, sich mehr und mehr denen entfremdete, die da draußen agitierten, das waren die jungen Lehrer, Weiße und Schwarze, auch einige Portorikaner, die überzeugt waren, Gleichheit und Selbstbestimmung gingen allem anderen vor. Auch sie hatten sich in den Mittelstand hinaufgearbeitet, doch wollten sie

sich deshalb nicht ihre Anteilnahme beschneiden und ihre Auffassung von Gerechtigkeit verstümmeln lassen.
Nach dem Unterricht verließen sie gemeinsam die Schule, besorgt um ihre Sicherheit (sie sagten sich zwar, es bestehe keine wirkliche Gefahr, doch das von der Gegenseite verspritzte Gift, die Beschimpfungen und Drohungen waren schlimm genug), und weil man in dieser Zeit ungern allein war, versammelten sich häufig mehrere dieser jungen Leute in einer Wohnung, meist bei Rose in der 8. Straße. Dort erörterten sie, was der Streik für Auswirkungen auf die Kinder habe, was man tun solle, wenn der Streik vorüber sei, und so fort. Sie fühlten, welche Kraft die Tapferkeit verleiht, sie achteten sich selbst und einander um dessentwillen, was sie taten. Zu dieser Gruppe gehörte auch Tom Lerner, ein sanftes Wesen, das Musik unterrichtete und selber klassische Gitarrenmusik spielte. Manchmal ging er mit Evelyn und Theresa in der Nachbarschaft oder in Chinatown zum Essen. Es kam auch vor, daß man anschließend noch ins Kino ging, und dann begleiteten Tom und Theresa Evelyn nach Hause und gingen weiter zu Theresa. Vor ihrer Haustür plauderten sie noch ein wenig, und Tom wartete offenbar darauf, von Theresa hineingebeten zu werden, doch tat sie es nie. Es kam ihr so sinnlos vor. Sie machte sich nicht wirklich was aus ihm. Es würde früher oder später vorbei sein, und wie sollten sie sich dann in der Schule begegnen?
Als der Streik beendet war, zerfiel die Gruppe, wie sie sich gebildet hatte. Tom begleitete Evelyn und Theresa nicht mehr, wenn sie nach dem Unterricht irgendwo eine Cola tranken, und etwas später hörte sie, daß er jetzt mit einer Frau zusammenlebe.

Theresas Vater mußte wegen eines Darmtumors operiert werden. Brigid sagte es ihr am Telefon. Brigid vertraute die Kinder einer Nachbarin an und verbrachte zusammen mit der Mutter viel Zeit am Krankenbett ihres Vaters. (Theresa empfand zugleich Erleichterung und Eifersucht. Brigid, die sich früher immer eine andere Familie gewünscht hatte, brachte es fertig, den eigenen Eltern enger verbunden zu bleiben als Theresa oder Katherine, die derzeit gerade mit Nick, der Studienurlaub hatte, in Indien war. Brigid hatte schlicht und einfach das Richtige getan. Brigid hatte geheiratet, hatte Kinder geboren, war in der Nachbarschaft geblieben. Brigid lebte wirklich.)

Theresa fragte Brigid nicht nach den Einzelheiten. Was hätte sie auch fragen sollen? Von solchen Sachen wollte sie nichts wissen. Sie selber war nie krank, und sobald die Kolleginnen im Speiseraum anfingen, über ihre Krankheiten zu reden, rückte sie weg. Seit sie erwachsen war, hatte sie nie mehr einen Arzt aufgesucht, auch keinen Frauenarzt. Sie benutzte kein Verhütungsmittel, erwog das überhaupt nicht; wenn sie etwas mit Sicherheit wußte, dann, daß sie nicht schwanger werden würde.

Zwei Tage nach der Operation besuchte sie abends den Vater. Zu ihrer Überraschung merkte sie, daß sie auf dem Weg vom Bahnhof zum Krankenhaus außer Atem geriet. Sie begriff, daß nicht das Gehen ihr den Atem nahm, sondern die Angst, nach Jahren wieder ein Krankenhaus zu betreten.

Im Warteraum saßen weinend ihre Tanten, am Bett des Kranken saß trockenen Auges, wenn auch angsterfüllt, die Mutter ihres Vaters. Brigid war schon weg; wahrscheinlich war sie tagsüber dagewesen und nun heimgegangen, um die Kinder zu versorgen, damit Patrick zu Besuch hatte kommen können. Patrick lächelte wie gewöhnlich schüchtern und nervös. Auch Theresas Mutter war da. Theresa trat ans Bett.

Man hatte sie auf nichts vorbereitet. Vielleicht hatte sie auch nicht gewußt, was sie hätte fragen sollen. Anfangs gewahrte sie unter den weißen Krankenhauslaken überhaupt niemanden, nur Schläuche und Geräte. Schläuche in den Nasenlöchern, einen Schlauch im Arm. Neben dem Bett ein Gefäß, aus dem eine Flüssigkeit in den Schlauch am Arm tropfte. Auf der anderen Seite des Bettes ein Apparat, der mehr an Raumfahrt erinnerte als an

Medizin. Und schließlich er. Klein unter den Decken, entsetzlich bleich.
»Daddy.«
Sie war verlegen. Ihre Kehle zog sich zu. Nie sonst nannte sie ihn Daddy. Sie nannte ihn Dad, meist vermied sie überhaupt, ihn anzureden. Sie wollte ihm einen Kuß geben, wußte aber nicht, ob das bei all den Gerätschaften ringsumher möglich war. Sie legte eine Hand auf seinen Fuß. Er lächelte ihr zu.
»Geht's dir gut?« fragte sie und sagte sich sogleich, daß dies von allen dummen Fragen wohl die albernste war.
»Glänzend. Bloß mit all den Leitungen und Drähten komme ich mir vor wie ein Fernsehgerät.«
Das war ganz er selber, Gott sei Dank. Nur ein bißen schwach.
Die Zuschauer lösten sich ab. Patrick und die Mutter gingen, dafür kamen andere. Theresa stand nur so da, die Hand auf dem Fuß des Vaters, und sah ihn an. Wortlos. Sie hätte für ihr Leben gern etwas unternommen – ihm etwas geholt, was er brauchte, ihn zum Lachen gebracht, wie Katherine es getan hätte, wäre sie hier gewesen. Er fragte, ob sich die Lage nach Beendigung des Streiks beruhigt hätte. Ja, sagte sie. Er selber hatte, wie sie wußte, zur Gegenpartei gehalten, doch nicht versucht, sie zu überreden.
Während der Woche, die er noch im Krankenhaus blieb, besuchte sie ihn jeden Abend, und sie war auch dabei, als ihr Onkel Sol ihn am Sonntag darauf nach Hause brachte.
Als er in seinem Zimmer untergebracht und einen Augenblick mit Theresa allein war, sagte er: »Es ist doch eine Schande, daß ich erst krank werden muß, damit meine Tochter Theresa lieb zu mir ist.«
Sie sah ihn entsetzt an. »Ich meinte immer, an mir liegt dir nicht so viel. Ich weiß doch, daß Katherine dein Liebling ist.«
Er sah sie an, als wisse er nicht, sollte er sich wundern oder gekränkt sein. Sie lief aus dem Zimmer. Während dieses Besuches war sie nicht mehr mit ihm allein.

Als sie tags darauf in den Speiseraum kam, sagte Rose zu ihr: »Was ist denn los mit dir, Theresa?« Terry brach in Tränen aus. Beschämt flüchtete sie in den Waschraum der Lehrerinnen, und Rose folgte ihr dorthin.

»Ich komme mir so albern vor«, schluchzte sie.

»Weil du menschlich fühlst?« fragte Rose.

Da mußte Theresa noch mehr weinen.

»Komm mit in mein Klassenzimmer«, sagte Rose, als Theresa aufgehört hatte zu schluchzen.

Terry schüttelte den Kopf. »Das ist nicht nötig.«

»Was für ein Unsinn. Als ich dich gesehen habe, hätte ich dich am liebsten gleich nach Hause geschickt.« Sie führte Theresa in ihre Klasse, den Kindergarten, schloß ab und zog den Vorhang vor. Beide setzten sich an einen der kleinen Tische. Terry lächelte.

»Komisch. Es ist ein so komisches Gefühl, hier zu sitzen.« Auf diese Stühle setzte sie sich sonst nur, wenn sie einem Kind bei den Aufgaben half.

Rose nickte. »Letzte Woche habe ich mich mit den Kindern ausführlich über das Erwachsenwerden unterhalten. Was das bedeutet und so weiter. Ich setzte mich dazu auf eines dieser Stühlchen, als wäre ich selber ein Kind. Manche fanden das ungeheuer komisch, sie konnten gar nicht aufhören zu lachen, aber es gab auch welche, die hat das richtig verstört.«

Theresa lächelte. »Wahrscheinlich sind das Kinder aus streng katholischen Elternhäusern.«

»Also erzähl jetzt endlich«, sagte Rose.

»Es lohnt nicht. Das ist ein ganzes Knäuel.«

»Auch Männergeschichten?«

Theresa nickte. Warum nur log sie? »Aber nicht bloß. Mein Vater ist krank.«

»Ernstlich?«

»Ich glaube nicht. Er hatte einen Darmtumor, der ist aber entfernt worden.«

»War er bösartig?«

»Bösartig?« Das bedeutete Krebs, wie Theresa wußte. Kein Mensch hatte was von Krebs gesagt. Sie schüttelte den Kopf.
»Immerhin nimmt einen so was mit«, sagte Rose. »Zumal wenn einem vorher eine Liebesaffäre platzt.«
Theresa nickte.
»Das beste für dich wäre wahrscheinlich, wenn du wieder mehr unter die Leute gingest.«
Theresa nickte. Rose reichte ihr ein Papiertaschentuch, und sie fuhr sich damit über die Augen und putzte sich die Nase.
»Ich habe da jemand im Auge, mit dem ich dich schon seit längerem bekanntmachen möchte.«
Theresa starrte sie ungläubig an.
»Ich meine es ganz ernst. Ich habe bislang nur nichts gesagt, weil ... es ist gar nicht so einfach, an dich heranzukommen, Theresa. Ich weiß, du meinst es nicht unfreundlich, du bist nur scheu, und doch ...«
Sie lud Theresa für Freitag zum Abendbrot ein. Theresa lehnte ab; Freitag müsse sie den Vater besuchen. Dies entsprach nicht der Wahrheit. Sich verkuppeln zu lassen, empfand sie als demütigend. Offenbar dachten alle, sie könne nicht selber jemand finden. Sie lehnte auch zwei weitere Einladungen ab und nahm erst an, als Rose sie einlud, ohne zu erwähnen, daß auch James Morrisey kommen werde.

Nun war er also auch da, und Theresa saß auf dem Sofa, unfähig zu sprechen. Als Morris ihr einen Whisky sour anbot, seine Spezialität, konnte sie nur nicken.
Rose und Morris waren wie gesagt kinderlos, dafür fielen die Pudel über Theresa her, kaum daß Morris die Tür aufgemacht hatte. Dann erblickte sie ihn, James Morrisey. Der Augapfel einer jeden irischen Mutter, rosig, glattgesichtig, manierlich, unbehaart, wie geleckt.
Er war schüchtern, und diese Schüchternheit war für Theresa geradezu quälend. Sie wurde vor Unbehagen ganz verkrampft;

erst nach dem zweiten Drink wurde es etwas besser. Morrisey war in der Anwaltsfirma von Morris angestellt, und die Ähnlichkeit der Namen bildete für Morris eine stete Quelle des Vergnügens: Morris & Morrisey – das klang geradezu wie eine Steigerung. Morris betonte, daß er Jude war. Als Rose geschnetzelte Hühnerleber servierte, meinte er, dies sei Lektion Eins im Lehrbuch der Lebenskunst für Gojim. Theresa lächelte nur, und Morris bemerkte: »Aha! So unschuldig, wie sie aussieht, ist sie nicht mehr!« Morrisey hingegen sah aus, als würde er ersticken, behauptete aber, es schmecke köstlich.

Rose entführte Theresa unter dem Vorwand, Hilfe zu benötigen, in die Küche und sang gedämpft ein Preislied auf James. Ein wirklich lieber Junge. Der Vater sei gestorben, als James noch heranwuchs, er habe ein Stipendium der Universität Fordham bekommen und sein Rechtsstudium als Werkstudent absolviert. Im vierten Semester sei es ihm zuviel geworden, er habe das Studium unterbrechen müssen und sei zwei Jahre als Vertreter für juristische Fachliteratur gereist. Bei einem solchen Besuch sei er Morris begegnet, der ihn zum Essen einlud, sich mit ihm unterhielt und ihn überredete, sein Staatsexamen zu machen. Danach hatte er seine Teilhaber davon überzeugt, daß es mit Rücksicht auf die ethnische Ausgewogenheit im Interesse der Firma liege, jemand wie James einzustellen. James wohnte immer noch bei seiner Mutter in der Bronx. Die bloße Vorstellung konnte einem schon peinlich sein.

Nach zwei Drinks wurde Theresa etwas gelockerter, die anderen übrigens auch. Sie gönnte Morrisey trotzdem kaum einen Blick. Lachte sie über einen von Morris' Witzen, flackerte ihr Blick an Morrisey vorbei; dabei bemerkte sie, daß er sie beobachtete. Dann sah sie ganz weg.

James Morrisey fand sichtlich Gefallen an Theresa. Das war sonderbar, denn für sie besaß er nicht den geringsten Reiz. Als sie gegen zwölf gähnte und sagte, nun müsse sie aber nach Hause gehen, bat James sogleich, sie begleiten zu dürfen. Achselzukkend willigte sie ein. Sie bedankten sich bei Rose und Morris, und die Gastgeber strahlten hinter ihnen her, als ob die beiden schon das Aufgebot bestellen wollten.

Auf der 8. Straße wimmelte es von Menschen.
»Wo ich wohne«, sagte James, »ist um diese Zeit außer den Kneipen nichts mehr geöffnet.«
»Das wäre mir gräßlich«, sagte Theresa. »Da lebt man ja wie in der hintersten Provinz.«
»Sind Sie in dieser Gegend aufgewachsen?«
»Nein. Draußen in der Bronx. Noch hinter Parkchester.« In Parkchester wohnte er mit seiner Mutter.
»Und warum sind Sie hierhergezogen?«
»Nun, es ergab sich so ... meine erste Wohnung war in dem Haus, das meiner Schwester und ihrem Mann gehörte. Im östlichen Village. Als ich dann dort wegziehen mußte, fand ich, daß es hier ganz hübsch ist.«
James nahm alles zur Kenntnis wie ein Tourist: die Samstagabendausflügler aus New Jersey; die jungen Süchtigen; die Schnorrer; die alten Säufer und die jungen Streuner. Zwei Jünglinge mit taillenlangen Haaren hauten sie um das Brückengeld für die George-Washington-Brücke an. James war schon im Begriff, es ihnen zu geben, weil diese Masche ihn amüsierte. Theresa sagte aber: »Machen Sie bloß keinen Quatsch!«, worauf einer der beiden sie »Arschloch« und »Fotze« schimpfte. James änderte seine Meinung. Er fragte, ob sie mit der Taxe heimfahren wolle, aber sie lehnte ab; sie wolle lieber gehen. In Wirklichkeit hatte sie jedoch Lust, noch ein wenig herumzustreunen (auch weil sie ihn nicht auffordern wollte, noch auf einen Sprung zu ihr in die Wohnung zu kommen). Er war damit sehr einverstanden. Sie wanderten also kreuz und quer durchs Village, und James sah sich alle Auslagen genau an, vor allem die der großen Geschäfte. Theresa wurde ungeduldig, wenn er davor stehenblieb, doch wußte sie, daß das ungerecht war, und deshalb sagte sie nichts.

Alles interessierte ihn. In seiner Gesellschaft verlor sie die angenehme Gewißheit, hier zu Hause zu sein, und dabei hatte es lange gedauert, bis sie sich das hatte einreden können. Auf der Sixth Avenue ging ein Mädchen in Jeans an ihnen vorbei; darüber trug sie ein Oberteil aus indischem Gewebe, so durchsichtig, daß man deutlich ihre Brustwarzen sah.

»Na, wie gefällt es Ihnen, Sie Ausflügler?« fragte sie.

»Es kommt mir vor«, versetzte er gelassen, »als wäre hier mehr zu sehen, als wirklich da ist.«

Sie lachte, nicht nur weil es treffend war, sondern auch so gänzlich unvermutet. Sagen wollte sie ihm das allerdings nicht.

»Sie gehören also zu den Leuten, deren Urteil nach einem kurzen Blick feststeht.«

»Verzeihen Sie, ich dachte, Sie fragten nach meinem ersten Eindruck.«

»Stimmt.« Theresa errötete. »Das tat ich, aber bloß, weil Sie so gegafft haben.« Warum benahm sie sich so widerborstig? Sie kannte ihn doch gar nicht, er war einfach bloß eine Person, an der sie kein besonderes Interesse hatte.

»Man hat mir schon vorgeworfen, ich würde auch dann nicht gaffen, wenn's was zu gaffen gibt.«

»Wer würde Ihnen schon etwas vorwerfen!« sagte sie boshaft. Von dem wollte sie sich nicht unterkriegen lassen. »Vielleicht der Staatsanwalt?«

»Eher schon die Sittenpolizei.«

»Fordham ist wohl eine Jesuitenschule?«

»Machen wir Frieden!«

Dieser kleine Streit hatte ihn nicht die Spur geärgert, er lächelte vielmehr.

»Hier wohne ich«, sagte sie plötzlich, als sie vor ihrem Häuserblock ankamen.

»Macht es Ihnen was aus, mir ein Glas Wasser zu geben, bevor ich gehe?«

»Nicht das Geringste.«

In der Wohnung machte sie Licht. Sie sah sich unzufrieden um. Dieses Apartment hatte sie längst nicht so hübsch hergerichtet wie das vorige, doch bislang war ihr das kaum zum Bewußtsein gekommen. Er würde sie vermutlich für eine Schlampe halten. Nun, sollte er. Sie zog den Mantel aus, streifte die Schuhe ab, ging ans Spülbecken und ließ Wasser in ein Glas laufen. Als sie ins Zimmer kam, sah sie ihn vor dem Bild des Clownfisches stehen.

»Sehr interessant«, bemerkte er dazu. »Was stellen Sie sich darunter vor?«

»Was soll ich mir darunter schon vorstellen?« erwiderte sie etwas hochnäsig. »Es ist eben ein Druck – ein Druck, den ich zufällig irgendwo gefunden habe.« Eigentlich hatte sie sagen wollen, den mir jemand geschenkt hat, und erst im letzten Augenblick hielt sie sich an die Wahrheit. Warum aber leugnete sie, daß ihr der Druck etwas bedeutete? James war nicht aggressiv. Weshalb also war sie unentwegt in der Defensive? Sie holte Zigaretten. Keiner der drei rauchte, James ebensowenig wie Rose oder Morris. Theresa hatte den ganzen Abend wie zum Trotz geraucht. Jetzt zündete sie sich wieder eine an. Fast erwartete sie die Frage, weshalb sie rauche? Er fragte sie jedoch, ob er sie wiedersehen dürfe, und da hätte sie beinahe wissen wollen, weshalb.

Statt dessen sagte sie achselzuckend: »Warum nicht?«

»Morgen abend?«

»Nein.«

»Samstag?«

Sie zögerte, nicht weil sie anderweitig vergeben war, denn das war sie selbstverständlich nicht, sondern weil sie nicht wußte, ob sie wirklich Lust darauf hatte.

»Meinethalben«, sagte sie schließlich. »Rufen Sie aber im Lauf der Woche noch mal an, ob auch nichts dazwischengekommen ist.«

Er erklärte, er wolle Mittwoch oder Donnerstag anrufen und notierte ihre Nummer. Danach sagte er gute Nacht und ging.

Sie war nicht die Spur müde. Als sie begann sich auszukleiden, kam es ihr plötzlich lächerlich vor, jetzt, da die vom Alkohol bewirkte Müdigkeit gewichen war und sie sich sonderbar high und rastlos fühlte, schlafen zu gehen. Tags zuvor hatte sie zwei ziemlich schwere Kartons aus dem Lagerraum in ihre Klasse getragen, und seither spürte sie einen leichten Schmerz im Rücken. Manchmal verging er, doch gerade jetzt kehrte er wieder. Das Vernünftigste wäre gewesen, sich flach hinzulegen. Doch alles in ihr drängte nach Bewegung. Sie schluckte Aspirin, hängte sich den Mantel um und ging wieder auf die Straße. Sie überquerte die 14. Straße und steuerte Corners an, wo sie eine ganze Weile nicht gewesen war. Dann jedoch bog sie einem Impuls folgend in die Third Avenue ein und blieb vor der Kneipe von Luther stehen. Es war so voll da drinnen, daß sie sich in dem Gewühl wahrscheinlich wohlfühlen würde. Man konnte jedenfalls einfach hineingehen und auch wieder hinaus; das war wichtig, denn auch diesmal hatte sie kein Geld bei sich. Einen Augenblick blieb sie unschlüssig stehen. Zwei Paare kamen heraus, sahen sie gleichgültig an und gingen davon. Theresa holte tief Luft und ging hinein. Sie tat so, als suche sie jemand, umkreiste erst die Bar und schaute dann prüfend über die Tische im Hintergrund des Lokals. Natürlich entdeckte sie keinen einzigen Bekannten. Immer noch Ausschau haltend ging sie langsam an der Bar vorbei zum Ausgang. Die Beleuchtung war hier noch dämmriger als bei Corners, die Ausstattung luxuriöser, mit dunklem Holzwerk, fast alles Übrige rot.

»Suchen Sie mich?«

Sie lächelte schon, bevor sie ihn erblickt hatte. Nun brauchte sie doch nicht nach Hause zu gehen. »Ich weiß nicht. Wer sind Sie?« Er sah etwas beschränkt aus, aber recht hübsch – sehr italienisch, dunkles Haar und dunkle Augen. Nicht viel größer als sie, aber breit in den Schultern und schmal in der Taille. Er sah aus, als habe er von Kindesbeinen an um einen Platz an der Sonne kämpfen müssen. Er stellte sich vor:

»Tony Lopanto. Freut mich, Sie kennenzulernen.«
Sein Ton war dreist und unsicher zugleich.
Sie nickte.
»Wollen Sie einen Wein?«
»Wohnen Sie in der Bronx?« wollte Theresa wissen.
»Nein. In Queens. Sind Sie aus der Bronx?«
»Ich auch nicht. Ich weiß gar nicht, wo die Bronx ist.«
Er sah verblüfft drein, dann lachte er.
»Na, hören Sie mal, Sie machen richtige Witze. Das gefällt mir.«
Der Barkeeper brachte zwei Gläser Wein.
»Wie heißen Sie denn?« Er wirkte verkrampft. Die Finger trommelten auf der Theke, sein Oberkörper bewegte sich unablässig im Takt zu Rod Stewart, der aus dem Musikautomaten jaulte. Theresa eröffnete ihm strahlend, ihr Name sei Sonja Irina Katerina Henikoff.
»Was Sie nicht sagen.« Er lachte unsicher.
»Doch, doch. Aber es ist nicht notwendig, daß Sie mich so anreden. Ich nenne meinen vollen Namen immer nur deshalb, weil ich gern sehe, wie er die Leute beeindruckt. Für meine Freunde heiße ich Sonny.«
»Sind Sie aus Rußland?« fragte er.
»Nein, Sie?«
»Wollen Sie mich auf den Arm nehmen?« Wieder der verblüffte Blick und dann das Lachen, als der Groschen bei ihm fiel. Sie war also keine Verrückte, sie machte bloß Witze.
»Sie sind richtig komisch, wissen Sie das? Ich mag Sie.«
»Schön.« Theresa trank das erste Glas leer. »Es freut mich, daß Sie mich mögen, denn nur von Leuten, die mich mögen, lasse ich mich zu einem Glas Wein einladen, und ich hätte Lust auf noch eins.«
Er leerte sein eigenes Glas, gab dem Barkeeper ein Zeichen und bestellte nochmals zwei Viertel.
»Passen Sie lieber auf«, sagte er dann. »Rotwein macht mich unheimlich scharf.«

»In Ordnung. Ich werd aufpassen«, sagte sie und stieß mit ihm an.
»Sie sind wirklich eine tolle Puppe«, sagte er. »Habe ich Ihnen das schon gesagt?«
»Kann mich nicht erinnern.«
»Vorhin ist ein Bekannter mit mir reingekommen. Sie hätten mal sehen sollen, was der sich für 'n miesen Köter aufgerissen hat.«
Daß er sie dabei eingehend musterte, störte sie etwas.
»Haben Sie was gegen Hunde?«
»Ach wo, ich meine doch –« Er lachte. »Ah, ich kapiere. Doch, Hunde mag ich, aber dieser Hund war ein Mädchen. Ich sagte immer: ›Laß die doch sausen, es kommt bestimmt noch was Besseres‹.« Er grinste sie selbstgefällig an. Theresa schwieg, hin und her gerissen zwischen Angezogensein und Widerwillen. Wie alt mochte er sein? Zwanzig vielleicht, höchstens dreiundzwanzig. Als reife Frau konnte sie wohl doch noch nicht gelten? Beinahe hätte sie gelacht. Doch neben all diesen freundlichen, vom Wein gedämpften Gefühlsregungen war da noch etwas – ein Staunen darüber, daß ihr das alles so fern blieb. Sie sah sich – als sei sie Gulliver und eine Liliputanerin zugleich – zusammen mit diesem Jüngling aus der Kneipe schwanken, sich über ihn lustig machen, kichernd mit ihm ins Bett gehen. Sie lachte unvermittelt, ein seltsam fremdes Lachen, das aus einer Tiefe kam, wo der Wein keine besänftigende Wirkung mehr hatte. Das brachte sie aus dem Gleichgewicht.
»Was ist so komisch?« wollte er wissen.
»Ich weiß auch nicht.«
»Immer noch bei den Hunden? Haben Sie sich vielleicht eingeredet, ich mag keine Hunde?«
Sie kicherte.
»Glaub mir, Schatz«, rief er über den Lärm des Musikautomaten, »ich liebe alle Hunde, Sonja, Onja. Und nur Pferde liebe ich noch mehr als Hunde.«

»Pferde?« sagte sie. »Davon habe ich doch auch schon gehört?«
»Puh«, machte er angewidert. »Wir sollten das ganze Geschwätz lieber lassen. Sie wollen sich nicht mit mir unterhalten, Sie wollen mich bloß auf den Arm nehmen.«
Schon bereute sie aufrichtig. »Aber nein, Tony, du irrst dich, ich mache mich nicht lustig über dich, bestimmt nicht. Ich mache mich über uns beide lustig, so bin ich nun mal. Ich bin ein Clownfisch.«
Er starrte sie an, nun endgültig überzeugt, daß sie verrückt sei.
»Ich will nur sagen, ich rede oft Unsinn. Ich mache mich nicht lustig über die Leute, auch über dich nicht. Ich mache immer Witze, wenn ich deprimiert bin. So ist es nun mal.«
»Und weshalb bist du deprimiert?« Er war offenbar willens, ihren Gedanken zu folgen. Man sah, wie er sich mühte, ihr zu glauben, damit er nicht die Lust verlor, sie aufs Kreuz zu legen.
»Ich weiß selber nicht. Deshalb ja die Witze. Ich vergesse dann schneller.«
Er beobachtete sie mißtrauisch. Weil er sie gern erobern wollte, redete er sich ein, sie mache sich nicht auf seine Kosten lustig. Ein kleiner Rest Intelligenz sagte ihm zwar, daß sie ihn trotzdem hochnahm. Aber die Begierde war stärker.
Er lachte. »Wein hilft auch.«
»Stimmt, Schatz«, sagte sie. »Der Wein hilft auch.«

Er erwies sich als hinreißender, zärtlicher, unermüdlicher Liebhaber. Allerdings brauchte er dazu unentwegt Musik, vorzugsweise harten Rock in höchster Lautstärke. Als er sie im Takt von »Chicago« bumste, mußte sie lachen und sagte, erst jetzt begreife sie, wozu harter Rock gut sei; er jedoch, vollständig an seine Tätigkeit und die Musik hingegeben, achtete nicht auf sie. Ihr war das nur recht.
Es kam ihm erst nach Stunden, wie ihr schien, allerdings ruhte er sich jedesmal aus, wenn die Musik durch den Ansager unterbrochen wurde. Als er dann schließlich kam, glich das mehr einem Verlust von Energie als einem Höhepunkt; er rutschte in sich zu-

sammen und blieb reglos auf ihr liegen, so daß sie schon glaubte, er sei eingeschlafen. Als ihr das unbequem wurde und sie versuchte, sich unter ihm herauszuwinden, ließ er sich bereitwillig herunterrollen und entschuldigte sich dafür, daß er jetzt eine Pause einlegen müsse. Sie lächelte und suchte im Dunkeln zu erkennen, ob nicht vielleicht er jetzt Witze machte. Aber nein.
»Hast du was dagegen, wenn ich das Radio leiser stelle?« fragte sie.
»Ach wo. Du kannst es meinethalben ganz abdrehen.«
Doch gleich darauf langte er hin und stellte es wieder an.
»Ich möchte schlafen«, murmelte sie.
»Stört dich das Radio?«
»Kannst du denn bei dem Krach schlafen?«
Er lachte kurz auf. »Ich schlafe so und so nicht.«
»Red keinen Quatsch. Seit wann kannst du nicht schlafen?«
»Ist das wichtig?«
»Ich frage ja bloß.«
»Seit ich beim Militär war. Gegen Morgen schlafe ich ein, zwei Stunden.«
»Warst du in Vietnam?«
»Was dachtest du denn? In Palm Beach etwa?«
»Entschuldige. Ich werd auch nicht mehr fragen.«
»Laß nur, das macht nichts. Ich hätte dich nicht gleich anbrüllen müssen. Komm her. Fühl mal.« Er führte ihre Hand über seinen Oberschenkel hin und her, bis sie es dicht unter der Haut spürte – klein und hart. Zuvor war er völlig verschwitzt gewesen, jetzt war seine Haut wieder kühl und glatt.
»Granatsplitter«, sagte er.
»Warum nimmt die keiner raus?«
»Nur die größten werden rausgenommen.«
»Tut es weh?«
»Ach wo. Und jetzt frag nicht mehr.«
»In Ordnung.« Doch kroch sie unter die Decke und küßte seinen Oberschenkel, wo die Splitter unter der Haut saßen. Sie spürte,

wie sein ganzer Körper förmlich erstarrte. Sie küßte auch den anderen Schenkel, spielte mit seinem Glied, das bereits wieder steif wurde, küßte das Haar rings umher, bis er sie auf sich zog und sie noch einmal vögelte.
»Das gefällt dir, was?« fragte er, als sie stöhnte.

Sie war erschöpft. Noch war es zwar dunkel, der Tag konnte aber nicht mehr fern sein. Die Musik war schon schlimm, doch die quäkende Stimme des Ansagers, der tat, als sei er high, quälte ihre Ohren wie quietschende Kreide auf der Wandtafel.
»Ich muß unbedingt schlafen, hörst du?«
»Okay.«
Sie schaltete das Radio ab. Er stieg aus dem Bett und zog sich an.
»Willst du wirklich schon gehen?« fragte sie.
»Ich kriege dann noch eine Stunde Schlaf oder auch zwei«, sagte er.
»Du paßt zu wenig auf dich auf«, tadelte sie.
»Laß den Quatsch. Ich bin kein Kind mehr.«
»Wirklich nicht?«
»Nein. Ich bin siebenundzwanzig. Ich hab allerhand hinter mir. Ich bin wirklich kein Kind mehr.« Er setzte sich auf die Bettkante, die Schuhe in der Hand.
»Aussehen tust du jünger.«
»Na und?«
»Nichts und. Du bist plötzlich so empfindlich.«
»Ich bin immer empfindlich. Nur, wenn ich müde bin, dann merkt man es mehr.«
»Du hast allen Grund, müde zu sein.«
Er warf ihr einen Blick zu. Spottete sie? Als er merkte, daß sie ihm schmeicheln wollte, erlaubte er sich ein Lächeln.
»Wo arbeitest du?«
Darauf antwortete er nicht. Er stand auf, reckte sich und lief ein Weilchen auf der Stelle, als müsse er sich für einen Wettkampf warmlaufen. Dann bückte er sich und hob einen kleinen Gegen-

stand auf, den sie nicht erkennen konnte, und steckte ihn in den Schuh oder in die Socke.
»Gehst du zu Fuß nach Hause?« Sie hätte gern gewußt, wo er wohnte. Nicht, daß es wichtig war. Wahrscheinlich sah sie ihn nicht wieder. Aber diesmal wollte sie sich nichts daraus machen.
»Bis nach Brooklyn?« Er lachte.
»Das ist natürlich zu weit.«
»Schreib mir deine Nummer auf«, sagte er. Sie schrieb die Nummer auf den Block neben dem Telefon und riß das Blatt ab. Er küßte sie auf die Stirn und ging zur Tür.
»Willst du nicht wissen, wie ich heiße?«
»Ich vergesse es schon nicht. Bis später, Sonja.«
»Nein. Meinen richtigen Namen.«
»Fotze.«
Stille.
»Also dann – raus damit«, sagte er schließlich.
»Theresa«, sagte sie.
»Das hätte ich mir fast denken können.«
»Theresa Dunn.«
»Eine irische Fotze also. Ich ruf dich an.«

Er rief wirklich am Montag abend an, und sie verabredeten sich für Mittwoch abend um halb elf, nach seiner Arbeit. Am Mittwoch freute sie sich so auf ihn, daß sie schier außer sich geriet. Seit sie nach der Schule heimgekommen war, knabberte sie unentwegt irgendwelche Sachen. Dann, um halb neun, rief James Morrisey an. Erst wußte sie nicht, wo sie seinen Namen hintun sollte, weil sie seither nicht mehr an ihn gedacht hatte.
»Ach«, sagte sie schließlich, »hallo.« Und sie wünschte, Tony wäre da.
»Wie läßt sich die neue Woche an?« fragte er.
»Gut. Ausgesprochen gut.«
»Das freut mich. Meine auch.« Er erzählte von einem spannenden Fall, an dem er mit einem Kollegen arbeitete, doch hörte sie

ihm kaum zu. Sie konnte Tony kaum erwarten. Wenn er zu spät käme, würde sie aus der Haut fahren. Zu spät? Noch anderthalb Stunden! Wie sollte sie die überleben? Vielleicht, indem sie James eine Weile zuhörte. James erklärte gerade, sein Kollege sei ein erstklassiger Strafverteidiger, könne aber keine Schriftsätze verfassen, und deshalb habe man ihn, James, zugezogen. Schriftsätze seien seine Stärke; dafür habe er wenig Gerichtspraxis.
»Ich kann mir Sie überhaupt nicht beim Plädoyer vorstellen«, sagte Theresa.
»Warum nicht?«
»Weil ich mir nicht denken kann, daß Sie vor den Geschworenen eine packende Szene hinlegen können.« Warum nur war sie so niederträchtig zu ihm?
»Sie denken in Gemeinplätzen.«
»Da haben Sie recht.«
»Das ist nicht fair mir gegenüber.«
»Warum sollte ich fair gegen Sie sein?« Nun mußte er wohl auflegen; sie benahm sich ja wie ein richtiges Miststück. Es tat ihr fast leid, daß er sie würde aufgeben müssen, schließlich war er ein gescheiter Mensch, er mochte sie gern, und wer ging schon mal richtig mit ihr aus, lud sie zum Essen oder auch nur ins Kino ein?
»Was möchten Sie am Samstag abend unternehmen?« fragte er nach einer längeren Pause.
»Ich weiß nicht.« Es war wirklich komisch, wie sie sich selber löffelchenweise austeilte. Auch ihren Atem mußte sie sorgsam einteilen, damit er sie nicht durchs Telefon verriet.
»Haben Sie auf irgendwas Besonderes Lust?«
»Mir fällt im Augenblick nichts ein. Ich habe anderes im Kopf.«
»Na gut. Dann machen wir, was ich gern möchte, und ich kann nur hoffen, es gefällt Ihnen auch.«
»Okay.«

Sie versuchte, für die Schule zu arbeiten, konnte sich aber nicht konzentrieren. Lesen und Fernsehen halfen auch nicht. Ein aus-

giebiges Bad hatte sie sich für die letzte halbe Stunde aufgehoben, doch schien ihr jetzt, das einzige, was man noch tun könne, sei recht lange im heißen Wasser zu weichen. Die Flasche Rotwein, die sie besorgt hatte, wollte sie nicht anbrechen. Zum erstenmal kam ihr der Gedanke, es wäre nicht schlecht, Whisky oder ähnliches im Hause zu haben. Ein Drink hätte ihr jetzt gutgetan.
Sie zwang sich dazu, eine volle Stunde in der Wanne zu verbringen, und stellte sich schließlich vor: Sie und Tony umarmen sich im Wasser, in einer Stellung, die anmutig und leidenschaftlich zugleich ist. Brooks, der sie seit ihrem Auszug sehr vermißt, kommt zufällig herein und ist wie vor den Kopf geschlagen, nicht nur weil der Anblick so umwerfend schön ist, sondern weil Theresa ihm in einem völlig neuen Licht erscheint.
Später zog sie Jeans und Pullover an und wartete auf Tony. Es wurde halb elf, dann elf. Sie machte sich mit dem Gedanken vertraut, daß er nicht mehr kam. Die Spannung ließ nach, und an ihre Stelle trat stummes Elend. Das war vermutlich genau das Richtige, denn als er schließlich doch kam, war sie leidlich ruhig.
»He, Schatz«, grüßte er sie. »Tut mir leid, daß es so spät geworden ist.«
»Macht nichts. Ich habe schon geschlafen«, sagte sie.
Er benahm sich in ihrer Wohnung wie der Hausherr, und das verschaffte ihr ein diebisches Vergnügen. Seine Lederjacke warf er auf den Tisch, als gehöre ihm nicht nur die Jacke, sondern beides, er gab ihr einen Schmatz auf die Wange, ließ sich aufs Bett fallen, zog die Stiefel aus (sie sah jetzt, daß es ein Springmesser war, das er da aus dem Stiefel holte) und streckte sich aus.
»Junge, Junge«, sagte er. »Ich bin fix und fertig.« Doch schon trommelte er mit den Fingern auf der Brust, drehte das Radio an und wartete, bis sein Körper den Rhythmus der Musik aufgenommen hatte, die aus dem Lautsprecher plärrte. Dann bewegte er Arme und Beine im Takt.
»Magst du Wein?« fragte sie.
»Weiß nicht recht. Hast du sonst noch was?«

»Nichts weiter. Höchstens Orangensaft.«
»Kein Bier?«
»Nein.« Sie wollte gerade sagen, einer von ihnen könne ja welches holen, ließ es aber, denn sehr wild darauf schien er nicht zu sein.
»Also meinetwegen Wein.«
Als sie Flaschen und Gläser brachte, richtete er sich auf, stopfte alle Kissen hinter seinen Rücken und ächzte: »Was für ein Tag.«
»Was war denn?«
»Der Betrieb hat keinen Augenblick nachgelassen. Nicht eine oder zwei Stunden Stoßzeit, sondern ununterbrochen, den ganzen Tag.«
»Was denn nur?«
Die Garage. Tony arbeitete in einem Parkhaus in der Stadt. Das wußte sie doch wohl? Nein? Na so was. Also: er arbeitete in diesem Parkhaus, bis er wieder als Pferdetrainer arbeiten durfte. Wegen irgendeiner blöden Geschichte war ihm nämlich die Lizenz entzogen worden. Drei Jahre mußte er nun warten. Er hatte ihr das doch bestimmt schon erzählt? Pferde waren das einzige, was ihm wirklich Freude machte.
»Stell dir vor, da kommt doch so eine tolle Biene in einem schneeweißen Continental, und der alte Volkswagen davor zerplatzt fast vor Wut, weil natürlich alle zu der Biene rennen und sich keiner um den VW kümmert. Und dann kommt auch noch ein knallroter Chevrolet...« Und so weiter. Er gab eine ausführliche Schilderung, jeder Akteur und jede Szene wurden genau beschrieben, und Theresa mußte an Patrick und ihren Vater denken, die nach einem Baseballspiel in einer Art ritueller Handlung jede einzelne Phase rekapitulierten. Kaum war er mit seiner Reportage zu Ende, fing er auch schon wieder an, mit den Fingern zu trommeln.
»Wieso ist dir die Lizenz entzogen worden?«
»Wieso stellst du so viele Fragen?«

»Entschuldige. Denk nicht mehr dran.«
»Shit.«
Ein Augenblick glaubte sie, das sei eine Beschimpfung, bis ihr klarwurde, daß er Rauschgift meinte.
»Was hast du denn für Zeug genommen?«
»Junge, Junge«, sagte er kopfschüttelnd, »du bist so doof, daß man dich richtig liebhaben muß. Komm her.«
Sie setzte das Glas auf dem Boden ab und kuschelte sich an seine Schulter. Gleich darauf ließ er sich von ihr nachschenken, dann durfte sie sich wieder an ihn lehnen.
»Ba, ba, ba, ba, ba«, sang er im Takt der Musik. Er schien keinerlei Verlangen nach ihr zu haben. Aber auch das war ihr recht; sie war es zufrieden, zunächst einmal an ihn gelehnt zu sitzen und abzuwarten. Allerdings war sie sehr erregt.
»Hier, ich zeig dir was.« Er streckte den Arm aus und hielt dabei das Weinglas bedrohlich schräg. »Krempel mal auf.« Sie krempelte den Ärmel hoch, und er zeigte ihr die Einstiche. Sie hätte gar nichts bemerkt, wenn sie nicht darauf vorbereitet gewesen wäre.
»So doof bin ich auch wieder nicht, Tony«, protestierte sie. Doch gefiel ihr die neue Rolle. Komisch, er war der erste, dem sie nicht gesagt hatte, daß sie Lehrerin war. Das war nicht vorsätzlich geschehen. Immerhin war ihr abends der Gedanke gekommen, es sei vielleicht besser, ehe er kam, alles verschwinden zu lassen, was auf Schule hinwies. Es könnte ihn doch abschrecken, weil es nach Autorität schmeckte, oder auch bloß nach Gelehrsamkeit, Nicht, daß die Lehrer, die sie kannte, solche Leuchten gewesen wären, immerhin . . .
»Na, wie nennt man das?« wollte er wissen.
»Einstiche.«
»Spuren, heißt das«, berichtigte er sie.
»Also Spuren.«
Das Telefon klingelte, und Theresa nahm den Hörer ab. Es war Evelyn. Sie entschuldigte sich, daß sie so spät noch anrufe, aber

sie müsse unbedingt mit Theresa sprechen. Theresa bedauerte, jetzt sei es leider unmöglich; sie wolle morgen früh zurückrufen, bevor sie zur Schule ging. Damit legte sie auf.
»Wer war das?« fragte Tony.
»Na, wer ist jetzt neugierig?«
Zum erstenmal zeigte er Interesse an ihr. Er sah sie genau an. Sie wurde unsicher, denn sie ahnte nicht, wie sie sich seinem Blick darbot. Er setzte sich auf und streifte ihren Pullover hoch, aber auf recht sonderbare Weise, nicht als sei er erregt und wolle sie berühren, sondern als überlege er, ob er sich erregen lassen wolle. Er musterte ihre Brüste. In einer Hand hielt er immer noch das Glas, mit der anderen berührte er erst eine Brustwarze, dann die andere; er lächelte breit, als sie steif wurden. Sie war erregt, aber auch verlegen. Ihr fiel ein, wie er mehrmals gesagt hatte, »das gefällt dir wohl«, während er mit ihr vögelte. Es war eine Sache, zu sündigen, und eine andere, die Sünde auch noch zu genießen. Bezeichnend für Handlungen wie Fluchen oder Stehlen war ja, daß sie einem keinen Spaß machten, weil man die ganze Zeit daran denken mußte, was einem der Priester bei der Beichte sagen würde. (Masturbieren war eine ganz schlimme Sünde, man konnte sie gar nicht beichten, so schrecklich war sie, und zuletzt steigerten sich Lust und Schuld gegenseitig, so daß man eine Weile aufhören mußte, sonst wäre man einfach zerplatzt.)
Er befeuchtete eine ihrer Brüste mit Wein und leckte ihn ab. Sie schloß die Augen. Einige Tropfen rannen ihr über den Leib und auf die Bettdecke, doch das scherte sie im Augenblick nicht. Er bestrich die andere Brust ebenfalls mit Wein und leckte ihn weg. Sie war unheimlich erregt und wollte ihn über sich ziehen, doch fürchtete sie, er werde aufhören, wenn sie sich bewegte. Sie machte die Augen auf. Er betrachtete ihren Busen, als überlege er, was als nächstes zu tun sei. Dazu machte er unentwegt »ba, ba, ba, ba« zum Geplärr aus dem Radio. Ohne sich umzudrehen langte sie hinter sich nach dem Lichtschalter. Er sagte, sie solle das Licht brennen lassen; sie legte die Hand wieder auf das Kissen,

ein nutzloses Werkzeug, von dem sie einen Augenblick geglaubt hatte, sie könne es gebrauchen.
»Zieh deine Jeans aus.«
Sie machte den Reißverschluß auf und wand sich aus den Jeans, ohne aufzustehen. Er machte ein Zeichen, und sie streifte auch die geblümten Höschen ab. Dabei wurde ihr fast übel vor Scham und Begierde. Er prüfte sie, als sei sie ein bleiches, sommersprossiges Stück Fleisch und er der Fleischbeschauer. Sie schloß die Augen und spürte, wie er ihr Schamhaar mit Wein befeuchtete. Sie erwartete, seine Lippen zu fühlen, statt dessen bekam sie einen Guß kalten Wein zwischen die Beine.
»Bist du verrückt!« schrie sie und richtete sich mit einem Ruck auf. Sie zitterte vor Wut und hielt nur mühsam die Tränen zurück.
Er grinste wie ein unartiger Junge, den man bei etwas ertappt hat, von dem er wohl weiß, daß es schlimm ist, der aber geglaubt hat, niemand wisse von seinem Streich.
»Sieh dir an, was du da gemacht hast, du verrücktes Schwein!« kreischte sie und deutete auf die Bettdecke zwischen ihren Beinen, ihre schöne Decke, die jetzt naß war vom Wein. Die Stelle unter ihren Schenkeln sah aus wie von Menstruationsblut getränkt.
»Na, hör mal«, besänftigte er sie, »was schreist du denn so?«
»Warum hast du das gemacht?«
»Na, na, Kleine. Immer mit der Ruhe«, sagte er sanft. Er kam allmählich in Stimmung. »Keine Aufregung. Manche Frauen haben das gern.«
»Das da?« Aber sie fühlte, wie ihr Zorn sich verflüchtigte. »Daß man ihnen das Bett versaut?«
»Mmm. Laß nur. Ich zeig's dir.« Jetzt war er wirklich scharf. Er stellte das Weinglas weg, nahm auch die getönte Brille ab. Er drückte sie sanft aufs Bett nieder, wühlte in ihrem feuchten Schamhaar, zog es durch die Lippen, ganz wie sie sich's vorgestellt hatte. Er knabberte an ihren Schamlippen und führte langsam, zu lang-

sam, erst seine Zunge, dann einen Finger ein. Sie stöhnte vor Lust, und er steckte den Finger ganz hinein, ließ auch seine Zunge noch dort. Sie griff nach ihm, wollte ihn an sich pressen, aber er lag zu weit unten. Und er war noch angezogen. Seine Füße in den stinkenden Socken waren nahe ihrem Gesicht. Sie streifte ihm die Socken ab und ließ sie auf den Boden fallen.
»Nicht aufhören«, flüsterte sie.
Mit seiner Hilfe zog sie ihm die Hose aus, liebkoste seinen Penis, der riesig und hart war. Sie wollte, daß er sich umdrehte und in sie eindrang, doch er fuhr fort, sie mit Zunge und Finger zu reizen, und endlich tat sie das gleiche mit ihm. Sie spielte mit seinem Penis, küßte ihn, sog ein wenig daran. Das tat sie zum erstenmal, und es kam ihr ganz ausgefallen vor. Angenehm, aber nicht ganz richtig. Wenn sie sich so etwas vorgestellt hatte, war der Penis immer weich gewesen und hatte ohne weiteres in ihren Mund gepaßt, jetzt aber war er viel zu groß, und sie mußte aufpassen, daß er ihr nicht zu weit in den Mund stieß und sie zum Würgen brachte. Jetzt kam es ihr. Sie hatte das eigentlich nicht gewollt, weil sie fürchtete, er würde dann auch kommen, und sie müßte sein Sperma schlucken. Und dann würde sie erbrechen müssen. Doch wenn sie jetzt sein Glied aus dem Mund schob, hörte er bestimmt ebenfalls auf, und das hätte sie in diesem Augenblick nicht ertragen. Sie versuchte noch einmal, ihn dazu zu bewegen, sich umzudrehen. Daraufhin stieß er noch tiefer in ihren Mund. Sie würgte, aber er hörte nicht auf. Es wurde ihr richtig Angst, doch da endlich kam es ihm, und sie röchelte und rang nach Luft, es war ein Alptraum, aus dem sie sich nicht befreien konnte, und er schien überhaupt nicht enden zu wollen. Gerade als sie dachte, nun müsse sie ersticken, wurde er schlaff. Sie löste sich von ihm, verbarg ihr Gesicht in der Bettdecke und spuckte aus, was noch auszuspucken war, wobei sie tat, als huste sie. Dann legte sie sich mit dem Kopf auf eine trockene Stelle.
Wenn sie sich jetzt etwas hätte wünschen dürfen, so dies, auf der Stelle zu sterben. Bestimmt konnte sie nie mehr den Kopf von der

Bettdecke heben. Jedenfalls nicht, solange er noch da war. Und schon gar nicht ihm in die Augen sehen. Oder zuhören, wenn ...
Im Radio produzierte sich eine ganz besonders laute, eselhaft blökende Gruppe. Ohne den Kopf zu heben, tastete sie nach dem Knopf, stellte ab und riß auch gleich die Schnur aus der Steckdose, damit er nicht wieder anstellen konnte.
»Warum denn das?« fragte er, und es klang so arglos, als könne er sich nicht denken, weshalb sie ihm böse sein sollte.
Sie antwortete nicht. Wenn er doch nur verschwinden wollte! Nie wieder würde sie ihn ansehen, zu ihm sprechen können.
Ihr wurde kalt, und sie wäre gern unter die Decke gekrochen, in Wärme und Dunkelheit; sie hatte aber Angst, sich zu rühren. Mühsam, das Gesicht in der Decke verborgen, rutschte sie in die äußerste Ecke und zwängte sich unter die Decke.
»Was ist denn los, sag mal?« fragte er.
Lieber Gott, mach daß er weggeht. Mach es so, daß ich nichts tun muß. Er soll einfach gehen.
»He! Terry, Schätzchen!«
Er wußte also ihren Namen noch. Es hatte nur ein Weilchen gedauert, bis er ihn benutzt hatte. Vielleicht sollte sie sich darüber freuen, daß er seinen Penis nicht einfach in einen anonymen Mund gesteckt hatte? Nein. Besser wär's, sie wären woanders, er kennte ihren Namen nicht, und sie könnte weglaufen.
»Stimmt was nicht?«
Geh doch endlich. Der Geschmack in ihrem Mund machte ihr schon wieder übel. Hätte sie wenigstens eine saure Gurke. Eine Zitrone. Etwas Starkes, Saures, das den Geschmack vertriebe. Sie spürte, wie er zu ihr herüberkam, und wurde zu Eis. Dann beugte er sich über sie, versuchte, ihren Gesichtsausdruck zu lesen, zog behutsam die Decke weg, um ihr Gesicht zu sehen. Wenn er nur nicht merkte, wie krampfhaft sie die Lider zusammenkniff.
»Ter?«
Er küßte sie auf die Wange und strich ihr die Haare aus der Stirn, so sanft und zärtlich, daß sie fast in Tränen ausgebrochen wäre.

»Bist du böse auf mich?«
Sie schüttelte den Kopf, ohne die Augen zu öffnen. *Was soll ich bloß machen?* Was konnte sie ihm sagen? Offenbar wußte er überhaupt nicht, was er ihr angetan hatte. Vielleicht war das alles ganz normal. Vielleicht war sie die Verrückte! Sie erinnerte sich, mit welcher Gewalt er in ihren Mund gestoßen hatte und erschauerte.
»Ist dir kalt?«
Sie nickte. Er umschlang ihren zugedeckten Körper.
Vielleicht war das gar nicht so gewaltsam gewesen. Vielleicht war es ihr nur so vorgekommen, weil sie nicht gewollt hatte. Vielleicht hätte sie ihm lieber sagen sollen, was sie wollte, anstatt sich in einer Weise zu sträuben, die er falsch deuten konnte.
»Besser?«
Wieder nickte sie.
»Kann ich auch unter die Decke kommen?«
Sie konnte ihn einfach nicht dazu auffordern.
»Ich merke, du willst nicht reden, aber sag mir, wenn du was nicht magst.«
Da sie nicht widersprach, rutschte er unter die Decke und umschlang sie von neuem. Er war so warm, so glatt, so weich, daß sie sich wünschte, er bliebe immer dort, ohne sich zu rühren, ohne zu reden, ohne sie zu zwingen, ihn anzusehen. Wie vertrug sich dieser Wunsch mit dem Ekel, den sie eben noch empfunden hatte? Und mit dem, was sie augenblicklich fühlte – oder eigentlich nicht fühlte, sondern was in ihr Bewußtsein gedrungen war, noch richtiger: was sie *sah*. Sie *sah*, wie sie zuvor empfunden hatte, während sie jetzt nichts weiter fühlte als die Freude darüber, daß er sie umschlungen hielt. Sie überlegte, ob sie die Augen aufmachen sollte, um anstelle des Bildes, das sie von ihren früheren Gefühlen hatte, die Gegenstände im Zimmer zu suchen. Doch dann ließ sie es sein, weil das Bild ihr nicht mehr so weh tat. Sie sah es bereits wie durch ein verkehrt herum gehaltenes Fernglas, es war weit, weit weg.

Er hob ihr Haar und küßte ihren Nacken, schob den Arm unter ihren Rücken und umfaßte ihren Busen. Er rieb sich sanft an ihr und sie fühlte, wie sein Glied zwischen ihren Schenkeln groß wurde, und nach einem Weilchen merkte sie, daß sie seine Bewegungen erwiderte, daß sie ganz heiß und erregt war und daß sie sich wieder wünschte, er solle in sie kommen. Dieser Wunsch aber rief eine *gefühlte* Erinnerung an das letzte Mal wach; im selben Augenblick erstarrte sie, wollte von ihm weg, doch in genau diesem Moment drückte er ihren Bauch leicht gegen seinen, und sein Penis glitt in sie hinein wie selbstverständlich. Er bewegte sich ganz langsam, und schon kam es ihr wieder, ihr Körper bäumte sich auf vor Lust. Er hielt sie fest umklammert und bewegte sich stetig hin und her, und es war so unwahrscheinlich gut, daß sie glaubte, es nicht aushalten zu können. Sie warf die Decke von sich, weil sie förmlich glühte. Endlich kam es ihr nicht mehr, und er lag still, aber sie spürte, daß sein Glied immer noch steif war.
»Das gefällt dir, was?« flüsterte er.
Sie griff sich in den Nacken und lockerte das naßgeschwitzte Haar. Er pustete auf ihren Hals. Sie lächelte.
»Redest du immer noch nicht mit mir?«
Reden war so viel komplizierter als lieben – als vögeln müßte sie wohl sagen, denn was sie mit ihm machte, hatte wohl kaum etwas mit Liebe zu tun. Wenn man mit jemand sprach, so durfte man der eigenen Gefühle nicht mehr achten, das Gesicht war dann eine Maske, aus der es tönte, oder aber man mußte sich die Mühe machen, aus den Gefühlen herauszudestillieren, was sinnvoll, was irgendwie akzeptabel war. Das war es, was Wörter in Wirklichkeit leisteten: Sie brachten Ordnung in ein dunkles Gestrüpp von Gefühlen und Wahrnehmungen und Alpträumen. Aber in der augenblicklichen Situation ging das nicht. Sie konnte nicht geordnet berichten, daß, ohne betrunken oder high zu sein, sie die denkbar größte sexuelle Lust empfand und daß ein Mensch sie ihr verschaffte, der sie bestenfalls amüsierte, schlimmstenfalls zu Tode ängstigte.

Ihre Gedanken wanderten zu dem Messer auf dem Fußboden, dann schweiften sie ab zu ihrer Bettdecke. Die muß ich morgen waschen, dachte sie, und das ganze Bettzeug gleich dazu.
Da das Radio nicht lief, war es sehr still im Zimmer. Sacht begann er, sich wieder hin und her zu schieben. Sie war noch nicht soweit. Er suchte eine Stelle, wo sie besonders empfindlich war. Er wollte sie wieder stöhnen hören.
»Noch nicht«, sagte sie.
Er lachte. »Wird es dir zuviel?«
»Was zuviel?«
Er stieß heftiger zu, und ihr entschlüpfte ein kleiner Lustschrei. Er lachte und stieß nochmals, aber diesmal ging sie nicht darauf ein. Als er sich fast ganz aus ihr zurückzog, wich sie ebenfalls zurück, drehte sich auf den Bauch und versteckte das Gesicht im Kissen. Er rollte sich auf sie, doch sie bekam es plötzlich mit der Angst; sein Gewicht tat ihrem Rücken weh. Sie versuchte, ihn abzuwerfen.
»Geh runter, ich kriege keine Luft.«
Er kniete sich über sie, jetzt fast gewichtslos, rieb seinen Penis zwischen ihren Gesäßhälften. Es schien ihr, als wolle er dort eindringen.
»Laß das!« sagte sie scharf.
»Schon gut, schon gut. Reg dich nicht auf. Manche Mädchen – he, was ist denn das?« Er entdeckte die Narbe, die seit Martin Engle niemand mehr gesehen hatte. Ihr Körper wurde ganz starr. Sie zappelte mit Armen und Beinen.
»Was ist denn nur?« wollte er wissen.
»Nichts. Laß mich aufstehen.«
»Bist du wegen der Narbe so empfindlich?«
Er rührte sich nicht. Sie war gefangen. Ihr Körper erschlaffte in dieser ausweglosen Lage.
»Schon besser.« Er küßte ihren Rücken. »Wovon hast du die, Schatz? Mir kannst du's doch sagen. Meinst du, ich sehe zum erstenmal 'ne Narbe?«

»Ich war früher ein Fisch«, erklärte sie ihm. »Damals hat man mir die Gräten entfernt.«
»Du bist richtig niedlich. Hab ich dir das schon gesagt?«
»Ich weiß nicht mehr.«
»Und du weißt auch nicht mehr, woher du die Narbe hast?«
»Klar weiß ich das noch. Ich sage dir doch, ich war früher mal ein Fisch ... nein, eine Nixe. Nein, auch nicht. Eine Handpuppe. Und in den Schlitz da haben die Leute, die mit mir spielten, die Hand reingesteckt.«
Er beugte sich über sie, streichelte ihren Busen, küßte ihren Rükken. Sein Glied war noch steif, es berührte sie aber nur ganz leicht, bedrängte sie nicht. Manchmal kam es auf den Halbmond zu liegen, manchmal zwischen ihre Schenkel. Ihr Herz klopfte sehr schnell; das war erstaunlich, denn das Schlimmste hatte sie doch wohl hinter sich. Was konnte ihr also noch bevorstehen? Das Messer auf dem Boden? Was für ein Blödsinn! Sich vor einem Springmesser zu fürchten, bloß weil es da unten lag, wäre ebenso albern, wie sich vor den Messern in der Küche zu fürchten. Oder vor der Papierschere. Sie wälzte sich unter ihm auf den Rücken und sah ihn zum erstenmal an, seit er sie gezwungen hatte, zu – schon wich sie vor der überscharfen Erinnerung zurück. Das Licht brannte. Auch bei Martin hatte das Licht manchmal gebrannt. Seither nie.
Er lächelte breit. »He!«
Sie lächelte zurück.
Er kam ihr jetzt verändert vor. Nicht mehr wie ein Junge. Es gab plötzlich ein paar scharfe Linien in seinem Gesicht. War er müde? Jetzt sah er wirklich wie jemand aus, der an der Front in Vietnam gewesen war.
»Zeigst du mir dein Messer?«
»Was?«
»Ich möchte es bloß mal ansehen.«
»Hast du nie eins gesehen?«
»Nicht geöffnet.«

Er zuckte die Schultern. »Wenn du willst ...« Er beugte sich aus dem Bett, ohne von ihr wegzurücken. Sie umklammerte seine kräftigen, muskulösen Schenkel, damit er nicht aus dem Bett fiel.
»Mach das Licht aus«, sagte er.
»Weshalb?«
»Das siehst du dann schon.«
Wieder pochte ihr Herz, doch sie durfte ihn ihre Angst nicht merken lassen. Schließlich hatte nicht er von dem Messer angefangen, sondern sie. Sie machte das Licht aus, und plötzlich – klick – glühte eine leuchtende Messerklinge im Dunkeln, und ihr Herz tat einen Sprung.
»Das langt«, sagte sie mit einer ganz kleinen, verstörten Stimme. »Du kannst es wieder wegstecken.«
Er lachte. »Nanu? Gefällt dir mein Freund nicht?«
»Doch. Aber steck es trotzdem weg.«
Die Klinge glitt zurück, und er ließ das Messer zu Boden fallen. Er beugte sich über sie und küßte ihre Wange. Durch ihren Körper lief ein wollüstiges Zittern.
»Was ist los, kleiner Fisch, habe ich dir Angst gemacht?«
Plötzlich knisterte es zwischen ihnen wieder.
»Klar«, sagte sie leise, »du hast mich erschreckt.«
»Dabei bin ich im Grunde ein netter Mensch.« Und er küßte erst ihren Hals, dann ihre Brüste.
»Da bin ich nicht so sicher.« Ihre Stimme klang gepreßt, denn ein neuer Wonneschauer überrieselte sie.
»Doch. Bestimmt.«
»Hast du mal jemand umgebracht?«
»Bloß im Krieg.«
Und dann vögelten sie wieder miteinander.
Als sie endlich in seinen Armen einschlief, drang schon das erste Tageslicht durchs Fenster. Sie wachte Donnerstag abends um acht Uhr auf – allein. Einen ganzen Tag hatte sie verschlafen, mitsamt allen Unterrichtsstunden. Sie aß drei überbackene Käsesandwichs und trank zwei Flaschen Cola dazu. Danach rief sie bei Rose an

und sagte, sie habe eine doppelte Dosis Beruhigungsmittel genommen und sei praktisch ohne Bewußtsein gewesen. Rose sagte, es erleichtere sie ungemein, Terrys Stimme zu hören. Man sei ihretwegen sehr in Sorge gewesen, habe auch mehrfach am Vormittag bei ihr angerufen, es habe aber niemand geantwortet. Terry erklärte, sie stelle das Telefon immer ziemlich leise, damit sie durch das Klingeln nicht erschreckt werde.
Am Freitag neckte man sie in der Schule damit, daß sie eine Überdosis Schlafmittel genommen habe. Samstag abend, pünktlich um sieben, klingelte James Morrisey bei ihr.

Sie hatte nur Jeans und einen Pullover angezogen und sich dabei eingeredet, kein Mensch mache sich heutzutage zum Ausgehen noch fein. Dabei wußte sie genau, warum sie das tat, wußte recht gut, daß James Morrisey im Anzug und mit Krawatte vor ihrer Tür stehen würde. Und genauso war es auch.
»Sie sind ja ekelhaft pünktlich«, tadelte sie ihn.
»Das habe ich bislang nicht für einen Fehler gehalten.«
»Na, dann wissen Sie's jetzt.«
»Wie Sie meinen. Darf ich trotzdem eintreten?«
Etwas irritiert von dem Umstand, daß ihr ekelhaftes Benehmen und ihr Aufzug ihn nicht mehr verwirrten, ließ sie ihn herein.
»Gehen wir vielleicht mit dem Papst essen?« fragte sie mit einem schrägen Blick auf seinen Anzug.
»Nur wenn Sie wissen, wo er heute abend anzutreffen ist«, entgegnete James.
Sie sah sich suchend in der Wohnung um, wütend, weil es ihr nicht gelang, ihn zu ärgern.
»Was habe ich doch eben noch gemacht?«
Die Unterrichtsvorbereitungen hatte sie schon in der Nacht zum Freitag erledigt, als sie nicht schlafen konnte und zu unruhig war, um zu lesen oder auf die Mattscheibe zu sehen, unermüdlich in der Wohnung herumlief wie in einem Käfig, ohne sich darüber klarwerden zu können, was sie eigentlich wollte.

»Lassen Sie sich ruhig Zeit«, sagte er und setzte sich.
Sie war gereizt, ihr Rücken schmerzte etwas, vielleicht eine Folge ihrer Freiübungen mit Tony neulich. Sie lächelte vor sich hin.
»Ach was, mir ist es lieber, wir gehen gleich. Wo wollen wir überhaupt hin?«
»Ich habe bei Lüchow einen Tisch bestellt.«
Das brachte sie erneut durcheinander. Als sie das erstemal durch die Lower East Side gebummelt war, war sie bei Lüchow vorbeigekommen. Die Musik drang bis auf die Straße, und sie hatte gefunden, dies sei doch ein nettes Lokal und bestimmt amüsant. Dann erfuhr sie, daß Katherine und deren Freunde Lüchow zutiefst verachteten, es zu groß, zu laut, zu spießig fanden; das Essen dort mache überdies dick. Bei Lüchow gebe es nur Fleisch und Kartoffeln, während man in den Lokalen, die derzeit »in« waren, Reis und Sojasprossen aß. Zu Lüchow gingen die Provinzler samstags abends Bier trinken, bis sie erst rot im Gesicht wurden, dann lila und schließlich im Takt zu deutscher Blasmusik mit den Füßen trampelten.
Sie lächelte herablassend. »Ein richtiges Fleisch- und Kartoffel-Lokal.«
»Das sind meine Lieblingsgerichte.«
»Aber sie liegen einem so im Magen!« klagte sie und fand, sie plappere nicht nur nach, was sie von Katherine gehört hatte, sondern ahme auch Katherines Tonfall nach.
»Die Speisekarte ist groß«, berichtigte er sie. »Man kann auch Fisch essen.«
»Wie wär's mit chinesischen Gerichten?« fragte sie unverschämt lächelnd. Sie aß kaum je chinesische Gerichte, Katherine allerdings fand chinesische Küche himmlisch.
Er erwiderte ihr Lächeln. »Chinesische Gerichte gibt es bei Lüchow nicht.«
»Das meinte ich auch nicht. Ich meinte, warum gehen wir nicht chinesisch essen?«
»Ich esse nie chinesisch.«

»Ach, Sie machen es einem aber auch schwer.« Sie konnte ein Lächeln nicht unterdrücken, weil sie sich benahm wie ein verzogenes Kind.
Auch er lächelte. Sie amüsierte ihn.
»Dann muß ich mich wohl umziehen, wie?«
»Ich weiß nicht, ob es dort irgendwelche Kleidervorschriften gibt«, erwiderte er gelassen. »Aber ich kann anrufen und fragen.«
»Ob die dort Vorschriften haben, ist mir ganz egal, ich will bloß nicht, daß Sie sich meinetwegen genieren.«
»Warum sollte es *mich* genieren, wie *Sie* sich anziehen?«
Nun wurde sie selbstverständlich verlegen. »Es könnte doch sein, daß Ihre Clique da herumhängt.«
»Meine Clique, falls es so etwas gibt, was ich allerdings bezweifle, hängt in der Bronx herum.«
»Wenn Sie ›herumhängen‹ sagen, klingt es, als sprächen Sie gleich die Anführungszeichen mit.«
»Kein Wunder. Diese Wendung stammt schließlich auch von Ihnen.«
»Sprechen Sie denn nie Slang?«
»Nur selten.«
»Und weshalb nicht?«
Er dachte darüber nach, dann sagte er: »Mir gehen Slangausdrücke nicht wie selbstverständlich vom Mund. Vielleicht weil ich gewöhnt bin, mich möglichst präzise auszudrücken. Slang ist eher ungenau.«
Am liebsten hätte sie ihm eine gelangt. Statt dessen sagte sie: »Was ist mit einem Ausdruck wie Arschkriecher? Der ist nun wirklich nicht unpräzis.« Sie sah mit Genugtuung, daß er zusammenzuckte. (Tatsächlich hatte sie das Wort nie zuvor ausgesprochen und zuckte selber zusammen, als sie es tat; sie flehte zu Gott, James möge das nicht bemerkt haben.)
»Man kann auf unterschiedliche Weise unpräzise sein«, sagte er nach einer kleinen Pause. »So etwa kann man das Besondere durch das Verallgemeinernde ersetzen. Oder aber man ist sehr präzis,

nur nicht in dem einen Punkt, auf den es ankommt. Den Ausdruck, den Sie eben als Beispiel anführten, habe ich häufig gehört, niemals aber, um den Tatbestand zu kennzeichnen, den er meint.«
Sie lachte. »Und wenn Sie sich nun mit jemand streiten, auf den es genau zutrifft? Würden Sie den Ausdruck dann verwenden?«
»Das bezweifle ich stark.«
»Und warum nicht?«
»Weil er nicht zu mir paßt. Und ich glaube, zu Ihnen paßt er ebenfalls nicht.«
»Würden Sie sich als Muttersöhnchen bezeichnen?«
»Meinen Sie, als Sohn einer Mutter?«
»Nein. Ich meine, ob Sie ein braves Kind sind.«
»Brav im Gegensatz zu was? Zu unartig?«
»Warum beantwortet ihr Jesuiten nur immer jede Frage mit einer Gegenfrage?«
»Gibt es denn eine bessere Art, auf Fragen zu antworten?«
»Ooooooh! ... Ich ziehe mich jetzt um. Ich wollte es ohnehin, nur bin ich nicht mehr dazu gekommen.« Als sie dies sagte, fühlte sie sich unbehaglich. Sonst beschwindelte sie die Leute, ohne sich was dabei zu denken, bei ihm fiel es ihr schwer. Und das ärgerte sie noch mehr.
Sie nahm ein seegrünes Kleid aus dem Schrank, das sie schon gekauft hatte, als ihr Vater noch im Krankenhaus lag, aber bisher nicht getragen hatte. Immer wenn sie den Schrank aufmachte, fiel ihr das Kleid ein. Sie fand das Kleid bildhübsch, scheute aber davor zurück, es anzuziehen. Erst als es schon eine Weile da hing, war ihr klargeworden, daß sie noch nie ein so starkfarbiges Kleidungsstück besessen hatte. Jetzt zerrte sie es tollkühn aus dem Schrank, marschierte ins Bad, streifte es über, kämmte die Haare, legte Make-up auf, zog hochhackige Schuhe an und zeigte sich ihm halb trotzig, halb erwartungsvoll.
»Fertig?« fragte er.
Sie nickte. Unter keinen Umständen sollte er merken, daß sie ent-

täuscht war, weil er die Verbesserung ihres Aussehens kommentarlos hinnahm. Sich selber gestand sie gerade noch ein, daß in dem Gemisch negativer Empfindungen bei der Aussicht, im spießigen Lüchow mit dem spießigen James Morrisey an einem spießigen Samstag ein spießiges Abendessen zu verzehren, doch der winzige Wunsch verborgen lag, zu hören, wie reizend sie aussehe.

Sie nahm den Regenmantel und ging forschen Schrittes vor ihm zur Tür. In dem Regenmantel würde sie frieren, das wußte sie. Aber sie konnte es im Frühjahr einfach nicht erwarten, den schweren Wintermantel, in dem man sich so eingezwängt fühlte, endlich loszuwerden.

Er sagte, draußen sei es recht kalt und sie werde frieren. Sie widersprach. Nein, frieren werde sie nicht, sagte sie, schon unter der Tür. Ob sie den Schlüssel habe? fragte er. Sie errötete vor Ärger. Natürlich hatte sie den Schlüssel vergessen!

»Warum werden Sie denn deshalb verlegen?« fragte er.

Sie sah, daß er das nicht provozierend meinte, er wollte es einfach wissen, und dennoch geriet sie deswegen aus der Fassung. Sie schüttelte den Kopf und kämpfte mit den Tränen.

»Es tut mir leid«, sagte er, »ich . . .«

Sie packte ihre Schlüssel, sperrte ab und rannte, ohne auf ihn zu warten, zum Haus hinaus in die beschützende Dunkelheit.

Er fragte, ob sie eine Taxe nehmen wolle, sie zog es aber vor zu gehen. Es tue ihm leid, daß er sie verärgert habe, es sei nicht seine Absicht gewesen. Darüber solle er sich keine Gedanken machen, meinte sie. Sie wisse selber nicht, warum sie so verärgert sei. Das war die Wahrheit. Mit dem Quatsch, den sie eben geredet hatten, konnte ihr Ärger wirklich nichts zu tun haben. Sie habe eine verrückte Woche hinter sich, vielleicht sei das der Grund. Sie sei abgespannt. Das stimmte zwar nicht, klang aber einleuchtend. Auf keinen Fall durfte er den falschen Eindruck bekommen, seine Person sei imstande, irgendeine Wirkung auf sie hervorzubringen. Bei Tony war das anders gewesen. Da war sie erst verstört,

dann ganz durcheinander, dann in Ekstase und schließlich erschöpft. Hinterher hatte sie geschlafen, und seither befand sie sich in einer Art Rauschzustand – ohne Drogen, ohne Alkohol. Nicht eigentlich glücklich, aber beschwingt. Sie freute sich darauf, ihn wiederzusehen. Bei Tony hatte sie nicht eine einzige Träne vergossen, auch als es ganz schlimm gewesen war. Nicht mal zurückhalten müssen hatte sie das Weinen. Warum also jetzt Tränen, wo doch weiter nichts geschehen war, als daß James sich ein bißchen lustig über sie machte, weil sie die Schlüssel vergessen hatte. Vielleicht hatte sie ihre Emotionen nur verdrängt? Inzwischen wußte ja alle Welt, und man konnte es überall lesen, daß verdrängte Gefühle irgendwann wieder zum Vorschein kamen.
»Ist denn während dieser verrückten Woche etwas vorgefallen, wovon Sie mir gern erzählen würden?« fragte James.
»Nein, eigentlich nicht. Gestern waren die Kinder ein bißchen durcheinander.« Sie erzählte, sie habe Donnerstag verschlafen, weil sie so müde gewesen sei; nicht einmal den Wecker habe sie gestellt, und das sei ihr noch nie passiert. »Daß ich nicht da war, wurde erst gegen halb zehn bemerkt.« Da war der Lärm in ihrer Klasse so groß geworden, daß eine Lehrerin aus der Nachbarklasse herüberkam. Eine Vertretung war nicht mehr zu beschaffen, also verteilte man die Kleinen auf andere Klassen, und das brachte die Kinder völlig durcheinander. Auch bei einer richtigen Vertretung gerieten sie angeblich häufig außer Rand und Band – sie selber hatte bislang nie gefehlt, deshalb wußten ihre Kinder überhaupt nicht, was eine Vertretung war.
Freitag früh waren sie nicht zu bändigen gewesen. Es war, als wollten sie ihrem Zorn darüber Luft machen, daß Theresa sie im Stich gelassen hatte. Nach dem Mittagessen beschloß sie, den Stier bei den Hörnern zu packen. Sie versammelte die Zwerge mit ihren Stühlchen rings um sich herum und sagte, jeder solle von einer unangenehmen Überraschung erzählen. Wenn zum Beispiel etwas passiert war, mit dem sie nicht gerechnet hatten, irgendeine scheußliche Sache. Oder wenn sie etwas hatten tun sollen und

konnten es nicht. Oder wenn jemand plötzlich krank geworden war oder abreiste. Juan berichtete, eigentlich hätte er zum Geburtstag ein Fahrrad bekommen sollen. Doch der Vater sei arbeitslos geworden und könne es ihm jetzt nicht schenken. Nach zwei oder drei weiteren Beispielen berichtete Elsie vom Tod ihrer Großmutter, die sich um sie gekümmert hatte, wenn die Mutter auf Arbeit war. Eines Tages war die Großmutter nicht da, als Elsie aus der Schule kam. Theresa fragte, was sie damals gefühlt habe, und Elsie antwortete genau das, was sich Theresa gewünscht hatte: »Ich war wütend auf meine Großmutter, und wenn ich sie nächstes Mal sehe, sage ich ihr auch, daß ich wütend bin deswegen.«
»Und was habt ihr euch gedacht, als ihr gestern in die Klasse gekommen seid und ich nicht hier war?«
»Ich war wütend auf Sie«, sagte Elsie und brach in Tränen aus.
Theresa nahm Elsie auf den Schoß, und da blieb sie, solange die Diskussion dauerte. Theresa wollte nicht nur das kleine Mädchen trösten, sondern auch die anderen dazu ermuntern, ihre Meinung zu sagen, indem sie ihnen zeigte, daß Elsie ihrer Aufrichtigkeit wegen nicht bestraft wurde, sondern getröstet. Und siehe da, die meisten gestanden, daß sie zornig, ängstlich und verwirrt gewesen seien, weil Theresa fehlte.
Theresa erklärte ihnen nun ausführlich, sie sei sehr müde gewesen und zum erstenmal, seit sie Lehrerin war, eingeschlafen, ohne den Wecker zu stellen. Sie habe nicht nur die ganze Nacht, sondern auch den Vormittag verschlafen. Es tat ihr sehr leid, daß sie ihre Schüler enttäuscht habe. Sie versprach, es solle nicht wieder vorkommen. Wenn es aber doch einmal geschah, dann müßten sie wissen, daß Theresa es beim besten Willen nicht habe verhindern können.
Danach wurden die Stühlchen wieder zurückgestellt, und die Kinder waren für den Rest des Tages die reinen Engel.
Inzwischen hatten James und Theresa bereits die Hälfte des Weges zurückgelegt.

»Das ist eine wunderschöne Geschichte«, sagte James. »Danach zu urteilen, müssen Sie eine glänzende Lehrerin sein.«
»Ich liebe diesen Beruf«, sagte sie mit einem Nachdruck, der sie selber erstaunte. »Ich bin nie so glücklich, als wenn ich Unterricht gebe.« Das stimmte, doch war sie überrascht, daß sie es fertigbrachte, mit ihm darüber zu sprechen. Gewiß gab es auch außerhalb der Schule Dinge, die ihr Spaß machten, Sex zum Beispiel, wirklich glücklich aber fühlte sie sich nur mit ihren Kindern.
Aber konnte man davon reden? Sie hatte niemals außerhalb der Schule mit jemand darüber gesprochen. Mit Evelyn und Rose, ja, aber die gehörten eben zur Schule. Wenn sie den Männern gegenüber, die sie in den Kneipen auflas, erwähnte, sie sei Lehrerin (nur Tony hatte sie es nicht gesagt), sollte das heißen: Ich bin keine stockdumme, mittellose Kuh, die hier rumhängt, weil sie einen Schnaps oder jemand fürs Bett braucht. Sie wollte zeigen, wer sie war. Aber daß sie irgendwem erzählte, was sie beim Unterrichten der Kinder empfand ... Immerhin, es tat gut, ihn so urteilen zu hören. Er war gescheit, und wenn sie ihn auch nicht besonders mochte: daß er ihren Wert erkannte, ohne daß sie groß angegeben hatte, war wohltuend.
»In der Grundschule hatte ich nur bei Nonnen Unterricht«, sagte er.
Sie rümpfte die Nase, um Widerwillen anzudeuten, dabei war auch sie in eine Klosterschule gegangen.
»Und die waren gar nicht alle so übel. Ich muß allerdings zugeben«, fuhr er fort, »daß ich auch mit den schlimmsten niemals Krach hatte.« Er lächelte. »Ich war eben ein Musterknabe.«
Sie erwiderte sein Lächeln. Er war eigentlich ganz liebenswert. Es war ja auch nicht so, daß er ihr wirklich mißfiel. Nur wirkte er eben nicht anziehend auf sie. Unmöglich, sich vorzustellen, daß sie mit ihm ins Bett ging. Solange sie sich mit ihm unterhielt, brachte sie es fertig, sein irisches Chorknabengesicht zu vergessen. Aber ihn küssen? Nein, das könnte sie bestimmt nicht. Was sollte sie bloß machen, wenn er es versuchte?

Den Tisch, den man ihnen bei Lüchow anwies, lehnte James ab, weil er so nahe bei der Kapelle stand, daß man sein eigenes Wort nicht verstand. Es fand sich ein etwas abseits stehender Tisch, und sie bestellten ihre Aperitifs: Scotch und Soda für ihn, einen Martini für Theresa. Martini war nicht mehr Mode, sah aber wenigstens nach großer Welt aus. Nach dem ersten Schluck hätte sie fast eine Grimasse geschnitten.

»Ich hatte immerhin eine ungewöhnliche Lehrerin«, sagte er. »Ihr fehlte zwar das gefühlsmäßige Verständnis, das Sie besitzen, doch war sie außerordentlich intelligent, wie meiner Meinung nach viele Nonnen. Sie las sehr viel und dachte über das nach, was sie gelesen hatte. Sie war ganz anders als die meisten Katholiken, die ihren Verstand schon früh in eine Zwangsjacke stecken lassen.«

»Sind Sie denn nicht mehr katholisch?«

»Doch, schon. Aber solch ein Katholik möchte ich nicht gern sein.«

Theresa schwieg.

»Schwester Francine also studierte in Fordham. Dann arbeitete sie irgendwo in Illinois im Strafvollzug. Über diese Frau sollte mal jemand ein Buch schreiben. Innerhalb der von der Kirche gezogenen Grenzen, die ja vor Entstehen der radikalen katholischen Bewegung ziemlich eng waren, hat sie sich als eine unermüdliche, entschlossene, brillante, unabhängige Frau erwiesen.«

»Das klingt ja wie eine Grabrede. Oder ein Schulaufsatz. ›Welche Art Frau ich bevorzuge‹. Von James Morrisey.«

»Ich glaube kaum, daß es für mich Arten von Frauen gibt.«

Der Kellner kam, und James bestellte. Was sie essen wolle? Er besaß einen gewissen gesellschaftlichen Schliff, vermutlich erst in jüngster Zeit erworben. Sie bestellte Krabben, er nahm Lammkotelett.

»Ihnen gefallen wohl starke Frauen«, sagte sie.

Etwas in ihr weigerte sich, für einen Mann Interesse zu empfinden, der starke, intelligente Frauen bewunderte. Ihr machten die Kerle Eindruck, die in den Zigarettenreklamen gezeigt wurden: die nichts weiter verstanden, als sich die Frauen zu unterwerfen,

von denen sie angehimmelt wurden. Geschniegelte Kraftprotze. Mit langen Schwänzen, auf denen sich reiten ließ wie auf einem Pferd. Auf einem Schaukelpferd.
James sagte, es sehe so aus, als sei eine Frauenbewegung im Entstehen begriffen. Ob Theresa dafür nichts übrighabe? Sie antwortete, schon, warum nicht. Das war keine direkte Lüge, kam aber von allem, was sie ihm bislang gesagt hatte, einer Lüge am nächsten. (Über diese Sache wollte sie jetzt nicht nachdenken.) In Wahrheit verursachte die neue Frauenbewegung ihr Unbehagen. Die Forderung nach gleichem Lohn bei gleicher Leistung leuchtete ein, doch war die im Fall der Lehrer bereits erfüllt, und an den übrigen Forderungen störte sie das durchdringende Geschrei, mit dem sie vorgetragen wurden. Männer konnten doch unmöglich Frauen schätzen, die unentwegt etwas verlangten. Evelyn traf sich seit neuestem wöchentlich einmal mit einer Frauengruppe und hatte Theresa mehrmals aufgefordert mitzukommen, Theresa aber hatte immer eine Ausrede.
»Ich passe da einfach nicht hin«, sagte sie. »In Gruppen fühle ich mich nicht wohl.«
»Sonderbar«, sagte er versonnen. »Ich fühle mich am wohlsten in einer Gruppe, ob nun im Kirchenchor, im Anwaltsverein oder in der Gemeinde, ganz gleich wo.«

Sie waren sechsmal miteinander ausgegangen, ehe er sie zum Abschied küßte. Sie konnte es schon nicht mehr erwarten, nicht weil sie auf seinen Kuß scharf gewesen wäre, sondern weil er es endlich einmal hinter sich bringen sollte. Er streifte nur leicht ihre Lippen, ganz wie erwartet. Sie blieb völlig ungerührt. Auch ganz wie erwartet.
Dann lächelte sie boshaft: »Jetzt sind Sie keine Jungfrau mehr.«
»Ach, Theresa, warum nur sind Sie so grausam zu mir?«
Weil du mich zu sehr magst, schoß es ihr durch den Kopf. Aber das war natürlich Unsinn. So einfach lagen die Dinge nicht.

An Wochentagen verabredete sie sich nicht mit ihm; sie redete sich darauf hinaus, sie könne unmöglich morgens pünktlich aufstehen, wenn sie am Abend zuvor ausgegangen sei. Der wirkliche Grund war jedoch, daß Tony am Wochenende im Parkhaus zu tun hatte, in der Woche aber unerwartet auftauchen konnte.
Oft war einer von beiden bei Theresa, wenn der andere anrief. Sie nahm an, daß James' Interesse an ihr davon nicht beeinflußt wurde, Tony hingegen stachelte das sichtlich an. Aus diesem Grunde zwang sie sich dazu, in seiner Anwesenheit mit James zu telefonieren, auch wenn sie keine Lust hatte. Tony, der eben noch über Muskelschmerzen geklagt hatte oder ganz in den Anblick von irgendwelchem Schund auf der Mattscheibe versunken gewesen war (bei laut plärrendem Radio), rückte sogleich zu ihr aufs Bett, wo sie ganz vertieft in ihr Gespräch mit James lag, küßte sie, knöpfte ihr die Bluse auf, strich über ihre Oberschenkel. Einmal kitzelte er ihre Fußsohlen, und Theresa stieß einen Schrei aus und sagte zu James, jetzt müsse sie auflegen. Danach bearbeitete sie Tony mit den Fäusten, als ob sie wirklich zornig darüber sei, daß sie das Gespräch hatte beenden müssen. Das gefiel ihm. Besonders gefiel ihm, daß sie seinetwegen aufgelegt hatte.
James rief nun früher an, denn er vermutete ganz richtig, daß sie dann meist allein war.
»Wo ist dein Freund?« fragte Tony, als die Anrufe ausblieben.
»Der ruft jetzt zeitiger an«, sagte sie lachend.
»Dem paßt es wohl nicht, daß ich hier bin, was?«
»Selbstverständlich nicht.«
»Tja, da hat er Pech. Ich habe ebensoviel Recht hier zu sein wie er.«
Er sagte das wie ein kleiner Junge, der sein Revier absteckt.
»Warum sagst du nichts darauf?« fragte er.
»Was soll ich dazu sagen?«
»Er zahlt doch wohl nicht die Miete für die Bude hier?«
»Aber nein, Tony. Er zahlt nicht die Miete«, sagte sie geduldig.
»Wer zahlt sie denn?«

»Ich.«
»Wovon?«
»Von meinem Gehalt.«
»Wie teuer ist die Wohnung?« Er war nicht nur mißtrauisch, er war auch unerhört ehrpusselig, und wäre er wirklich erwachsen gewesen, sie hätte sich über ihn geärgert.
»Zweihundert im Monat.«
»Wert ist sie nicht die Hälfte.«
Theresa lachte. »Mir schon.«
»Die Gegend ist zum Kotzen. Lauter Kiffer. In Queens solltest du wohnen.«
»In Queens! Weshalb sollte ich wohl nach Queens ziehen! In meinem ganzen Leben habe ich noch keinen Fuß nach Queens gesetzt.«
»Das gibt's doch gar nicht«, erklärte er entschieden.
Sie blieb stumm. Darüber konnte man nicht mal lachen.
»Queens ist wunderschön«, sagte er. »Nicht zu vergleichen mit dieser Gegend hier. Meine alte Dame wohnt in Queens.«
»Ich denke, du wohnst in Brooklyn?«
»Ich schon. Aber deshalb muß doch sie nicht auch ... sie hat mich rausgeschmissen.«
»Warum?«
»Angeblich wegen Rauschgift, aber das ist alles Blödsinn. Sie wollte mich nicht in der Nähe haben, ihre Freunde sollen nicht sehen, daß sie schon einen erwachsenen Sohn hat. Vierundvierzig ist sie jetzt, und immer noch ... Fotze die.«
»Was soll sie denn deiner Ansicht nach tun?«
»Ach hör auf«, sagte er schlechtgelaunt.
Sie versuchte, ihn aus dieser Stimmung zu locken, doch er ging auf nichts ein. Sie fragte nach seiner Familie, aber da wurde er erst recht wütend. Also brachte sie die Rede auf Pferde. Er begann gleich eifrig über Pferde zu reden, über den Rennplatz. Ein Onkel, der Jockey war, hatte ihn schon als Kind dorthin mitgenommen, und seit seinem fünften Lebensjahr gab es für ihn nichts auf der

Welt, was an den Rennplatz heranreichte. Als Kind, so erzählte er Theresa, hatte er darum gebetet, nicht größer als einen Meter sechzig zu werden, damit er Jockey werden könnte. Und als er dann doch größer wurde, wollte er Trainer werden. Als sie nach seiner Lizenz und der Rauschgiftsache fragte, wurde er wieder mürrisch.

»Du erzählst nie was von dir«, maulte er.

»Was möchtest du denn wissen?«

»Wie heißt der Kerl?« kam es wie aus der Pistole geschossen.

»Wer?« fragte sie völlig unvorbereitet. »Ach so – du meinst James.«

»James, und wie noch?«

»Mehr erfährst du nicht.«

Er sah sie an, als wolle er sagen: Ich habe ja immer schon gewußt, daß du mir nichts erzählen willst.

»Wäre es dir recht, wenn ich ihm von dir erzählte?«

»Klar. Warum nicht?« Er saß in die Kissen gelehnt und trommelte auf dem Nachttisch. Der Fernseher war ausgeschaltet, aber das Radio lief noch. Sie küßte ihn, streichelte ihn ein bißchen. Er schüttelte sie ab.

»Hast du Lust, vor die Tür zu gehen?« fragte sie.

»Mich kriegst du nicht aus dem Haus.«

»Ich meine doch, ich gehe mit dir spazieren, Dummerchen.«

»Nenn mich nicht Dummerchen.« Dabei holte er aus, wie um sie zu schlagen, hielt aber ein. Er war rot vor Zorn. Theresa erschrak, glaubte allerdings nicht, daß er sie tatsächlich geschlagen hätte.

»Wenn ich dich wirklich für dumm hielte, würde ich mich nicht trauen, es laut zu sagen«, versicherte sie ihm.

Er ließ die Hand sinken, einigermaßen besänftigt.

Selbstverständlich war das eine Lüge. Eben daß er so dumm war, machte ihn liebenswert und trennte ihn in ihrem Bewußtsein säuberlich von James. Der Gegensatz zwischen diesen beiden war so vollkommen, daß dies Arrangement sie nachgerade befriedigte. Sie sah das schon endlos so fortgehen: Sex mit Tony, Gespräche und abendlichen Ausgang mit James.

»Falls du Lust hast, mit mir spazierenzugehen, ich bin einverstanden. Wenn nicht, so ist's mir auch recht.« Ganz die Lehrerin, die ein verirrtes Schaf zur Herde zurückbringt.

»Spazierengehen ist mir zuwider.«

»Möchtest du vielleicht was anderes tun?« Sie heizte ihm ein, streichelte seine Schenkel, küßte sein Ohr, spielte mit einer Locke, die unter seinem Brillengestell hervorschaute. Sie strich sein Haar zurück, wickelte es um den Finger.

»Wo gehst du zur Arbeit, wenn du wirklich arbeitest?«

»Auf der Second Avenue.«

»Wo da?«

Sie sagte es, nicht ohne Bedenken.

»Was für ein Büro kann das schon sein«, fragte er verächtlich.

»Kein Büro. Eine Schule. Ich bin Lehrerin.«

Er starrte sie offenen Mundes eine ganze Minute an, bevor er sagte: »Du nimmst mich auf den Arm!«

»Nein.«

»Wem gibst du denn Unterricht?«

»Den Kleinsten.«

Er starrte sie an, mit einer Mischung aus Ehrfurcht und Mißtrauen.

Sie lachte beklommen. »Was ist denn dabei?«

»Nichts ist dabei.« Und doch starrte er sie an, als sehe er sie zum erstenmal.

Sie stand auf, ging ins Badezimmer, kämmte sich und kam zurück.

»Ich habe Hunger. Magst du was essen?« fragte sie.

»Was treibst du dich denn in Kneipen rum, wenn du wirklich Lehrerin bist?«

»Heilige Muttergottes«, murmelte sie. »Das ist ja nicht zu glauben.« Doch wußte sie selbstverständlich genau, worauf er hinaus wollte.

Er schwieg. Sein Gesichtsausdruck veränderte sich allmählich, aber den neuen verstand sie noch nicht zu lesen. Vielleicht war er weniger streitsüchtig. Nachdenklicher. Er überlegte. Schließlich lächelte er.
»Da bleibt dir doch die Spucke weg.«
»Ich muß jetzt was essen. Ich habe heute abend noch nichts gegessen.«
»Hast du keine Würstchen?«
Sie hatte keine Würstchen im Haus, denn die aß sie so oft in der Mittagspause, daß sie abends wirklich keine Lust mehr darauf hatte.
»Steak und Spaghetti hätte ich jetzt gern«, sagte er.
Sie hatte nur Dosenspaghetti. Er sah sie verächtlich an. Schließlich aßen sie Weißbrot mit Erdnußbutter und dabei fragte er immer wieder, ob sie das eine Mahlzeit nenne? Sie hätte ihn ganz gern darauf hingewiesen, daß es in nächster Nähe mindestens ein halbes Dutzend Lokale gab, wo man anständig essen konnte. Aber er schien entschlossen, heute keinen Fuß aus der Wohnung zu setzen. Nach dem sechsten Erdnußbutterbrot erklärte er, ihm sei übel. Er hielt sich den Bauch, rollte mit den Augen, und als sie fragte, ob sie ihm helfen könnte, meinte er, er wolle lieber heim zu seiner Mutter.
»Nach Queens?«
»Ja doch, da wohnt sie. Habe ich dir's nicht gesagt?« Er verzog das Gesicht zu einer Grimasse.
»Stimmt. Aber du hast gesagt, du selber wohnst nicht dort.«
»Wo meine Mutter wohnt, bin ich zu Hause, oder etwa nicht?« Das war offensichtlich nur eine rhetorische Frage. »Und wenn man krank ist, geht man nach Hause, das ist doch klar.«
»Ich weiß nicht recht«, meinte Theresa. »Wenn mir bei Freunden übel würde, ich würde mich hinlegen, bis es vorbei wäre. Oder mich übergeben, wenn's nicht anders ginge.«
Er stöhnte. »Mußt du das gerade jetzt sagen!«
Sie war schuld an seiner Übelkeit, so oder so.

Er stand auf und hielt sich den Bauch.
»Willst du wirklich gehen?« Wenn er nicht wirklich krank war, sollte er gefälligst mit ihr schlafen. War ihm aber übel, konnte die lange Bahnfahrt ihm nur schaden.
»Ich ruf dich an.«
Die ganze Woche hörte sie nichts von ihm, und dafür behandelte sie James am Samstag hundsgemein.

Am Dienstag rief Tony an.
»Hallo«, sagte sie in dem Versuch, unbeschwert zu erscheinen und ihre Erleichterung darüber zu verbergen, daß er nicht gänzlich verschwunden war. »Warst du krank?«
»Krank? Ach ja, richtig. Aber jetzt geht's mir wieder gut.«
»Schön. Wann kommst du?«
»Ich weiß nicht. Diese Woche habe ich Spätschicht. Der Kollege von der Nachtschicht ist krank geworden.«
»Mmmm. Offenbar ist er ansteckend«, sagte sie. »Der Erdnußbutter-Virus.«
»Halte dir den übernächsten Sonntag frei«, sagte er.
»Okay. Weshalb übrigens?«
»Weil ich es sage, deshalb.«
»Na gut. Aber bislang hast du nie so lange im voraus was mit mir ausgemacht, und jetzt soll ich mir plötzlich übernächsten Sonntag freihalten?«
Lange Pause. Offenbar war er überwältigt, weil ihr Genie diesen Widerspruch entdeckt hatte. Dann sagte er, vielleicht könnte er Montag vorbeikommen, da habe er keine Nachtschicht mehr. Sie war einverstanden. Bis dahin aber war noch eine ganze Woche, und sie war schon jetzt so scharf, daß sie die Wände hätte hochgehen können. Sie dachte an die Zeit, als sie monatelang ohne Sex gelebt, ja nicht einmal das Bedürfnis danach verspürt hatte. Ob Tony wirklich Nachtschicht hatte? Sehr wahrscheinlich. Ganz gewiß fühlte er sich nicht verpflichtet, sie anzulügen, nur um ihre Gefühle zu schonen. Hör auf, Theresa.

Wenn sie sich vorzustellen suchte, was wirklich los war, konnte sie möglicherweise überschnappen. Vielleicht würde sie ohnehin verrückt. Die Wände anstarren? Nein, das kam nicht in Frage. Schon hatte sie einen Entschluß gefaßt. Als sie sich umzog, fiel ihr ein, daß sie eigentlich Vorhänge säumen wollte, die sie in der Vorwoche gekauft hatte. Mit dieser Wohnung wurde sie einfach nicht so warm wie mit der ersten. Sie hätte sie auch schon gern hübsch hergerichtet, nur brachte sie es nicht fertig, diesen Wunsch in die Tat umzusetzen. Neuerdings fiel es ihr sogar schwer, sich auf die Arbeit für die Schule zu konzentrieren. Das lag zum Teil an der Ruhelosigkeit, die Lehrer wie Schüler im Frühjahr überkam. Doch kam noch dazu, daß sich ihre Einstellung zur Schule seit den Tagen des Streiks gewandelt hatte: sie bedeutete ihr keine Heimat mehr, keinen Zufluchtsort. Und zu allem Überfluß nun dieses gespannte Verhältnis zu Tony! Es konnte doch nichts mit James zu tun haben? Ausgeschlossen. Zwischen ihr und James kam es übrigens nie zu Spannungen. Nur ein gewisses Unbehagen spürte sie, weil sie wußte, daß er sie zu gern mochte. Dabei war es doch gar nicht so schrecklich, wenn einen jemand gern hatte. Problematisch war die Sache nur geworden, weil sie sich inzwischen recht gern mit ihm unterhielt und nun fürchtete, er könnte es mit ihr ernstmeinen. Und dann wäre alles aus gewesen.

Doch was immer daran schuld sein mochte: es fiel ihr jedenfalls schwer, sich auf ihre Arbeit oder sonst eine Tätigkeit zu konzentrieren.

Sie machte sich sorgfältiger als sonst zurecht und zog Jeans und den schwarzen Rollkragenpullover an, ihre Streunerklamotten, wie sie sie bei sich nannte. Es war schon ziemlich warm draußen. Frieren würde sie höchstens in der Kneipe, wo es eine Klimaanlage gab – ja, wo wollte sie eigentlich hin? Zu Mr. Goodbar. Das war ein behagliches altes Lokal mit originellen Tischlampen. Eine ganze Längswand war mit Bonbonpapieren beklebt und mit Schellack überstrichen.

Bei Mr. Goodbar lernte sie einen Menschen namens Victor kennen, der irgendwas mit der Werbeabteilung von General Motors zu tun hatte. Er hatte eine Frau und fünf Kinder und wohnte im Armenviertel von Grosse Point, wie er lachend sagte. Er ähnelte Rock Hudson, nur war er älter (er hatte graues Haar), und er stotterte grauenhaft, bis er endlich voll war; in nüchternem Zustand konnte er bestimmt keine Geschäfte machen. Er war sehr nett, wenn man sich um das Stottern nicht kümmerte. Am besten half man ihm darüber weg, indem man Scherze machte. Zum Beispiel sagte, daß er kein bißchen stottere. Sie begleitete ihn auf sein Hotelzimmer und blieb bis Freitag früh, nachdem sie sich in der Schule für Mittwoch und Donnerstag krank gemeldet hatte – nicht ohne Gewissensbisse.
Er kaufte ihr ein schönes schwarzes Nachtgewand, Lavendelseife und Badeöl von Chanel. Außerdem schleppte er eine Menge Illustrierte an, damit sie in seiner Abwesenheit lesen konnte, wenn ihr mal nicht mehr nach Schlafen und Fernsehen zumute war. Die Mahlzeiten ließen sie sich meist aufs Zimmer bringen. Er hatte ihr vorgeschlagen, sie solle freiwillig seine Gefangene im Hotel sein, bis er Freitag abreisen müsse. Das Zimmer dürfe sie verlassen, nicht aber das Hotel. Hatte sie einen Wunsch, solle sie ihn nur getrost äußern. Ob sie Kleider brauche für ihre seltenen Auftritte im Restaurant des Hotels? Nein. Ihr machte es nichts aus, immer in den gleichen Jeans, dem gleichen Pullover zu erscheinen. Sie trug das Zeug ja kaum. In dem dämmerigen, kühlen Zimmer, dessen Jalousien stets halb geschlossen waren, hatte sie entweder das Nachthemd an oder ihr Höschen. Als sie sagte, sie trage das Zeug kaum, mußte er lachen. Überhaupt lachten sie viel miteinander. Als er merkte, daß sie immer wieder andere Drinks bestellte und süße Getränke bevorzugte, brachte er ihr jedesmal eine Flasche Likör mit, wenn er kam, und jedesmal einen anderen. Sie tranken Arrak aus Papierbechern und stellten fest, daß das starke Zeug den Wachsbelag ablöste, so daß winzige Wachsflocken darauf herumschwammen. Sie tranken es

trotzdem, und später im Bett schwor er, das Wachs habe sich in ihr festgesetzt und mache sie viel schlüpfriger als sonst. Manchmal aßen sie überhaupt nicht, sondern tranken statt dessen.
Er sagte, im allgemeinen tue er so was nicht, er sei eigentlich ein rechtgläubiger Spießer. Ob sie ihm das abnehme? Als sie bejahte, schien er erleichtert. Danach sprach er von Frau und Kindern, als könne er sich ihr nun anvertrauen, weil sie wußte, daß er nicht log. Dabei stotterte er schlimmer als je zuvor.
Seine Frau lebte meist in einem Sanatorium in Michigan, und das schon seit Jahren. War er verreist, kümmerte sich die Hausangestellte um die Kinder. Jedenfalls um die kleineren. Die Älteste ging schon aufs College, die Zweitälteste war sechzehn, und mit der habe Terry eine gewisse Ähnlichkeit. Nicht bloß die Augen waren vom gleichen Grün, sie hatten auch einen ähnlichen Gesichtsausdruck. Gwendolyn heiße sie – Gwennie. Man wußte nie, was sie dachte, nur manchmal sah sie ihn unversehens an, mit einem eindringlichen, spitzbübischen Blick, und dann wußte er, sie durchschaute ihn als liebenswerten Schwindler und hatte sich schon die ganze Zeit über ihn lustig gemacht. Theresa konnte sich nicht erinnern, ihn einmal auf diese Weise angesehen zu haben, doch kam es wohl nicht darauf an. Es paßte eben in das Drehbuch, das er sich zurechtgezimmert hatte, und ob es auch in ihres paßte, war gleichgültig.
Genaugenommen hatte sie übrigens gar keines; das Phantastische der Situation reichte aus, ihr Interesse wachzuhalten. Das und die Freude darüber, daß sie nicht da war, falls Tony es sich anders überlegte und doch vorbeikäme. Und daß sich niemand meldete, wenn James anrief. Mittwoch und Donnerstag würde James sich wohl ihretwegen sorgen, vielleicht gar Rose anrufen, und Rose würde ihm sagen, Theresa habe sich krank gemeldet. Darauf würde er Rose fragen, ob es nicht sonderbar sei, daß sie das Telefon nicht abhob. Also mußte Terry sich eine plausible Erklärung ausdenken.
Ein Krankheitsfall in der Familie. Am Telefon habe sie das nicht

so breittreten wollen, aber tatsächlich sei ihre Mutter erkrankt, und sie, Terry mußte auf ein paar Tage in die Bronx fahren. Das wollte sie übrigens ohnedies am Wochenende. Den Vater hatte sie seit mindestens einem Monat nicht gesehen, und damals war er noch recht mitgenommen gewesen von der Operation.
Freitag um acht Uhr frühstückten Terry und Victor zum letztenmal im Hotel. Dann ließ er eine Taxe für sie kommen, küßte sie zum Abschied, hielt ihr die Tür auf und reichte dem Fahrer eine Fünfdollarnote. Dann ging er zurück in die Halle und ließ sein Gepäck in die nächste Taxe schaffen.

Rose war die erste, der Terry begegnete. Es war klar, daß Rose an Terrys Krankheit nicht glaubte, aber zu höflich war, um das auszusprechen.
»Ich war nicht krank«, sagte Terry daher, »sondern zu Hause. Meine Mutter war krank.«
Rose erwiderte: »Nichts Ernstes, hoffe ich.«
Terry schüttelte den Kopf. »Eine Grippe. Mittelschwer. Aber weil meine Mutter so selten krank ist, herrscht gleich Weltuntergangsstimmung, wenn ihr mal was fehlt.«
»Du weißt wohl, wer sich deinetwegen große Sorgen gemacht hat?« fragte Rose lächelnd.
»Evelyn?«
Rose lächelte stärker. »James. Und er mag dich wirklich sehr.«
Terry lächelte zurück. »Er ist ja auch ein lieber Junge.«
Rose runzelte die Stirn. »Mir gefällt nicht, wie du das sagst.«
»Ich meine es nicht so«, korrigierte Terry sich hastig. »Ich bin müde und ... wirklich, ich bin sehr froh darüber, daß ich ihn durch euch kennengelernt habe, Rose.« Das hatte sie bisher nie so eindeutig ausgesprochen. Vermutlich hatte Rose das schon längst einmal hören wollen. »Ich habe ihn auch gern, wirklich.«
»Und ein Junge ist er auch nicht mehr«, fuhr Rose fort. »Seine Mutter ist gelähmt, und seit seinem achtzehnten Lebensjahr sorgt er für sie und seine Schwester.«

Theresa gab es einen Ruck. Sie starrte Rose entsetzt an. »Davon hat er nie ein Wort gesagt.«
»Das wundert mich nicht.«
»Wieso ist seine Mutter gelähmt?«
»Seit einem Schlaganfall. Gleich nach dem Tod des Vaters.«
»Warum hat er das nie erwähnt?«
»Das tut er höchstens, wenn du danach fragst.«
Und sie hatte natürlich nicht daran gedacht zu fragen. Zwei Tage lang war sie mit einem ihr völlig unbekannten Mann im Hotel gewesen und hatte über dessen Familienverhältnisse und auch über ihre eigenen mehr und ausführlicher geredet als mit James Morrisey in den mehr als zwei Monaten, die sie ihn kannte.
Sie kam sich ebenso unwirklich vor wie die Tage, die hinter ihr lagen. Betäubt. Verängstigt. Nicht weil ihr sinnlos erschien, was sie getan hatte, sondern weil es im Gegenteil äußerst sinnvoll war. Eben der Umstand, daß sie Victor früher nicht begegnet war und ihm nicht wieder begegnen würde, daß sie ihn nicht näher kannte und auch nicht kennenlernen konnte, hatte ihr erlaubt, ganz offen und rückhaltlos zu ihm zu sprechen. *Und gerade das war es, was ihr Schrecken einjagte.* Sie hatte das Gefühl, als ... als stünde sie mit den Füßen im Treibsand. Eine frühe Kindheitserinnerung meldete sich, die viele Jahre vergessen gewesen war – die einzige Erinnerung aus der Zeit vor ihrer Kinderlähmung. Sie war damals wohl zwei oder drei Jahre alt gewesen. Man beging irgendeine lustige Familienfeier am Strand von Jersey, ein richtiges Fest, wie sie es kaum noch feierten, nachdem Brigid zur Welt gekommen war ... sie selbst an Kinderlähmung erkrankte ... der Bruder verunglückte ... seit all die schlimmen Sachen sich ereignet hatten ... als die Sonne versunken war und die Haare nicht mehr golden schimmerten ... Es war Spätnachmittag, die Sonne stand tief. Man hatte am Strand über offenem Feuer Steaks gebraten und Mais geröstet. Alle hockten ums Feuer, nur die zweijährige Theresa wanderte auf eigene Faust ein bißchen am Strand entlang; sie sah zu, wie das

ablaufende Wasser für einen Moment zurückzulaufen schien. Fast wurde sie umgeworfen, doch hielt sie sich aufrecht, indem sie die Füßchen fest in den nassen Sand stemmte. Und dann begann plötzlich dieser Sand, auf dem sie Halt gefunden zu haben glaubte, rasch unter ihren Sohlen wegzurieseln. Sekundenlang, für sie eine Ewigkeit, war ihr, als gleite die Welt unter ihr fort. Dann rief der Vater nach ihr, er kam sie holen, und die Angst verging.

Ihr fiel ein, daß sie vor Jahren in einem Aufsatz für Martin Engle dieses Erlebnis in eine spätere Phase ihres Lebens verlegt hatte.

»Theresa?«

»Ja?«

»Warum bleibst du nicht noch einen Tag zu Hause und ruhst dich aus?«

»Ich fühle mich ganz gut. Geschlafen habe ich genug.«

»Bestimmt?«

»Bestimmt. Außerdem kriegen wir keine Vertretung mehr für mich. Du weißt, wie es letztesmal war. Ich kann mich ja heute nachmittag hinlegen, wenn ich will.«

Den Kindern sagte sie, sie sei krank gewesen, fühle sich aber schon besser; sie wußte, man hatte sie bei den Kindern mit Krankheit entschuldigt. Auf ihre forschenden Fragen gab Theresa beklommen Antwort, sie fürchtete, es könnte den Kindern auffallen, daß sie nur zwei Tage krank gewesen war und man ihr nichts mehr davon anmerkte. Für die Kinder aber war diese Zeit unendlich lang gewesen – einige hätten geschworen, Theresa sei in dieser Woche überhaupt nicht in die Schule gekommen, und die meisten gaben sich mit ihrer Erklärung zufrieden. Zwei oder drei blieben allerdings mißtrauisch.

Der Tag schleppte sich so hin. Sie war müde, denn in der Zeit mit Victor hatte sie zwar viel gelegen, doch wenig geschlafen. Sie freute sich schon auf ihr Bett.

Als sie im Gespräch mit Evelyn die Schule verließ, wartete Tony gegenüber an der Straßenecke. Er hielt nach ihr Ausschau. Kopflose Angst überfiel sie. Evelyn sagte soeben, sie beabsichtige, mit einigen Freundinnen für den Sommer auf Fire Island ein Haus zu mieten. Ob Theresa sich beteiligen wolle? Man wollte nicht nur halbnackt am Strand herumliegen. Die Frauen gehörten in der Mehrzahl zu Evelyns Gruppe. Es seien starke, gescheite Persönlichkeiten mit ausgeprägtem Charakter, die für den üblichen Zeitvertreib nichts übrig hätten.
Theresa blieb stehen. Sie wollte nicht, daß Evelyn und Tony zusammentrafen, nicht nur weil sie fürchtete, Tony könnte an Evelyn Gefallen finden (oder mit ihr flirten, einerlei ob sie ihm gefiele oder nicht), sondern weil sie Angst hatte, er könnte sie vor ihrer Freundin demütigen.
»Was ist denn?« fragte Evelyn.
»Da ist wer, dem ich im Augenblick nicht begegnen möchte.«
»Sollen wir umkehren?«
»Nein. Er weiß, daß ich ihn gesehen habe. Das würde alles nur schlimmer machen.«
Sie überquerten die Straße.
»Tag, Tony«, sagte sie so gleichmütig wie möglich. »Meine Freundin Evelyn.«
»Wo hast du denn drei Tage lang gesteckt, verflucht noch mal?« fauchte er sie an, ohne Evelyn auch nur im geringsten zu beachten.
»Ich war nicht zu Hause.«
»Und wo warst du?«
»Wir verabschieden uns jetzt wohl lieber, Evelyn.«
»Meinst du?« Evelyn war besorgt.
Terry lachte. »Na, hör mal!« Sie wandte sich beiseite, damit Tony sie nicht hörte: »Er bellt, aber er beißt nicht.«
Evelyn ging.
Theresa betrachtete Tony, der immer noch reglos an der Mauer lehnte.

»Was haben wir nächsten Sonntag vor?« fragte sie, und das war ein segensreicher Einfall, denn die Frage lenkte ihn ab.
»Meine Mutter feiert Geburtstag.«
Sie lachte ungläubig.
»Was gibt es da zu lachen?«
»Ich weiß nicht. Meinst du das ernst?«
»Was denn sonst, du Ziege. Wenn ich Witze machen will, dann sage ich dir's vorher, damit du lachen kannst.«
Sie sagte, das werde sie zu schätzen wissen. Er trommelte mit allen zehn Fingern auf der Mauer, an der er lehnte.
»Ich sterbe vor Hunger und will sofort Würstchen essen. Kommst du mit?«
Sie kauften Würstchen und Limonade an einer Bude, und als sie zahlen wollte, verbot er es ihr. »Sei nicht albern. Wenn wir zusammen sind, dann zahle ich.« Als habe sie versucht, in den »Vier Jahreszeiten« für sich selber zu bezahlen. Sie überquerten die 14. Straße und gingen kauend und aus der Flasche trinkend zur U-Bahn. Unterwegs machte Tony ununterbrochen abfällige Bemerkungen über Farbige, und zwar so laut, daß ihn die Leute hören konnten.
»Was soll denn das für eine Feier werden?«
»Na, was schon, eine Feier eben. Essen, Trinken, Tanz und Tralala. Ihr schwuler Freund zahlt alles.«
»Warum gehst du hin, wenn du ihn nicht leiden kannst?«
»Bist du verrückt? Glaubst du, diese Tunte kann mich davon abhalten, den Geburtstag meiner Mutter zu feiern?«
»Nein, natürlich nicht. Aber ... weißt du ... ich komme mir da bestimmt deplaciert vor. Weil ich doch keinen kenne.«
Wie wirst du mich bekanntmachen, Tony? Mama, hier stelle ich dir die Fotze vor, die ich wöchentlich zwei-, dreimal bumse?
»Sei doch nicht so blöde. Schließlich kennst du mich.«
»Das stimmt allerdings.«
»Und du bist eben mein Mädchen, klar?«
Sie war an seine aberwitzigen Schlußfolgerungen mittlerweile

so gewöhnt, daß sie das gelassen aufnahm. »Stimmt das wirklich? Ich weiß nicht, ob ich überhaupt das Mädchen von irgend jemand bin.«
»Na, was denn sonst?« fragte er gereizt. »Bloß so'ne Fotze?«
»Das nicht. Aber wir haben –«
»Scheiße haben wir. Und ich muß jetzt zur Arbeit.« Sie waren fast am U-Bahnhof.
»Wann sehen wir uns?« fragte sie mechanisch.
»Weiß ich nicht. Ich rufe an. Und vergiß nicht – nächsten Sonntag.«

Als sie ihre Wohnung betrat, klingelte das Telefon. Sie nahm den Hörer auf.
»Ach, wie ich mich freue, Ihre Stimme zu hören, Theresa«, sagte James.
»Ja?«
Über die Unterhaltung mit Rose hatte sie nicht weiter nachgedacht, doch war sie ihr trotzdem den ganzen Tag nicht aus dem Kopf gegangen. Außerdem hatte sie eine Art moralischen Kater. James fragte, ob er sie zum Essen abholen dürfe. Er wolle dann länger im Büro bleiben und gleich bei ihr vorbeikommen. Normalerweise hätte sie spöttisch gesagt, er müsse doch zuvor gewiß nach Hause und ein Bad nehmen (er sah immer aus, als sei er soeben einer perfekten Reinigungsprozedur unterworfen worden, mitsamt seinen Kleidern). Jetzt aber begnügte sie sich damit zu sagen, sie sei so lange von zu Hause weggewesen, daß sie eigentlich nicht mehr ausgehen wolle, und setzte, für sich selber überraschend, hinzu, er könne ja bei ihr essen, wenn er wolle. Er fragte entzückt, ob er Wein mitbringen dürfe? Sie sagte, nein, sie wisse noch nicht, was sie kochen wolle, aber am Ende wurde es dann Huhn mit Spaghetti und Salat, und er brachte einen sehr trinkbaren Weißwein mit.

Es fiel ihr schwer, ihm ins Gesicht zu sehen. Sie fürchtete, er könnte fragen, warum sie ihm immer auswich, und dann müßte sie entweder in ihre übliche spöttische Art zurückfallen, oder aber sie würde etwas so unwahrscheinlich Törichtes sagen wie: »Ich wußte ja gar nicht, daß Ihre Mutter gelähmt ist.« Genau betrachtet war nämlich dies der Grund, weshalb sie für ihn kochte. Es war eine selbst auferlegte Buße.
Er stand im Durchgang zu der winzigen Küche und fragte, ob es sie störe, wenn er da herumstand, während sie kochte. Nein, es störte sie nicht. Das war die Unwahrheit. Sie kochte nie für Gäste und fühlte sich in seiner Gegenwart befangen und ungeschickt. Er machte den Wein auf, und jeder trank ein Glas, sie bei der Küchenarbeit, er beim Zuschauen. Sie fragte, ob er sich nicht wenigstens einen Stuhl holen und sitzend zuschauen wolle, doch er meinte, er sitze den ganzen Tag im Büro und stehe lieber. Es bedrückte sie, daß er damit mehr auszudrücken schien, als bloß daß ihm die Füße nicht wehtaten; sie hörte heraus, er sei beglückt, ihr beim Kochen zusehen zu dürfen. Sie warf ihm einen Blick zu und sah gleich wieder weg. Schon mußte sie die Tränen zurückdrängen.
Wieviel einfacher war es doch gewesen, als sie sich rundheraus über sein sanftes irisches Gesicht hatte lustig machen können; als sie noch annahm, er lebe bei der Mutter, weil er ein unterentwikkelter Chorknabe war; als sie noch nicht wußte, daß er ihr verschwieg, wie schwer er es hatte.
Sie machte sich daran, das Huhn zu wenden, weil sie ihm dabei den Rücken zudrehen konnte, doch verbrannte sie sich die Finger an der Bratpfanne und brach in Tränen aus. Er besah sich die Hand, tat einen Eiswürfel in ein Papiertuch, legte es zwischen die verbrannten Finger und führte Theresa aus der Küche.
»Mir fehlt ja gar nichts«, beteuerte sie und kam sich entsetzlich blöd vor. »So schlimm ist es wirklich nicht. Nur ... die letzte Woche war fürchterlich.« Das sagte sie jedesmal zu ihm. Es war widerwärtig.

Er führte sie zum Bett und ließ sich neben ihr auf der Kante nieder, immer noch den Arm um sie gelegt.
»Ich war gar nicht krank«, beichtete sie und betrachtete ihre Finger und den eingewickelten Eiswürfel. »Zu Rose habe ich gesagt, meine Mutter sei krank gewesen, aber auch das stimmt nicht. Was wirklich war, kann ich Ihnen nicht sagen. Ich kann einfach nicht darüber reden.« Er hielt sie umfaßt. Sie legte den Kopf an seine Brust und schluchzte. Er küßte ihren Scheitel. »Sie kann ich nicht belügen«, schniefte sie, »ich weiß auch nicht, warum.«
»Sie sind bestimmt überhaupt kein verlogener Mensch«, behauptete er.
»Da irren Sie sich. Ich lüge fortgesetzt. Vielleicht nicht unentwegt, aber meist lüge ich ebensooft, wie ich die Wahrheit sage.« Vermutlich hatte er das nie gemerkt. Aber ihr selber war es aufgefallen, wenn sie mit ihm zusammen war. Für sie kam es aufs selbe hinaus, ob sie log oder die Wahrheit sagte. Eine Lüge war etwas, das so nicht geschehen war, aber doch hätte geschehen können.
»Es fällt mir schwer, das zu glauben.«
»Es ist aber so.« Sie stand mit einem Ruck auf. »Ich gehe wohl lieber wieder in die Küche.«
Diesmal folgte er ihr nicht. Sie tat, was notwendig war, deckte den Tisch, kam sich vor, als spiele sie in einer Scharade mit. Dieses Gefühl war jetzt viel stärker als im Hotel, wo sie ja gar keine Rolle gespielt hatte. (Dort hatte sie am stärksten beeindruckt, daß ihr wirkliches Dasein für kurze Zeit nicht mehr vorhanden gewesen war.) Jetzt hingegen ging es um ihr Selbst und überdies um das Hausmütterchen, das sie spielte. Die liebe kleine Frau, die dem Männchen am Ende des arbeitsreichen Tages sein Süppchen gekocht hat. Eine richtige Ehe war es selbstverständlich nicht, sonst hätte er vor der Glotze gesessen. Immerhin, wer nicht aufpaßte, hatte unversehens ein Eigenheim in New Jersey und sechs schreiende Bälger. Vielleicht auch nur fünf; das sechste war zu

krank, um zu plärren, es lag stumm im Bett und starrte einen an.
Er war sehr wortkarg, als er sich zu Tisch setzte. Sie tat ihm das Essen auf seinen Teller und hatte Schwierigkeiten mit den Spaghetti, die großenteils auf der Tischdecke landeten. Sie nahm die Finger zu Hilfe.
»Als ich Rose sagte, meine Mutter sei krank, da hat sie mir von Ihrer Mutter erzählt.«
»So?«
»Warum haben Sie nie etwas davon erwähnt?«
»Erwähnt? Ach, Sie meinen, daß sie gelähmt ist?«
Sie nickte.
»Es hat sich wohl nie ergeben. Es ist kein Geheimnis, aber man mag auch nicht dauernd davon reden.«
»Manche Leute schon.«
»Das verstehe ich nicht.«
»Vielleicht wollen sie Mitleid?«
»Vielleicht.« Er lächelte. »Mitleid wünsche ich mir von Ihnen ganz und gar nicht.«
Sie schwieg.
Er sagte, das Huhn sei ausgezeichnet, und sie nahm das Kompliment in aller Form entgegen.
»Haben Sie eine Ahnung, warum Rose meine Mutter erwähnt hat?« fragte er. »Wollte sie etwa ein Wort für mich einlegen?«
»Nein«, sagte sie, ihre Worte sorgsam überlegend. »Nein, so kann man nicht sagen. Rose hält viel von Ihnen. Aber wir sitzen nicht beieinander und sprechen von Ihnen.«
»Dagegen hätte ich gar nichts. Besser als wenn Sie mich vergessen. Ich fürchte, wenn wir uns nicht sehen, denken Sie überhaupt nicht an mich.«
Sie lächelte. »Sie reden doch auch nicht mit Morris über mich.«
»Es gibt da auch nicht viel zu reden. Morris findet, daß ich wie ein Mondkalb aus dem Fenster starre und deshalb verliebt sein müsse. Als er das zum erstenmal sagte, bin ich rot geworden. Das

hat seinen Verdacht natürlich erhärtet. Jetzt fragt er bloß montags, ob ich ein angenehmes Wochenende hatte und strahlt mich väterlich an. Als ob es sein Verdienst sei, wenn ich glücklich bin.«

»Und sind Sie's?«

»Glücklich?« Er lächelte. »Ich weiß nicht. Wie erkennt man das?«

Sie lachte. »Mich dürfen Sie nicht fragen. Ich weiß immer bloß, ob ich obenauf bin oder im Keller. Das ist nicht das gleiche.«

»Und wo sind Sie jetzt?«

»Irgendwo zwischendrin wohl.« Mit ihm war sie immer zwischendrin. Nervös, wachsam, weder obenauf noch im Keller. »Ich bin einfach nervös.«

»Und warum das?«

»Sie machen mich nervös«, gestand sie. Im selben Moment glaubte sie, eine Fremde habe gerade geredet. Das konnte sie sich doch nicht wirklich eingestanden und schon gar nicht laut ausgesprochen haben. »Sie machen mich nervös!« Nun war sie damit herausgeplatzt. Mit der Wahrheit. Bevor sie der Versuchung nachgeben konnte, alles zuzuschütten.

»Warum denn nur?« Er legte die Gabel hin und sah betroffen auf. Sie hatte ihn nicht betroffen machen wollen. Sie war verwirrt, fühlte sich schuldig, kam sich erbärmlich vor. »Sie können nichts dafür. Es liegt an mir. Ich mag Sie gern, James, bloß ...« Ihre Lippen bebten, und die Kehle tat ihr weh von zurückgehaltenen Tränen. »Ich weiß nicht mehr, was Sie da eben gesagt haben, aber bitte ... Sie sollen mich nicht lieben.«

Was machst du denn nur, Theresa? Er hat von Morris erzählt, weiter nichts. Von Liebe kein Wort. Dumme Gans! Er hat überhaupt nichts von dir verlangt. Eine dumme Gans bist du! Hat er gesagt, er will dich heiraten? Kaum angefaßt hat er dich die ganze Zeit ... Er ...

Aber er lachte nicht über sie. Er betrachtete sie mit tiefem Ernst, und sein ohnehin bleiches Gesicht war noch blasser geworden.

Sie war so durcheinander! Sie hätte gern geschrien und geweint. Er sollte sie an sich drücken, aber sie konnte ihn nicht dazu auffordern, das wäre unrecht, weil sie sich doch nicht die Spur zu ihm hingezogen fühlte und ihr der Gedanke gräßlich war, er könnte intim werden. Victor! Ach, wäre doch Victor da! Bei Victor hatte sie heulen und schreien und sich wie eine Verrückte aufführen können, hatte verlangen können, daß er sie in den Arm nahm, und es war überhaupt nicht darauf angekommen, denn tags darauf flog er ja schon wieder weg. Und viele Probleme konnten bei Victor überhaupt gar nicht erst entstehen, denn wenn er sie im Arm hielt und tröstete und sie plötzlich Lust hatten, miteinander zu schlafen, dann gingen sie eben einfach ins Bett, und alles erledigte sich von allein.

»Ich bin völlig durcheinander, James«, sagte sie. »Ich weiß nicht mehr, was ich rede ... ich verstehe nicht, was Sie an mir finden. Wirklich, ich verstehe es nicht. Warum ... warum wollen Sie überhaupt mit mir zusammen sein? In New York wimmelt es von Frauen, es herrscht weiß Gott kein Mangel.« Sie steigerte sich in einen hysterischen Zustand hinein. »Ich meine es ganz ernst, James, oder glauben Sie, ich scherze?«

»Nein, ich glaube nicht, daß Sie scherzen«, sagte er still.

»Also warum?«

»Ich habe Sie vom ersten Tag an leiden mögen, Theresa. Ich finde, Sie sind eine reizende und interessante Person.«

Ich finde, Sie sind eine reizende und interessante Person.

Was sollte sie darauf erwidern? Er mußte wohl blind sein. Oder verrückt. Vielleicht beides? Vielleicht war er wie Victor? Vielleicht hatte er sich da ein Phantasiewesen zurechtgedacht, das mit ihr überhaupt nichts zu tun hatte? Hätte er gesagt, er liebe sie aus diesem oder jenem Grund, so hätte sie sich leichter damit auseinandersetzen können. Sie hätte ihn verspotten können. Und ihm haarklein beweisen, daß das, was er für sie empfand, nicht Liebe sein konnte. So aber war alles viel schwieriger. Vielleicht wußte er das, hatte sich gerade deshalb so ausgedrückt. Schlau war er ja,

dieser James Morrisey. Er hatte wohl ein paar Webfehler, aber alles in allem war er ein Schlaukopf.
Sie lächelte. »James, James Morrison Morrison Weatherby George Duprei«, zitierte sie, »sorgte für seine Mutter, obwohl erst drei.«
»Da wären wir also wieder bei meiner Mutter.«
»Tut mir leid. Es fiel mir eben ein. Ich habe es meinen Kindern vorgelesen und mußte dabei an Sie denken.«
Er schwieg.
»Werden Sie immer mit Ihrer Mutter zusammenleben?« Solche Fragen zu stellen, hatte sie überhaupt kein Recht. Im Grunde interessierte es sie gar nicht.
»Nicht unbedingt. Meine Schwester ist bereit, Mutter so lange wie möglich zu sich zu nehmen, falls ich mich nicht mehr um sie kümmern könnte. Wenn ich beispielsweise heirate und mit meiner Frau allein wohnen möchte.«
Solange wie möglich. Ein vertrackter Satz. Die Schwester konnte schon nach zwei Wochen sagen, die Anwesenheit der Mutter sei eine Zumutung für die Familie – es sei für die Kinder zu deprimierend, mit einem völlig gelähmten Menschen zusammenleben zu müssen.
»Erzählen Sie mir von Ihrer Mutter.«
»Sie ist ein sehr lieber Mensch. Das war sie immer schon. Lieb, still, von unerschütterlicher Gelassenheit. Natürlich, wenn man so hilflos ist . . . sie ist sehr religiös, betet viel. Ich bin fest davon überzeugt, daß ihr Glaube an Gott und ein Leben nach dem Tode sie vor dem Wahnsinn bewahrt hat.«
»Glauben Sie selber an Gott?«
Er lächelte. »Wie könnte ich nicht an jenen Gott glauben, der meine Mutter vor dem Wahnsinn bewahrt?«
»Sie könnten an ihn als an eine Kraft im Bewußtsein ihrer Mutter glauben. Deshalb brauchen Sie noch nicht zu glauben, daß es ihn wirklich gibt.«
»Damit haben Sie natürlich recht. Aber ich mache hier wohl kei-

nen Unterschied. Oder nein, das stimmt nicht. Ich hüte mich nur vor religiösen Streitgesprächen, weil ich zu viele mit angehört habe. Während der Schulzeit – zwischen Freunden, die aus der Kirche ausgetreten waren, und anderen, die dringeblieben sind und so fort. Ich stelle mich solchen Fragen nicht gern, obwohl es vielleicht besser wäre.«

Er war so anständig. So aufrichtig. Diese Anständigkeit und Ehrlichkeit bereitete ihr ebensoviel Kummer wie ihm.

»Die Wahrheit ist«, fuhr er fort, »daß ich mich dafür entschieden habe, an ihn zu glauben. Dabei weiß ich nicht einmal, ob das wirklich die Wahrheit ist. Ich glaube an ihn und habe mich dafür entschieden, diesen Glauben nicht anzuzweifeln. Stellte sich nämlich heraus, daß meine Zweifel berechtigt wären, dann würde ich mich vollständig verlassen fühlen. Und dann wüßte ich, was Verzweiflung ist.«

Und dann wüßte ich, was Verzweiflung ist.

Sie sah ihn erstaunt an.

Dann wäre ich vollständig verlassen, und dann wüßte ich, was Verzweiflung ist.

»Willkommen im Kreis der Verzweifelten«, sagte sie und spürte, wie schmerzlich ihr Lächeln war. Gleich darauf war sie tödlich verlegen. »Ich weiß gar nicht, wie ich so etwas sagen konnte«, stieß sie hervor.

Er sah sie nur an.

»Es paßt überhaupt nicht zu mir, so etwas zu sagen.«

Er nickte.

»Warum habe ich das bloß gesagt, Scheiße, verfluchte!«

Er zuckte zusammen.

Natürlich zuckte er. Eben darum hatte sie es ja gesagt. Oder? Hatte sie ihn nicht treffen wollen? Ihn zurückscheuchen dorthin, wo er hingehörte? Plötzlich hörte sie ihren Vater sagen, einer von Katherines Freunden benutze Ausdrücke wie ein Viehtreiber, und er dulde ihn nicht im Hause. Sie lächelte.

Verschließe dein Haus vor mir, James.

»Warum? Das ist, glaube ich, nicht so wichtig«, bemerkte James. »Sie haben es ausgesprochen, weil Sie im Augenblick so empfanden.«
»Unsinn«, protestierte sie. »Ich war nicht die Spur verzweifelt.«
»Wohl nicht im Augenblick. Ich verstehe das mehr als Ausdruck einer allgemeinen –«
»Hören Sie sofort auf! Ich kann das nicht hören.«
Sie stand auf und räumte den Tisch ab. Er wollte helfen, doch sie untersagte es ihm. Sicher würde noch einmal etwas passieren, wenn er ihr half. Das war unsinnig und ungerecht. Sie trug das Geschirr in die Küche und ließ alles knapp vor dem Spültisch fallen. Ein Teller zerbrach, der andere rollte auf der Kante bis zum Schrank und blieb dort stehen, gehalten von unsichtbaren Kräften. Die Bratpfanne war auf den Boden gefallen, ohne ihren Inhalt zu verstreuen, Spaghetti und Salat allerdings lagen rings umher.
Diesmal wollte sie nicht wieder weinen. Sie *weigerte* sich einfach. Das war ja lächerlich. Sie merkte, daß er im Durchgang zur Küche stand.
»Gehen Sie weg!«
»Ich dachte, nachdem das nun einmal passiert ist, könnte ich Ihnen vielleicht doch helfen?«
Sie sah ihn rasch an und entdeckte die Spur eines spitzbübischen Lächelns.
»Nein. Machen Sie bloß, daß Sie wegkommen. Sie werden bloß dreckig.«
»Das wäre nicht das erstemal.«
»So seh'n Sie aber gar nicht aus«, versetzte sie boshaft. »Sie schauen aus, als wären Sie nie schmutzig oder verknittert oder beschmiert und ...« Sie zögerte, halb in dem Wunsch, eine Hand möchte ihr den Mund zuhalten und sie daran hindern, sich wie ein Biest aufzuführen. Ein *unartiges Mädchen.*
»... und als hätten Sie noch nie richtig gevögelt.« Sie sah ihn an

und gleich wieder weg, damit sie sein Gesichtsausdruck nicht am Weitersprechen hindern sollte. Sie sammelte die Spaghetti vom Boden auf und warf sie in den Topf. »Wie eine Jungfrau sehen Sie aus! Und zwar in jeder Beziehung.« Sie nahm ein Papierhandtuch und wischte klebrige Reste weg. Dann fügte sie als Nachsatz hinzu, als sei sie noch nicht gemein genug gewesen: »Aber in sexueller Hinsicht ganz besonders.«

Als sie aufsah, war er weg. Vielleicht fortgegangen. Sie erinnerte sich, wie der Abend begonnen hatte, wie sie bereut hatte, bisher gegen ihn so scheußlich gewesen zu sein ... Seine Mutter fiel ihr ein. Sie rannte hinaus ins Treppenhaus, doch da war niemand. Sie ging in die Wohnung zurück und sah ihn im Sessel in der Ecke sitzen, beinahe im Dunkeln.

»Ich dachte, Sie wären weg.«

»Warum?«

»Weil ich solch ein Miststück bin. Ich könnte es Ihnen nicht übelnehmen.« *Genaugenommen gefielest du mir besser, wenn du mich sitzen ließest. Oder mir wenigstens eine runterhauen würdest.*

»Man kann nicht jedesmal weglaufen, wenn man beschimpft wird. Schon gar nicht, wenn das Schimpfwort Jungfrau lautet. Es gibt sehr viel Schlimmere.«

Sie lachte. »Zum Beispiel?«

»Lügner. Dieb.«

Es war ihm selbstverständlich ernst damit. Im Jahre 1969 erzählte ihr ein Mann von achtundzwanzig Jahren, er ließe sich lieber Jungfrau schelten als Lügner oder Dieb.

»Sie sind doch nicht wirklich noch Jungfrau?« fiel ihr plötzlich ein. »Das kann doch nicht wahr sein!«

»Was könnte es Ihnen schon ausmachen?«

»Ich bin neugierig. Ob es mir was ausmacht, weiß ich nicht. Aber neugierig bin ich.«

»Ich mag nicht zur Befriedigung Ihrer Neugier dienen.«

»Und ich dachte, Aufrichtigkeit geht Ihnen über alles?«

Er lächelte. »Ich lüge selten, aber ich weiche oft aus. Schließlich bin ich Jurist.«
»Und Jesuit.«
»Und von den Jesuiten erzogen.« Dabei nahm sein Gesicht einen sonderbaren Ausdruck an. Theresa war davon fasziniert, denn im allgemeinen gaben seine Züge nie etwas preis.
»Weshalb haben Sie eben so ulkig ausgesehen?«
»Habe ich das?«
»Sie weichen mir aus.«
Er lachte. »Ausweichen kann man das nicht nennen. Ich überlege, ob ich erzählen soll oder nicht ...«
»Sie erzählen nie von sich«, schmollte sie und dachte dabei an Tony, der ihr eben dies vorgeworfen hatte. »Sie trauen mir wohl nicht?«
»Sie haben bislang keinerlei Interesse bekundet.«
»Also dann bekunde ich jetzt welches. Ich möchte wissen, ob Sie noch Jungfrau sind?«
»Weil?«
»Weil ich Sie dann zu Tode frozzeln werde. Und ferner möchte ich wissen, warum Sie ein so ulkiges Gesicht gemacht haben, als ich die Jesuiten erwähnte.«
»Na gut«, sagte er schließlich. »Mit einer Frau bin ich nie ins Bett gegangen. In Fordham hatte ich eine homosexuelle Beziehung zu dem Jesuitenpriester, der meine Studien beaufsichtigte. Er hat mich denken gelehrt. In diesem Zusammenhang hat die Feststellung, ich sei Jesuit, eine sehr deutliche und sehr schmerzhafte Erinnerung geweckt.«
»Warum schmerzhaft?« fragte sie fast mechanisch; an das übrige wollte sie nicht denken, es war unerwartet und verwirrend.
Er dachte nach. Er überlegte immer erst, bevor er etwas sagte. Als ob sie sich aus seinen Antworten was machte. Nein, das hatte wohl tiefere Gründe. Als ob es auf die Wahrheit ankäme. Gott kennt die Wahrheit. Auch sie hatte einmal diese Illusion gehabt.
»Schmerzhaft darum«, sagte er, »weil ich dieser Beziehung sehr

viel verdanke und weil sie aufhören mußte. Ich selber habe das Ende herbeigeführt; ich habe Schmerzen verursacht, und das hat mir selber sehr weh getan. Ich meinte, ich sei nun sozusagen ausgebrütet. Es sei Zeit, in die Welt zu ziehen; unter dem Flügel meines Hüters hervorzuschlüpfen, wenn Sie so wollen. Überdies ...« Er zögerte, »... es ..., es kam mir auch nicht besonders auf das Sexuelle an. Diese Bindung war von ganz anderer Art. Ich brauchte, wie schon gesagt, seinen Schutz und seine Führung – seine Herzlichkeit. Er war wie ein Vater für mich. Das übrige habe ich ... hingenommen, könnte man sagen. Ich konnte damit meinen Dank abstatten, und für ihn war es wichtig.«

»Und warum haben Sie sich seither nicht mehr sexuell betätigt?« fragte sie, denn zu dem übrigen konnte sie sich einfach nicht äußern.

»Sexuell betätigt?« Er lächelte. »Das hört sich so an, als ob man zum Schwimmen ginge oder zum Tennisspielen.«

»Und ist es etwa nicht so?«

»Für mich ist Sex ... nun, nicht das erste, was mir einfällt, wenn ich eine Frau ansehe. Ich weiß, daß das lächerlich rückständig ist. Aber die Vorstellung, mit jemand ins Bett zu gehen, den ich nicht liebe, ist mir fremd. Es reizt mich auch gar nicht.«

»Es ist Ihnen also lieber, jahrein, jahraus allein zu schlafen.«

Er nickte.

Sein Geständnis empfand sie als außerordentlich. Sie wußte nicht, wie sie darauf reagieren sollte. Er war so weit weg von ihr – als sähe sie ihn hinter Glas –, und zugleich sehr nahe.

»Die Frage stellte sich auch nicht«, sagte er. »Es war nun einmal so. Lange Zeit habe ich überhaupt nichts entbehrt. Ich ging selten aus. Ich war immer beschäftigt, ich arbeitete, ich studierte, ich kümmerte mich um die Mutter, seit meine Schwester verheiratet war. Für weiteres fehlte mir einfach die Zeit und die Kraft. Erst seit etwa einem Jahr merke ich, daß mir was fehlt ... habe ich Lust ...«

»Naaaa?«

»Sie machen sich über mich lustig, Theresa.«
»Ich möchte nur hören, wie der Satz weitergeht.«
»Na schön. Also erst im letzten oder vorletzten Jahr habe ich daran gedacht, zu heiraten.«
Sie starrte ihn ungläubig an.
Er lachte. »Jetzt müßten Sie Ihr Gesicht sehen, Theresa.«
»Warum nennen Sie mich Theresa? Alle nennen mich Terry. Oder fast alle.«
»Mir ist Theresa lieber. Und jetzt erzählen Sie mir mal, warum Sie eben so ein Gesicht gemacht haben. Von dem Thema scheinen wir ja heute abend nicht wegzukommen.«
»Was für ein Gesicht?« Sie konnte sich um alles in der Welt nicht mehr daran erinnern, wovon sie eben gesprochen hatten.
»Sie sahen entsetzt aus. Sie sahen aus, als hätte ich Sie vergewaltigen oder umbringen wollen.«
Und dabei hatte er etwas von – Heiraten gesagt. Heiraten wollte er. Sie lachte. Natürlich war ihre Reaktion komisch gewesen, obwohl ihr gar nicht so zumute war. Plötzlich war ihr recht unbehaglich.
»Ich weiß auch nicht. Vielleicht, weil ich so selten ans Heiraten denke. Und wenn ich dann merke, daß andere dran denken, haut mich das um. Natürlich – ich weiß, daß die Leute heiraten ... meine Schwestern sind beide verheiratet, die ältere sogar schon zum drittenmal. Jedesmal wenn sie jemand kennenlernt, der ihr besser gefällt als ihr Mann, läßt sie sich scheiden. Aber ich ...«
Was – ich? »Ich glaube, ich denke deswegen nicht daran, weil ich gar nicht heiraten will. Heiraten hat nur Sinn, wenn man Kinder haben möchte, und ich kann Kinder nicht ertragen.« Dabei dachte sie an Brigids Kinder, und wie sie die vergötterte.
»Sehr sonderbar, daß Sie so etwas sagen. Sie lieben doch Ihren Beruf und sind täglich mit Kindern zusammen.«
»Aber nicht, wenn sie krank sind.« Die Antwort kam so prompt, als habe sie seit Jahren darüber nachgedacht und es sich jeden Morgen vor dem Spiegel vorgesagt.

»Ach, so ist das«, sagte er.
Sie wußte zwar nicht, was er mit *so* meinte. Aber die Erkenntnis kam ihr, daß sie eben etwas sehr Wichtiges offenbart hatte, wichtig für ihn und auch für sie selbst. Es wäre wohl besser gewesen, wenn es ungesagt geblieben wäre.
Ich will nicht wieder heulen.
Niemand hatte sie so oft zum Weinen gebracht wie James Morrisey. Dabei tat er nicht das geringste dazu, es geschah einfach so, wenn er da war.
»War in Ihrer Familie einmal jemand schwer krank?« fragte er.
Sie nickte.
»Wer?«
»Ich.«
»Das kann doch nicht wahr sein«, rief er aus. »Sie und Krankheit – das paßt überhaupt nicht zusammen. Sie wirken so –«
»Ich mag darüber nicht sprechen.«
»Wie Sie wollen.«
»Ich hatte Kinderlähmung.«
Er schwieg.
»Die habe ich überstanden, aber später bekam ich eine Skoliose.«
Er nickte. »Eine Kusine von mir hatte das auch. Allerdings war es bei ihr viel schlimmer. Sie ist beim Gehen sehr behindert.«
»Hinke ich?«
»Nein. Ich jedenfalls empfinde das nicht als Hinken. Mir ist aufgefallen, daß Sie einen sehr attraktiven, etwas schwingenden Gang haben.«
»Ich habe ein Jahr im Krankenhaus gelegen.«
»Das muß ja schrecklich gewesen sein.«
Sie zuckte die Schultern. »Das war es vermutlich. Ich erinnere mich kaum noch daran. Aber weshalb erzähle ich Ihnen das überhaupt!«
Er schwieg.
»Es hätte nie so weit kommen dürfen«, fuhr sie wie unter Zwang

fort. »Wäre es rechtzeitig erkannt worden, dann hätte es wahrscheinlich genügt, wenn ich eine Zeitlang ein Stützkorsett getragen hätte. Aber mein älterer Bruder verunglückte beim Militär ... meine Mutter war ... sie war furchtbar traurig darüber ... meine Eltern waren beide sehr traurig und ... hatten andere Dinge im Kopf. Deshalb hat niemand gemerkt, was mit mir los war.«

Gütiger Himmel! Ihr war, als sei es erst gestern gewesen! Fünfzehn Jahre war es her – und nun quoll das alles nur so aus ihr heraus: Wie gern sie ihnen damals gesagt hätte, daß sie solche Schmerzen hatte. Stumm bleiben zu müssen, weil alle mit gesenkten Blicken im Haus herumschlichen. Und zu wissen, daß sie etwas getan hatte, wofür sie nun alle mit diesen Schmerzen gestraft wurden. Denn nicht bloß sie allein wurde gestraft. Die Schmerzen betrafen in gewisser Weise die anderen noch mehr. Was würde geschehen, wenn alles herauskam? Die Folge war, daß immer wenn sie sich vornahm, endlich von ihren Beschwerden zu sprechen, dieses Gefühl der Schuld dazwischenkam. So klagte sie wohl hin und wieder, sagte aber nicht genau, was ihr fehlte.

Sie stand auf. »Das ist ja alles Quatsch. Ich habe diese ganze Scheiße satt. Für heute abend reicht es mir.«

Er war überrascht. »Und ich dachte, wir fangen jetzt erst richtig an zu reden?«

»Anfangen? Es ist bald zehn.«

Er lächelte. »Gehen Sie so früh zu Bett?«

»Nein«, gab sie zu. Und sie war auch nicht im geringsten müde. Aber sie stand das hier einfach nicht mehr durch – immer nahe daran, in Tränen auszubrechen.

»Nur – ich bin ganz durcheinander.«

»Dann möchte ich Sie auf keinen Fall allein lassen.«

»Herr im Himmel. Seien Sie doch kein solcher Tugendbold! Ich halte das nicht aus, wenn Sie immer so nett zu mir sind!« Und schon brach sie wieder in Tränen aus. Hätte sie ihn geliebt, wäre

weiter nichts dabei gewesen. Aber wie sollte sie sein Angebot annehmen, wenn sie genau wußte, daß sie ihn nie würde lieben können?
Er führte sie zum Sessel und setzte sich auf die Lehne. Dann legte er den Arm um sie, und sie weinte sein weißes Hemd und den gestreiften Seidenschlips naß – er trug stets solche Schlipse, als wüßte er nicht, in welcher Zeit er lebte. Zweifellos war der Schlips ein für alle Mal ruiniert. James strich ihr das Haar zurück, und als sie aufblickte, küßte er sie auf die Stirn.
»Begreifen Sie denn nicht, daß ich eigentlich gar nicht so bin?« fragte sie.
»Nein, das begreife ich nicht.«
»Ich bin ganz anders, meist vergnügt oder wenigstens guter Stimmung, oder wie Sie das nennen wollen. Ich lache viel. Ich amüsiere mich. Wenn ich immer wie jetzt wäre, ich –« *Ja, was denn? Ginge ich dann vielleicht nie aus?* Dabei war es doch nur James, mit dem sie richtig ausging. *Ließe ich mich nie umlegen?* Das stimmte sicher. Bei keinem einzigen Mann, mit dem sie geschlafen hatte, seit es mit Martin aus war, hätte sie sich auch nur fünf Minuten lang so aufführen können. Und ihn dann wiedersehen! Aber es war schon richtig, wie sie das machte. Er mußte das eben einsehen. Sie *wollte* einfach nicht so sein wie eben jetzt.
»Dieses ganze Gerede ist blödsinnig«, erklärte sie. »Man hat eben Pech gehabt, aber es ist vorbei. Wenn man davon redet, fängt der ganze Jammer wieder an.«
»Meinen Sie nicht, daß Reden Sie erleichtert?«
»Sehe ich vielleicht so aus, als ginge es mir jetzt besser?«
»Ich weiß nicht. Ich kann Ihr Gesicht nicht sehen.«
Sie wollte aber nicht aufblicken, denn dann würde er sie vielleicht wieder küssen, diesmal gar auf den Mund, und sie würde sich elend fühlen. Er sollte sie einfach bloß im Arm halten, sie nicht küssen, überhaupt nichts dergleichen tun. Auch nicht reden. Nur da sein.
Sie mochte ihn wirklich gern, das war ja das Schlimme. Er war

ein so guter Mensch. Nie würde er jemand kränken. Sie wünschte ihn sich als Freund.

»Könnten wir nicht vielleicht einmal Freunde sein?« schlug sie zaghaft vor.

»Ich dachte, Freunde wären wir schon.«

»Sie verstehen mich genau.«

»Ich will Sie aber gar nicht verstehen.«

»Wie können Sie das wollen, wenn Sie mich doch schon verstanden haben?« fragte sie widerspenstig.

»Und wie können Sie wünschen, nicht von Ihren Empfindungen zu sprechen?«

»Wenn ich nicht darüber rede, empfinde ich auch nichts.«

»Gut. Dann wollen wir aber auch nicht mehr von bloßer Freundschaft sprechen.«

»Juristen sind eine Pest. Immer behalten sie das letzte Wort, ob sie im Recht sind oder im Unrecht.« Aber das war jetzt nicht mehr als Bosheit gemeint. Sie war nur noch müde.

»Dann gewinnt der Verteidiger ebenso den Prozeß wie der Ankläger? Das ist mal was Neues.«

»Sie sollten jetzt wirklich gehen«, sagte sie, ohne sich zu rühren. »Ich möchte schlafen.«

»Mmmm. Sie haben recht. Ich sollte wirklich gehen.«

Sie fiel in einen traumlosen Schlaf. Als sie erwachte, war es noch dunkel. Nur in einer Zimmerecke brannte eine einzige Lampe. Sie fühlte sich angenehm erregt. Im Halbschlaf umfaßte sie ihn mit beiden Armen und streichelte ihn zart. Er zog sie fester an sich und küßte sie aufs Haar. Als sie ihm das Gesicht entgegenhob, erkannte sie ihn. Nun wurde sie völlig wach. Sie befreite sich aus seinem Griff, rückte im Sessel nach vorn und rieb sich die Augen. Sie fühlte, daß er sie beobachtete, spürte seine schnellen Atemzüge. Die angenehme Erregung war vorüber, im selben Augenblick, als sie begriffen hatte, daß es James war, der auf der Sessellehne saß. Sie stand auf und sah auf die Uhr. Es war zehn nach zwei.

»Tut mir leid, daß Sie so spät noch die weite Fahrt machen müssen.«
»Das tut nichts.«
»Haben Sie geschlafen?«
»Nein.«
Sie reckte die Arme, rieb sich das Genick.
»Hoffentlich hatten Sie es nicht zu unbequem.«
»Ich habe nicht darauf geachtet.«
Sie wandte sich errötend von ihm ab.
Er ging ins Badezimmer und kam frisch gekämmt heraus. Den Schlips hatte er abgenommen, zum erstenmal, seit sie ihn kannte. Der Kragen des weißen Hemdes stand offen. So wirkte er verletzlich. Er zog die Jacke an. Sie saß auf einem der Stühle am Tisch und sah vor sich hin.
»Sehen wir uns Sonntag?«
»Ja. Es sei denn ...« Es sei denn was?« »Es könnte sein, daß ich Sonntag nach Fire Island fahre und mir ein Haus von Bekannten ansehe. Ich soll da im Sommer mit ihnen zusammen wohnen.« Eigentlich hatte sie gar nicht mehr daran gedacht. Aber der Einfall war gar nicht schlecht gewesen. »Rufen Sie doch Freitag abend an, dann weiß ich Bescheid.« Natürlich hatte Evelyn kein Wort davon gesagt, daß sie ausgerechnet an diesem Wochenende hinausfahren wollten. Die flüchtige Unterhaltung vom Nachmittag war ihr überhaupt nur deshalb wieder eingefallen, weil sie James gegenüber eine Ausrede brauchte.

Samstag nachmittag um fünf rief Tony an, nicht um ihr zu sagen, wann er sie am Sonntag abholen wollte, sondern um sich für die Nacht gegen zwölf Uhr anzumelden – er komme, sobald die Theaterbesucher abgefertigt seien.
»Aber ich bin schon verabredet«, protestierte sie schwach, wußte jedoch bereits, daß sie versuchen würde, James zu versetzen, der sie um sieben abholen wollte. Sie wußte auch, daß sie froh darüber war, ihm absagen zu können. (Als er freitags anrief, war sie

nicht geistesgegenwärtig genug gewesen, Fire Island vorzuschützen.)
»Sag, du bist krank.«
Sie überlegte. »Ich weiß nicht, ob ich ihn erreiche.«
»Versuch's.« Und als sie zögerte, redete er ihr wieder in jener vieldeutigen, verheißungsvollen Weise zu, die Theresa fast vergessen hatte. »Mach schon, Ter. Ich bin scharf wie 'ne Axt, und wenn ich heute nicht zu dir kommen kann, schlage ich morgen alles kurz und klein.«
»Also gut.« Sie merkte selber, wie belegt vor Gier ihre Stimme klang. »Ich versuch's. Wenn ich ihn aber nicht –«
»Mach schon. In zehn Minuten rufe ich zurück.«
»Lieber in einer halben Stunde.«
»Geht nicht. Da ist der Betrieb hier zu wild.« Bevor sie erwidern konnte, legte er auf.
James hob gleich nach dem ersten Rufzeichen ab. Erst als sie seine Stimme hörte, wurde ihr mit Schrecken bewußt, daß sie sich keine Ausrede zurechtgelegt hatte.
»Ich bin es, James ... Theresa.« Es war das erstemal, daß sie ihn anrief. Sie hatte den Eindruck, er sei angenehm überrascht. Noch war ihm nicht aufgegangen, was dieser Anruf bedeutete.
»Ich ... James ... es wird heute abend nichts.«
»Oh! Ist was passiert?«
»Nein.« *Dumme Gans!* »Das heißt, ja, aber nichts Schlimmes. Es ist ... also mir ist nicht danach, aus dem Haus zu gehen. Ich ...«
»Soll ich etwas mitbringen? Pizza vielleicht?«
»Nein ... das ist lieb von Ihnen, aber ich ... ich bin müde und sehr schlechter Laune ...« *und scharf* ... »und ich möchte eine Weile allein sein.«
»Verstehe«, sagte er. »Darf ich Sie später noch anrufen?«
»Nein.« Dabei war die Wirkung auf Tony doch hervorragend!
»Das heißt, wenn Sie mögen, schon. Ich lege mich jetzt für ein paar Stunden hin. Nachher will ich noch arbeiten. Ich glaube

nicht ... ich habe später bestimmt auch keine Lust auszugehen.«
»Dann können wir uns ja am Telefon unterhalten.«
»Erledigt?« fragte Tony, als er zurückrief.
»Erledigt.«
»Was hat er gesagt?«
»Geht dich nichts an.«
»Fotze.«
»Wann kommst du?«
»Wenn ich da bin.«
Er legte auf, und sie bedauerte flüchtig, daß sie James nicht gebeten hatte zu kommen. Wenn Tony nun wegblieb! Kam er wirklich nicht, dann würde sie morgen auch nicht zu dieser gottverdammten Geburtstagsfeier mitgehen. Lust hatte sie ohnehin keine; aber ihm schien viel daran zu liegen.
James rief kurz vor elf an, und sie redeten länger als eine Stunde. Er war allein ins Kino gegangen. Auf andere Gesellschaft als die ihre hatte er keine Lust gehabt. Der Film, *Persona* von Ingmar Bergman, hatte ihn sehr beeindruckt. Er wollte ihn mit ihr zusammen noch einmal ansehen.
»Sind Sie noch da, Theresa?«
»Ja.«
»Alles in Ordnung?«
»Ja. Nur Kopfschmerzen.«
»Wenn Sie Aspirin nehmen wollen oder irgendwas anderes, bleibe ich solange am Apparat.«
Sie lachte, ohne zu wissen worüber.
Er schwieg einen Augenblick. »Oder soll ich lieber auflegen?«
»Nein.« Schon bereute sie. »Mir ist wirklich nach reden zumute.«
»Also gut. Dann reden Sie.«
Sie lachte. »Nein, ich meine, mir ist nach Zuhören.«
Er redete von dem Film, dann von Bergman-Filmen im allgemeinen. Er sprach von seiner Mutter und seiner Schwester und sagte, der Film habe ihn irgendwie an sie erinnert. Theresa sah auf die

Uhr und fragte nach seiner Schwester. Patricia hieß sie. Patricia hatte drei Kinder. Patricias Mann war das, was man einen guten Kerl nennt. Politisch rechts, dabei aber persönlich anständig. Wie die meisten Leute, mit denen James aufgewachsen war. Längst nicht so aufgeweckt wie Patricia, aber das schadete nichts, denn Patricia hatte niemals versucht, ihre Intelligenz zu entwickeln. Was ihn an diesem Film unter anderem besonders stark angerührt hatte, war der Einfall, die Persönlichkeit der Hauptbeteiligten, der Kranken und ihrer Pflegerin, zu vertauschen. Oder vielmehr –

Theresa unterbrach; ihr werde ganz gruselig beim Zuhören.

Er lachte: »Das soll es nicht. Ich könnte kommen und Sie trösten.«

»Dafür ist es zu spät.«

»Mir macht es nichts aus«, versicherte er.

»Lieber nicht«, sagte sie abwehrend, obwohl ihr durch den Kopf schoß, daß Tony vielleicht doch nicht käme und sie James ausprobieren sollte. »Rufen Sie nächste Woche an, ja?«

Das wollte er tun.

Kurz darauf stand Tony vor der Tür, ungeduldig dagegen trommelnd, bis sie aufmachte. Er hampelte ins Zimmer, vibrierte förmlich, so geladen war er, und sah sich um, als glaube er, sie halte jemand versteckt. Obschon der April fast vorüber war und der Abend warm, trug er eine schwarze Lederjacke. Er beäugte sie kritisch. Sie war wie gewöhnlich in Pullover und Jeans.

»In dem Zeug wirst du dich morgen hoffentlich nicht blicken lassen«, bemerkte er.

Sie lachte. »Wenn dir das nicht gefällt, was ich anziehe, dann bleibe ich eben zu Hause, das verspreche ich dir.«

»Haha.« Er drehte das Radio an und legte die Jacke ab. Dann hopste er im Zimmer herum und machte unentwegt »ba, ba, ba, ba«, zuckte mit Armen und Schultern, knickte in der Mitte ein, schwenkte leicht die Hüften, tat winzige Schritte. Theresa beachtete er überhaupt nicht.

Die Flasche kalifornischen Burgunder, die im Haus war, hatte sie schon am Abend aufgemacht. Sie holte sie aus der Küche und dazu zwei Gläser, goß ihm eines voll und stellte es auf den Tisch, streckte sich selber mit ihrem Glas auf dem Bett aus und sah ihm zu. Als die Musik von einer Werbesendung unterbrochen wurde, verharrte er reglos in seiner Haltung. Als die Musik wieder einsetzte, fing er neuerlich an zu tanzen.
Sie trank schlückchenweise ihren Wein und sah ihm zu, plötzlich träge geworden. Einmal hielt er an, leerte sein Glas auf einen Zug, goß nach, tanzte weiter.
»Heiß hier drinnen.«
Er zog sein Hemd aus.
Er schwitzte von seiner Tanzerei, nahm aber auch gern die Gelegenheit wahr, seinen Oberkörper zur Schau zu stellen.
»Sind dir die Hosen nicht auch zu warm?« fragte sie. Er zog die Hosen aus und legte sie säuberlich gefaltet über eine Stuhllehne. Es waren Uniformhosen; Jeans trug er nie, die paßten in seinen Augen nur zu Hippies, und Hippies verachtete er tief. (Er hatte ihr einmal allen Ernstes erklärt, der Genuß von Rauschgift müsse den Hippies verboten werden, das sei für sie viel zu schade.) Darunter trug er altmodische Boxershorts. Theresa hatte das schon immer ungewöhnlich gefunden. Seine Beine waren sehr muskulös und stark behaart. Sie wurde beim Zusehen immer erregter, fürchtete aber, davon etwas merken zu lassen. Am verrücktesten wurde er immer, wenn sie so tat, als sei er ihr gleichgültig. Sie stellte das Glas weg und machte die Augen zu. Zunächst fiel ihm das anscheinend gar nicht auf; er hampelte unentwegt weiter herum. Sie blinzelte durch fast geschlossene Lider; er hatte eine Erektion. Sein Getanze hatte ihn also ebenso aufgeregt wie sie. Sie machte die Augen ganz zu und bemühte sich, so auszusehen, als schlafe sie, obschon ihr Herz heftig pochte. Nach einer Weile kam er zu ihr. Er stellte einen Fuß auf das Bett, und als er sie anstieß und sie die Augen aufmachte, sah sie sein steifes Glied vor sich.

»Mmmm«, machte sie und klappte die Augen zu. »Ich bin ja sooooo müde.«
Wieder stupste er sie an, und wieder klappte sie die Augen auf.
»Was hast du denn getrieben, daß du so schläfrig bist?« fragte er mißtrauisch.
»Nichts. Es ist der Wein.«
»Ist der Kerl etwa dagewesen?«
»Na klar. Er ist immer noch da. Unterm Bett.«
Diesmal trat er sie kräftig, sie packte seinen Fuß, und schon war er über ihr. Sie wehrte sich nach Kräften, weil sie wußte, daß ihn das aufregte.
Sie umarmten sich, und es war wie beim erstenmal: plärrendes Radio, sein »ba, ba, ba, ba«, immer wieder eine andere Stellung, bis er sie zu lustvollem Stöhnen gebracht hatte, und dann, in einer Art rachsüchtiger Genugtuung, die geflüsterte Frage: »Das gefällt dir wohl, was?«
Draußen tagte es schon, als er ging. Er hatte keinen Erguß gehabt, doch sie war erschöpft, und es war ihr recht, daß er Schluß machte. Warum er nicht bleiben wolle? fragte sie. Sie könnten doch gemeinsam von hier aus zu seiner Mutter aufbrechen. Ob sie verrückt sei? fragte er. Wie sie nur auf die Idee kommen könne, er würde so gehen, wie er war, ohne sich vorher anständig anzuziehen!
»Ich fand dich sehr manierlich«, sagte sie lächelnd. Sie war ihm im Moment sehr zugetan, wußte aber, daß sie es ihn nicht merken lassen durfte.
»Aber doch nicht für eine Geburtstagsfeier.« Er war der verkörperte Briefkastenonkel, und sie hatte einen besonders törichten Leserbrief eingesandt. »Führ mir lieber mal vor, was du anziehen willst.«
»Keine Sorge«, versicherte sie. »Ich werde schon präsentabel aussehen.«
Doch als er weg war, machte sie sich zum erstenmal Gedanken darüber, was sie anziehen sollte. Wie sollte sie aussehen? Dezent?

Hübsch? Sexy? Eigentlich hatte sie eines der Kleider anziehen wollen, die sie in der Schule trug oder wenn sie mit James ausging. Das Seegrüne vielleicht – wenn sie in der richtigen Stimmung dafür war. Es kam wohl nicht so sehr darauf an, was sie trug, als darauf, *wer sie sein* sollte.
Bisher hatte sie sich nicht viel Gedanken über die Einladung gemacht, hauptsächlich deshalb, das erkannte sie jetzt, weil sie sonst den Mut verloren hätte. Wenn sie aber nicht mitkam, so würde ihr Tony das nie vergeben. Dann verschwand er womöglich für immer – und verprügelte sie vielleicht vorher noch. Nach einer Nacht wie dieser war diese Aussicht geradezu schrecklich.
Da hatte sie's nun: Sie mußte einfach auf diese Party gehen. Und sie würde das Seegrüne anziehen. Das war ein streng geschnittenes Kleid, nichts Aufgedonnertes. Sie hatte überhaupt nur streng geschnittene Kleider. Tonys Leute aber waren Italiener. Wenn die Verwandten von Theresas Mutter zu einer Familienfeier erschienen, waren sie geputzt wie Christbäume. Die Männer kamen im dunklen Anzug, die Frauen trugen Taft und Samt und Seide, dazu massenhaft Halsketten und Ohrringe. Man hätte einen kleineren Juwelierladen damit ausstatten können. Und sie besaß nicht ein Schmuckstück, um dem Grünen damit etwas Pfiff zu geben, hatte auch nie eines besessen. Am besten, sie sah sich in den kleinen Läden in der Nachbarschaft um, die auch sonntags offen hielten. Am späten Vormittag – früher würde sie auf keinen Fall aufstehen.
Sie kaufte schließlich eine türkisfarbene Perlenkette und goldene Ohrringe. Um ein Uhr mittags, als sie eigentlich schon unter der Dusche stehen sollte, denn Tony wollte sie Punkt zwei abholen, stürzte sie atemlos in eine verrückte kleine Boutique auf der 8. Straße. Die Kleider dort hatte sie bisher immer nur bewundert, war aber nie auf den Gedanken gekommen, sich eines zu kaufen. Nun nahm sie, ohne es anzuprobieren, ein enges schwarzseidenes Kleid mit tiefem, rüschenbesetzten Rückenausschnitt und langen Ärmeln. Ein Kleid wie dieses hatte sie über-

haupt noch nie besessen. Es kostete 80 Dollar. Bisher hatte sie für ein Kleid nie mehr als 25 Dollar ausgegeben.
Zu Hause breitete sie das Kleid auf dem Bett aus und legte den Schmuck dazu. Dann duschte sie und probierte das Kleid an. Sie besah sich im Spiegel. Es paßte wie angegossen, aber sie kam sich darin beängstigend fremd vor, wie irgendein billiges Frauenzimmer, dessen Bekanntschaft zu machen sie ostentativ abgelehnt hätte. Sie hängte das Kleid weg und zog das Grüne an. Tony kam um halb drei, warf einen Blick auf sie und sagte: »So ziehst du dich zu einer Geburtstagsfeier an?«
»Meine Sachen sind in der Reinigung«, log sie.
»Das hast du ja fein hingekriegt. Ein richtiges Genie bist du.«
Er riß den Kleiderschrank auf und entdeckte fast auf den ersten Blick das Schwarze.
»Was ist denn das hier?«
Widerstrebend zog sie das Grüne aus und streifte das Schwarze über. Mochte doch er den Reißverschluß am Rücken zuziehen. Sie trat zurück und ließ sich begutachten.
»Zieh den Ausschnitt höher. Du siehst wie 'ne Nutte aus.« Mit glühendem Gesicht gehorchte sie. »Und andere Schuhe.«
Sie trug schlichte schwarze Pumps, nicht gerade das Modernste, aber das einzige, was zu diesem Kleid paßte.
»Andere habe ich nicht.« Sie wartete darauf, daß er wieder im Schrank nachsähe, doch schien er ihr diesmal zu glauben; vielleicht hatte ihre Stimme anders geklungen. Er prüfte noch ihr Make-up, dann gingen sie.

Tonys Mutter war eine zierliche, hübsche Frau mit blondiertem Haar und kokettem Gehabe. Ihr Freund, ein großer, bulliger Lastwagenfahrer mit dröhnender Stimme sah aus wie ein recht umgänglicher Mensch – bis sein Blick auf Tony fiel. Da ging eine bemerkenswerte Veränderung mit ihm vor. Seine Augen verengten sich, die Wangenmuskeln wurden hart, überhaupt glich seine Haltung plötzlich der eines Boxers. Die Männer begrüßten sich

nur mit »Hallo«. Man sah ihnen an, daß jeder vom anderen das Schlimmste erwartete. Als jedoch nichts geschah, ließ Joes angespannte Haltung etwas nach. Zu Theresa war er reizend.
Eingeladen waren hauptsächlich Freunde und Bekannte von Joe und Angela – oder Angie, wie Tonys Mutter allgemein genannt wurde. Tony murrte zwar, die Freunde von Joe seien zahlreicher als die Familienmitglieder, doch als Terry ihn fragte, wer von seinen Verwandten denn fehle, fielen ihm nach längerem Überlegen nur zwei ein. Widerwillig gab er zu, daß die Familie für Italiener im Grunde recht klein war.
Tony trank sehr viel Scotch. Sie sah ihn zum erstenmal Schnaps trinken, vielleicht weil sie nie welchen im Hause gehabt hatte. Alle Anwesenden tanzten, meist altmodische Tänze wie Foxtrott, manchmal aber auch Rock 'n' Roll. Es war so voll im Zimmer, daß sie sich beim Tanzen nicht befangen fühlte, und drei Schnäpse taten das übrige.
Sie tanzte mit Tony, mit Freunden von Joe, mit Joe (als Tony mit seiner Mutter tanzte). Theresa fand richtig Spaß am Tanzen, sie genoß es, daß Tony sich so liebenswürdig benahm. Doch da fand sie sich unvermittelt in einer Ecke des Wohnzimmers neben Angie, gegenüber von Joe und Tony.
Eben war ein Foxtrott zu Ende gegangen. Tony hatte mit Angie getanzt, Theresa mit Joe. Tony griff sich ein Glas von dem langen Tisch, der als einziges Möbelstück im Zimmer geblieben war, goß den Schnaps runter, legte den Arm um Joe, der einen Kopf größer war, wischte sich die Lippen, deutete auf die beiden Frauen und sagte stolz: »Sieh sie dir an – die tollsten Fotzen von der Welt.«
Joe versetzte ihm darauf eine Ohrfeige, daß er gegen die Wand taumelte. Dann stürzte er sich blitzschnell auf Tony, hielt ihm die Handgelenke hinterm Rücken fest, schob ihn durch die Gäste und hinaus aus der Wohnung.
Das alles ging so schnell, daß Theresa den Schock über Tonys Worte noch nicht überwunden hatte. Die meisten Gäste schienen

überhaupt nicht bemerkt zu haben, was geschehen war, doch einige traten zu Angie und bekundeten Anteilnahme. Angie hatte Tränen in den Augen.
»Er kann's wohl nicht lassen, was?« fragte jemand.
Joe kam wieder herein, leichenblaß, die Lippen zusammengepreßt. »Jetzt reicht es. Das war das Ende.«
Angie nickte.
»Und diesmal meine ich es ernst. Sag mir nicht nach vier Wochen, er ist dein einziger, und man muß ihm noch eine Chance geben.« Und zu Theresa: »Haben Sie's überstanden, Kindchen?«
Theresa nickte benommen.
»Arme Kleine.« Angie legte den Arm um Theresa. »Wie sind Sie bloß an ihn geraten?«
»Ich ... ich habe ihn auf einer Party kennengelernt.« Ihr Mund war ganz trocken. Was sollte sie tun? Ohne ihn konnte sie nicht gut bleiben, aber solange er da draußen wartete und wütend war, fürchtete sie sich zu gehen.
Plötzlich trommelte Tony so wild von außen gegen die Wohnungstür, daß die Gespräche schlagartig abbrachen und nur noch die gedämpfte Musik vom Plattenspieler zu hören war. Das Trommeln hielt an.
Joe ging an die Tür und rief: »He, Knirps, hörst du mich? Wenn du keine Ruhe gibst, kommt die Polizei. Und diesmal hält deine Mutter mich nicht davon ab!«
Das Trommeln begann von neuem, dann hörte man Tony etwas brüllen.
»Sie sollen zu ihm nach draußen kommen«, rief Joe Theresa zu. »Sie brauchen nicht, wenn Sie nicht wollen. Wir bringen Sie später nach Hause.«
Das hatte keinen Sinn. Früher oder später mußte sie ihm gegenübertreten. Immer noch benommen ging sie zur Tür. Alle sahen sie an. Sie machte die Tür auf, und da war er, ganz nahe, schwitzend, betrunken, wütend. Er trat gerade so weit zurück,

daß sie heraus konnte, hatte das aber offensichtlich nicht erwartet.
»Rufen Sie, wenn Sie Hilfe brauchen«, sagte Joe hinter ihr. Tony wollte sich auf ihn stürzen, doch da wurde ihm die Tür vor der Nase zugeknallt. Er starrte die Tür an, als überlege er, ob er sie einschlagen solle. »Komm nach Hause«, sagte Theresa, mit einer Stimme, so heiser und dünn, daß ihr auf einmal bewußt wurde, wie sehr sie sich fürchtete. Kaum hatte sie das gesagt, da drehte er sich um und klebte ihr eine. Sie flog an die Wand, so wie er ein paar Minuten vorher im Wohnzimmer. Nur daß sie sich an der Wand herunterrutschen ließ, bis sie in ihrem schönen, aufreizenden schwarzen Kleid auf dem Fußboden saß und heulte.
Sein Zorn war verraucht, das spürte sie, als er sich neben sie hockte, sie brauchte ihn gar nicht anzusehen. Die Wohnungstür wurde aufgemacht, und jemand fragte, ob sie Hilfe brauche. Wahrscheinlich Joe. Sie schüttelte den Kopf, ohne aufzublicken. Gleich darauf wurde die Tür wieder zugemacht, und man hörte, wie ein Riegel vorgelegt wurde.
»Komm«, sagte er zärtlich und half ihr auf. »Bloß weg von hier.« Sie waren wieder Freunde. Sie beide gegen alle anderen.
Auf der Heimfahrt sprachen sie kein Wort. Theresa war zutiefst deprimiert, wollte aber nicht darüber nachdenken, weshalb. Bestimmt nicht bloß, weil Tony sich so verrückt aufgeführt hatte – das war nichts Neues. Auch nicht weil er ihr eine geklebt hatte. Es war zwar das erstemal, doch ein paarmal war es schon nahe daran gewesen. Und eine geklebt zu kriegen, bedeutete noch nicht den Weltuntergang.
Woher also die tiefe Niedergeschlagenheit? Sie war nicht wütend, nicht verängstigt – sie war benommen und niedergeschlagen. Sie ließ sich aufs Bett sinken und starrte an die Decke. Die Decke wies Risse auf, stellenweise war die weiße Kalkfarbe abgeblättert, und darunter kam ein besonders häßliches Gelb zum Vorschein. Auch das war niederdrückend. Die ganze Wohnung war

niederdrückend. Entweder sie richtete die Wohnung jetzt gründlich her, oder sie zog aus.
Tony drehte das Radio an, aber nur leise, holte Bier und stellte das Fernsehgerät an, daß alles dröhnte. Vietnam, Flugzeugentführungen, Überschwemmungen am Mississippi. Er stellte das Fernsehgerät ab, dafür drehte er das Radio auf volle Lautstärke.
»Bist du böse auf mich?«
Sie schüttelte den Kopf. Sie war ihm nicht böse. Sie wünschte nur ... was? Sie wünschte, sie wäre ihm nie begegnet. Oder er wäre ein anderer. Jemand, mit dem sie reden konnte. Jemand wie James. Daß sie im gleichen Augenblick an beide denken konnte, war so komisch, daß sie lautlos lachte.
»Was ist denn so komisch?«
»Nichts.«
»Du bist mir bestimmt nicht böse?«
»Bestimmt nicht.«
Sie wünschte sich, James wäre da. Sie hätte für ihr Leben gern mit ihm geredet. Sogar über seine Arbeit, wenn's sein mußte. Übrigens erzählte er meist hochinteressante Dinge. Nur ihre gottverdammte Verschrobenheit war schuld daran, daß sie ihm nie richtig zuhörte. Wirklich, sie wünschte sich James her. Tony mochte getrost verschwinden – nicht für immer, aber für einige Zeit wenigstens. Bis sie dieses grauenhafte Gefühl loswurde und wieder Appetit auf Sex bekam. Nach einer Weile legte er sich neben sie, küßte sie, strich über den seidigen Stoff ihres Kleides. Anfangs nahm sie ihn kaum zur Kenntnis, dann spürte sie, wie ihr Körper ihm schüchtern antwortete – zu mehr hatte sie nicht Lust. Wenn er sie küssen und streicheln wollte, bitte sehr. Nur rühren wollte sie sich nicht. Er sagte, sie solle sich umdrehen, damit er ihr den Reißverschluß aufziehen könne, doch sie murmelte träge, nein, sie sei zu faul. Er zog ihr die Schuhe aus, streifte behutsam die Strumpfhose ab, das Höschen. Ein Weilchen streichelte er sie nur mit den Fingerspitzen, legte auch mal den Kopf auf ihren Bauch in einer Weise, die bei anderen Gelegenheiten nicht

ohne Wirkung geblieben war. Jetzt merkte sie erleichtert, daß sie kaum reagierte.

Sieh sie dir an, die tollsten Fotzen von der Welt.

Plötzlich fiel ihr das wieder ein, völlig abgelöst von den übrigen Ereignissen des Nachmittags. Was war daran eigentlich so umwerfend. Fotze hatte er sie auch früher schon genannt.

Aber dann war sie mit ihm allein gewesen. Und da lag der Unterschied. Was er zu ihr unter vier Augen hier in der Wohnung sagte, mochte verrückt sein, aber im wirklichen Leben, wo es Zeugen gab, zählte es nicht. Schon vor einiger Zeit war ihr aufgefallen, daß nur ein paar der Fächer, in welche sie ihr Leben einordnete, das Etikett »Wirklichkeit« trugen. Die Schule war solch eine Realität. Die Besuche bei den Eltern. Was noch? Tony war unwirklich. James ... James war wirklich. Was verstand sie unter wirklich? Tony war doch ebenso *er selber* wie James James war. Vielleicht kam es weniger darauf an, wer Tony oder James, und mehr darauf an, wer Theresa war, wenn sie mit einem von beiden zusammen war. In Gegenwart von James hatte es eine viel wirklichere Theresa gegeben als bei irgendwem sonst. Vielleicht war.deshalb seine Gesellschaft für sie so anstrengend; jedesmal war sie voll beteiligt, wenn's auch meist nur darum gegangen war, ihn auf Distanz zu halten. Voll beteiligt – nur nicht was die Sexualität betraf. Das hatte alles schwieriger gemacht, aber auch fesselnder. Unentwegt hatte sie ihre Grenzen exakt festlegen müssen, aus Angst, er könne sie überschreiten. Bei Tony hingegen konnte von Grenzen keine Rede sein, begrenzt war sie da nur im Denken, und eine Invasion von seiner Seite war nicht zu befürchten – war jedenfalls nicht zu befürchten gewesen, bis es plötzlich Zeugen gegeben hatte. Sie und Tony waren ins wirkliche Leben hinausgegangen. Und es hatte nicht geklappt.

Er drückte ihre Schenkel auseinander, küßte ihren Schoß, versuchte, sie auf Touren zu bringen. Mochte er. Es war ganz angenehm. Wenn er wollte, sollte er es ihr ruhig besorgen. Nur sollte er von ihr nicht verlangen, daß sie mittat. Oder sich auszog. Er streifte die Hose ab, das Hemd ließ er an. Dann drang er in sie ein. Sie war so weit fort mit ihren Gedanken, daß es eine ganze Weile dauerte, ehe sie merkte, daß er sich nicht regte. Und dann vergingen noch ein paar Augenblicke, ehe ihr klarwurde, daß er keine Erektion mehr hatte.

Sie lachte. Das war genau der richtige Abschluß dieses Tages. Als sie sich bewegte, rutschte sein erschlafftes Glied heraus.

»Du bist vielleicht 'ne Puppe«, sagte er bitter.

»Tut mir leid«, sagte sie lustlos.

Er stand auf, zog die Hose an und stolzierte wortlos aus der Wohnung. Ihr erster Gedanke war: Den siehst du nie wieder, und es war ihr ganz recht. Dann sah sie seine Jacke, säuberlich über die Stuhllehne gehängt, und sie dachte halb erleichtert, halb bedauernd, er müsse die Jacke wohl holen kommen.

Doch da irrte sie. Er holte sie nicht. Sie hängte die Jacke in den Schrank. Warf sie die Jacke weg, kam er ganz gewiß am nächsten Tag und machte ihr eine Szene, davon war sie überzeugt. Als sie im Sommer ihre warmen Sachen erst zur Reinigung gab und dann in Beutel verpackt weghängte, tat sie seine Jacke dazu.

In den kommenden Wochen traf sie sich nur noch mit James. Anfangs machte ihr das mehr Freude als je zuvor. Er ahnte, in welcher Gemütsverfassung sie sich befand, und redete weniger als früher. Saßen sie jetzt im Kino, in einem Café oder in Theresas Wohnung beisammen, dann hielt er ihre Hand oder legte den Arm um sie. Manchmal küßte er sie auf Stirn oder Wange, versuchte auch, sie an sich zu ziehen, doch wich sie meist aus.

Mitte Juni ging sie mit ihm auf die Hochzeit einer Verwandten von ihm. Sie trug dazu das schwarzseidene Kleid, in einer Art Trotz (sie wußte nicht, ob sich das schickte – ein gewagtes schwarzes Kleid zu einer Hochzeit?), und große silberne Ohrklips. Dazu toupierte sie sich das Haar und malte sich stark an.

»Wie schön Sie aussehen«, sagte er dazu.

Sie blieb reglos stehen – um nicht ihrem ersten Impuls nachzuge-

ben: ins Badezimmer zu laufen, das Kleid zu wechseln und das Make-up abzuwaschen.
Er lachte. »Sie mögen keine Komplimente, Theresa. Das ist mir schon aufgefallen.«
»Was für ein Schlauberger Sie doch sind.« Zum erstenmal seit dem Malheur mit Tony war sie schroff gegen James.
Er sah sie ratlos an.
»Möchten Sie nun den ganzen Nachmittag in Betrachtung meiner großen Schönheit verbringen? Oder wollen wir auf diese Hochzeit gehen?«
»Ich bliebe mindestens so gern mit Ihnen hier. Allerdings werden wir draußen erwartet.«
Wir werden erwartet. Grauenhaft. Ihr war gar nicht bewußt gewesen, daß sie in Gesellschaft zu dieser Hochzeitsfeier fahren würden. Dabei war das ganz naheliegend, schließlich fand die Hochzeit in New Jersey statt. Sie hatte einfach wieder einmal nicht überlegt.
»Wer wartet?«
»Bloß Verwandte.« Er spürte ihre plötzliche Angst und legte sie falsch aus.
»Verwandte.«
Sieh sie dir an – die tollsten Fotzen von der Welt!
Seine Mutter. Wartete etwa draußen im Wagen die gelähmte Mutter? Sie hätte sich ein hübsches geblümtes Kleid kaufen sollen, das zu einer Hochzeit paßte. Was war nur los mit ihr?
»Meine Schwester und ihr Mann samt den beiden älteren Töchtern. Und meine Mutter.«
»Es wird vielleicht zu eng, wenn ich noch dazusteige.« Ein schwacher Einwand, aber sie hoffte, er könnte ihr nützen.
»Wir benutzen den Kleinbus von Patricia und Frank«, redete er ihr zu. »Im Heck ist eine besondere Vorrichtung«, fuhr er fort, als sie nicht reagierte. »Für Mutters Rollstuhl. Sie wird über eine Rampe hinaufgeschoben, und dann wird der Rollstuhl festgezurrt. Frank versteht sich auf solche Sachen. Die Kinder

sitzen mit Patricia auf dem Rücksitz ...« Er spürte, daß sie nervös war und redete eigentlich nur, um sie zu beruhigen. Als sei sie ein scheues Pferd, das man durch gutes Zureden in den Anhänger lockt. »Sie und ich und Frank sitzen vorne.« Solange sie so niedergeschlagen gewesen war, hatte sein Verständnis ihr wohlgetan. Jetzt verursachte es ihr Unbehagen, und sei es nur, weil es so glatt funktionierte. Seine sachliche Beschreibung des Arrangements im Kleinbus beruhigte sie ein wenig.
»Ob es wohl regnet?« fragte sie.
»Nein, ich glaube nicht. Im Bus liegen aber zwei Regenschirme. Für alle Fälle.«
Sie lachte lautlos.
»Sie dürfen mich jetzt nicht necken. Wir werden erwartet«, gab er lächelnd zurück.

Der blau-weiße Kleinbus wartete neben einem Hydranten. James half ihr einsteigen und machte sie mit den anderen bekannt, ausgenommen mit der Mutter, die gerade schlief. (Sie verschlief fast den ganzen Nachmittag. Als sie für kurze Zeit erwachte, wurde Theresa ihr von James vorgestellt; sie glaubte, im Blick der alten Dame Angst zu erkennen.) Die Mutter sagte etwas Unverständliches. Es stellte sich heraus, daß sie auf einer Seite ganz, auf der anderen teilweise gelähmt war.
Patricia sah James recht ähnlich, nur war ihr Haar rötlich. Die beiden Töchter sahen ihr gleich. Frank sah aus, wie James ihn beschrieben hatte – brummig, anständig, bieder. Theresa fand, daß James' Beschreibungen ihr ein unerwartet treffendes Bild vermittelt hatten. Sie hatte stets geglaubt, daß er die Dinge ganz anders wahrnahm als sie. Wie konnte er dann aber seine Verwandten mit denselben Augen sehen wie sie?
Ich finde, Sie sind eine reizende und interessante Person.
Sie lächelte vor sich hin, und James, anscheinend ganz vertieft in eine Unterhaltung mit Frank über den Preis von Ersatzteilen für den Bus, flüsterte ihr ins Ohr: »Ich möchte mitlachen.«

Sie schüttelte den Kopf. »Jetzt nicht.«
»Ich werde Sie daran erinnern.«

Die Hochzeit war erträglich. Die Braut tat, als sei sie schüchtern, der Bräutigam, als sei er es nicht. Die Feier fand in einem großen Saal statt, eine kleine Band spielte, es gab reichlich Alkohol, und nach ein paar Gläsern fühlte sie sich recht wohl. Es zeigte sich, daß James die alten Tänze glänzend tanzte, und er gestand ihr, er habe Unterricht genommen. Sie fühlte sich zunächst befangen, als sie merkte, wie gut er tanzte, doch führte er gut und sicher, und sie fing an, sich richtig zu amüsieren. Hin und wieder stellte James ihr umständlich jemand vor, und sie kam endlich dahinter, daß er stolz darauf war, sie vorzeigen zu können. Wie sollte er auch nicht! Sie war doch eine so schöne, charmante, entzückende Person.
»Jetzt lächeln Sie wieder so«, bemerkte James, als sie von einer Kusine forttanzten, die gesagt hatte, Theresa und James müßten unbedingt mal sonntags zum Barbecue herauskommen. »Jetzt möchte ich endlich erfahren, was es bedeutet.«
»Und wenn ich's nicht sage?«
»Dann stelle ich was ganz Skandalöses an.«
»Was zum Beispiel?«
»Nun ... ich mache Ihnen zum Beispiel einen Heiratsantrag.«
»Das ist gar nicht komisch«, widersprach sie, wohl wissend, daß es komisch gemeint war. Nur empfand sie es nicht so. Sie kam vorübergehend aus dem Takt und blieb verwirrt auf der Tanzfläche stehen.
»Tut mir leid«, sagte er. »Es war komisch gemeint. Mindestens in diesem Zusammenhang.«
»Sie wollten doch wissen, warum ich vorhin gelächelt habe«, sagte sie plötzlich. »Ich war überrascht darüber, wie genau sie mir Ihre Familie beschrieben haben. Und das Bild, das Sie sich von mir machen, ist völlig verzerrt!«
Jetzt war die Reihe an ihm, verwirrt zu sein. »Tu ich das?«

»Wenn Sie über mich etwas sagen, dann erkenne ich mich gar nicht.«
»Was zum Beispiel?«
»Ach, lassen wir das«, sagte sie gereizt.
»Ausgeschlossen. Ich kann das nicht auf sich beruhen lassen, wenn ich Sie damit gekränkt habe.«
»Sie haben mich nicht gekränkt – im Gegenteil! Sie denken sich diese verrückten ... also, Sie tun, als wäre ich eine alberne Märchenprinzessin. Wunderschön, entzückend, bezaubernd –« Sie brach ab, denn es sah aus, als ob er nicht wisse, ob er lachen oder verblüfft sein solle. Sie ärgerte sich, und die Tränen waren ihr wieder einmal nahe. Und noch schlimmer war, daß sie wußte, sie machte sich lächerlich. Dabei war alles, was sie sagte, wahr und richtig.
Man tanzte um sie herum, machte gelegentlich einen Scherz darüber, daß beide so unbeweglich dort standen.
»Entschuldigen Sie«, sagte er schließlich, »ich merke jetzt erst, daß Sie es ernst meinen.«
Sie blickte zu Boden, weil er nicht sehen sollte, wie ihr die Tränen in die Augen stiegen. Er wollte ihr Kinn heben, doch sie wehrte ab.
»Sie wissen also, daß ich alles, was ich über Sie sage, aufrichtig meine, denn Sie haben mir nicht vorgeworfen, daß ich lüge, sondern nur, daß ich Sie ... nun, sagen wir, idealisiere.«
Sie nickte. Ihr Unterkiefer zitterte, weil sie das Weinen nur mit Mühe zurückhielt.
»Nun gut«, fuhr er fort, ganz Jurist. »Ich sehe zwei Möglichkeiten. Erstens: Meine Vorstellung von Ihnen ist zutreffend, sie entspricht der Wirklichkeit sehr viel mehr als Ihre eigene. Zweitens: Ich habe ein verklärtes Bild von Ihnen, weil ich in Sie verliebt bin.«
Gütiger Himmel! Wie waren sie nur in diese Unterhaltung hineingeschlittert? Warum nur hatte sie ihn auf diese saublöde Hochzeit begleitet?

»Und noch eine dritte Möglichkeit gibt es: Was ich wahrnehme, entspricht der Wirklichkeit, nur fällt mir diese Wahrnehmung leichter, weil ich in Sie verliebt bin.«
Sie wandte sich ab, drängte sich durch die Tanzenden, lief zum Saal hinaus und auf den Parkplatz. Er folgte ihr. Es nieselte. Da hat er sich mal geirrt, dachte sie mit einer Spur Genugtuung.
Sie rannte zum Bus in der Absicht, sich dort einzuriegeln und abzuwarten, bis alles vorüber war. Sie stieg ein, doch James folgte ihr und drängte sich neben sie, so daß sie auf den Fahrersitz hinüberkletterte.
»Theresa.«
»Lassen Sie mich in Ruhe.« Sie weinte.
»Es fällt mir so schwer, Sie zu verstehen.«
»Dann lassen Sie's doch.«
»Ich verlange nichts von Ihnen. Ich sage doch nur, wie ... es kommt mir eben einfach so über die Lippen, ich will das gar nicht immer aussprechen ... ich kann warten. Ich will Sie nicht drängen. Wir kennen uns schließlich erst seit einigen Monaten.«
Ihr kam es nicht vor wie einige Monate, sondern wie ein ganzes Leben. Sie haßte ihn.
»Sie tun, als bedrohte ich Sie. Als verlangte ich, Sie müßten mich auf der Stelle heiraten.«
»Ihre korrekte Grammatik vergessen Sie wohl nie, was?« fragte sie erbittert.
»Darauf erübrigt sich wohl jede Antwort.«
»Liebe!« brach es aus ihr heraus. »Wie ich das Wort hasse! Ich weiß überhaupt nicht, was das ist.«
»Vielleicht haben Sie es noch nicht erlebt.«
»Vielleicht hat es überhaupt noch keiner erlebt, Sie inbegriffen.«
Er schüttelte den Kopf. »Stimmt nicht.«
»Und ich meine, es stimmt. Ich will Ihnen mal sagen, was ich glaube: Sie haben sich vor einer Weile vorgenommen, sich zu verlieben, und da brauchten Sie natürlich wen, in den Sie sich verlieben können. Und ich war die erste, die Ihnen über den Weg lief.«

»Sie waren durchaus nicht die erste«, widersprach er gelassen. »Ich war schon mit anderen Frauen aus.«
»Und was stimmte mit denen nicht?«
»Es lag nicht daran, daß etwas nicht mit ihnen stimmte.«
»Aber was ist an mir so Besonderes?«
Er schwieg ziemlich lange. »Mir kommt es einigermaßen lächerlich vor«, begann er dann, »daß ich mich hier gegen die furchtbare Anklage verteidige, mich in Sie verliebt zu haben. Sie sind für mich etwas Besonderes. Ob ich die Gründe dafür im einzelnen kenne, steht dahin. Anders ausgedrückt: Ich weiß, welche Ihrer Eigenschaften ich besonders mag, ich weiß aber nicht, warum gerade diese spezielle Zusammensetzung Verliebtheit in mir auslöst. Ich weiß nicht einmal, ob ich überhaupt deswegen in Sie verliebt bin. Ich muß Sie noch einmal darauf hinweisen, daß Sie weder sich noch mir gerecht werden, wenn Sie davon ausgehen, Sie seien –«
»Zugegeben. Ich war ungerecht. Ich bin kein gerechter Mensch.«
Er lächelte. »Da haben wir schon wieder einen Fall. Theresa beklagt sich bei mir darüber, ein wie schlechter Mensch Theresa ist.«
»Es stimmt aber.« Wider Willen mußte sie lächeln.
»Meinethalben. Doch das tut nichts zur Sache.«
Schweigen. Sie starrte durch die Windschutzscheibe. Es regnete heftiger. Wenn sie jetzt in den Saal zurückgingen, wurden sie sehr naß, und das wäre aufgefallen.
Daß ausgerechnet sie, die schon als Halbwüchsige allen Familienfeiern aus dem Wege gegangen war, auf den Veranstaltungen fremder Leute zweimal hintereinander solch einen Reinfall erlebte! Es war auch kein Zufall, daß die peinlichen Auftritte mit James und Tony im Familienkreis stattgefunden hatten, dessen war sie gewiß. Die Familie brachte in allen Menschen die schlechtesten Charakterzüge zum Vorschein. Sie hatte an sich selber beobachtet, daß sie wochen-, ja monatelang nicht an Katherine dachte, doch kaum war sie mit ihr zusammen, waren auch die al-

ten Gefühle wieder da. Mißtrauen und Abneigung gegen die Schwester. Ekel vor sich selber. (Die Beziehung zu Brigid hatte sich verbessert, seit die Schwester Kinder hatte. Früher hatte sie sich häufig vorgemacht, es gebe Brigid überhaupt nicht. Jetzt aber nahmen Brigids Kinder ihre Zuneigung so vollständig in Anspruch, daß diese Selbsttäuschung überflüssig geworden war.)
»Ich glaube, meine Schwester ist schon wieder schwanger«, bemerkte sie, und überraschte damit nicht nur ihn, sondern auch sich. Sie geriet in Verwirrung. »Das war der letzte Gedanke in einer ganzen Reihe«, erklärte sie.
Er nickte. »Katherine.«
»Nein. Meine andere Schwester.«
»Von einer anderen Schwester haben Sie nie gesprochen.«
»Das gibt's doch gar nicht. Sie heißt Brigid, ist verheiratet und hat schon drei Kinder.« Sie nahm das Portemonnaie aus ihrer Handtasche und zeigte ihm die Bilder von Brigids Kindern, als sei dies ein Beweis dafür, daß er von Brigid gehört haben mußte. Er lächelte beim Anblick der drei Zwerge, die artig vor dem Weihnachtsmann saßen.
»Sie lieben diese Kinder, nicht wahr?«
Theresa zuckte die Schultern. »Ich sehe sie kaum. Sie wohnen zu weit weg.« Das hatte sie ganz ernst gemeint, und erst hinterher wurde ihr klar, wie irrwitzig es war. Sie mußte es mit einem Scherz vertuschen. »In der Bronx. Das ist wie Ausland. Ist Ihnen das mal aufgefallen?«
»Zum Glück spricht man dort eine ähnliche Sprache.«
Auch ihm war es lieb, daß das Gespräch eine leichtere Wendung nahm.
»Ob es jetzt wohl auch in der Bronx regnet?« fragte sie.
»Höchstwahrscheinlich.«
»Ehe es nicht aufhört, können wir hier nicht raus«, meinte sie.
»Es sei denn, der Regen läßt nach, oder wir riskieren einen raschen Sprung. Leider habe ich den Zündschlüssel nicht, sonst könnte ich vor den Eingang fahren.«

Sie gähnte. »Nicht mal die Sonntagszeitungen haben wir.«
»Hinten liegt die *News.*«
»Wirklich? Wo denn?«
Er zog den Kopf ein und schlängelte sich nach hinten durch. Sie folgte ihm, einer plötzlichen Regung gehorchend. Die Ladefläche hinter der Sitzbank im Fond war ganz mit Teppich ausgelegt, bis auf die Schiene für den Rollstuhl. Daneben waren Schaumgummiplatten aufeinandergetürmt und mit einer grünen Plastikplane zugedeckt. James hatte mal erwähnt, daß Patricia und Frank sommers mit den Kindern zum Camping fuhren. An den Fenstern gab es Vorhänge, die jetzt offen waren. Auf dem Boden lag die Sonntagsausgabe der *News,* noch ganz jungfräulich, nur die Comics waren bereits gelesen und lagen obenauf.
»Mmmm«, machte sie, ließ sich auf den Boden gleiten und lehnte sich an die Schaumgummiplatten. »Das ist ja richtig gemütlich.«
Er stand gebückt vor ihr und wartete.
»Ist das Schaumgummi? Geben Sie mir ein Stück!«
Er zerrte die Plane weg und legte eine Schaumgummiplatte für sie zurecht. Sie streckte sich gleich darauf aus und sah ihn, auf einen Ellenbogen gestützt, herausfordernd an. Es kam ihr vor, als könnte sie es zulassen, daß er sie jetzt umarmte.
»Das ist wirklich ganz köstlich. Vielleicht lese ich überhaupt nicht, sondern lege mich schlafen.«
»Soll ich die Vorhänge zuziehen?«
»Mmmm.«
Er zog die Vorhänge zu. Sie lag mit angezogenen Knien auf der Seite. Spottend. Herausfordernd. Wartend. *Okay, James, endlich hast du mich in die richtige Stimmung gebracht. Und nun zeig mal, was du kannst.* Er saß auf der Kante der Rücksitze und sah sie an. Sie warf einen Blick ins Feuilleton, legte es beiseite, gähnte.
»Ich mache jetzt die Augen zu.«
»Dann gehe ich wohl lieber in den Saal.«

»Tun Sie das wirklich lieber?« Unartiges Mädchen.
»Macht es Ihnen was, wenn ich Sie allein lasse?«
»Ja.«
»Was soll ich also tun?«
»Sie sollen sich hier neben mich legen und mir Gesellschaft leisten. Mich in den Schlaf singen. Irgendwas.«
Er ließ sich behutsam auf dem Schaumgummi nieder, blieb aber an der Kante sitzen. Dann strich er ihr übers Haar.
»Fürchten Sie, Ihren guten Anzug zu ruinieren?«
»Ja.«
Sie legte die eine Hand leicht auf seinen Schenkel. Unter ihren Fingern strafften sich die Muskeln. Sie strich leicht darüber hin.
»Tun Sie das nicht«, sagte er.
»Warum nicht?«
»Es regt mich zu sehr auf.«
»Und warum soll es Sie nicht aufregen?«
»Weil dies weder der passende Moment noch der passende Ort ist.«
»Passender Moment, passender Ort«, äffte sie ihn nach. »Das Leben ist bestimmt eine himmlische Rutschpartie, wenn man die Regeln so genau kennt.«
»Meinen Sie?«
Sie setzte sich auf. »Also, meinethalben. Vielleicht sind Sie so gütig, mich zu küssen.«
Er lachte. »Das klingt ja, als versuchten Sie seit Monaten, mich zu verführen und ich bliebe kalt und gleichgültig.«
»Ich versuche seit fünf Minuten, Sie zu verführen, und Sie sind kalt und gleichgültig.«
Er lächelte, fand sie bezaubernd.
»Weder kalt noch gleichgültig. Es gibt für mich nur gewisse Grenzen. Und das wußten Sie wohl auch, als Sie sich daran machten, mich zu verführen. In einem Kleinbus. Bei der Hochzeit meiner Kusine!«
»Wie Sie wollen«, sagte sie mürrisch, richtete sich zu rasch auf

und stieß sich dabei den Kopf an der Decke an. »Dann gehen wir eben. Ist ja gleich, ob ich naß werde.« Die Tränen waren ihr in die Augen geschossen, weil sie sich den Kopf angestoßen hatte. *Seit ich dich kenne, habe ich immer wieder Tränen in den Augen.*

Ihre Rückkehr gab zu gutmütigen Scherzen Anlaß. Man hatte sich unterdessen an den Tisch gesetzt, und ihre Abwesenheit war allgemein bemerkt worden. Dann kam jedoch eine freundliche Plauderei mit Frank und Patricia über Schuldinge zustande (sie sah nicht hin, als Patricia ihr Besteck weglegte und der Mutter beim Essen half). Sie wußten, daß Theresa Lehrerin war und brachten ihr eine gewisse Hochachtung entgegen, etwa wie die Eltern ihrer ärmeren Schüler.
Sie brachten Theresa heim. Als der Kleinbus vor ihrem Haus hielt, stieg James mit aus, als wolle er noch hineinkommen, doch sagte sie, ihr sei nicht danach; sie sei müde und wolle sogleich zu Bett gehen.
Montags fragte sie Evelyn, ob sie noch mit in das Sommerhaus in Ocean Beach ziehen könne, und erfuhr, es sei kein Zimmer mehr übrig; doch falls eine der Frauen zurücktrete, wolle Evelyn sie benachrichtigen. Theresa war über diese Auskunft etwas traurig, denn insgeheim hatte sie an dieses Haus als an eine Art Notausgang gedacht; einen Ort, an den sie sich flüchten konnte, sollte die Situation mit James unerträglich werden; einen Ort, an den sie sich flüchten konnte, falls keine neuen Männer in Sicht waren und sie keine Lust verspürte, die Bars abzuklappern. Für Kneipen war jetzt nicht die richtige Jahreszeit. Wenn sie an den warmen Abenden unterwegs war, spürte sie kein Verlangen, sich in ein dunkles Loch mit Klimaanlage einsperren zu lassen, wo nichts erkennen ließ, daß es beinahe Sommer war. Sie rief zu Hause an und fragte, wie es dem Vater gehe. Die Mutter schwieg erst ein paar Sekunden und gab dann zur Antwort, er sei jetzt meist sehr müde. Theresa sagte, sie habe sich vorgenommen, die Eltern zu besuchen; ob sie vielleicht schon Samstag kommen und über

Sonntag bleiben solle? Das wäre sehr hübsch, meinte die Mutter. James sagte sie am Telefon, sie könne sich für Samstag nicht mit ihm verabreden, denn übers Wochenende sei sie verreist, doch ginge es am Freitag.
Freitags eröffnete sie ihm, das einzige, worauf sie Lust habe, sei – abgesehen von chinesischen Gerichten – ein Besuch im Fillmore. Dabei wußte sie nicht einmal, wer da jetzt auftrat und ob es überhaupt noch Karten gab. Zum Glück traten drei Rock-Gruppen auf, von denen nie jemand gehört hatte (und auch später nie wieder hörte), so daß Karten zu haben waren. Und so saßen sie denn zwei Stunden in ohrenbetäubendem Lärm, der jedes Gespräch unmöglich machte.
Wieder in der Wohnung, spielte sie wie üblich die Ermüdete; immerhin brachte er sie diesmal dazu, ihn hereinzulassen. Er behauptete, die Musik habe ihn durstig gemacht, und vor dem endlosen Heimweg müsse er unbedingt ein Glas Wasser trinken. Sie schleuderte die Schuhe von den Füßen, setzte sich aufs Bett, die Kissen im Rücken, zog die Knie an und umschlang sie mit beiden Armen.
»Worüber wollen wir uns jetzt streiten?« fragte er, als er aus der Küche kam, das Wasserglas in der Hand.
»Warum sollten wir streiten? Ich denke, Sie gehen jetzt nach Hause.«
»Mir fällt auch nicht ein, warum. Andererseits habe ich keine große Lust, jetzt nach Hause zu gehen. Darüber könnten wir uns zum Beispiel streiten!«
Dabei blickte er sie etwas ängstlich, aber sichtlich entschlossen an. Sie mußte lachen. Er war wirklich ein lieber Kerl. Er würde ihr richtig fehlen übers Wochenende.
Er stellte das Glas weg, zog die Jacke aus und setzte sich auf die Bettkante – wahrscheinlich wartete er darauf, daß sie ihn bat, näherzurücken.
»Wie hat Ihnen die Musik gefallen?« Wieder das unartige Mädchen.

»Überhaupt nicht. Aber es war ein lehrreiches Experiment. Übrigens war ich zum erstenmal in einem Rock-Konzert.«
Ich auch.
»Und warum bedanken Sie sich nicht bei mir dafür?« Immer noch ungezogen.
Er lachte. »Das wäre allerdings etwas viel verlangt.«
Zentimeterweise rutschte er ihr auf dem Bett näher, bis auch er sich in die Kissen lehnen konnte. Neben ihr. Er legte den Arm um sie. Sie beugte sich vor, um das Radio anzustellen, kehrte aber dann in seinen Arm zurück. Sie war verkrampft. Wieder beugte sie sich vor und drehte so lange an der Skala, bis sie einen Sender mit hartem Rock gefunden hatte. Als sie sein amüsiertes Lächeln bemerkte, wechselte sie zu einem Sender, der nur klassische Musik brachte.
»Das entspricht wohl mehr Ihrem Geschmack«, sagte sie dabei.
»Im Augenblick entspräche keine Musik am meisten meinem Geschmack.«
»Warum sagen Sie das nicht gleich?«
»Ich sage es doch.«
»Ohhhhhhh!« Sie drehte das Radio ab und lehnte sich schmollend in die Kissen zurück. Sie merkte, daß er sie ansah, daß er versuchte, ihren Gesichtsausdruck durch den Vorhang der Haare zu erkennen. Sie lehnte sich gegen ihn, spielte mit dem gestreiften seidenen Schlips, rollte ihn auf, ließ ihn los und dachte dabei: Wenn er sich beklagt, weil ich ihm seinen Schlips ruiniere, schmeiße ich ihn raus, und zwar endgültig.
Dabei wollte sie das eigentlich gar nicht. Es war angenehm, so zu sitzen, seinen Arm um sich zu spüren. Wenn sie sich vorstellte, er sei wer anders ... Tony ... Victor ... irgendwer ..., dann würde sie vielleicht so erregt, daß sie es fertigbrachte, mit ihm zu schlafen. Nötig hatte sie es wieder, das stand fest. Tony fehlte ihr eben, das spürte sie jetzt genauer. James ...? Sie schauderte, suchte nach einer Begründung für dieses Frösteln, da wandte James sich plötzlich ihr zu, zog sie an sich und küßte sie leiden-

schaftlich. Völlig überrascht erwiderte sie seinen Kuß. Zuerst drückte er nur seine Lippen auf die ihren, dann jedoch steckte er ihr mit unerwarteter Entschlossenheit die Zunge in den Mund, und zu ihrer Verblüffung sog sie lustvoll daran ... doch schon war ihre Wachsamkeit wieder da.

»Sie werden noch ihren Schlips zerknittern«, spottete sie, als er eine Pause machte.

Er riß den Schlips ab und warf ihn aufs Bett, sogar den Kragen knöpfte er auf. Dabei ließ er sie keine Sekunde aus den Augen. Sie lächelte, fühlte sich aber unbehaglich. Wieder küßte er sie, umschloß dabei sanft mit einer Hand ihre Brust und flüsterte ihren Namen. Wider Willen reagierte sie darauf. Wieder küßte er sie und drückte sie an sich. Sie spürte, daß er erregt, aber auch nervös war. Seine Erregung übertrug sich ein wenig auf sie, seine Nervosität allerdings machte sie sehr nervös.

Laß uns aufhören, bevor es zu spät ist, James. Bleiben wir Freunde – alles andere kann nur unglücklich enden.

Gut würde es keinesfalls werden. Seine Erektion, falls er überhaupt eine hatte, war vermutlich weg, wenn's drauf ankam. Oder er hatte schon einen Erguß, noch ehe er richtig drin war bei ihr. Oder vielleicht wußte er überhaupt nicht, wie er sich anstellen sollte. Aber sie wollte nicht, daß er an ihr übte! Sollte er doch gefälligst anderswo üben und sich in ein paar Jahren wieder blicken lassen. Er würde herumfummeln, und sie käme sich erniedrigt vor. Unmutig entwand sie sich ihm.

»Stimmt was nicht?«

»Doch, doch«, sagte sie. »Bloß ... mein Arm ist eingeschlafen.«

Sie setzte sich anders hin. Es sah aus, als wisse er nicht recht, was er tun solle – ein Schauspieler, der seinen Text vergessen hat. In einer Anwandlung von Mitleid breitete sie die Arme aus, zog ihn an sich und ließ seinen Kopf an ihren Brüsten ruhen. Sie strich über sein seidenfeines Haar. Ein spanisches Wiegenlied fiel ihr ein, das Tom Lerner den Kindern beigebracht hatte.

Aru ru niño, was essen wir heut?

Süße, warme Milch ist gut für arme Leut.

Sie summte die Melodie vor sich hin und dachte sich den Text dazu.

Aru ru niño, wo schlafen wir denn hier?
Im großen Karton, unter Zeitungspapier.

James richtete sich blinzelnd auf.

»Was ist denn?« fragte sie.

»Ich weiß auch nicht. Es kam mir so seltsam vor ... ich dachte wohl, ich benehme mich unmännlich.« Er lachte kläglich.

»Ich wüßte nicht weshalb.«

»Sie hatten also nichts dagegen, daß ich so ... dort lag?«

Sie schüttelte den Kopf. »Es war sehr angenehm.«

Er war jetzt schüchtern und weniger erregt. Er lag auf dem Bauch, die Arme überkreuzt. Sie lächelte und fing wieder an zu summen. Er fragte, was das für ein Lied sei, und sie antwortete, den Text habe sie vergessen. Sie zog ihn an sich und küßte ihn zärtlich auf Stirn, Nase, Augen, Kinn. Er hatte eine Haut, so glatt wie ein Kind. Sie küßte seinen Hals.

»Theresa.«

Er berührte ihre Brüste, schob seine Hand unter ihr T-Shirt, bis er Haut fühlte, glitt noch weiter nach oben und ließ dann seine Hand auf einer Brust ruhen. Als sie sich wieder küßten, langte Theresa nach hinten und löste den Verschluß des BH. Nun schob er die Hand unter den BH, küßte sie drängender, preßte sich gegen sie.

Sie setzte sich auf und zog T-Shirt und BH aus. Sie hatte das Gefühl, von träger Grazie zu sein, wie die Tänzerinnen eines Unterwasserballetts. Er begehrte sie, kein Zweifel. Alles war ganz einfach. Sie legte sich zurück, öffnete den Verschluß ihrer Jeans. Er sah sie an. Sie lächelte. Er küßte sie, und während er sie küßte, streifte sie Jeans und Höschen ab und stieß sie weg. Langsam und zögernd strich er über ihren Körper, hielt ein, als er bei den Schamhaaren anlangte. Auf einen Ellenbogen gestützt, beugte er sich über sie, betrachtete ihr Gesicht, ihren Busen, den

Bauch, das Schamhaar; ob er wohl merkte, daß das weniger rot war als ihr Kopfhaar? Sie streckte sich aus; sie kam sich sehr schön vor.

James zog Hemd und Unterhemd aus. Er schleuderte das Zeug nicht gerade von sich, faltete es aber auch nicht sorgfältig, sondern ließ es behutsam fallen. Er stand auf, zog die adrette blaue Hose aus, suchte offenbar etwas in einer Tasche und legte die Hose dann ordentlich auf den Fußboden. Seine Haut war ganz hell. Sein Körper sah nicht übel aus, als Reklame für Bodybuilding allerdings nicht geeignet. Die Schultern waren zu schmal, doch wirkte er jetzt, wo er fast nackt war, größer. Er schob die Unterhosen runter, setzte sich, um sie ganz abzustreifen, auf den Bettrand. Sein Körper war nur spärlich behaart, mit hell-flaumigem Haar. Einen Augenblick saß James wie ratlos da, dann streckte er sich neben ihr aus, einen Arm über ihren Leib gelegt. Sein Penis drängte gegen ihren Oberschenkel. Er küßte ihre Wange, blieb aber ruhig liegen, offenbar wartete er. Mit dem Zeigefinger fuhr sie langsam über sein Profil, über den Hals, die Brust, den Bauch, spielte einen Moment mit seinem Nabel, berührte sein Schamhaar – auch das war sehr fein –, strich ganz langsam von unten nach oben an seinem Penis entlang – da spürte sie etwas Merkwürdige, etwas, was sie anfangs gar nicht ...

Lieber Himmel, nein!

Er trug ein Präservativ. Sie hatte nie eines gesehen und war wie vom Donner gerührt. Sie nahm die Hand nicht weg, doch blieb ihr gegenwärtig, daß sie nicht Fleisch berührte, sondern Gummi. Er wurde schlaff, so als spüre er, wie sie vor ihm zurückwich, doch richtete er sich unter ihren Fingern wieder auf. Er küßte sie neuerlich, sonst aber geschah nichts. Wenn er sie nur gestreichelt, mit dem Finger gereizt, irgend etwas getan hätte! Aber sie konnte ihm das doch nicht sagen, brachte es einfach nicht fertig. Sie war enttäuscht, verärgert, wünschte, sie hätte es nie soweit kommen lassen, ihn nie geküßt, wäre ihm nie begegnet, hätte ihn erst zehn Jahre später kennengelernt. Bis er sich schließlich halb kniend auf sie schob. Er wollte eindringen in sie, wußte aber offenbar nicht recht, wie das anzustellen sei. Immer noch wütend rieb sie seinen Penis an ihren Schamlippen, wollte ihn einführen und merkte erst jetzt, daß sie trocken und eng war, absolut nicht bereit, ihn aufzunehmen. Sie ließ ihn los, in der Hoffnung, er werde sich zurückziehen, doch nun schob er sich unaufhaltsam in sie hinein. Es schmerzte fast unerträglich. Sie machte die Augen zu, damit er nicht sah, was sie empfand. Langsam und zögernd begann er sich hin und her zu bewegen. Doch davon wurde nichts besser, sie blieb trocken, und es tat weh. Als er ganz tief hineinstieß, war der Schmerz fürchterlich. Und diesen Qualen war keine Spur von Lust beigemischt. Endlich, nach Minuten, die ihr wie Stunden vorkamen, war er fertig. Sie spürte nichts als Erleichterung.

Er ging ins Badezimmer und beseitigte das Präservativ. Dann stieg er zu ihr ins Bett und fragte, ob er die Nacht hier verbringen dürfe. Sie erwiderte, sie müsse noch früher als sonst aufstehen, weil sie zu packen habe. Das sei ihm ganz recht, meinte er; aber er könne sie jetzt nicht gut alleinlassen.
»Wie kann ein gläubiger Katholik wie du ein Präservativ benutzen?« fragte sie.
»Muß man das nicht?« fragte er.
Das sei wahrscheinlich richtig, antwortete sie, weil es ihr zu mühsam vorkam, ihm zu erklären, daß sie ganz gewiß niemals schwanger werden würde.
Am folgenden Morgen betrug er sich, als seien sie schon verheiratet. Sie vermied es, ihn anzublicken. Er kündigte an, daß er am Sonntag abend anrufen wolle, und sie nahm sich vor, so spät wie möglich heimzukommen.

Theresas Mutter hatte stets viel im Garten gearbeitet. Sie hatten immer einen Garten gehabt: vor dem Haus Blumen, hinten Ge-

müse, und zwar in solchen Mengen, daß es auch für die Nachbarn reichte. Der Garten bedeutete aber immer auch Pflichten. Man arbeitete, so hatte die Mutter ihnen erklärt, weil es eben sein mußte, murrte aber unentwegt dabei. Und saß man dann nach getaner Arbeit auf der Veranda und glaubte, alles bewältigt zu haben, so sah man mit Sicherheit eine Tomatenpflanze, die unbedingt angebunden werden mußte und die man am Vormittag übersehen hatte. Dann schwor man sich, auf keinen Fall vor dem nächsten Morgen wieder in den Garten zu gehen.
Jetzt hingegen schien es, als suche die Mutter, kaum daß man sich auf der Veranda niedergelassen hatte, einen Vorwand, um in den Garten zu gehen – sie hatte zu jäten vergessen, für das Abendessen fehlten noch Erbsen. War das erledigt, fiel ihr gleich wieder was ein.
Der Vater sah müde und belustigt zu und meinte, in diesem Jahr bekäme sie bestimmt den Preis für den schönsten Garten im ganzen Viertel.

Er hatte Krebs. Aber Theresa erfuhr das erst, nachdem Katherine aus Indien zurückgekommen war.
Warum mußt gerade du mir das sagen?
Warum haben die anderen es mir nicht längst gesagt?
Die Gedanken wirbelten ihr durch den Kopf, kaum daß der erste Schreck abgeklungen war. Sie wünschte, man hätte sie weiterhin in ihrer glücklichen Unkenntnis gelassen, und war zugleich verärgert, weil es Katherine sogar in Indien fertiggebracht hatte, enger mit dem Vater verbunden zu bleiben als Theresa.
»Warum hat mir niemand was gesagt?
»Keiner konnte sich dazu entschließen«, erklärte Katherine ihr. »Alle meinten, du machtest den Eindruck, als wolltest du's nicht wissen – du hast ja nicht mal gefragt, ob der Tumor bösartig war.«
Verärgert. In der Defensive. »Ich habe gedacht, falls es was gibt, was ich erfahren muß, wird man es mir schon sagen.«

»Aber wir wissen doch, wie schrecklich dir alles ist, was mit Krankheit zusammenhängt, Tessie. Daß du nichts davon hören magst.« Sanft zuredend.
»Schließlich ist er ja auch mein Vater«, sagte Theresa mit rauher Stimme.
»Aber natürlich.«
Schweigen.
»Möchtest du sonst noch etwas wissen, Theresa?«
Was gibt es denn noch zu erfahren? Wie war es in Indien?
Nick blieb noch weitere zwei Monate in Indien. Katherine wohnte den Sommer über bei Freunden in East Hampton, wollte die Eltern aber oft besuchen. Ein bösartiger Tumor war entfernt worden, der Krebs hatte jedoch bereits auf die Lymphknoten übergegriffen. Es war nur noch eine Frage der Zeit. Wieviel Zeit? Nun, es konnte noch lange dauern. Fünf Jahre vielleicht. Oder auch nur ... Katherine wäre es sehr recht, wenn Theresa einen Teil des Sommers ebenfalls in East Hampton verbrächte.
»Kann ich nicht. Ich habe zu tun.« Der Kopf war ihr so schwer, als hätte sie einen Kater.
»Aber vielleicht in den Ferien? Du könntest draußen wohnen. Wir könnten endlich mal spazierengehen und uns richtig aussprechen. Und alle vierzehn Tage würden wir Daddy besuchen.«
Daddy.
»Ich kann nicht«, wiederholte Theresa. »Es ... ich bin mit jemand liiert.«
»Ach, wie schön, Tessie! Erzähl doch!«
Geh doch zum Teufel, Fotze!
Dieser Gedanke war so unerhört, so brutal – sie starrte Katherine fassungslos an, als sei diese die Urheberin.
»Es gibt nichts zu erzählen, Katherine, ich bin einfach ... wir sprechen später mal drüber.«

Die Ferien begannen. Katherine war in East Hampton. Evelyn zog nach Fire Island. Der Sommer war nun wirklich da. Einmal

oder zweimal in der Woche verbrachte sie einen Tag mit den Eltern.
James sah sie häufig. Zweimal wöchentlich aßen sie gemeinsam. War es kühl genug, machten sie ausgedehnte Spaziergänge; war es zu heiß, gingen sie ins Kino. Dann blieb er über Nacht. Sie gingen miteinander ins Bett. Meist tat es nicht mehr weh. Aber sie empfand auch nichts dabei – als sei sie örtlich betäubt. Hübsch war das Vorspiel, abgesehen von dem Gefühl, daß danach etwas Unangenehmes kam. Und mit ihm einzuschlafen, empfand sie geradezu als behaglich. Sie fühlte sich überhaupt recht behaglich in seiner Gesellschaft.
Von ihrem Vater erzählte sie James nichts.
An sonnigen Wochenenden verbrachten sie viel Zeit am Strand. Nach Orchard Beach fuhren sie allein, nach Jones Beach mit seiner Schwester und den Kindern oder mit seinen Bekannten. Diese Bekannten von James waren weniger unterhaltsam als er selber. Es waren gutartige, stille Leute, die sich über Sport unterhielten, gelegentlich auch über Politik. Seit dem Tod von Robert Kennedy im Vorjahr war von Politik allerdings nur selten noch die Rede. James' bester Freund war Donald, ein Buchhalter. Mit ihm spielte er Schach. Mit den anderen spielte er Poker; offenbar war er ein vorzüglicher Spieler.
Manchmal nahmen sie Patricia zu Gefallen die Kinder mit, damit sie einmal einen Tag zur freien Verfügung hatte. Anschließend gingen sie nach City Island und leisteten sich Hummer zum Abendbrot. (Die Kinder aßen Hamburger.)
Zweimal fuhren sie über ein verlängertes Wochenende weg: einmal nach Tanglewood, wo sie, im Gras sitzend, Kammermusik hörten (sie waren beide noch nie dort gewesen), einmal auch ins Pennsylvania Dutch Country (wo James früher schon gewesen war). Als sie fragte, warum er nicht richtig Urlaub mache, sagte er lächelnd, er spare sich die Ferientage für ihre Hochzeitsreise nach Irland, und als sie ihn daraufhin böse ansah, schalt er sie, weil sie ihm nicht einmal einen kleinen Scherz erlaube;

sie wußten aber beide, daß er es nicht scherzhaft gemeint hatte.
Beabsichtigte er, bei Theresa über Nacht zu bleiben, dann sagte er seiner Schwester rechtzeitig Bescheid, und Patricia holte die Mutter zu sich, wenn die Pflegerin nach Hause ging. Theresa vermied es nach Möglichkeit, mit James' Mutter zusammenzutreffen. Sie konnte dem hilflosen Blick der alten Frau nicht begegnen, ohne sich schuldig zu fühlen. *Keine Sorge, hätte sie dann immer am liebsten gesagt, ich habe nicht die Absicht, dir deinen Sohn wegzunehmen.*

Gegen Ende des Sommers ließ sie sich zweimal von James bei den Eltern abholen. (Sie versuchte stets festzustellen, ob sich im Befinden des Vaters etwas geändert hatte, entdeckte aber nichts.) Als der Vater meinte, James scheine doch ein sehr netter Bursche zu sein, verstärkte das Theresas Angst, sie könne aus purer Trägheit im Treibsand eines irisch-katholischen Familienlebens in der Bronx versinken.
Wenn wenigstens Evelyn dagewesen wäre! Theresa sehnte sich danach, mit jemand zu reden, der begriff, wie sie über James und eine Heirat dachte. Ihre Verwandten würden sie ausnahmslos für verrückt halten, wenn sie hörten, daß Theresa nicht den Wunsch hatte, James zu heiraten – einzig Katherine würde sie verstehen, aber ihr Verständnis würde auf falschen Schlüssen beruhen. (Katherine sah James' gute Seiten überhaupt nicht, seine Rechtschaffenheit, seine Klugheit. Katherine konnte gewiß auch nicht begreifen, daß Theresa ihn solange schon ertrug. Theresa wußte, sie würde Katherine hassen, wenn sie sich über James lustig machte oder herablassend von ihm spräche.)
Erst jetzt kam ihr zum Bewußtsein, daß sie seit ihrer Schulzeit keine richtige Freundin mehr hatte, jemand, mit dem sie jederzeit sprechen konnte, nicht nur wenn es kritisch wurde. Reden. Alles aussprechen, was einem durch den Kopf ging. Von allen Frauen, die sie näher kannte, war ihr Evelyn am vertrautesten. Doch

auch zu Evelyn hatte sie nie ganz rückhaltlos gesprochen. Gewiß wußte sie von Evelyns Leben mehr, als Evelyn von Theresas Leben wußte. Evelyn sah gut aus, sie war eine stille Person, konnte aber jähzornig werden. Sie bezwang sich, wenn ihr Freund daheim war, denn der verabscheute Szenen jeder Art. Ging er wieder auf Tournee (und das bedeutete, wie Evelyn wußte, auch andere Frauen), stritt sie sich fürchterlich mit ihrer Mutter, wurde dann allmählich wieder friedlicher, und schließlich kam Larry zurück, und alles begann von vorne. Wie sie das ändern sollte, wußte sie nicht. Warf sie ihn raus, würde er seelenruhig gehen, das war sicher.
Was aber wußte Evelyn von Theresa? Auf Evelyns besorgte Fragen, nachdem sie den Auftritt mit Tony miterlebt hatte, hatte Theresa selbstsicher lachend erwidert, er sei gut im Bett und keinesfalls so gefährlich wie er aussehe. Von James erzählte sie Evelyn einiges, von ihrem übrigen Leben nichts. Sie versuchte Evelyn gegenüber den Anschein zu erwecken, als stelle ihre Familie ziemlich große Ansprüche an sie. Das sollte als Erklärung dafür dienen, weshalb sie so selten greifbar war, nicht ins Kino mitging, sich nicht an dem beteiligte, was Evelyn und ihre Freundinnen unternahmen. (Evelyn hatte viele Freundinnen, aber die paar, die Theresa kannte, gefielen ihr nicht.)
Im Augenblick hatte Theresa wirklich den Wunsch, sich Evelyn anzuschließen. Sie freute sich sehr, daß Evelyn noch vor dem Ende der Ferien von sich hören ließ. Sie aßen gemeinsam in der Stadt. Evelyn sah glänzend aus, braungebrannt, die langen braunen Haare trug sie hochfrisiert. (Theresas Haut war im Sommer krebsrot.)
»Wie hast du den Sommer verbracht?« fragte Evelyn.
»Wie? Gelangweilt habe ich mich ... mit James ist alles so schwierig.«
Evelyn lächelte betrübt und seufzte: »Wie kommt es bloß, daß jede Frau, die man fragt, wie es ihr geht, als erstes von ihrem Mann oder ihrem Freund erzählt?«

Theresa schwieg verblüfft, und Evelyn hielt es für Zustimmung.
»Du verstehst doch, was ich sagen will?« fragte Evelyn eindringlich. »Frag einen Mann, wie es ihm geht, und er berichtet von seiner Arbeit, von irgendwas, was er gerade tut.«
»Eben darüber wollte ich mit dir reden«, sagte Theresa. Sie war betroffen und ärgerte sich ein wenig. Wie lange wünschte sie sich nicht schon ein solches Gespräch!
»Tut mir leid, daß ich so über dich hergefallen bin«, lenkte Evelyn ein. »Sei mir nicht böse, es ist bloß ... der Sommer war so ganz anders, als wir geplant hatten, und das alles bloß, weil die Männer ... vielmehr, weil einige von uns den Männern erlaubt haben, alles durcheinanderzubringen.«
So hatten sie beispielsweise geplant gehabt, daß alle Frauen, die sich in das Haus teilten, wenigstens einmal wöchentlich zu einem Diskussionsabend zusammenkommen sollten. Doch die einzige Zeit, wo alle anwesend waren, war das Wochenende – Freitag abend bis Sonntag. Denen, die ständig auf Fire Island wohnten, wäre der Freitag abend recht gewesen, die jedoch, die nur zum Wochenende herauskamen, waren am Freitag abend ganz versessen darauf, etwas zu unternehmen, tanzen zu gehen. Der Samstag eignete sich ebenfalls nicht gut, denn einige von denen, die Freitag abends ausgingen, kamen entweder überhaupt nicht nach Hause oder nur, um sich ihren Badeanzug zu holen und mit dem neuen Freund an den Strand zu gehen. Am Samstag abend waren so gut wie alle zu irgendwelchen Parties eingeladen, und am Sonntag waren die Schwierigkeiten ebenso groß, wenn nicht noch größer. Selbst diejenigen, deren Herz an der Gruppe hing, verloren den Mut. Und noch entmutigender wurde es, wenn man die Sache als Symbol für weibliches Verhalten überhaupt betrachtete: Die Frauen ließen zu, daß Männer den ersten Platz in ihrem Leben einnahmen, sie achteten sich selber nicht genug, ihre Persönlichkeit, ihre Intelligenz.
Terry nickte; sie war verärgert, weil sie genau darüber hatte sprechen wollen. Eben dies wollte sie James nicht erlauben.

Evelyns eigentlicher Grund für diese Verabredung war, daß sie Theresa fragen wollte, ob diese sich nicht einer neuen Gruppe anschließen wolle, die sich gerade bildete.
Niemals.
»Das wichtigste ist, daß diese Frauen alle eine selbständige Existenz haben. Zwei schreiben, eine ist Anwältin, eine Börsenmaklerin. Und ich.«
Eindrucksvoll. Schreckerregend. In Gesellschaft solcher Frauen hätte sie Angst, wüßte nicht, worüber sie reden sollte. Evelyn war zwar auch nur Lehrerin, doch spielte sie mehrere Instrumente und hatte einen Haufen Interessen, von denen Theresa nichts verstand.
Es sei eine consciousness-raising-Gruppe, fuhr Evelyn fort. Frauen setzten sich zusammen und diskutierten, um sich gemeinsam ihrer Situation bewußt zu werden. Frauen dächten immer, sie hätten ganz spezielle Probleme, und zwar Probleme emotionaler Art; in Wahrheit aber hätten alle die gleichen Probleme, und die seien politischer Natur. Probleme, die ihnen vom System (und natürlich nicht bloß vom System) aufgebürdet wären. Theresa wies Evelyn darauf hin, daß die Weigerung, zu heiraten und Kinder zu gebären das genaue Gegenteil davon sei, das System befürworte diese Dinge gerade. Worauf Evelyn lächelnd versetzte, das sei es ja eben. Das System billige diese Dinge nicht nur, es behaupte auch, eine Frau könne gar nichts anderes tun. Es lasse einem keine Wahl. Und genau dagegen wolle man kämpfen. Manche dieser Frauen seien verheiratet oder lebten mit jemand, andere nicht, doch keine von ihnen sei der Meinung, dies sei notwendig oder wünschenswert. Sie wollten selbst Persönlichkeiten sein, das war wichtiger als die Beziehung zu einem Mann.
Zum erstenmal regte sich in Theresa Interesse an dem, was Evelyn da sagte. Evelyn spann das aus, sie hielt Theresas Interesse wach, doch kehrte sie immer wieder zur Gruppe zurück. Theresa müsse in einer Gruppe erleben, daß andere Frauen die gleichen Schwierigkeiten hätten wie sie. Etwa daß viele Frauen ihren

Körper nicht mochten. Theresa blickte Evelyn scharf an; von derartigem war bislang zwischen ihnen nie die Rede gewesen. Evelyn wußte nichts von Theresas Operation, der Narbe.
»Frauen glauben immer, irgendwas stimmt nicht mit ihnen.«
Selten mit soviel Berechtigung.
»Sie finden sich zu dick oder zu dünn, ihren Busen zu klein oder zu groß, sie sind zu lang oder zu kurz, sie haben schlechte Haut oder eine Blinddarmnarbe.«
Theresa stand auf.
»Was ist?«
»Nichts«, sagte Theresa. »Ich mag nur nicht mehr sitzen.«
»Laß mich noch den Kaffee austrinken, dann können wir ein Stück gehen, falls du Lust hast.«
Widerstrebend setzte sie sich.
»Die Sache ist einfach die: Man hat uns gelehrt, wir müßten perfekt sein. Wie Ausstellungsstücke, nicht wie Menschen. Menschen brauchen aber nicht perfekt zu sein, nur Gegenstände.«
Und wenn du eine Schwester hast, die wirklich perfekt ist? Wie wirst du damit fertig?
Evelyn drängte sie, sich der Gruppe anzuschließen, und Theresa versprach, es sich zu überlegen, doch wußte sie schon: wie interessant die dort berührten Fragen auch sein mochten, nie würde sie imstande sein, unter Frauen herumzusitzen und darüber zu reden.

»Ich schließe mich vielleicht einer Frauengruppe an«, sagte sie zu James.
»So? Das klingt ja vielversprechend.«
»Warum?«
»Nun, diese Gruppen scheinen sich doch endlich mal der Fragen anzunehmen, mit denen Frauen sich herumquälen müssen.«
»Zum Beispiel?«
»Zum Beispiel mit der Notwendigkeit, ein Identitätsgefühl zu entwickeln, das nicht nur auf der Frauen- und Mutterrolle be-

ruht. Zum Beispiel, sich klarzumachen, daß es auch für die Frau Alternativen gibt. Zum Beispiel, daß es ihr gutes Recht ist, sich zu bilden, Ehrgeiz zu entwickeln, in Wettbewerb mit anderen zu treten und so fort.«

»Du findest das richtig?«

»Selbstverständlich. Was mir unter anderem an dir so gefällt, ist ja, daß deine Arbeit dir so viel Spaß macht.«

»Sie macht mir nicht mehr so viel Freude wie früher.«

»Nun«, sagte er nach kurzem Besinnen, »auch das ist eine erörternswerte Sache. Wie findet man Arbeit, die einem Freude macht ... und zwar auf lange Sicht. Wie bringt man es fertig, daß sie einem Freude macht, wie überwindet man Schwierigkeiten.«

»Du redest das alles so glatt daher ...«

»Nicht die Spur«, erwiderte er leicht gereizt. »Ich antworte so gut ich kann auf deine Fragen.«

»Und jetzt bist du wütend.«

»Ich bin nicht wütend. Ich verlange nur, daß man das, was ich sage, ein wenig ernstnimmt. Daß mir das Reden leicht fällt, heißt nicht, daß ich es nicht aufrichtig meine.«

»Beweise es«, spöttelte sie.

»Ach, Theresa«, murmelte er.

»Was denn noch?« fragte sie rasch, denn er sah sie jetzt mit einem Ausdruck an, der manchmal in seine Augen trat – ein sehnsüchtiger Ausdruck, ein Ausdruck von Liebe, wenn man sentimental werden wollte, ein Ausdruck, vor dem sie hätte weglaufen müssen, wäre James aggressiver gewesen, denn darin lag die Drohung, sie zu verschlingen, sollte sie sich je ergeben. »Welches sind die anderen weltbewegenden Fragen, mit denen wir ringen müssen? Über meinen Beruf brauche ich allerdings nicht zu diskutieren, den habe ich schon.«

»Nun«, fuhr er langsam und betont fort, als wolle er ihre Anschuldigungen widerlegen, »da wäre die Frage des Bildes, das man von sich hat. Frauen sind ständig um ihr Aussehen besorgt.

Kleider, Make-up und so weiter. Und doch spüren sie, daß das erniedrigend ist. Sie möchten nicht nach ihrem Aussehen beurteilt werden, sondern nach dem, was sie sind.«
»Heißt das, ich soll meine Büstenhalter verbrennen?«
Er wurde rot. Sie lachte.
»Das ist nur ein albernes, ausgefallenes Symbol«, sagte er. »Mir scheint, daß davon viel zu viel hergemacht wird.«
»Meinethalben. Also dann Make-up. Soll ich keins mehr auflegen?«
»Nicht nur du solltest es lassen, sondern auch Frauen, die mit Make-up besser aussehen als ohne.«
»Ich sehe mit Make-up viel besser aus.«
»Für mich bist du ohne ebenso schön.«
»Lieber Himmel«, sagte sie gereizt, »mit dir kann man nicht reden. Du bist verrückt. Du hast eine aberwitzige Vorstellung von mir.«
»Siehst du, Theresa«, sagte er leise, »eben dafür sind die Frauengruppen gut. Du bekommst dort ein besseres Bild von dir selber!«
»Geh!« rief sie. »Ich will dich nicht mehr sehen. Ich mag nicht mehr mit dir reden. Ich will nicht mehr mit dir schlafen.«
Doch er blieb.

Theresa war rastlos. Die Schule fing wieder an, und einige Wochen füllte sie das aus, doch dann wurde wieder alles zur Routine, und die Rastlosigkeit kehrte zurück. Sie langweilte sich. Sie brauchte einen Mann. Einen Tony, nicht einen James. Einen, der's ihr ordentlich besorgte und nicht immerzu quatschte. Eigentlich wäre sie am liebsten wieder herumgestreunt. Hätte bei Goodbar reingeschaut. Oder bei Luther. Egal wo. Und dann einen muskulösen Typ aufreißen und mit ihm ins Bett gehen. Und ihn dann nie wieder sehen. Doch etwas hielt sie zurück. Es gab da eine Hemmung, die früher nicht vorhanden gewesen war. Schließlich kam sie zu der Erkenntnis, daß es mit James zu tun

hatte, damit, was James wohl denken mochte, falls er davon erfuhr – wie sie früher gelebt hatte; daß sie ohne weiteres imstande war, zu ... und dann wurde sie wütend auf ihn, weil er als Hemmschuh wirkte.
Noch voller Zorn auf James gabelte sie sich bei Luther einen großen, sehr dicken Mann auf, der behauptete, Reporter zu sein. Den schleppte sie um drei Uhr früh in die Wohnung – beide waren sie stockbetrunken –, wo er aufs Bett fiel, unfähig, eine Erektion zu bekommen. Seine Frau habe ihn kastriert, verkündete er.
Ruf an, sobald er dir wieder angenäht ist.
Beim Hinausgehen fragte er klagend, ob sie auflegen würde, falls er sie anriefe? Nein, sagte sie, gab ihm aber ihre Nummer nicht. Er solle sie sich im Telefonbuch heraussuchen, empfahl sie ihm.

James' Freunde Arthur und Sally, mit denen sie im Sommer öfter am Strand gewesen waren, feierten ihren fünften Hochzeitstag. Es wurde viel getrunken, getanzt, gescherzt, und diese Scherze drehten sich meist um die Frage, wann Theresa endlich nachgeben und James heiraten werde.
Sie lachte gequält. »Er hat mir ja noch keinen Antrag gemacht.«

»Willst du mich heiraten?« fragte er, als sie nach Hause gingen.
»Nein.«
»Kann ich wenigstens hoffen?«
»Ich würde niemand lieber heiraten als dich, James, nur will ich eben überhaupt nicht heiraten.«
»Ich hoffe sehr, daß ich dir das ausreden kann.«
Sie lächelte und wußte, sie war feige. Nie würde sie ihn heiraten. Nur sagte sie es ihm nicht, denn sie fürchtete, er werde sie verlassen, wenn er zu der Erkenntnis gekommen war, daß sie die Wahrheit sprach. Und verlassen sollte er sie nicht. Nicht ganz, nicht für immer.

Endlich ging sie doch zu einer Versammlung von Evelyns Gruppe.
»Ich muß von meiner Mutter sprechen«, sagte eine der anwesenden Frauen. Sie hieß Susan und war sehr blond, sehr hübsch, von Beruf Maklerin. Ihre Mutter war todkrank – Krebs. »Ich habe das grauenhafte Gefühl, daß ich sie nie wirklich gekannt habe. Solange ich zurückdenken kann, war mein Vater für mich ... wie der liebe Gott. Ich betete ihn an. Ich begriff nicht, wie er Mutter je hatte heiraten können. Er war etwas Besonderes, und sie ... ich hielt sie immer für ein alltägliches Wesen ... von ihrer Würde, ihrer Haltung spürte ich nichts. Fünf Kinder hat sie aufgezogen, hat Vater ein Zuhause geboten, war ein Halt für ihn. Sie hat sich ihm und uns und unseren Bedürfnissen völlig untergeordnet ... jetzt stirbt sie sogar mit Haltung. Sie klagt nicht über Schmerzen, gibt nur zu, daß sie müde ist. Aber ... hat eine von euch mal gesehen, wie jemand an Krebs stirbt?«
»Nein«, antwortete Theresa, denn ihr schien, Susan sehe sie an.
»Dabei ist sie im Grunde sehr gescheit«, fuhr Susan gleich darauf fort, als habe sie nur eine rhetorische Frage gestellt. »Meine Mutter war nur in der Volksschule, hat dann gearbeitet und mit sechzehn Jahren geheiratet. Aber wenn ich so zurückdenke – außer ihr hat uns nie jemand bei den Schularbeiten geholfen. Auch mein Vater nicht, der fast nie da war, wenn wir ihn brauchten. Aber Mutter wußte Bescheid. Oder wenigstens wußte sie, wo sie nachschauen konnte.« Susan brach in Tränen aus. »Ich rede ja schon von ihr, als sei sie tot.« Eine der anderen legte den Arm um Susan, und sie weinte an ihrer Schulter.
Terry war bewegt und fühlte sich zugleich unbehaglich.

Seit dem Sommer war sie nicht mehr zu Hause gewesen; jetzt fuhr sie hin. Der Vater sah unverändert aus, die Mutter erschreckend schlecht. Ihr fiel ein, was Susan erzählt hatte.
»Du mußt ja völlig erschöpft sein«, sagte Theresa zu ihrer Mut-

ter. »Willst du nicht mal ein paar Tage wegfahren? Ich könnte mich doch um Dad kümmern.«
Die Mutter sah sie an – voller Mißtrauen, fand Theresa. »Mir geht es gut. Mir fehlt nichts. Wenn du zu Besuch kommen willst – bitte, jederzeit.«

Die Mutter bereitete wie üblich das Festmahl für Thanksgiving, Patricia ebenfalls. Theresa und James waren bei beiden Familien eingeladen.
James schlug halb im Scherz vor, man könne doch gemeinsam feiern.
»Ha, ha«, sagte Theresa.
Essen wollten sie bei Theresas Eltern, bei Patricia den Abend verbringen. Theresa fragte James, ob seine Mutter daran nicht Anstoß nehmen würde. Er hatte darüber nachgedacht: Anstoß nehmen würde sie wohl, doch nicht allzusehr. Sie hatte ja Patricia um sich und die Verwandten, und sie sei ja nun daran gewöhnt, ihn nicht mehr so oft zu sehen.
»Passen tut es ihr aber nicht«, bemerkte Theresa.
»Ihr liegt, glaube ich, mehr daran, daß ich glücklich bin, als an ihrem Wohlbefinden.«
»Und hast du deshalb keine Schuldgefühle?« fragte Theresa.
»Nein. Erstaunlich, aber wahr. Schuldgefühle gegenüber meiner Mutter hat Patricia.«
»Wahrscheinlich weil du mehr für sie getan hast.« *Vielleicht auch, weil Patricia weiß, daß sie die Mutter nicht bei sich haben möchte.*
»Mag sein«, gestand James zu. »Immerhin war Patricia stets zur Stelle, wenn sie gebraucht wurde.«

Brigid mit Mann und Kindern waren selbstverständlich da, auch Katherine – ohne Nick. Sie hatten sich gestritten. Unwichtig weshalb, sagte Katherine. Es würde schon vorübergehen. Im Grunde war bei ihnen alles in Ordnung. Außerdem wußte inzwischen jedermann, daß nur die Paare in Schwulitäten waren, die nie miteinander zankten. Katherine widmete James viel Aufmerksamkeit und schien geradezu fasziniert von allem, was er zu sagen hatte.

»Findest du meine Schwester nicht bildschön?« fragte Theresa ihn, als Katherine in die Küche ging, um zu helfen.

»Sie ist eine sehr attraktive Frau.«

»Sie ist auch gescheiter als ich.«

»Wirklich?« sagte James. »Woran erkennt man das?«

Auch Brigids Kinder schienen von James sehr angetan. Anfangs glaubte Theresa, sie fühlten sich so recht nach Kinderart deshalb von ihm angezogen, weil er, wie manche Gegenstände in einem Zimmer, unter keinen Umständen angefaßt, beschmutzt oder zerbrochen werden durfte. Dann merkte sie, daß sie, wie üblich, ungerecht war, daß weder er noch die Kinder sich um seinen schneeweißen Pullover oder die elegante graue Flanellhose kümmerten, daß sie ihn einfach deswegen mochten, weil er nichts von ihnen verlangte, sondern sie herankommen ließ, ihnen aber dann seine ganze Aufmerksamkeit zuwandte. Mit Patrick und ihrem Vater erörterte er eingehend Tabellenspiele, und alle drei fühlten sich augenscheinlich recht wohl miteinander. Brigid, schon hochschwanger, saß auf dem Sofa, völlig aus der Form geraten und zufrieden mit sich selbst. Sie bewegte sich nur zwischen Eßtisch und Sofa hin und her. Als alle lachend und essend um den Tisch saßen wie in einem Roman von Dickens, bekam Theresa kaum noch Luft. Sie hatte den ganzen Tag nichts gegessen und aß auch jetzt nicht viel, weil sie zu ersticken fürchtete, falls sie äße. Als Katherine eine Bemerkung darüber machte, daß Theresa das Essen kaum anrühre, erwiderte sie, sie habe am Abend vorher eine schwere Mahlzeit verzehrt, und ihr sei immer noch etwas flau. Erst als sie das gesagt hatte, verspürte sie Brechreiz, brachte im Badezimmer aber nichts heraus, weil sie ja nichts gegessen hatte. Später zitterte ihre Hand so sehr, daß sie achtgeben mußte, den heißen Kaffee nicht zu verschütten, und es machte ihr solche

Mühe, Atem zu holen, daß sie zu James sagte, sie fühle sich miserabel und müsse nach Hause gehen. Er bestand darauf, eine Taxe zu bestellen.
»Du sollst mich nicht heimbringen«, sagte sie, obwohl ihr der kalte Schweiß ausgebrochen war und ihre Hände zitterten. »Ich komme gut allein zurecht. Fahr du zu Patricia.«
»Erst bringe ich dich nach Hause. Und wenn's dir wieder besser geht, kann ich immer noch zu Patricia fahren.
»Mir geht's bestimmt wieder gut, sobald ich zu Hause bin.«

Während der Fahrt schwiegen sie. Er legte besorgt den Arm um sie; sie fühlte sich krank und war ganz durcheinander. Er machte gleich das Bett für sie zurecht.
»Es wird mir gleich besser gehen«, versicherte sie und kroch unter die Decke.
»Aber sicher«, bestätigte er und rückte einen Stuhl ans Bett.
»Patricia und die anderen sind gewiß schon in Sorge um dich.«
»Da hast du recht.« Er wählte die Nummer seiner Schwester und sagte, Theresa sei plötzlich krank geworden. Er komme erst später.
»Du kannst ruhig gleich gehen«, sagte sie mit klappernden Zähnen. »Ich komme schon zurecht.«
»Mir hat es sehr gut bei euch gefallen«, sagte James. »Deinen Vater mag ich besonders gern.«
»Er wird nicht mehr lange leben«, antwortete Theresa. »Er hat Krebs.« Und sie brach in Tränen aus.
James setzte sich zu ihr und nahm ihre Hände.
»Theresa ... hast du das vorhin erst erfahren?«
»Nein«, sagte sie tränenerstickt. »Ich weiß es seit Monaten.«
»Und warum hast du mir nichts gesagt?«
»Weiß nicht. Ich konnte nicht davon sprechen.«
»Ist dir deshalb ... ist dir das vorhin so nahegegangen?«
»Nein. Ich weiß nicht. Vielleicht. Ich weiß wirklich nicht, was passiert ist. Mir war, als kriegte ich keine Luft.«

»Kriegst du jetzt welche?«
»Ja. Jetzt friere ich bloß.«
Er kroch zu ihr unter die Decke und umfaßte sie. Nur die Schuhe hatte er ausgezogen. Nach und nach hörte das Frösteln auf.
»Du ruinierst deine schönen Sachen«, spottete sie, obwohl sie selber ihre Kleider noch an hatte.
»Hör auf damit«, verwies er sie schroff.
Sie drehte sich auf die Seite, so daß sie ihn ansehen konnte.
»Entschuldige.«
Er lächelte. »Unter den gegebenen Umständen nehme ich Ihre Entschuldigung an, Madame.«
»Unter welchen Umständen?«
»Unter allen Umständen.«
Sie wäre gern aus den Kleidern geschlüpft, aber das hätte ausgesehen wie eine Einladung. Nach einer Weile zog er Jacke und Hose aus.
»Wenn du dich jetzt ausziehst, kommst du bestimmt nicht mehr zu deiner Mutter. Zu Patricia, meine ich.«
»Das macht nichts. Ich bleibe lieber bei dir.«
»Das ist aber wirklich nicht notwendig.«
»Ich will aber hierbleiben.«
Sie stand auf, ging ins Bad, wusch sich, zog ihr flanellenes Großmutternachthemd an und kletterte wieder ins Bett. Sie blieb aufrecht in den Kissen sitzen, er hockte am Fußende in weißer Unterwäsche und dunkelblauen Socken, die faltenlos saßen.
»Warum hast du mir nicht gesagt, daß dein Vater krank ist?«
Ich weiß doch nicht. Ich will nicht, daß du mich bemitleidest. Daß du eine schwache Stelle entdeckst.
»Warum hast du mir nie von deiner Mutter erzählt?« parierte sie.
»Das hätte ich bestimmt. Damals kannte ich dich doch kaum.«
»Und ich habe nicht mal jetzt das Gefühl, dich zu kennen.«
Auf seinem Gesicht wechselten Gekränktheit und Verblüffung.
»Meinst du das im Ernst?«

Sie nickte. »Nicht daß ich dich nicht gern habe, James. Ich hab dich wirklich gern.«
Er lächelte verzerrt. »Immerhin etwas.«
»Aber kennen? Das ist ganz was anderes. Ich verstehe dich nicht. Ich kenne deine Schattenseiten nicht.« *Falls du welche hast. Falls nicht – nun, um so schlimmer für dich.*
»Soll das heißen, daß du mich für eine rundherum liebenswerte Lichtgestalt hältst? Eine reizende Vorstellung.«
»Du bist zum Beispiel nie richtig wütend auf mich geworden, obwohl ich mich manchmal benehme wie der letzte Dreck.« *Würdest du mich vermöbeln, wenn ich so bin, ich hätte dich lieber, vielleicht machte es mir dann sogar im Bett mit dir Spaß.*
»Ich werde nicht wütend auf Menschen, die ich liebe. Höchstens irritieren sie mich. Oder sie kränken mich ... daß du mir nichts von der Krankheit deines Vaters gesagt hast, kränkt mich.«
»Ich habe zu niemand davon gesprochen.«
»Ich unterstelle« – er wählte seine Worte bedachtsam – »ich unterstelle, daß ich dir näherstehe als andere.«
»Etwa weil wir miteinander schlafen?«
»Das auch. Allerdings ist das eine Vereinfachung ... richtiger eine Umkehrung. Wir schlafen miteinander, weil wir uns so nahegekommen sind.«
»Ich habe schon mit Männern geschlafen, die ich so gut wie überhaupt nicht kannte.«
»Ist das wahr, oder willst du mich nur wieder schockieren?«
»Es ist wahr.«
Seine Miene blieb ausdruckslos. Theresa bekam es mit der Angst. Dann wurde sie wütend. *Wer ist er eigentlich, daß er über mich urteilen darf?* Mit manchen dieser Männer hatte eine einzige Nacht mehr Spaß gemacht, als das monatelange Verhältnis mit ihm. Dann wurde sie wieder ängstlich.
»Du findest das ziemlich scheußlich, wie?«
»Ja. Ich sehe darin einen – einen Mangel an Selbstachtung. Du setzt deinen eigenen Wert nicht ...«

»Himmel, Arsch und Zwirn!« explodierte sie und bemerkte das Zucken in seinem Gesicht, das sie früher so genossen hatte. »Du redest wie ein Relikt aus dem vorigen Jahrhundert.«
»Mag sein. Wenn ich Romane aus dem 19., auch aus dem 18. Jahrhundert lese, habe ich übrigens nicht den Eindruck, als wären die Menschen damals so sehr anders gewesen, als –«
»Du bist vielleicht nicht anders«, unterbrach sie, »aber eine ganze Menge Leute sind sehr anders.«
»In ihrem Verhalten, ja. Zugegeben. Aber tief innerlich –«
»Ja, tief innerlich«, höhnte sie, »ich scheiße auf tief innerlich!«
Er verstummte. Jetzt hatte sie ihn endgültig vor den Kopf gestoßen. Gut, wenn es denn sein sollte, bitte. Früher oder später hätte er es doch erfahren müssen. Jetzt würde er Hose und Jacke anziehen und gehen. Sie würde ihn nie wiedersehen, und das war betrüblich, aber auch eine Erlösung. Ging er gleich, konnte sie noch bei Goodbar reinschauen. Vielleicht auch was essen. Überhaupt: Sie war ja halb verhungert!
»Ich habe Hunger«, verkündete sie, ohne sich was dabei zu denken. »Ich muß unbedingt was essen.«
»Wollen wir irgendwohin gehen?« fragte er, sichtlich erleichtert.
»Ich weiß nicht recht ... soll ich mich nochmal anziehen?«
Sie stöberte im Kühlschrank, fand aber nichts als Weißbrot und Orangensaft.
»So was Blödes!« rief sie aus der Küche, »alles leer!« Sie fühlte sich jetzt aufgedreht, aber nicht angenehm, sondern so, als bestehe die Gefahr, jederzeit abzustürzen und sich den Hals zu brechen.
»Ich kann uns doch was holen«, schlug er vor.
»Würdest du das tun?« Sie konnte es nicht glauben.
»Warum nicht? Dann brauchst du dich nicht anzuziehen.«
»Aber du.«
Schon hatte er Hose und Jacke an. »Keine Affäre«, sagte er lächelnd. »Worauf hast du Appetit?«
»Mmmm.« Sie dachte nach, zappelte dabei im ganzen Zimmer

herum, denn sie konnte nicht stillestehen, war zu überdreht, zu verkrampft. »Laß mich nachdenken.« Sie schaltete das Radio ein, achtete aber nicht darauf, ob Musik herauskam oder ob einer redete. »Ich weiß: Würstchen. Drei Paar Würstchen mit Senf und Sauerkraut und Pommes frites. Und Limonade.«
Er strahlte sie an. Er war ein Schwachkopf. Er war ein Schatz. Er war verrückt. Musik kam aus dem Radio. Sie tanzte. Ging es sie was an, wenn er verrückt war? Das war seine Sache.
Doch als die Tür hinter ihm zufiel, überkam sie eine gräßliche Angstvorstellung: Er war weg. Dieser Auftrag diente ihm nur als Vorwand, sich zu entfernen. Er würde nie wiederkommen. Er war fort. Sie war wieder allein. Allein. Den Rest ihres Lebens allein.
Jetzt bist du verrückt, Theresa.
Doch nein – James würde so etwas nie tun. Wenn James sie nicht mehr wiedersehen wollte, würde er in seiner gesetzten, präzisen Weise sagen: »Theresa, ich verlasse dich jetzt. Ich liebe dich, aber daß du eine Hure bist, kann ich nicht ertragen.« Nein. Eine Prostituierte. Nein, das stimmte auch nicht. Wie nannte man jemand, der es zum Spaß machte, nicht für Geld?
Sie kicherte.
Immerhin, kam er nicht zurück, so war das nicht zum Lachen. Sie sah auf die Uhr: kurz nach halb acht. Sie betrachtete sich eingehend im Badezimmerspiegel – als stünde dort irgendwo die Antwort auf die Frage, ob James zu ihr zurückkehrte. Sie sah grausig aus. Sie an seiner Stelle käme nicht zurück. Allerdings ließ das noch keinen Schluß auf James' Handlungsweise zu, denn der fand sie ja schön. So ein Schwachkopf. Ein irrer Schwachkopf. Sie legte Make-up auf. Um zwanzig vor acht gestand sie sich ein, daß ein verschwundener James eine riesige Lücke in ihrem Leben hinterlassen würde, die nur schwer auszufüllen wäre. Das galt nur für James, für niemand sonst. Ein Kerl mit einem Schwanz ließ sich sofort ersetzen, wenn auch vielleicht nicht gleich in der alten Qualität. Aber mit James war das an-

ders. Jetzt sehnte sie sich fast körperlich nach ihm. Kam er zurück, sah sie ihn je wieder, wollte sie versuchen ... was zu tun? Nett wollte sie sein, zugänglich. Sie wollte versuchen ... sich richtig Mühe mit ihm geben im Bett. Vielleicht sollte sie ihm Marihuana anbieten. Oder wenigstens selber welches rauchen. Seit sie ausschließlich mit James ging, hatte sie kaum noch Hasch geraucht. Warum fiel ihr das jetzt erst ein? Sie war eine blöde Kuh. Allerdings war es nun schon einerlei, denn er kam ja nicht zurück. Um viertel vor acht zog sie sich an. Um zehn vor acht ging sie runter, eine Jacke über Pullover und Jeans, nur die Schlüssel in der Hand. Sie traf ihn im Hauseingang.
»Was ist denn passiert, Theresa?« rief er.
»Ich dachte, du kommst nicht mehr«, sagte sie und hoffte, es klinge unbeteiligt.
»Was denn – wirklich?«
»Ja.«
»Warum sollte ich denn nicht zurückkommen?«
»Weil du mich satthast.« Er war da. Schon wurde sie wieder schnippisch.
»Satt?«
»Satt bis obenhin.«
Er schüttelte den Kopf. Wie könne sie nur so was denken? Menschen, die er liebe, bekomme er nie satt.
Er hielt ihr die Tüte hin. »Würstchen habe ich erst in der 14. Straße gefunden«, erklärte er.
»Du bist ein Schatz«, lobte sie ihn.
»Dann hat es sich ja gelohnt«, sagte er schmunzelnd.

Sie beschaffte sich Hasch. Es schien ihn nicht besonders zu überraschen, als sie ihm einen Joint anbot, doch versuchen mochte er nicht. Sie rauchte allein und verspürte mäßigen Genuß statt völliger Betäubung. Sie gewöhnte sich an, bevor sie mit James ins Bett ging, einen Joint zu rauchen. Als er fragte, warum, sagte sie, sie genieße es dann mehr. Sie fragte spöttelnd, ob er es nicht auch

versuchen wolle, doch er entgegnete, nein, er genieße es auch so. Danke. »Keine Ursache«, versetzte sie, und beide lachten.
Zu Weihnachten schenkte er ihr einen Ring, nicht den üblichen Verlobungsring mit dem obligaten Brillanten, dazu war er zu gescheit, sondern einen dünnen Goldreif mit einem kleinen, von Zuchtperlen eingefaßten Rubin in altmodischer Fassung. Auf einen Ring war sie nicht gefaßt, nicht einmal als sie das kleine Kästchen erblickte – ein Schmuckkästchen, sagte sie bei sich. Der Ring überwältigte sie. Sie meinte, alle sähen sie an, und wurde rot.
Dies geschah in Patricias Wohnung. Die Kinder hatten ihre Geschenke schon bekommen und kümmerten sich um nichts anderes, ausgenommen Eileen, die Älteste, die fast schon ein Teenager war und auf romantische Ereignisse lauerte. Die paßte auf. Theresas Blick glitt unwillkürlich zu James' Mutter hin, die halb schlafend, halb lächelnd im Rollstuhl saß. Sie bedankte sich mit fast unhörbarer Stimme bei James. Ihre Augen waren feucht, und sie tat, als betrachte sie den Ring, damit es niemand auffiel.
»Glaubst du, du bringst sie dazu, den Ring anzuprobieren, James?« fragte Frank, und alle lachten.
Theresa wollte sagen, nicht gleich, doch das Gelächter, das ja der Vorstellung galt, sie könnte den Ring etwa nicht über den Finger streifen, machte das unmöglich. Also nahm sie ihn behutsam aus dem Kästchen und schob ihn sehr langsam auf den rechten Ringfinger (dabei litt sie an Atemnot, als sollte der Reif um ihren Hals gelegt werden).
»Falsche Hand«, sagte Patricia.
»Psssst«, machte James. »Sie soll ihn tragen, wo sie will.«
Der Ring paßte, und doch war es ein seltsames Gefühl. Sie hatte nie Ringe getragen, auch kaum jemals anderen Schmuck. Sie küßte James auf die Wange. Er schaute vergnügt drein – stolz beinahe.
Für ihn hatte sie einen ziemlich auffälligen, aber doch sehr schönen gebatikten Schlips gekauft. Wahrscheinlich würde er ihn nie

tragen. Er band ihn jedoch auf der Stelle um, über seinen Rollkragenpullover. Sie zog den Ring ab und schob ihn wieder auf den Finger – hin und her, hin und her, trotzdem schien er zu drücken, der Finger juckte, wenn sie den Ring anhatte.

Sie machten noch einen kurzen Besuch bei Theresas Eltern und kehrten dann in die Wohnung zurück. Mitternacht war längst vorbei. Sie legte den Ring in die obere Kommodenschublade. Wenn einmal eingebrochen und der Ring gestohlen würde (andere Wertgegenstände gab es hier kaum), dann müßte sie ihn nicht tragen, schoß es ihr durch den Kopf.
Das Telefon klingelte. Sie dachte sofort an den Vater. Zum erstenmal, seit sie von seiner Krankheit wußte, hatte er erschöpfter gewirkt als die Mutter.
»Ja?«
»Frohe Weihnachten«, sagte eine Stimme. »Wo steckst du denn die ganze Zeit?«
Tony.
James schaute sie an. Sie vermied seinen Blick.
»Ich war aus.«
»Hast du gerade was vor?«
»Ja.«
»Morgen?«
»Weiß ich noch nicht. Kannst mich ja anrufen.«
»Okay, Schatz.« Dann hörte sie ein langes, leises, vielsagendes Geräusch, als ob er saugend Luft holte. Ihr Verstand reagierte darauf mit Ärger, ihr Körper aber mit einem Wonneschauer, der sie ganz schwach machte. Sie legte auf. Dann ging sie ins Badezimmer und zog sich den Morgenrock an. Das tat sie jetzt meist, bevor sie mit James ins Bett ging und wenn sie sich auch schon soundsooft nackt gesehen hatten. Eigentlich zum Kotzen. Ebensogut hätten sie verheiratet sein können – ein beschissenes altes Ehepaar, trotz des bißchen Sex und der Romantik in dieser – ja was denn nun? – Freundschaft.

James saß im Sessel, völlig angekleidet, und tat, als lese er. Im Radio gab es nichts als Weihnachtsmusik. Theresa ärgerte sich darüber, also stellte sie ab. Einen Plattenspieler müßte sie sich kaufen. Sie hatte nie einen besessen, und das kam ihr plötzlich lächerlich vor. Oder nicht lächerlich, sondern irgendwie rührend, ergreifend. Ein Symbol für alles, was sie nie gehabt hatte und sich doch wünschte. Sollte James wieder vom Heiraten anfangen, wollte sie ihn fragen, wie er daran denken könne, jemanden zu heiraten, der nie im Leben einen Plattenspieler besessen habe. Sie zog den Morgenrock aus, schlüpfte unter die Decke und stützte sich auf einen Ellenbogen.
»Weshalb bist du denn eingeschnappt?«
»Eingeschnappt möchte ich es nicht nennen«, sagte er. »Ich gebe aber zu, daß ich eifersüchtig auf jemanden bin, der sich herausnimmt, um diese Zeit bei dir anzurufen.«
»Er nimmt sich raus, jeden zu jeder Zeit anzurufen. Er ist nun mal so.«
Schweigen. James bezwang sich mit Mühe. »Magst du ihn leiden?« fragte er schließlich.
»Er ist gut im Bett«, sagte sie achselzuckend.
Er erbleichte, falls jemand überhaupt erbleichen konnte, der von Natur aus so blaß war wie James. Er betrachtete sie grabesernst.
Grabesernst. Denn eben habe ich mich selbst begraben.
Soll er sich wegscheren! Wenn ihm das nicht paßt, soll er verschwinden mitsamt seinem blöden Ring!
»Bist du . . . hast du seither noch mit ihm geschlafen?«
»Niemand kann mich daran hindern.« Zugeben, daß sie es nicht getan hatte, wollte sie nicht. Sie mußte demonstrieren, daß sie frei war.
»Das ist keine Antwort auf meine Frage.«
»Niemand kann mich zwingen zu antworten, wenn ich nicht will. Und wenn dir das nicht paßt, kannst du deinen Ring wiederhaben.«

»Der Ring hat damit nichts zu tun, Theresa. Der Ring ist ein Geschenk. Denn ich liebe dich.«
»Liebe?« sagte sie bitter. »Ist das etwa Liebe? Wenn man sich als Eigentümer eines anderen aufführt?«
»Hier handelt es sich nicht um Besitzverhältnisse.«
»Hier handelt es sich nicht um dies oder jenes«, äffte sie ihn nach. »Worum genau handelt es sich denn?«
»Wenn man jemand liebt«, sagte er sehr langsam, mit bebender Stimme, »dann ist der Gedanke, sich diesen Menschen mit einem anderen im Bett vorzustellen, sehr schmerzlich.«
Weil er Tränen in den Augen hatte, und weil ihr schon leid tat, was sie jetzt sagen wollte, sagte sie sehr leise: »Dann wäre es besser, du würdest mich vergessen. Es wäre vielleicht weniger schmerzlich für dich, wenn du aufhören würdest mich zu lieben.«
Er schlug die Augen nieder, damit ihr seine Tränen verborgen blieben. Sie selber spürte Tränen aufsteigen. Er trug noch den Batikschlips über dem Pullover. Er sah so lieb aus, und sie wäre gern zu ihm gelaufen, hätte sich ihm auf die Knie gesetzt und sein Gesicht an ihre Brust gedrückt. Aber das ging nicht, weil er es mißverstanden hätte.
Die Zeit verstrich: zehn Minuten, fünfzehn, zwanzig. Keiner von beiden regte sich. Gut, daß Tony angerufen hatte. Daß dies geschehen war. Früher oder später wäre es ohnehin passiert. Besser, man brachte es jetzt hinter sich.
James stand auf, mit Mühe. Er sah alt und müde aus, um Jahre gealtert.
»Ich will jetzt nach Hause gehen, Theresa. Ich muß eine Weile allein sein und nachdenken.«
Ich liebe dich wirklich, James, nur – Sie geriet in Verwirrung, weil sie das denken konnte – wie albern von ihr. Sie wußte doch genau, was sie eigentlich damit meinte. In gewisser Weise hatte sie ihn wirklich lieb. Nur eben nicht so, wie er es sich wünschte.
Sie nickte.

Er zog den Mantel an, den gutgeschnittenen Kamelhaarmantel, fleckenlos wie stets. Im Augenblick kam ihr das weniger zum Lachen vor als sonst.
»Ich rufe an. In ein paar Tagen.«

Sie blieb ein paar Stunden liegen, starrte zur Tür, reglos. Manchmal glitten ihr Gedanken durch den Kopf, dann wieder war ihr Gehirn völlig leer. Ein paarmal erschien ihr nach solch einer Gedankenleere das Gesicht von Rose. Rose hatte sich bei den wenigen Gesprächen, die sich seit Wiederbeginn des Unterrichtes ergeben hatten, ausgesprochen kühl verhalten. Nicht gerade kalt, aber so, als ... als habe sie Theresa abgeschrieben. Theresa wollte zu Rose sagen: Schreib mich nicht ab, noch ist Hoffnung, noch bin ich erst siebenundzwanzig, und ich habe noch nicht ernstlich versucht, mich zu ändern. Ihre Kehle zog sich zusammen, als sie bedachte, wie ungerecht Rose war, wenn sie sie so skeptisch beurteilte. Als ob Theresa, wenn sie James nicht wollte, überhaupt kein Ziel im Leben hätte.
Ja, was wollte sie eigentlich wirklich? Sie versuchte, sich etwas vorzustellen, wonach es sie verlangte, jetzt oder künftig. Sie hatte sich niemals mit solchen Gedanken herumgeschlagen, und deshalb fiel es ihr jetzt schwer. Wenn sie versuchte, sich auf ihre Wünsche zu konzentrieren, fiel ihr nur ein, was sie während der Ferien alles erledigen wollte; den Wintermantel reinigen lassen, Rechnungen bezahlen. Selbstverständlich gab es Dinge, die sich jeder wünschte. Einen Pelzmantel zum Beispiel. Einen warmen Körper neben sich im Bett. Aber künftig ... was sollte man sich für die Zukunft vernünftigerweise wünschen? Man wußte nur, wer man im Augenblick war, und was man sich im Moment wünschte. Wie konnte man fest darauf rechnen, daß man im nächsten Jahr noch am Leben war? Und daß man sich dann ausgerechnet das wünschen würde, wovon man ein Jahr zuvor noch geglaubt hatte, man wolle es unbedingt haben?
Die Phrase, »das eigene Schicksal bestimmen«, deren sich Eve-

lyn mehr als einmal bedient hatte, klang zwar wunderbar, doch stieß man überall an Grenzen. So bestimmte man nicht selber, welchen Männern man begegnete oder welche einen leiden mochten. Wer aufpaßte, konnte verhindern, daß unerwünschte Kinder kamen, aber wenn man welche haben wollte, kamen sie nicht auf Bestellung. (Hatte Katherine nicht jahrelang immer wieder versucht, schwanger zu werden, ohne daß es ihr je im rechten Moment gelang?) Wer am Steuer seines Wagens saß, konnte vielleicht einen Zusammenstoß vermeiden, doch wie wollte man verhindern, daß ein anderer in einen hineinfuhr?

Das eigene Schicksal bestimmen.

Jetzt tat es ihr eigentlich leid, daß sie sich nicht der consciousness-raising-Gruppe von Evelyn angeschlossen hatte. Es wäre dann mit James zwar auch schiefgegangen, aber sie hätte es besser verkraftet. Die anderen wären ihr beigestanden. Alle standen einander bei in ihrem Bestreben, unabhängiger zu werden, sich dem Mann nicht mehr zu unterwerfen. Der Beistand der Gruppe käme ihr jetzt gerade recht. Sie glaubte nicht daran, daß James zurückkam, und er fehlte ihr bereits. Wenn er nur nicht gesagt hätte, er wolle anrufen! Es war besser, wenn man wußte, daß es ein für allemal aus war. Dann konnte man Pläne machen. Eigentlich hatte sie mit James Silvester bei Sally und Arthur feiern wollen; was wurde nun daraus? Auch Evelyn gab eine Party; dort hatte sie ebenfalls mit James erscheinen wollen.

Vielleicht sollte sie Evelyn morgen anrufen und fragen, ob sie der Gruppe jetzt noch beitreten könne. Schon bei der ersten Diskussion war sie innerlich von so vielen Fragen angerührt worden, daß es wirklich unverantwortlich gewesen war wegzubleiben. Allein zu hören, was jede der anwesenden Frauen an ihrem eigenen Körper zu bemängeln gehabt hatte, war eine Offenbarung gewesen. Eine fühlte sich durch ihre Blinddarmnarbe mindestens ebenso entstellt wie Theresa durch die Narbe auf ihrem Rücken. Die Narbe der anderen war überhaupt nicht damit zu vergleichen, und doch war es hörenswert gewesen. Ja, sie wollte Evelyn

anrufen. Wenn sie nichts unternahm, konnte es geschehen, daß sie die ganzen Weihnachtsferien hindurch hilflos hier herumlag.
Und sie hatte sich so oft in ihrem Leben angebunden gefühlt.

Sie betrachtete die Deckenlampe. Von drei Birnen war eine schon vor Monaten durchgebrannt, eine weitere erst kürzlich. Die wollte sie während der Ferien ersetzen. Besser noch wär's, sie würde überhaupt ausziehen.
Der Gedanke belebte sie. Diese Wohnung war ihr nie so lieb geworden wie die erste. Man sah es daran, wie sie sich hier eingerichtet hatte. Lieblos. Die alten Sachen waren alle da, und sie gefielen ihr auch noch, doch was sie dazugekauft hatte – den griechischen Hirtenteppich, die Pelzkissen, den Spiegel aus den dreißiger Jahren mit dem hellen, glatten Holzrahmen und den geätzten Verzierungen – das alles wollte zu den alten Sachen nicht passen. Es war, als hätten zwei Personen von verschiedenem Geschmack und Charakter ihre Sachen im gleichen Zimmer untergestellt. Eine unpassende Ehe. Wenn sie umzog, dann wollte sie ein Schlafzimmer haben. Und ein Wohnzimmer. Sie brauchte mehr Platz. Wie hatte sie es nur so lange aushalten können ohne Luft zum Atmen? Morgen schon wollte sie sich nach einer Wohnung umsehen, vielleicht auf der Upper West Side, das war unbekanntes Territorium, eine anregende Ortsveränderung. Sie würde den ganzen Tag unterwegs sein und abends dann zu müde, zu erschöpft, um die ganze Nacht unruhig in der Wohnung umherzuwandern und darauf zu warten, daß Tony sich herbeiließ anzurufen.

Er rief nicht an.

Auf ihre Frage erwiderte Evelyn, sie wisse nicht, wie die Gruppe es aufnehmen werde, daß jetzt, in dieser Phase, noch eine Neue dazukam. Sie wolle aber nächste Woche fragen. Terry komme

doch gewiß zur Silvesterparty? Terry sagte, genau wisse sie es noch nicht, wolle aber sehen, daß sie es einrichten könne.
Den ganzen Tag sah sie Wohnungen an, ohne etwas zu finden, was auch nur einigermaßen in Frage gekommen wäre. Am nächsten Tag suchte sie weiter. Da sie schlecht schlief, war sie morgens wie zerschlagen. Aspirin half nicht. Sie rief bei Katherine an, denn Katherine besaß stets Unmengen von Beruhigungsmitteln, hatte aber ganz vergessen, daß Katherine und Nick nach Aspen gefahren waren. Vielleicht verschrieb ihr ein Arzt etwas. Nur: sie war bei keinem Arzt gewesen, seit sie von zu Hause fort war, und wollte nicht jetzt damit anfangen. (Sie fürchtete immer, wenn sie sich untersuchen ließe, würden mehr Krankheiten gefunden, als sie je für möglich gehalten hätte – eine Pandorabüchse voll geheimer Leiden, die auszuheilen ein Vermögen kosten mußte.)
Im Traum sah sie sich an einem kalten, dunklen Ort knien. Ihr Kinn ruhte auf einem Polster. Sie konnte sich nicht rühren. Man nahm Eingriffe an ihr vor, doch wußte sie nicht, was mit ihr geschah, denn sie fühlte nicht richtig, was mit ihr vorging.
Sie erwachte und knipste alle Lampen in der Wohnung an, machte die meisten aber gleich wieder aus, weil sie ihr zu grell waren.
Sollte sie zu einem Psychoanalytiker gehen? Nicht zu einem, der wirklich was mit einem anstellte, sondern zu einem von der Sorte, die Katherine seit Jahren frequentierte und von denen sie sich ihre wahren Motive erläutern ließ. Katherine war genau die gleiche, die sie vor Jahren gewesen war, schien aber mehr Einsicht zu besitzen – eine ganze Garnitur von Erklärungen, mit denen sie bewies, daß ihre neueste Unternehmung grundverschieden von allen vorherigen war.
Im nächsten Traum strebte sie auf den Knien ihrer Wohnung am St. Marks Place zu. Die Wohnung war schwer zu finden, denn die Straße war mit dunklem Stoff bedeckt, der sie in einen Tunnel verwandelte; der Himmel war nicht zu sehen. Auf den Bür-

gersteigen wimmelte es von Negern in hautengen Hosen mit Messern, die jedermann belästigten, nur Theresa entging ihnen, weil sie auf den Knien kroch. Kurz vor ihrer Wohnung wurde sie von einem riesigen roten Taxi auf den Bürgersteig und aus ihrem Traum gescheucht. Aber sie wurde nicht völlig wach.
In einem späteren Traum berichtete sie dem Psychoanalytiker von ihrem ersten Traum. Sie saß ihm gegenüber, doch hatte er kein Gesicht, nur eine scharfe Nase in einem Klumpen rosa Haut, mit einer Brille drauf. Sie befanden sich in einem Laden auf dem St. Marks Place, allerdings war der vordere Teil des Ladens zerstört, vielleicht von einer Bombe oder einer Explosion, man überblickte also die ganze Straße. Wie am St. Marks Place sah es hier allerdings nicht aus. Sie gewahrte einen Fluß, dunkles Gehölz, mittendurch fuhr die Hochbahn, in einigen Bäumen hingen Trapeze. Sie fing an, ihren Traum von dem Tunnel und den Leuten mit Messern zu erzählen, merkte aber beim Reden, daß der Psychoanalytiker immer größer wurde, schon doppelt so groß war wie sie. Sie mußte lachen. Gleich darauf fand sie sich festgeschnallt auf seinem Sofa liegen, und eine Stimme, die nicht menschlich war (er hatte ja keinen Mund), sondern aus einer mechanischen Vorrichtung in seinem Inneren kam, sagte: »Jetzt machen wir einen richtigen Menschen aus Ihnen, Theresa. Jetzt biegen wir Sie zurecht.«
Sie erwachte, zerrte an den Riemen, die sie festhielten, weinte. Anfangs wußte sie nicht genau, ob sie dem Traum entronnen war, doch auch als sie merkte, daß sie tatsächlich wach war, verging die Angst nicht, und sie weinte und weinte. Sie weinte ihr Kissen naß, und immer noch konnte sie nicht aufhören. Es war vier Uhr früh. Sie zog Pullover und Jeans an, darüber den Wintermantel, nahm Schlüssel und Geld und ging auf die Straße.
Auf der Sixth Avenue war keine Menschenseele. Sie hielt sich für den einzigen wachen Menschen weit und breit, wenn sie auch hier und dort in Wohnungen Licht sah. Dann gewahrte sie einige Menschen – meist Männer. Torkelnd. In Hauseingängen zusam-

mengerollt. Einer erbrach in einen Papierkorb. Gespenster. Unheimliche Typen. So übel, daß selbst die Freiheitsstatue ihnen unter ihren Gewändern keine Zuflucht bot. Im Vorbeigehen lächelte ihr ein junger Schwuler zu, den Arm um die Schulter eines ältlichen Zwerges gelegt. Ein Zwerg aus dem Zirkus. Das Wort Zirkus weckte eine Erinnerung in ihr, die sie aber nicht unterbringen konnte.

Die 14. Straße war ohne die Kauflustigen, die Herumtreiber, die billigen Waren in großen braunen Kartons auf dem Bürgersteig unbeschreiblich häßlich. Mülltonnen standen mitten auf der Fahrbahn. Es sah aus, als habe ein verrückter Künstler ihre Konturen mit Kohle nachgezogen. Theresa kehrte zur Sixth Avenue zurück. Zwei kleine, magere, verschlafen blickende Portorikaner lockten sie mit leisen Schnalzgeräuschen, waren aber schon viel zu sehr hinüber, um noch auf Theresas Reaktion zu achten. Ein Taxifahrer fragte, ob sie vielleicht verrückt sei, weil sie um diese Stunde auf der Straße herumlaufe. Sie schüttelte nur den Kopf. Er sagte, sie solle einsteigen, er wolle sie fahren, auch wenn sie kein Geld bei sich habe. Sie sagte, sie wisse nicht, wohin sie wolle. Nur widerstrebend ließ er sie in Ruhe.

»Mir fehlt nichts«, sagte sie vor sich hin. Und dachte an James. Wenn James jetzt doch bei ihr wäre! Er brauchte nicht zu reden. Nur mit ihr gehen, den Arm um sie gelegt. Es fiel ihr kein anderer ein, den sie jetzt gern neben sich gehabt hätte. Die Taxe fuhr weiter. Irgendwo jaulte eine Polizeisirene. Allmählich wurde ihr kalt.

Von der 18. bis zur 32. Straße begegnete ihr niemand mehr. Am Herald Square sank sie auf eine Bank und schloß die Augen. Sie fror, aber es war ihr einerlei. Noch wollte sie nicht nach Hause. Sie wollte so lange gehen, daß sie ins Bett fallen würde und traumlos schlafen.

Es dauerte lange, ehe sie bemerkte, daß unweit von ihr auf einer anderen Bank zusammengekrümmt ein Mensch lag, oder doch der Körper eines Menschen. Sie starrte hin, fragte sich, ob der dort lebte oder tot war. Ein Streifenwagen fuhr mit leise murrender Sirene vorüber, und sie überlegte, ob sie die Polizisten auf den Mann hinweisen solle, denn wenn er noch lebte ... was, wenn er noch lebte? Man würde ihn aus einem vielleicht angenehmen Schlaf reißen und ihn ins Gefängnis oder ins Krankenhaus bringen, wo es ihm bestimmt nicht besser erginge als hier. Er würde dann die Kälte erst richtig spüren. Der Gedanke ans Krankenhaus brachte den Traum zurück, die Erinnerung, sie sah sich auf den Knien ... im Gips ... während ... vor ... wann denn nur? *Die Operation der Wirbelsäule.* Als ihr das aufging, erhob sie sich, durchquerte rasch den eingezäunten Teil des Parkes, kletterte auf der anderen Seite über Bänke, rannte fast über die Straße, bis sie vor dem Warenhaus Gimbel stehenblieb. Wohin jetzt?

Plötzlich kam ihr der Gedanke, daß sie eigentlich immer vor dem Operationstisch auf der Flucht gewesen war, vor der Hilflosigkeit, vor der Erniedrigung. Sie sah sich gehen, rastlos gehen, auf der Rhinelander Avenue, auf dem Pelham Parkway, auf der Convent Avenue, auf dem St. Marks Place, auf der 8. Straße. Die Mutter hatte den Arzt gefragt, ob Theresa sich mit diesem unaufhörlichen Gehen nicht schade, und er hatte entgegnet, wenn es ihr nicht bekäme, täte sie es gewiß nicht. Aber das war nicht ganz richtig. Manchmal ging sie, obwohl es wehtat, denn der Drang zu gehen war stärker als der Schmerz. Der Drang zu wissen, daß sie sich bewegen konnte. Daß sie nicht angebunden war. Sie war frei! Freiheit war kein verwaschener philosophischer Begriff, Freiheit war sich bewegen können, nichts weiter.

Zum erstenmal gestand sie sich ein, wie müde sie war, wollte aber nicht aufgeben und einer der Taxen winken, die immer noch vorüberflitzten, wahrscheinlich auf dem Weg nach Brooklyn. Es war jetzt beinahe fünf. Sie trat nun den Heimweg an.

Vielleicht war der vorhin aufgetauchte und gleich wieder vergessene Einfall gar nicht so übel. Sie würde zu einem Psychoanalytiker gehen. Und wenn das nicht, dann etwas anderes von durchgreifender Wirkung. Urlaub nehmen und reisen. Weiterstudieren. Eine Stellung im Ausland suchen. Irgendwas. Der Psychoanalytiker schien allerdings am vielversprechendsten. Sie mußte unbedingt dahinterkommen, welche Ereignisse in ihrer Kindheit ihr Leben so stark beeinflußt hatten. Die Beziehung zwischen Ursache und Wirkung war ihr nie aufgegangen – das hat man dir angetan, deshalb reagierst du so –, deshalb war es für sie beunruhigend, aber auch faszinierend, ganz unvermittelt zu *erfühlen*, daß zwischen dem Im-Gips-Gefangensein und dem Drang, sich zu bewegen, eindeutig ein Zusammenhang bestand. Psychoanalyse war selbstverständlich ein ungeheurer Luxus, vor allem weil sich voraussehen ließ, daß ihr Leben sich dadurch nicht wesentlich ändern würde. Immerhin stand es ihr ja frei, aufzuhören, sobald sie sich etwas besser fühlte... oder wenn ihr die Sitzungen nicht gefielen ... oder auch wenn sie zwar Gefallen daran fand, ihr Geld aber nicht reichte.

Als sie zu Hause anlangte, die zwei Treppen zur Wohnung erstiegen hatte, war sie unbeschreiblich erschöpft und erwartete, auf der Stelle einzuschlafen. Doch als sie den Kopf aufs Kissen legte, wurde sie hellwach bei dem Gedanken: *Katherine kann ich nicht um Rat bitten, und wie sonst soll ich jemand finden?* Die Erschöpfung blieb, schlafen konnte sie aber gleichwohl nicht. Vielmehr dachte sie darüber nach, wen sie, außer Katherine, nach einem Analytiker fragen könnte. Endlich fiel ihr ein, daß sie nach den Ferien nicht nur Evelyn fragen konnte, sondern auch Rose. Je länger sie darüber nachdachte, desto besser schien ihr der Plan. Nicht nur weil Rose ihr im Grunde wohlwollte, einerlei wie distanziert sie sich wegen James gab, auch nicht nur weil Rose und Morris Juden waren, wie die meisten Psychoanalytiker, sondern auch weil sie auf diese Weise Rose zu verstehen geben konnte, der Fehlschlag mit James sei nicht allein dessen Schuld, sondern wenigstens teilweise auch ihre. Das würde Rose gern hören, und sie würde wieder freundlicher sein zu Theresa. Eine Freundin wie Rose hatte sie nötig, fand Theresa.

Als es draußen hell wurde, versank sie in einen Schlaf voll schwerer Träume. Jeder einzelne war so schrecklich, daß sie wünschte, aufwachen zu können, doch immer wenn sie sich verzweifelt kämpfend dem Erwachen genähert hatte, fiel sie wieder zurück in die Schwärze.

Tony rief an. Was sie Silvester vorhabe? Sie gehe wahrscheinlich mit James auf eine Party; es stehe aber noch nicht fest. Er wollte abends nochmal anrufen und fragen. Sie versetzte, sie glaube ihm nicht, letztes Mal habe er auch nicht angerufen. Das sei leider nicht zu ändern gewesen, er habe geschäftlich verreisen müssen.
»Geschäftlich? Fürs Parkhaus?« fragte sie spöttisch.
Da arbeite er längst nicht mehr. Er habe jetzt große Dinge vor und wolle ihr berichten, sobald sie sich sähen. Er möge entweder gleich kommen und erzählen oder ganz wegbleiben, sagte sie.
»Nanu, Kleine? Kriegst du von James nicht, was du brauchst?«
Sie legte auf, bereute, ihn überhaupt aufgefordert zu haben. Sie war ja nicht einmal mehr scharf. Schon seit einer ganzen Weile nicht. Vielleicht weil sie deprimiert war; die Säfte stiegen nicht mehr.

Sie blieb nachts auf und schlief bei Tage, sie zählte die Tage bis zum Ende der Weihnachtsferien wie der Gefangene die Tage bis zur Entlassung. Sie fühlte sich gänzlich einsam.

James rief am 30. Dezember an, am späten Nachmittag, und weckte sie aus einem sonderbaren Traum: Sie hatte auf der Upper West Side eine bildhübsche Wohnung gefunden. Der Mietvertrag war unterschrieben, die Zimmer waren gestrichen und hergerichtet, sie zog um – und fand sich in den alten Räumen wieder. Sie nahm den Hörer auf, noch nicht ganz wach, und meldete sich, ohne zu ahnen, wer da anrief.
»Theresa? Hier ist James.«
»James«, sagte sie verschlafen, und: »James . . . ich . . .«

»Störe ich dich?«
»Nein. Ich habe geschlafen.«
»Soll ich später anrufen?«
»Nein, nein. Ich werde schon wach.«
Schieß los.
»Du kannst dir vorstellen, daß ich gründlich nachgedacht habe«, begann er. Seine Stimme klang fast unverändert – vielleicht eine Spur reserviert. »Anfangs habe ich versucht, die Sache von deinem Standpunkt zu sehen, vom Standpunkt der unabhängigen Frau, die immer ihre Freiheit gehabt hat, und so weiter. Nach ein paar Tagen kam ich aber dahinter, daß das sinnlos ist. Ich will damit nicht sagen, Mitleid und Verständnis wären sinnlos, doch auf die Länge gesehen muß ich, soviel Verständnis ich auch für deine Empfindungen habe, mich nach den meinigen richten, und daher mußte ich mir klar machen, wie ich zu unserer Beziehung stehe und mein Handeln danach richten. So wie du deinerseits handeln mußt, wie du es für richtig hältst.«
Ich liebe dich so sehr, James. Sie küßte den Hörer. *Wärest du doch nur mein Bruder. Wäre Thomas doch noch am Leben. Warum mußtest du sterben, Thomas?* Sie starrte den Telefonhörer entgeistert an, als sei er verantwortlich dafür, daß ihr plötzlich Thomas einfiel.
»Du weißt, daß ich dich liebe und dich heiraten möchte, Theresa.«
Auch jetzt noch, James? Ich liebe dich. Du ekelst mich, weil du mich sogar jetzt noch lieben kannst.
»Genau weiß ich es nicht, aber ich bin ziemlich sicher, daß du ... daß du mich gern magst ...« Offenbar wartete er darauf, daß sie etwas sagte. Gleich darauf fuhr er fort: »Ich weiß nicht, ob deine Abneigung gegen eine Heirat allgemeiner Natur ist oder ... oder ob du dich nicht auf mich festlegen willst ... oder daß ... ich hatte mehrmals den Eindruck, als wäre die Kinderfrage das eigentliche Hindernis. Daß du keine Kinder willst. Und dazu wollte ich dir sagen ... ich kann damit fertig werden, daß ich

keine eigenen Kinder habe. Ich hätte gern welche, aber es ist nicht mein sehnlichster Wunsch. Ich kann darauf verzichten, wenn es darum geht, dich zu haben oder dich nicht zu haben.«

James! Was soll ich nur sagen! Was soll ich nur tun!

»Theresa?«

»Ja, James. Ich höre.«

»Gut also.« Sie hörte, wie er tief Atem holte. »Was ich aber nicht ertrage, und dafür entschuldige ich mich nicht, denn so bin ich nun mal, und ob das altmodisch ist oder närrisch oder sonstwas, ist mir egal: Ich halte die Vorstellung nicht aus, daß du mit einem anderen Mann zusammen bist, mit anderen Männern. Und das gilt nicht nur für die Ehe, sondern auch für unsere jetzige Beziehung. Mit Moral hat das nichts zu schaffen. Der Anruf von dem Mann hat mich wie ein Stich ins Herz getroffen.«

Und sie hatte das Messer in der Wunde herumgedreht.

»Das tut mir leid.«

»Entschuldige dich nicht.«

»Ich war gemein.«

»Du warst ehrlich. Das brauchte ich. Ich war unrealistisch.«

Schweigen.

»Also, ich sage dir jetzt, zu welchem Entschluß ich gekommen bin.« Er lachte unsicher. »Das ist eine ziemlich lange Rede, ein richtiges Plädoyer, aber anders geht es wohl nicht.«

»Ich finde es nicht zu lang.« *Ich höre deine Stimme so gern. Nachdenken darüber, was du gesagt hast, will ich später.*

»Ende Januar nehme ich meinen Urlaub. Der schon lange überfällig ist. Und zwar fahre ich nach Irland. Die Reise soll ... ich möchte, daß du mich vorher heiratest und mitkommst. Ich fahre erst in vier Wochen, damit du Zeit hast nachzudenken. Es sind zwei Plätze gebucht, ich kann aber eine Buchung rückgängig machen. Ich fahre unter allen Umständen. Ich ...« Aber offenbar hatte er schon alles gesagt.

Gehen wir auf die Silvesterparty, James? Oder muß ich allein bleiben? Silvester war ein bedeutsamer Abend. Andere Abende

verbrachte man vielleicht allein zu Hause, weil man allein sein wollte, aber wer Silvester alleinblieb, den wollte niemand haben.
»Wann sehe ich dich?«
»Erst wenn du dich entschieden hast, Theresa.«
»Soll ich dir unterdessen den Ring zurückschicken?« Kleinlich. Dumm. Sie verabscheute den Ring, mit dem hatte der Ärger angefangen.
»Der Ring gehört nicht mir, sondern dir, Theresa.«
»James? Weißt du übrigens ...« Sie schwieg verwirrt, weil sie ihm hatte sagen wollen, daß sie eine neue Wohnung gemietet hatte, doch war ihr noch rechtzeitig eingefallen, daß dies nur ein Traum gewesen war. »Du hörst von mir, James. Ich wünsche dir ein gutes neues Jahr.«
Und sie schlief wieder ein. Sie sah sich mit James in der neuen Wohnung, doch war die Wohnung leer; aus unerklärlichen Gründen waren die Möbel aus der alten Wohnung nicht gekommen. Doch damit die Möbel kamen, mußte sie erst irgend etwas finden. Eigentlich hätte das gar nicht schwer sein können, denn die Wohnung war ja leer. Aber es gab kein Licht, es war stockdunkel – und sie wußte auch nicht, wonach sie suchte.
Sie erwachte heißhungrig. Beinahe neun! Im Supermarkt kaufte sie ein großes Steak, Salat, sechs Dosen Bier, dazu zwei Modezeitschriften, zwei Filmzeitungen, die *Village Voice.* Während sie kochte, lief der Fernsehapparat, beim Essen saß sie davor. Noch zwei Tage und drei Nächte trennten sie vom Schulbeginn, von einem Gespräch mit Rose, Katherine, Evelyn. Von der Möglichkeit, ihr Leben zu ändern. Sie fühlte sich erstaunlich gut, besser als seit Tagen. Voller Hoffnung. Beinahe vergnügt.
Ihre Stimmung wurde bei der Lektüre der *Village Voice* noch besser. Auf jeder Seite wurden zahllose Möglichkeiten angeboten, wie man sein Leben ändern konnte: ein Instrument spielen lernen, Leute treffen, sich das Rauchen abgewöhnen, studieren, einer Gruppe beitreten, eine Farm kaufen, Bauchtanzen lernen,

billig umziehen (das mußte sie notieren), aus 5000 Fotos den passenden Gefährten wählen, eine Abtreibung machen lassen, für 600 Dollar eine Wohnzimmereinrichtung in brasilianischem Leder kaufen (auch das wollte sie notieren, denn das separate Schlafzimmer in der neuen Wohnung würde fast das gesamte alte Mobiliar aufnehmen), Tai Chi oder Kung Fu, Handlesen oder spanische Konservation lernen.
Sie sah die Spätshow im Fernsehen, dann noch die allerletzte Show, und sie schlief ein, die *Village Voice* in der Hand.

Am 31. Dezember morgens rief sie Katherine an; vielleicht waren ja einer oder auch beide vorzeitig aus Aspen zurück und sie könnte sich Beruhigungstabletten holen und den Tag überstehen. Eine schläfrige Stimme antwortete, man erwarte Katherine erst morgen zurück. Zwei Tage und Nächte erstreckten sich vor ihr wie ein endloser Teppich aus Zeit, die sie nicht auszufüllen wußte.
Keine Panik.
Aber das war schwierig. Sie kam sich vor wie auf dem Hochseil, bestimmte Bewegungen waren lebensgefährlich, nur wußte sie nicht, welche. Sie zwang sich, Wohnungen anzusehen, denn dabei konnte, wie sie meinte, nichts allzu Schlimmes geschehen. Das Scheckbuch ließ sie daheim, um nicht einer Versuchung zu unterliegen. Abends rauchte sie Hasch, hörte Musik und brachte es fertig, gegen elf einzuschlafen; Tony hatte bisher nicht angerufen und würde nun auch nichts mehr von sich hören lassen. Sie machte sich vor, es sei nicht wirklich Silvester, sondern irgendein gewöhnlicher Abend. Als James sich in ihre Gedanken drängte, schob sie ihn weg. Über den würde sie als erstes reden müssen ... in der Gruppe ... beim Psychotherapeuten ... über diesen ganz, ganz reizenden Mann, der sie unbedingt heiraten wollte. Sexuell wirkte er auf sie wie ein Betäubungsmittel, unter ihm werde sie völlig gefühllos, aber er sei so nett! Im Einschlafen lächelte sie vor sich hin.

Den Neujahrstag verbrachte sie damit, die Wohnung gründlich zu säubern; sie redete sich ein, das sei gut angewandte Zeit, auch wenn sie demnächst auszöge. Sie sortierte Sachen aus und stapelte sie ordentlich auf, warf Dinge weg, die sie jahrelang aufbewahrt hatte, obwohl sie wußte, daß sie sie nie benutzen würde. Sie putzte Fenster und scheuerte Fußböden. Sie rief bei Katherine an, aber Katherine war noch nicht da. Bei Evelyn entschuldigte sie sich dafür, daß sie es nicht mehr zu ihrer Party geschafft habe. Evelyn bedauerte es ebenfalls, die Party sei himmlisch gewesen. Theresa sagte: »Morgen sehen wir uns ja«, worauf Evelyn erwiderte: »Erinnere mich bloß nicht daran!«, was Theresa etwas deprimierte. Evelyns Leben war so ausgefüllt, daß es ihr grauste bei dem Gedanken, in die Schule zu müssen; ihr eigenes hingegen war so leer, daß sie die Schule brauchte, damit es nicht völlig inhaltslos war.
Um acht Uhr abends war sie mit der Wohnung fertig, schmutzig und verschwitzt. Sie nahm ein Bad, fühlte sich danach aber nicht mehr müde und zog sich wieder an. Katherine und Nick waren jetzt vermutlich zurück, doch war sie bis hierher ohne ihre Hilfe gekommen und wollte nun auch den Rest noch allein bewältigen. Niemand brauchte zu wissen, wie jämmerlich elend sie sich gefühlt hatte.
Plötzlich fiel ihr ein, sie könnte ein Tagebuch führen. Das hatte sie bislang nie getan. Sie stand am Anfang eines neuen Jahres, vor den schönsten Möglichkeiten, und es wäre doch hübsch, das alles schwarz auf weiß festzuhalten. Sie kaufte im nächsten Laden ein Heft mit festem Deckel und rasch auch noch eine Korbflasche kalifornischen Rotwein. Zu Hause machte sie die Flasche gleich auf und setzte sich mit einem vollen Glas an den Tisch. Auf den Buchdeckel schrieb sie ihren Namen, dahinter 1. Januar 1970. Und da fiel ihr Martin Engle ein.
Ich überreiche Ihnen den St. Francis-Xavier-Ginzberg-Preis im Schönschreiben.
Sie nahm einen Schluck Wein. Schmeckte gut. An Martin Engle

hatte sie lange nicht mehr gedacht. Allerdings schüttelte es sie immer noch, wenn sie sich gewisser Momente erinnerte, gewisser Dinge, die sie gesagt oder getan hatte. Oben auf die erste Seite setzte sie noch einmal das Datum, fühlte sich aber gleich danach gelähmt: Womit sollte sie anfangen? Konnte man denn kurz vor dem 27. Geburtstag ein Tagebuch beginnen, ohne mit einem Wort zu erwähnen, was vorangegangen war? Und was gab es über ihr Leben zu sagen? Heftig beunruhigt stand sie auf, das Glas in der Hand, drehte das Radio an, trank aus, goß nach. Dann rief sie Katherine an, als müsse sie sich davon überzeugen, auch früher schon gelebt zu haben.

»Wie geht es dir, Ter?« fragte Katherine. »Du rufst hoffentlich nicht Dads wegen an?«

»Wie? Ach so. Nein. Weihnachten war ich bei ihnen draußen.« Weihnachten lag hundert Jahre zurück.

»Und wie ging es ihm?«

»Er war recht müde.«

Katherine seufzte.

»Ich wollte dir nur ein gutes neues Jahr wünschen.«

»Das ist lieb«, sagte Katherine. »Wir sind diesen Moment ins Haus gekommen.«

»Dann rufe ich später noch mal an.« Und schon legte Terry auf. Gleich darauf klingelte das Telefon. Sie wußte, das war Katherine, die ihr sagen wollte, so habe sie es nicht gemeint, Terry möge nur gleich kommen, falls sie Lust habe, ja, man brenne geradezu darauf, sie zu sehen. Darum nahm sie nicht auf. Es klingelte fünfmal, dann nicht mehr. Terry lächelte. Daß sie den Apparat einfach hatte klingeln lassen, tat ihr irgendwie gut. Es geschah zum erstenmal. Vielleicht ein gutes Vorzeichen fürs neue Jahr.

Sie trank das Glas leer und fühlte sich schläfrig werden, also zog sie sich aus, legte sich ins Bett und hörte ein Weilchen Musik. Erst als sie merkte, daß sie mit ihren Schamlippen spielte, wurde ihr klar, daß sie nicht müde war, sondern scharf. Sie brauchte je-

mand, der es ihr besorgte. Weil sie nicht gleich Rat wußte, geriet sie völlig durcheinander. Sie war in keiner Kneipe mehr gewesen seit damals, als sie so wütend auf James war. Natürlich hatte sie ganz recht gehabt, wütend zu sein. Je mehr sie darüber nachdachte, desto sicherer wußte sie, daß er ihr den Geschmack an diesen Dingen gründlich verdorben hatte. Gesagt hatte er selbstverständlich nichts, er ahnte ja nicht einmal etwas davon. In Kneipen sitzen und herumhuren war früher für sie eine ganz simple Angelegenheit gewesen. Sie brauchte einen Mann, aber die Sache mußte unproblematisch sein. Sie fand einen und wurde aufs Kreuz gelegt. Allerdings wenn es dann vorbei war, wurde man manchmal erst recht scharf; aber das stand auf einem anderen Blatt. Wirklich ärgerlich war, daß es ihr, seit sie James kannte, nicht mehr leicht fiel, einen Mann aufzugabeln und sich umlegen zu lassen.
In ihrem Kopf lief ein Dialog ab, in welchem James contra plädierte und sie pro, und auch wenn sie die Oberhand behielt, nützte es ihr nichts, weil sich inzwischen so viele seiner Gesichtspunkte in ihrem Kopf festgesetzt hatten, daß ihr der Spaß verdorben war.
Der Teufel soll dich holen, James!
Er hatte ihr den Geschmack an ihrer gewohnten Lebensführung verdorben, und sie dann sitzen lassen. Sitzen lassen eigentlich nicht, aber es lief aufs gleiche hinaus. Heiratete sie ihn, dann mußte sie ihm treu sein, das stand fest, und wie sollte sie einem Mann treu sein, für den sie im Bett nichts empfand?
Sie stand wieder auf und zog sich an. Diesmal nahm sie einen knallgelben Pullover zu ihren Jeans, den sie erst zweimal getragen hatte. Einer ihrer Schüler hatte gesagt, in diesem Pullover müßte sie eigentlich Mrs. Sonnenschein heißen. Sie hatte sich gefragt, ob es was zu bedeuten hätte, daß der Zwerg plötzlich nicht mehr Fräulein sagte, sondern Frau.
Auf dem Weg zur Tür steckte sie ein Exemplar von Puzos *Der Pate* ein, das Evelyn geschenkt bekommen, aber gleich an sie wei-

terverliehen hatte, weil sie es scheußlich fand und so bald nicht zurückhaben wollte.

Bei Goodbar war wenig Betrieb.
»Lange nicht gesehen«, begrüßte sie der Barkeeper.
»Ich hatte 'ne feste Bindung.«
»Und jetzt haben Sie Schluß gemacht, was?«
»Das dürfen Sie laut sagen.« Das klang ja schon ganz gut – richtig abgebrüht.
»So was ist nichts für Sie, wie?«
»Nee – für mich nicht.« Darauf spendierte er das erste Glas auf Rechnung des Hauses.
Terry setzte sich ganz mechanisch auf ihren Lieblingsplatz am Ende der Bar, gleich neben dem Eingang. Den Mantel hatte sie schon aufgehängt, jetzt nahm sie ihr Buch aus der Tasche. Sie hatte mehr als zehn Dollar bei sich und kam sich daher sehr unabhängig vor. Falls sie wollte, konnte sie hier stundenlang sitzen und brauchte mit keinem Menschen zu reden. Es sei denn, sie fand jemand, der ihr gefiel. Und daß sie gern jemand finden wollte, stand außer Frage.
Bei dem matten Licht las es sich nicht gut, doch hielt sie eine Weile durch, gepackt von der Geschichte und geleitet von dem Wunsch, lieber zu lesen als ihrer Angst nachzugeben. Als das erste Glas leer war, ließ sie sich noch eins einschenken.
Unweit von ihr standen einige Männer im Gespräch. Einen davon hatte sie schon öfter hier gesehen, einen Homosexuellen, der meist in Begleitung kam. Einmal war er ihr in Frauenkleidern auf der Straße begegnet, hier drinnen benahm er sich ziemlich ruhig und vernünftig. Neben ihm saß ein gutaussehender Blonder mit offenem Gesicht. Er trug ein Sporthemd und ausgeblichene Jeans. Der Schwule redete gerade mit zwei anderen, die hinter ihren Hockern standen. Der Hübsche schien sich für das Gespräch aber nicht zu interessieren. Er hielt sein Glas mit beiden Händen und starrte hinein. Er spürte wohl, daß er beobachtet

wurde, denn er sah auf, ihre Blicke trafen sich flüchtig, dann schauten beide weg. Ein Schauer überrieselte sie. Sie nahm sich wieder ihr Buch vor; es sollte nicht aussehen, als habe sie es nötig.
Eine Blondine fragte Terry, ob sie ein sehr großes Mädchen und drei Männer habe reinkommen sehen, und Theresa sagte, nicht daß sie wüßte. Da die Blonde unschlüssig stehenblieb, riet Theresa ihr, hinten bei den Tischen nachzusehen. Sie spürte, daß der Hübsche sie beobachtete und wollte, daß die Blonde so rasch wie möglich verschwände. Und wirklich wurde aus dem rückwärtigen Teil des Lokals nach ihr gerufen.
»Ciao«, verabschiedete sie sich von Theresa.
Selber Ciao, du Ziege. Mit Ciao verabschiedeten Katherine und deren Freunde sich voneinander, und Theresa sah darin ein treffendes Symbol für alles, was diese Leute sein wollten und doch nicht waren.
Der Hübsche starrte schon wieder in sein Glas. Steve, der Barkeeper, näherte sich mit seinem Lappen. Theresa mochte Steve, er war groß und bärenhaft, das richtige Gegengift für James.
Falls der Hübsche sich nicht interessiert zeigte, könnte sie immer noch Steve mit nach Hause nehmen.
»Wer ist der Bursche mit dem Schwulen da?«
»Den kenne ich nicht«, sagte Steve, ohne hinzusehen. »Der ist zum erstenmal hier. Gefällt er Ihnen?«
»Mmmm.«
»Ich will mich mal umhören.« Er entfernte sich wischend und schenkte einem Mann nach, der zwischen ihr und jener Gruppe saß. Theresa sah, daß dieser Mann sie anschaute, als habe er Lust zu reden, doch blieb für den immer noch Zeit, falls es mit dem Hübschen nicht klappte. Sie sah wieder ins Buch.
»Meinen Sie den hier, Terry?« rief Steve ihr zu.
Sie blickte auf. »Wie?«
»Der hier ist es doch, der Ihnen bekannt vorkommt.«
»Möglich. Kann sein, wir sind uns mal irgendwo begegnet.«

»Na, kommen Sie mal näher«, forderte der Schwule sie auf. »Das müssen wir unbedingt herausbekommen.«
Sie setzte sich zu der Gruppe.
»Mein Name ist George«, stellte der Schwule sich vor, »und mein Freund hier heißt Gary.«
»Hallo. Ich heiße Terry.«
George nickte. »Mich also kennen Sie nicht, Terry, aber Gary, den kennen Sie, wie?«
Er wollte ihr offenbar eine Falle stellen. Vielleicht hatte er es selber auf den Hübschen abgesehen.
»Ich habe Sie schon mal irgendwo gesehen ... hier in der Nähe ...«
»So, so«, machte George.
»In Wirklichkeit kenne ich ihn aber, glaube ich, von woanders her. Vielleicht aus der Schule oder so?«
George lachte. »Das glaube ich kaum.«
Gary warf George einen Blick zu. Terry sollte wohl glauben, er sei von George angewidert.
»Ich bin nicht in New York zur Schule gegangen«, sagte Gary zu ihr. Er sprach starken Dialekt – den Dialekt der Südstaaten, aber irgendwie ungewöhnlich.
»Ja, das höre ich. Wo haben Sie denn diesen Dialekt gelernt?«
»Im Süden.« Über seinen Dialekt zu reden hatte er sichtlich keine Lust.
»Ich bin da aufgewachsen.«
Das Gespräch drehte sich ein Weilchen um Schulen im Süden und im Norden. Sie sagte, sie sei Lehrerin. Er ließ sich keine Überraschung anmerken; das gefiel ihr. Er gefiel ihr überhaupt. Er hatte nicht nur ein sympathisches Gesicht und einen harten, muskulösen Körper, auch sein Benehmen gefiel ihr. Er war scheu und ernst, doch wenn George, den Gary offenbar verabscheute, sich in das Gespräch einmischte, merkte man, daß er auch wild und leidenschaftlich werden konnte. Nach einer Weile verzog George sich mit den beiden anderen in den rückwärtigen Teil des Lokals.

Steve schaute nach den Gläsern. Gary hatte immer noch sein erstes Glas vor sich stehen. Theresa ließ sich ein neues geben und zahlte sofort, um Gary nicht in Verlegenheit zu bringen, falls er kein Geld hatte.

Sie war nervös und redete übermäßig viel, denn er versank immer wieder für Minuten in völliges Schweigen, und sie fürchtete, ihn gänzlich zu verlieren, wenn sie zu reden aufhörte. Er erinnerte sie an einen ihrer Lieblingsschüler, Angel. Angels Vater war blond, die Mutter eine dunkle, zierliche Spanierin. Angel hatte große schwarze Augen, blondes Kraushaar, und seine Haut war hellbraun. Er war ein stilles, verträumtes Kind und prügelte sich fast nie. Kam es aber doch einmal dazu, dann schlug er um sich wie ein Besessener und zitterte vor Wut, wenn man ihn von seinem Feind trennte; man mußte ihn festhalten, bis sein Zorn sich gelegt hatte. Gary ähnelte einem Angel, der seinen Wutanfall soeben überstanden hatte – scheu, ein bißchen linkisch, sehr lieb.

Sie gähnte. »So, für heute reicht's.«

»Wollen Sie nach Hause?«

»Ja. Ich würde gern noch ein paar Schritte gehen, andererseits bin ich müde, weil ich letzte Nacht kaum geschlafen habe.« Sie fühlte, daß er mit ihr kommen wollte, aber nicht wußte, wie er es ihr vorschlagen sollte. »Ich habe zu Hause noch Wein. Wenn Sie mögen, können Sie mitkommen.«

Er sah suchend in Georges Richtung, stand aber auf. »Ja, gern.«

Sie gingen, aber er verabschiedete sich nicht mehr von George. Auf der Straße fragte sie ihn, ob er George von der Arbeit her kenne? Nein, sagte er, er kenne George eigentlich gar nicht, George sei nur der Bekannte eines Bekannten, mit dem er in diese Kneipe gegangen war. Erst im Lokal sei ihm klargeworden, daß George schwul war.

Terry drehte nicht das Deckenlicht an, sondern ging zum Nachttisch und machte die Lampe dort an, während Gary noch unter

der Tür stehenblieb. Dann kam er herein, und sie schloß hinter ihm ab. Er sah sich um und zog die Jacke aus. Sie kämmte im Badezimmer ihre Haare. Hoffentlich sah sie hübsch genug aus! Hatte sie ihm nun gefallen, oder war er bloß mitgekommen, weil er nichts Besseres vorhatte? Als sie mit der Weinflasche aus der Küche kam, saß er im Sessel. Sie ließ sich auf dem Bett nieder, die Kissen im Rücken. Sie fühlte sich *high* und geil, und sie wartete. Ich warte darauf, das neue Jahr mit einem Bums zu eröffnen, dachte sie und mußte innerlich lachen.
Er starrte auch jetzt wieder in sein Glas, wie vorhin in der Bar.
»Du redest so viel, daß ich gar nicht mitkomme«, bemerkte sie.
Er blickte auf. »Wieso hast du da vorhin in der Kneipe gelesen?«
Sie zuckte die Schultern. »Ich lese gern, und ich sitze gern in Kneipen. Wenn ich jeden Abend hier sitzen und die Wände anstarren sollte, würde ich verrückt.«
»Probier mal Knast. Da würdest du erst verrückt werden.«
»Warst du schon drin?« fragte sie interessiert und auch ein bißchen aufgeregt. Er sah keineswegs wie ein Verbrecher aus, sondern so wie einer der Kerle auf den Zigarettenreklamen.
Er nickte.
»Weshalb?«
»Diebstahl. Besitz von Rauschgift. Körperverletzung.«
Sie pfiff bewundernd. »Körperverletzung?«
»Widerstand bei der Festnahme. Abhauen wollte ich.«
»Ich hab' mal einen Bullen gehauen«, sagte sie und fragte sich, warum sie log. »In Washington. Bei einer Demonstration.« Evelyn hatte das getan.
»Haben sie dich festgenommen?«
»Festgenommen haben sie uns alle, aber nicht alle wurden dabehalten.«
»Wieso das?«
Sie zuckte die Schultern.

»Hast du da schon gehinkt?«
Sie starrte ihn an. Das hatte er so ganz nebenher gefragt. In ihrem ganzen Leben hatten nur zwei Menschen darüber zu ihr gesprochen, und beide kannten sie gut. Seit Jahren war sie überzeugt, ihr eigenartiger Gang gelte allgemein als besonders sexy, und da kam dieser Unbekannte und sprach davon, als sei es ihr Hinken, was jedem als erstes an ihr auffallen müßte. Ihr Hochgefühl verpuffte blitzartig. Eine Warnung. Manche Leute konnten ein neues Leben beginnen, andere nicht.
»Ich habe einen eingewachsenen Zehennagel«, sagte sie.
Er zuckte die Schultern. »Ich meinte bloß, daß sie dich vielleicht deshalb haben gehen lassen.«
»Kann sein«, sagte sie. »Nur habe ich mir das alles ausgedacht. Ich wollte mal sehen, ob du's mir glaubst.«
Er stand auf und begann hin und her zu gehen.
Sie fand ihn schon nicht mehr so sympathisch, doch wollte sie sich das nicht eingestehen. Tat sie es, dann würde sie ihn rausschmeißen müssen. Und dann konnte er sie natürlich nicht aufs Kreuz legen. Sie war sehr deprimiert. Wenn er sie nicht umlegte, konnte sie nicht schlafen, und wenn sie nicht schlief, kam sie morgen nicht pünktlich zur Schule, und zur Schule mußte sie unbedingt, das war die Oase in der Wüste ihres Lebens.
Er stand vor dem Clownfisch, mit dem Rücken zu ihr.
»Bist du auch so schwul wie dein Bekannter?«
»Nein, Fotze, ich bin nicht schwul wie mein Bekannter.«
Sie setzte das Glas ab, gähnte und räkelte sich. »Vielleicht doch. Falls ich heute noch gefickt werden will, muß ich wohl wieder auf die Straße und mir einen anderen suchen. Keinen Schwulen.«
Er trat ans Bett und schaute auf sie herunter. »Du bleibst, wo du bist.«
»Mmmm«, machte sie. »Vielleicht hast du recht.« Ihr Herz klopfte wild, sie tat aber gleichgültig. »Ich bin müde. Ich gehe jetzt schlafen.« Sie streifte langsam und demonstrativ die Schuhe ab, danach die Socken. Keinen halben Meter entfernt von ihm

stellte sie sich hin und machte den Hosenschlitz auf, sah sich dabei zu und dachte: *Das tue doch ich nicht. Das bin doch unmöglich ich. Das ist wer anders.* Sie ließ die Jeans zu Boden gleiten und schubste sie beiseite. Sie packte den Pullover, den knallgelben Pullover, und ihr Herz pochte so heftig, daß sie kaum atmen konnte. Die Luft zwischen ihnen knisterte förmlich. Sie zog den Pullover über den Kopf. »Mach bitte die Tür hinter dir zu, wenn du gehst.«

Er stieß sie aufs Bett, ließ sich schwer auf sie fallen, küßte sie so heftig, daß es schmerzte. Sein Penis drängte gegen sie. Sie wand sich unter ihm heraus, weil sie kaum Luft bekam. Auch er veränderte die Lage und lastete nicht mehr so schwer auf ihr. Sie war jetzt unerhört erregt, und als er nach ihrem Busen unter dem BH faßte, langte sie hinter sich und löste den Verschluß. Sie zerrte an seinem Hemd, doch er wich zurück und zog es selber aus, während sie die Höschen abstreifte, und dann war er in ihr, und sie stöhnte vor Lust, es kam ihr, und sie hoffte, es werde ihm nicht zu früh kommen, denn er sollte weitermachen, immer weiter.

Und genau das geschah. Es kam ihm überhaupt nicht. Er ruhte sich manchmal ein Weilchen aus, sie wechselten auch die Stellung – sie setzte sich einmal auf ihn, und es gefiel ihr sehr, ihm aber nicht, und er jagte sie runter –, dann machten sie wieder etwas Neues. Es war so großartig, daß sie manchmal glaubte, sie könne es nicht mehr aushalten, sie müßte bersten. Dann kam es ihr nochmals, und die Erregung klang ab. Er ruhte sich in ihr aus. Aber es kam ihm nicht.

Endlich hörten sie auf. Er ließ sich von ihr wegrollen, und sie lagen eine Weile schweigend auf dem Rücken, ohne einander anzusehen. Sie war befriedigt und müde, aber schlafen wollte sie nicht, denn sie wußte nicht recht, ob sie einschlafen sollte, solange er da war. Er hatte es ihr großartig besorgt, doch ihr war nicht wohl bei dem Gedanken an ihn. Auch nicht bei dem Gedanken, ausgerechnet neben ihm ihr neues Leben zu beginnen. Sie fror und kroch unter die Decke. Er rührte sich nicht, und das war

schon eine Erleichterung. Vielleicht würde er einfach gehen, und sie brauchte nichts zu unternehmen. Sie betrachtete das hübsche Gesicht. Er starrte an die Decke. Er hatte noch immer einen steifen Penis, schien das aber nicht zu beachten. Als gehöre er zu einem anderen Körper. Er drehte sich zur Seite, von ihr weg.
»He«, flüsterte sie, »schlaf nicht ein.« Doch anscheinend hatte er nichts gehört. Dann merkte sie, daß er masturbierte. Wenn er ihre schöne Decke versaute. Sie wurde erst von Ekel vor ihm gepackt, dann von der Angst, er könnte merken, daß sie beobachtet hatte, was vorging. Welches Gefühl schlimmer war, wußte sie nicht. Sie lag reglos auf der Seite, seinen Rücken vor sich und wagte kaum zu atmen, um ihn nicht merken zu lassen, daß sie Bescheid wußte. Sie schämte sich, als sei sie es, die diese widerliche, erniedrigende Handlung vornahm, während jemand neben ihr lag. Sie war rasend vor Zorn, mehr auf sich selbst als auf ihn, weil sie sich wiederum in eine Lage hatte bringen lassen, wo sie hilflos und verletzlich war.
Ein Zittern lief durch seinen Körper, und gleich darauf entspannte er sich. Sie traute sich wieder, Atem zu holen. Er lag still. Sie wartete einige Minuten.
Dann sagte sie, so ruhig sie konnte: »Sie können jetzt gehen.«
Er schwieg.
Sie stieß ihn an. »He, schlafen Sie nicht ein!«
Er sagte etwas Unverständliches, offenbar schlief er schon halb. Sie bekam schrecklich Angst. Unmöglich konnte sie ein Auge zutun, solange er hier neben ihr lag.
»He«, rief sie ihn wiederum an. »Schlafen Sie nicht ein! Sie können nicht hierbleiben!«
Er drehte sich nicht um, sie merkte aber, daß sein Körper sich straffte.
»Warum nicht?«
»Weil ich's nicht will.«
»Und warum willst du nicht?«
Weil du ein Schwein bist, weil du meine schöne Decke versaut

hast, du dreckiges Schwein, weil du ein Vorbestrafter bist. Weil –
»Weil ich Sie kaum kenne. Weil man zwar mit einem Unbekannten ins Bett gehen kann, aber nur ungern mit ihm frühstückt.«
»Ich brauche kein Frühstück.«
»Sie verstehen mich sehr gut.«
»Hab ich dich eben nicht anständig gefickt?«
Dir selber hast du es besser besorgt, du Schwein.
»Es geht so.«
»Leck mich am Arsch. Ich bleibe hier.«
»Was?« Sie kreischte, ohne es zu wollen. Jetzt hatte sie wirklich Angst. Nur mit Gewalt würde sie ihn loswerden, das sah sie jetzt ein, und wie sie das machen sollte, wußte sie nicht. »Was glauben Sie überhaupt, wo Sie sind?«
»Hier bin ich, Fotze. Und ich bleibe, bis ich mich ausgeschlafen habe.«
Sie wollte ihn aus dem Bett stoßen, doch war er wie ein Felsblock – unverrückbar. Aus panischer Angst wurde Hysterie – nie würde sie ihn loswerden, nie wieder würde sie schlafen können, nie mehr käme sie in die Schule.
»Wenn Sie nicht in einer Minute aus der Wohnung sind, rufe ich die Polizei!«
Einen Augenblick lang rührte sich keiner von beiden. Dann langte sie nach dem Lichtschalter, er warf sich im Bett herum, riß das Telefon vom Nachttisch und schleuderte es durchs Zimmer. Schreckerfüllt rannte sie zur Tür, doch holte er sie ein und zerrte sie zum Bett. Sie schrie, und er hielt ihr den Mund zu.
Moment doch, hier stimmt was nicht!
Sie wehrte sich aus Leibeskräften mit Händen und Füßen, war ihm aber nicht gewachsen. Er warf sie aufs Bett, hielt ihr den Mund zu, so daß sie keine Luft bekam und an nichts denken konnte als Luft, Luft!
Moment doch, laß mich doch nur Atem holen! Hilfe! Mami, Daddy, lieber Gott, helft mir!

Er setzte sich auf sie und hielt ihr immer wieder den Mund zu, wenn sie zu schreien versuchte.
James! Lieber Gott!
Plötzlich war das Kissen auf ihrem Gesicht, vor Schreck konnte sie nicht mehr denken, ihr Körper wehrte sich noch, doch das Hirn arbeitete nicht mehr. Für einen Augenblick war das Bewußtsein wieder da, als er das Kissen nicht mehr so fest auf ihr Gesicht drückte. Dann spürte sie seine Finger zwischen ihren Beinen, sie holte tief Luft, bäumte sich unter ihm auf, jetzt war das Kissen ganz weg, er ragte wie ein Gebirge über ihr auf, steckte seinen Penis in sie, sie schrie wieder, er wollte ihr den Mund zuhalten, aber sie schrie immer weiter, und nun hatte er die Lampe in der Hand, holte über ihrem Kopf aus, gleich mußte sie herunterschmettern. *Hilfe, Mami, Daddy, lieber Gott, hilf mir – tu's schon, tu's schon, damit es endlich vorbei ist –*